古典文獻研究輯刊

十二編

曾永義 主編

第24冊

民族戲劇學研究與田野考察（第二冊）

李 強 著

國家圖書館出版品預行編目資料

民族戲劇學研究與田野考察（第二冊）／李強 著—初版—
新北市：花木蘭文化出版社，2015〔民 104〕
目 4+244 面；19×26 公分
（古典文學研究輯刊　十二編；第 24 冊）
ISBN 978-986-404-422-1（精裝）
1. 中國戲劇　2. 戲劇評論
820.8　　　　　　　　　　　　　　　　104014992

ISBN-978-986-404-422-1

9 789864 044221

古典文學研究輯刊
十二編　第二四冊　　　　　　ISBN：978-986-404-422-1

民族戲劇學研究與田野考察（第二冊）

作　　　者　李　強
主　　　編　曾永義
總 編 輯　杜潔祥
副總編輯　楊嘉樂
編　　　輯　許郁翎
出　　　版　花木蘭文化出版社
社　　　長　高小娟
聯絡地址　235 新北市中和區中安街七二號十三樓
　　　　　　電話：02-2923-1455／傳眞：02-2923-1452
網　　　址　http://www.huamulan.tw 信箱 hml 810518@gmail.com
印　　　刷　普羅文化出版廣告事業
初　　　版　2015 年 7 月
全書字數　851365 字
定　　　價　十二編 26 冊（精裝）新台幣 48,000 元

民族戲劇學研究與田野考察（第二冊）

李　強　著

目
次

第六章　中華民族戲劇理論研究與實踐

　　中華民族文學藝術及其戲劇文化理論研究，是我國解放以來非常重要，但又異常薄弱的學術領域。諸如中華民族與少數民族戲劇概念、中華民族戲劇的分類、中國古代戲劇的產生與晚成熟原因，以及中華各民族戲劇，以及中國傳統戲曲與少數民族戲劇文化文學藝術及理論，都有大量的學術問題需要深入探討與研究。

一、中華民族與少數民族戲劇之概念

　　在中華民族傳統戲劇藝術研究過程中，有著開山之功的王國維先生，因在二十世紀初撰寫了《宋元戲曲考》一書，爲中國戲曲藝術登上文人的大雅之堂，以及將其美學價值推向世界文壇，而受到國內外文史學家的熱烈推崇。但因受時代各種局限，對戲劇與戲曲概念論述混淆不清，引起後世文藝理論界一些學者重視案頭文本，輕視場上演出，及其忽略民間戲劇活動，特別是對中國少數民族戲劇文化的漠視現象，由此而激起此起彼伏一波又一波的學術爭論與尖銳批評。

（一）關於戲劇戲曲概念的討論

　　關於中國戲劇、戲曲藝術基本概念的學術討論由來已久。早在 1949 年由中山大學董每戡教授撰寫的《中國戲劇簡史》就提出不同於王國維的戲劇、戲曲史觀的學術觀點：「過去一班談中國戲劇史的人，幾乎把戲劇史和詞曲史纏在一起了。他們所重視的是曲詞，即賢明如王（國維）氏，也間或不免，所以他獨看重元劇。我以爲談劇史的人，似不應該這樣偏，元代劇史在文學

上說，確是空前絕後，無可諱言；但不能抹煞元或後乎元各期的成就。戲劇本來就具備著兩重性，它既具有文學性，更具有演劇性，不能獨誇這一面而抹煞那一面的。評價戲劇應兩面兼重，萬一不可能，不能捨棄一方時，在劇史家，與其重視其文學性，不如重視演劇性，這是戲劇家的本分，也是劇史家與詞曲家不同的一點。」〔註1〕

《戲劇論叢》1954 年第一輯，發表了著名學者任二北的《戲曲、戲弄與戲象》一文，他對王國維在《宋元戲曲考》中將中國戲劇名稱定為「戲曲」，感到非常不滿，認為此稱謂「掩蓋了漢唐的戲劇，使我國的古劇史上是非不明」，「把戲劇局限在戲曲上，把劇本局限在詞章裏」，「否定無數古劇與無限的地方戲」。他希望海內外戲劇研究專家學者正視與糾正此事。時隔三十年之後，於 1983 年，任二北在《揚州師院學報》第 1 期又發表了《對王國維戲曲理論的簡評》，在此文中他深深感歎當下「戲曲、戲劇」兩詞分離使用過程中所造成的學術混亂：「這裡雖僅僅一個字的異同，卻有其思想根源存在。天下滔滔皆是，這一個時間內也難改正過來了，實在遺憾！」

1984 年 1 月 31 日的《光明日報》，別開生面發表張辰的《也談「戲劇」與「戲曲」兩個概念之區分》一文，他尖銳地指出：在中華多民族戲劇理論初創時期，王國維先生因受其局限，「對『戲劇』與『戲曲』兩個概念的規範是不嚴格的，缺乏應有的確定性；對兩者的關係，認識也比較朦朧。」由此帶來一系列文學藝術理論界的負面影響。

中山大學教授康保成對此也深有感觸，他在《儺戲藝術源流》一書中「緒論」中指出：在二十一世紀之交，中國戲劇理論界處於重要的轉型時期，「人們普遍對傳統的作家作品研究喪失了興趣和找不到出路。」問題出在有人「忽略了戲劇與詩文小說的根本區別，也忽視了戲劇形式本身產生發展的過程，更忽略了民間少數民族戲劇與戲曲的關係，以及戲劇與宗教民俗的關係。」他還說「戲曲文學研究找不到出路，是學術研究進入轉型期的產物和標誌。整個文學研究界，已經不耐煩用社會學的批評方法對文學進行簡單的詮釋。戲曲文學研究界，也早已試圖衝出用衝突論典型論對劇本的情節結構或人物形象分析評價一番就了事的舊模式。」〔註2〕

2001 年，李簡撰《也說『戲劇』與『戲曲』——讀王國維戲曲論著札記》

〔註1〕董每戡《中國戲劇簡史》「前言」，商務印書館出版，1949 年版。
〔註2〕康保成《儺戲藝術源流》「緒論」廣東高等教育出版社，1999 年版。

對此段關於戲劇的定義進行中肯的剖析：其論之「『戲劇』是一個比較寬泛的概念，包括成熟的戲劇和多種與舞臺有關的演出形式」，而「戲曲」則指「可以演出的成熟戲劇。」〔註3〕因為中國少數民族戲劇一般被劃到較為寬泛得「戲劇」之列，而有意無意的遭人所冷遇。董健教授在《戲劇本質論》中大發感慨：「本來，『戲劇』是個大概念，它特指中國傳統的、民族的與民間的戲劇，這二者怎麼能並列呢？這種分類上的混亂，顯然也暗含著一種中外對立、古今脫節的狹隘性。」〔註4〕

曲六乙先生在為李強、柯琳合著的《民族戲劇學》一書寫的「序」，其中對文藝理論界的不正常狀況提出嚴肅的批評：「迄今為止，從二十世紀初王國維先生的《宋元戲曲考》。到世紀末之前，國內出版的各種中國戲劇史著述，含中國戲曲史都是漢族戲劇史，少數民族戲劇史卻遭受冷漠，完全或基本上被排斥在外，真是咄咄怪事。」他又尖銳指出：

　　少數民族文化歷史的空白亟待填補，少數民族戲劇在中華民族
戲劇史的歷史地位與學術價值，需要得到全民的尊重與確認，以恢
復她應有的獨具藝術特徵的歷史風貌。歷史呼喚中國少數民族史、
民族戲劇學、民族戲劇美學和全面系統概括中華各民族戲劇的中國
戲劇史與論著的陸續出現。〔註5〕

人類從遠古的氏族、部落、部落聯盟、部族，逐步發展到今天的民族，在此生物與文化偉大的演進歷程之中，締造了無數美不勝收的文學藝術形式。中國少數民族與世界各國土著民族所共同擁戴的民族戲劇，集人類物質與精神文明之大成，成為當今世界最令人神往與傾慕的文化典範。回首重溫國內外頗具神韻的民族戲劇文化孕育、發生、形成、演變之歷史，從中可形象地感受到方興未艾的人類學、社會學、文化學、宗教學、民俗學、藝術學等眾多學科帶給人們的深刻啟迪與昭示。借助大量鮮為人知的歷史、地理與民族民間之文化藝術珍貴資料，以科學、先進的西方文化人類學與傳統、務實的中國古代文物、文獻考據法相結合。穿過時空的隧道，撥開歷史的迷霧，全面、系統地鉤沈與梳理古今人類與各國、各民族戲劇的概念、定義、內涵、外延、

〔註3〕李簡《也說『戲劇』與『戲曲』——讀王國維戲曲論著札記》《殷都學刊》，2001年第2期。

〔註4〕董健《戲劇本質論・序》南京大學出版社，2003年版。

〔註5〕曲六乙《忽如春風一夜來》，見李強、柯琳《民族戲劇學》「序」。另載於《中國文化報》，2003年12月7日版。

性質、類別、功能、價值等諸要素；特別是以語言文學藝術學及其文化比較學實證胡漢、華夷與周邊國家民族戲劇的影響與傳播，以及探究宗教與世俗敘事文體嬗變爲代言體綜合表演形式之軌跡，可謂「民族戲劇學」的重要歷史使命與學術貢獻。

《戲曲本質論》一書中引證洛地先生在《中國傳統戲劇研究中的缺憾一二三》的一段駁論鋒芒犀利：「我們這個學科『中國戲劇研究』是不是已經眞正地站起來了？」其現狀值得懷疑，因實際情況爲：「至今我們對中國戲劇的研究是：『史』、『文學』、『表演』三分，實際是『曲腔史』、『文學本』、『表演技能』三分，且只見樹葉不見樹木，只見樹木不見森林。」〔註6〕經比照，內地一些漢族學者因長期沉溺在戲曲文本曲體的微觀鑒賞當中，缺少對宏觀的戲劇文化的研究視野，自然只見局部的「樹葉」「樹木」，卻難以觀賞到中華多民族，乃至全人類戲劇大「森林」的壯觀美景。

錢久元著《樂──中國古典戲劇的民族性根源》一書別出心裁，這是他在華東師範大學宣讀的碩士研究生畢業學位論文《中國戲曲本體論質疑》之後，敢於向學術權威挑戰，激烈抨擊王國維戲曲觀的又一力作。他獨樹一幟地對王氏的經典定義「以歌舞演故事」提出尖銳批評：「本書認爲，這其中也存在著不小的問題。元明雜劇眞的像王國維所說的那樣是完全用歌舞來圍繞故事情節的嗎？『南戲』、『雜劇』、『傳奇』中的大量作品都含有故事因素，但是，是否這種故事因素眞達到了可以統帥戲劇中各種其他因素的地步了？毫不猶豫地再把這些『雜劇』稱之爲『戲劇』的話，是否能夠反映出今天的『戲劇』觀念中還存在著一個實際上是難以容忍的誤區？看來，我們對於中國古典戲劇概念的認識確實還存在著很大的問題。」〔註7〕

對以上戲劇與戲曲的常識性概念問題的偏差，其歷史原因，錢久元歸納到「中國古人對於戲劇的輕視」。其一：「在中國古代，雖然人們喜愛戲劇，爲之著迷，爲之喝彩，然而，它卻又是一門一向遭受輕賤的藝術。」其二，文人士大夫「一面喜愛之，把玩之，甚至於孜孜不倦地直接投身於戲劇創作實踐之中；而另一方面卻又對之抱著不以爲然的態度，視之爲不登大雅之堂的『小道』。」其三，「出於輕視，文人士大夫們對戲劇很不經意，而舞臺實

〔註 6〕 洛地《中國傳統戲劇研究中的缺憾一二三》，南京大學出版社，2006 年版，第397 頁。

〔註 7〕 錢久元《樂──中國古典戲劇的民族性根源》，合肥工業大學出版社，2006年版，第 3 頁。

踐者又往往缺乏知識素養，這理應是造成中國古典戲劇理論發展很不系統，也很不充分的一個重要原因。」〔註8〕受漢族文人重表演，輕理論偏狹戲曲觀念的影響，中國少數民族戲劇藝術就更加匱乏指導此種形式文藝創作與實踐的理論著述了。

中國藝術研究院院長王文章主編《中國少數民族戲曲劇種發展史》「前言」指出：「歷史悠久、遺產豐富，在世界戲劇中獨樹一幟的中國戲曲文化是中華各民族人民共同創造的……縱觀戲曲的形成和發展，可以說，中國戲曲無論在它的孕育期，還是它的發展期，都得到各少數民族文化的滋養。」此書還記載，「二十世紀 90 年代以來，世界經濟一體化的進程加快。隨著這種趨勢的發展，西方發達國家的文化藝術借助現代傳媒手段，席卷世界各地。第三世界國家民族的、地域的、民間的文化藝術受到極大地衝擊。少數民族戲曲作為中國戲曲的重要組成部分，在發展過程中也遇到了種種困難。」〔註9〕追究其主要的困難在於至今沒有強有力的指導性的理論思想，特別是存在著漢族戲曲與少數民族戲劇概念混淆的錯誤觀念，導致專家學者對其進行縱深研究，缺少必要的學術理論支持。

關於戲劇與戲曲的概念與內涵是我國學人一直爭論不休的問題。於 1954 年《戲劇論叢》第一輯，發表了著名學者任二北的《戲曲、戲弄與戲象》一文，他對王國維在《宋元戲曲考》中將中國戲劇名稱定為「戲曲」，感到非常不滿。他認為此稱謂「掩蓋了漢唐的戲劇，使我國的古劇史上是非不明」，「把戲劇局限在戲曲上，把劇本局限在詞章裏」，「否定無數古劇與無限的地方戲。」他希望海內外戲劇研究專家學者一定要正視與糾正此事。但是當時因為時代與人們認識的局限，對任二北的倡導不予支持，迎來的是一片爭論和反對聲。

在 1954 年《戲劇論叢》第二輯，發表黃芝崗撰《什麼是戲曲，什麼是中國戲曲史》，文眾撰《也談戲曲、戲弄與戲象》，認為「戲曲」一詞始自元代，已是中原漢民族戲劇的代名詞。緊接著於當年《戲劇論叢》第四輯發表了歐陽予倩的《怎樣才是戲劇》一文，他與任二北觀點近似，指責王國維所述「眞

〔註8〕錢久元《樂——中國古典戲劇的民族性根源》，合肥工業大學出版社，2006
　　　年版，第6～8頁。
〔註9〕王文章主編《中國少數民族戲曲劇種發展史》「前言」，學苑出版社，2007 年
　　　版。

戲劇必與戲曲相表裏」混淆了兩者的界限。歐陽予倩認爲戲劇應該囊括戲曲，並代替戲曲名稱。爲此特提出了戲劇「必須具備」的六個條件。

時隔三十年之後，於 1983 年，任二北在《揚州師院學報》第 1 期又發表了《對王國維戲曲理論的簡評》。他在此文中他深深感歎，當下「戲曲、戲劇」兩詞分離使用所造成的混亂，「這裡雖僅僅一個字的異同，卻有其思想根源存在。天下滔滔皆是，這一個時間內也難改正過來了，實在遺憾！」1984 年 1 月 31 日的《光明日報》發表張辰的《也談「戲劇」與「戲曲」兩個概念之區分》一文，也尖銳地指出：在中華多民族戲劇理論初創時期，王國維先生因受其局限，「對『戲劇』與『戲曲』兩個概念的規範是不嚴格的，缺乏應有的確定性。對兩者的關係，認識也比較朦朧。」可見王國維的理論誤導確實給後世文壇帶來一系列負面影響。

上海戲劇學院「戲劇戲曲學」學科帶頭人葉長海教授，最早對此門學科的設立作出積極貢獻，他在全國一些會議上多次提出「戲劇學與戲曲學不能並列」的觀點。南京大學董健教授在《戲劇本質論》中同樣大發感慨：「本來，『戲劇』是個大概念，它特指中國傳統的、民族的與民間的戲劇，這二者怎麼能並列呢？」《東南大學學報》主編徐子方教授在《新編中國戲劇史論綱》中也認爲「中國戲劇史和中國戲曲史不是一個概念，中國戲劇史的正式形成和戲曲史的正式形成同樣不是一個概念。前者只要符合一般意義上的戲劇本質即可，戲劇史的概念要比戲曲史的概念寬泛得多。其次，整體上中國戲劇發展與社會形態轉型密切相關。在此框架內戲劇發展有自身規律，必須辯證地看待社會分期與戲劇分期的關係，完全將二者等同或割裂皆不科學。」〔註10〕

筆者查閱《辭海》對「戲劇」一詞所解釋：「在中國，戲劇是戲曲、話劇、歌劇等的總稱，也常常專指話劇。在西方，戲劇（Drama）即指話劇。」《辭海》稱「戲曲」爲「中國傳統的戲劇形式。」「戲曲」實屬於戲劇的一種，是「中國傳統」的戲劇形式。但是戲曲不能代表所有的中國傳統戲劇，只是漢民族的傳統戲劇形式之一。我國其他民族的傳統戲劇形態未必都是「戲曲」，漢民族的傳統戲劇形式也未必都是「戲曲」——比如帶有原生態戲劇特徵的儺戲、帶有宗教性的儀式戲劇和帶有民俗戲劇特徵的目連戲、端公戲、師公戲、地戲、童子戲、關索戲等。它們未必能完全納入宋元時期成熟的「以歌舞演故事」（王國維語）的「戲曲」範疇。關於中國「戲曲」據《辭海》「戲

〔註10〕徐子方《新編中國戲劇史論綱》，《藝術百家》，2009 年第 1 期。

曲」條所述，是「包含文學、音樂、舞蹈、美術、武術、雜技以及人物扮演等各種因素的綜合藝術」，實際上，不但中國漢民族，世界上所有民族的戲劇幾乎都是「由古代的歌舞、伎藝演變而來，後逐漸發展爲由文學、導演、表演、音樂、美術等多種藝術成份組成的綜合藝術」(《辭海》「戲劇」條)比如古希臘的戲劇、古印度的梵劇、中國地方戲、日本的傳統歌舞伎的戲劇形式在世界文壇應該殊途同歸。

在胡忌先生主編的《戲史辨》(中國戲劇出版社 1999 年)中收錄著名學者洛地《戲劇——戲弄、戲文、戲曲》一文，他指出「戲曲與戲劇不等義」，眼下學術界將兩個概念混淆視聽，非常不利於中國民族戲劇史的編撰。追其問題源頭，肇事者在「王國維先生的著作中，『戲曲』就是『戲曲』，不能爲『戲曲』是『中國戲劇的通稱』找到根據。」

臺灣學者曾永義在《戲曲源流新論》「緒論」(文化藝術出版社，2001 年版)曾爲「成熟的中國戲曲」下了如此科學的定義：「中國戲曲是在搬演故事，以詩歌爲本質，密切融合音樂和舞蹈；加上雜技，而以講唱文學的敘述方式；通過俳優妝扮，運用代言體，在狹隘的劇場上所表現的綜合文學和藝術。」他認爲，「所謂『戲劇』當約取『南戲北劇』而成，現代應取其廣義。舉凡『眞人或偶人演故事』皆是。因此，戲曲、偶戲、話劇、歌劇、舞劇、默劇、電影、電視劇都屬於戲劇。」

楊世祥在《中國戲曲簡史》「緒論」(文化藝術出版社 1989 年版)中認爲：「不論是原始的、簡單的戲劇，或是成熟的、複雜的戲劇，其基本特徵都可以概括爲：由演員裝扮人物，在一定場合當眾作故事表演，通過塑造舞臺藝術形象來表達思想感情、感染觀眾。」

黃仕忠在《中國戲曲史研究》(中山大學出版社 1997 年版)中提出廣義、狹義的戲劇概念，並指出：「廣義的戲劇史一種泛戲劇的概念，凡是類戲劇的活動皆可歸於旗下。以中國文化史爲例，從某些宗教儀式，代言性的歌舞戲、滑稽戲，到傀儡戲、皮影戲、角抵戲，乃至某些相聲、小品，臭个可以進入泛戲劇的範圍。」「狹義的戲劇，在古代便只有戲曲一種，即是以宋元南曲戲文與北曲雜劇、明清傳奇和地方劇種爲代表的戲曲活動。」(《戲曲的起源、形成的若干問題之討論》)實際還有「前戲劇」、「準戲劇」、「大戲劇」之說。

齊森華、陳多、葉長海主編《中國曲學大辭典》明確解釋：戲劇與戲曲有兩種意義，即「文學概念」與「藝術概念」，前僅僅「指的是戲中之曲。」

後者「指的是中國的傳統戲劇，這是一種包括文學、音樂、舞蹈、美術、雜技等各種因素而以歌舞爲主表現手段的總體性的演出藝術。」〔註 11〕並認爲對「戲曲」的研究理應重點從「歌舞」形式對其它藝術因素的的綜合性角度探索。

二、關於中國少數民族戲劇之範疇

中華人民共和國成立以後，在黨的正確民族政策的光輝照耀下，全國實行民族自治，各少數民族擁有高度的民主與自主權力。各民族的戲劇創作與文化娛樂活動日趨繁榮，呈現欣欣向榮的喜人景象。據有關資料統計與顯示，解放後在全國範圍內與各自治區、自治州、自治縣、自治鄉內風起雲湧開展形式多樣、獨具地域與民族色彩的文藝活動，其中亦包括各種民族樂舞與戲劇演出。尤值得重視的是，在原來爲數不多的少數民族劇種基礎上，又誕生了一些民族戲劇形式與大批優秀劇目。

在當代對中國少數民族戲劇用力最勤、學術成果最多、理論最爲精深的學者當數中國儺戲學研究會會長、中國少數民族戲劇學會副會長曲六乙先生。他在二十世紀 60 年代就捷足先登，全面調查與研究被學術界長期忽略的極爲豐富的中國少數民族戲劇文化。他所編寫的《中國少數民族戲劇》一書，爲中國有史以來第一部專門系統介紹少數民族戲劇的著作。此書內容包含少數民族戲劇的基本概念、範疇、分佈、分類、發展，以及藏、白、壯、傣、侗、彝、苗、維吾爾等十五個民族的主要劇種和漢族與少數民族之間戲劇交流的文化概況。另外此書還頗有價值地附錄《少數民族主要劇種、代表劇目》與《漢族戲劇中反映少數民族生活的主要劇目》兩個簡表。此書出版之後，逐漸促使人們發現與重視起漢民族之外眾多少數民族戲劇的豐富文化遺產。

1964 年，中國戲劇家協會曲六乙先生撰寫的重要理論專著《中國少數民族戲劇》，按狹義概念框定「民族戲劇」係指少數民族戲劇，並指出：「應該主要是少數民族的戲劇工作者，運用具有民族特色、民族風格的藝術形式，反映本民族生活（也包括多民族生活）。並且主要是以本民族廣大群眾爲服務對象，而這種戲劇藝術形式，爲他們所喜聞樂見的，它一般還應該是運用本民族文字和語言來寫作和演出的。」

曲六乙先生在擔任中國戲劇出版社副總編輯、中國戲劇家協會研究室主

〔註11〕齊森華、陳多、葉長海主編《中國曲學大辭典》，浙江教育出版社，1997 年版。

任與各種社會兼職過程中，不辭勞苦，曾無數次地深入到邊疆各少數民族地
區進行調研考察，又陸續寫作與出版了如《藝術：眞善美的結晶》、《西藏神
舞、戲劇與面具藝術》、《儺戲・少數民族戲劇及其它》、《「三塊瓦」集》等學
術專著，及其《戲曲口訣初探》、《歌劇藝術的民族風格及其他》、《歷史劇縱
橫談》等大量有關學術論文，他對中國少數民族戲劇概念的闡述得到學術界
廣泛認同。例如他在《少數民族戲劇三題》一文中論證：「少數民族戲劇的概
念，應當是少數民族劇作家創作，由少數民族藝術家演出，給這個少數民族
觀眾看的，而反映的內容也主要是這個少數民族的戲劇。」〔註12〕

　　爲了擴大漢族與少數民族戲劇文化的交流，爲了發展中華多民族戲劇文
化，爲了使少數民族戲劇發展的道路越走越寬，曲六乙先生後來又提出了較
爲寬泛的中國少數民族戲劇的界定和範疇，「一是少數民族劇種，二是反映少
數民族生活題材的戲劇。」上述學術概念、定義或界定和範疇亦可擴大套用
於我們所涉獵的民族戲劇學以及對國外土著民族原始戲劇的研究，並可借鑒
古今專家學者的學術理論見解予以深入拓展。曲六乙先生的學術著述還有《西
藏神舞、戲劇與面具藝術》、《中國少數民族傳統戲劇的歷史地位和藝術價
值》、《少數民族題材戲劇創作面面觀》、《新時期少數民族題材歷史劇創作綜
述》、《少數民族戲劇縱橫談》、《少數民族戲劇三題》、《儺魂》等。

　　據著名戲劇理論家曲六乙在「全國少數民族題材戲劇創作座談會上的講
話」中宣稱：

　　　　從少數民族劇種方面來說，屬戲曲藝術範疇的有藏劇、白劇、
　　壯劇、傣劇、侗劇、布依劇、毛難劇、門巴劇。建國後產生的有彝
　　劇、蒙族劇、苗劇；屬儺戲範疇的有壯族師公戲，侗族和苗族、瑤
　　族的儺堂戲；屬話劇和歌劇藝術範疇，並且用本民族語言演出的，
　　有維語話劇、歌劇和蒙語話劇、歌劇，以及朝鮮族話劇、唱劇，還
　　有藏語話劇等。據粗略統計，有隸屬於十三個民族的二十二個劇種。
　　〔註13〕

在「第二屆全國少數民族題材戲劇創作授獎大會暨創作討論會」上，曲六
乙先生又對相關理論作了一些補充，如新提到「回族花兒劇」，他認爲「花

〔註12〕曲六乙《「三塊瓦」集》，中國戲劇出版社，2001年版，第140頁。
〔註13〕曲六乙《儺戲・少數民族戲劇及其它》，中國戲劇出版社，1990年版，第37
　　　　頁。

兒劇的誕生是寧夏、甘肅回族人民群眾藝術生活中的一件大事。」另外所提到的廣西「仫佬劇是一個新的戲劇品種」，再則認定「廣西另一個最年輕的民族劇種是瑤劇，」再有一種稱之為「布依劇」的新劇種。另外還提到「運用漢語話劇、京劇、地方戲曲等戲劇樣式，反映少數民族歷史與現實生活題材，這是發展與繁榮少數民族戲劇事業的重要組成部分。」〔註14〕這對我們擴大研究與探索少數民族戲劇與世界性民族戲劇學有著重要的理論指導意義。

關於少數民族戲劇的新概念與理論界定，著名戲劇理論家曲六乙先生在《少數民族戲劇主題》一文中論述：「從純理論的角度來說，少數民族戲劇的概念，應當是少數民族劇作家創作，由少數民族藝術家演出，給這個少數民族觀眾看的，而反映的內容也主要是這個少數民族的戲劇。但這種界定似乎過於嚴格……如從美學的角度進行審視和劃分的話，則西方少數民族戲劇是以審美主體為準則的，即劇作家必須是少數民族，而不管他寫的內容是否屬於他自己民族。而我們中國則是以審美客體為準則，即以描寫的題材為準則，凡是反映少數民族題材的，都屬少數民族戲劇範疇，而不論劇作家是少數民族還是漢族。……我們的概念是從建國以來幾十年的創作實踐中獲得的，是符合我國以漢族為主體的多民族文化的實際的。因此，可否說我們的這一概念，具有中國特色的社會主義多民族戲劇文化特徵？」這是一個值得廣泛重視與探討的重大理論問題。

他在《少數民族戲劇的藝術風格問題》一文中亦論述：

> 少數民族戲劇，做為中華民族戲劇的組成部分，它有著一般的共性，譬如歌、舞、劇的高度融合，唱、做、念的完整運用，曲調的類型化，動作的舞蹈化，特殊的舞蹈空間概念和時間概念，複雜的技術性和虛擬手法。少數民族戲劇沒有各自獨特的風格，就不能成為各民族的戲劇。

在相當長時間內，國內所指「民族戲劇」還局限於相對漢族戲曲的「中國少數民族戲劇」，但以後曲六乙先生逐漸將民族戲劇的範圍擴大，提出應該將漢族文藝團體創作並演出的反映少數民族題材的戲劇作品也劃歸於民族戲劇研究領域。他在《中國儺戲──神秘與奇特的戲劇世界》一文中，敏銳地標舉了兩支飾假面表演的神秘、新奇的中國貴州民族戲劇品種（地戲）轟動西方

〔註14〕曲六乙《中國少數民族戲劇》，作家出版社，1964年版，第2頁。

世界的動人例證：

　　　　安順縣蔡官鄉地戲團的演出，引起人們極大興趣。巴黎《歐洲時報》說：「全場觀眾被新鮮的場面，誇張生動的臉譜和演員高亢的唱腔所吸引……演出結束，當 14 名演員掀掉面具露出一張張中國農民樸實的面容時，全場立時爆發出熱烈的掌聲，不少觀眾高呼：『布拉沃、布拉沃』！（好）」

俗話說的好：「越是民族越是世界的。」「越是原始越是文化的」。在東方中國少數民族地區，至今仍保存著如此完整的原始戲劇文化形態。這些彌足珍貴的「活化石」、「活時態」為如今的人類文化史學增添了鮮活的佐證，也同時為中華民族的宏偉文化大廈鋪墊著堅實的基礎。

　　在古希臘戲劇、印度梵劇消亡之後，中國民族戲劇與戲曲，以其獨特的審美特色、民族神韻，崛起於宋元之際，至今仍活躍於民間戲劇舞臺。由於地域文化、民族文化的影響，這些戲曲形式繁衍成 300 多個劇種，其中亦包括少數民族劇種，諸如歷史久遠的藏戲，產生於清代的白劇、傣劇、侗戲、布依戲、壯劇，以及解放後延生的苗劇、蒙古劇、彝劇、夏劇、花兒劇、新城滿族戲；還有散落在民間的俗信儀式戲如師公戲、儺戲等。

　　少數民族戲劇無論是舞臺劇，還是民間戲都是中國民族戲劇的重要組成部分，都是少數民族歷史文化豐富積澱的藝術顯現。在少數民族精神生活中，既是一種民間世俗禮儀，也負載著自娛、娛人和教化的藝術使命。少數民族戲劇不僅是少數民族塑造自我、觀照自我、認識社會、參與社會的重要手段，而且在民間起著情感溝通、文化交流、傳承民族文化、增強社會凝聚力的作用。

　　中國戲曲藝術是中華各民族共同創造的，少數民族戲曲劇種與漢族戲曲劇種同生共長於深厚的中華民族傳統文化土壤中，因而其生成與發展中也逐步形成共同藝術規律。雖然少數民族與漢族所處的歷史時代、地理環境、風情習俗和藝術淵源等條件各不相同，但是衍變成戲曲劇種的生成過程卻順沿著相同的軌跡發展。即都是由歌舞、說唱儀式活動等綜合發展成戲劇表演形態。以個性而言，戲曲劇種的民族化和地方化，造就了每一個劇種藝術形態獨具特色。就一個少數民族戲曲劇種而言，它反映了本民族的審美心理、信仰和習俗，運用具有民族特色、風格的藝術形式和語言，表現本民族生活或多民族生活，活躍於本民族地區，並為人民所喜聞樂見的戲曲藝術。

　　應該指出的是，因為各種原因所造成如下不盡人意的後果，少數民族戲

劇文化的發掘、研究重視不夠，已不同程度地使之大量珍貴文化資料與信息喪失。建國以來，雖然有人發現此重大的缺陷，力圖去彌補，但因人少言輕、勢單力薄，取得的學術成果不能令人滿意。我們最早所見的僅有中國戲劇出版社於 1963 年出版發行《少數民族戲劇研究》一書，其中收錄 1958 年至 1962 年在全國各大報刊發表的 21 篇有關中國少數民族戲劇如藏劇、侗劇、白劇、傣劇、彝劇、苗贊、哈劇、大本曲劇等方面的文章。1964 年，曲六乙先生著《中國少數民族戲劇》，形成以個人專家名義出版的富有開創意義的相關理論著作。

另外還有數量不多，但頗有學術價值的一些有關中國少數民族評介研究著述，諸如韋葦等著《廣西戲曲音樂簡論》，四川省民族事務委員會編《四川藏戲》，郭思九主編《彝劇志》，施之華主編《傣劇志》，馮曉飛主編《章哈劇志》，桂梅、一丁著《布依戲研究文集》，何樸清主編《雲南壯劇志》，宋運超著《祭祀戲劇志述》，方鶴春主編《中國少數民族戲劇研究論文集》，李強、柯琳著《民族戲劇學》、郭思九著《雲南戲劇與民族文化》，嚴福昌主編《四川儺戲志》，李悅著《中國當代少數民族戲曲》，韓德民著《與神共舞：毛南族儺文化考察札記》，嚴福昌編著《四川少數民族戲劇》，王文章主編《中國少數民族戲曲劇種發展史》，曲六乙、朱恒夫、聶聖哲編《中國少數民族戲劇研究專輯》，還有李希凡總主編的《中華藝術通史》中相關章節等等。

其中所例舉的《中國少數民族戲曲劇種發展史》屬於全國藝術課題「十一五」規劃國家年度課題。由中國藝術研究院組織全國各省市自治區文藝理論研究者進行學術攻關而成。2007 年由學苑出版社出版發行，全書共有 17 章，分別是 1、「概述」；2、「西藏藏戲與門巴戲」；3、「青海藏戲」；4、「甘南藏戲」；5、「四川藏戲」；6、「廣西壯劇與壯師劇」；7、「雲南壯劇」；8、「白劇」；9、「傣劇與章哈劇」；10、「彝劇」；11、「侗戲」；12、「布依戲」；13、「苗劇」；14、「維吾爾劇」；15、「蒙古劇」；16、「新城戲與唱劇」；17、「其他劇種」包括佤族清戲、毛南族毛南戲、羌族釋比戲。此書為劇種方志類、基礎性的全國少數民族戲劇普查性質的文化資源調查結集，是《中國戲曲志》全國各省市自治區分卷的有關資料所組合。全書圖文並茂，裝潢精美，但主要篇幅為圖版所占用，文字數量不是很多，內容形式大致歸於文化志還不屬於戲劇藝術史類。

曲六乙先生主持的國家社科藝術學科項目《中國少數民族戲劇史》，目前已經結項，尚待有關出版社資助出版。部分內容先期由上海同濟出版社「中華藝

術論叢」第九輯收錄，從朱恒夫、聶聖哲編《中國少數民族戲劇研究專輯》所知。此書彙集了全國二十多位作者所寫的 39 篇學術論文，共分為五大部分，綜合性介紹中國主要少數民族的代表性戲劇形式。1、中國少數民族劇種的分類、內涵與界定；2、少數民族戲劇著名劇作家小傳；3、少數民族戲劇著名導演小傳；4、少數民族戲劇著名作曲家小傳；5、少數民族戲劇著名演員小傳。〔註15〕

　　筆者曾參與過中央民族大學與國家文化部組織的《中國少數民族舞蹈史》、《中國少數民族音樂史》、《中國少數民族戲劇史》等有關課題研究。認為在上述眾多專家學者的共同努力下，有條件、有能力在促進民族團結與進步的前提下，深入研究與探討中華多民族戲劇文化，使之方興未艾的民族戲劇學日趨成熟。

　　另外所見 1997 年出版的《中國少數民族戲劇研究文集》，有一篇國家民委全國少數民族戲劇調查組所撰寫的《全國少數民族戲劇調查綜合報告》，分別由一、少數民族戲劇的現狀；二、少數民族戲劇面臨的問題；三、對發展少數民族戲劇的幾點思考等三大部分所組成。此書綜合評述：「在古希臘戲劇、印度梵劇歷經滄桑先後消亡之後，中國戲劇即戲曲，以其獨特的審美特色、民族神韻，崛起於宋元之際，至今仍活躍於戲劇舞臺。由於地域文化、民族文化的影響，由於音樂、聲腔的不同，這些戲曲繁衍成 300 多個劇種，其中也包括少數民族劇種，如歷史久遠的藏戲、產生於清代的白劇、傣劇、侗戲、布依戲、壯劇及解放後誕生的苗劇、蒙古劇、彝劇、夏劇、花兒劇、新城滿戲等近 20 個少數民族劇種。」〔註16〕本書還專門組織了 60 餘篇關於上述各劇種的簡介與劇目作品的評述，另外還有關於「朝鮮族清唱劇盤索里」、「羌族釋比戲」、「維吾爾戲劇」、「夏劇」等劇種的研究文章。

　　王文章主編的《中國少數民族戲曲劇種發展史》，何玉人著《新時期中國戲曲創作概論》中對少數民族戲劇藝術都有其概念、定義、範疇、功能等方面的新的界定與闡述。如《中國少數民族戲曲劇種發展史》是基於全國各省市自治區範圍內的少數民族劇種的調查與研究。理論部分主要在第一章「概述」中，其中敘述其概念：「中國少數民族戲曲是除了漢族戲曲之外，對各民族戲曲劇種的統稱。」論及其性質：「各民族戲曲劇種，由於在發生發展過程

〔註15〕朱恒夫、聶聖哲編《中華藝術論叢》第九輯「中國少數民族戲劇研究專輯」，上海同濟出版社，2009 年版。
〔註16〕《中國少數民族戲劇研究文集》，遼寧民族出版社，1997 年版，第 28 頁。

中所處的歷史時代、地理環境、文化傳統、民情習俗和藝術淵源等條件不同，因此它們除具備中國戲曲『以歌舞演故事』的共性特徵外，又都具有自身的個性特點，使戲曲藝術呈現出百花齊放、異彩紛呈的景象。」

　　該書「概述」一章分為五節組成，一、戲曲是中華各民族人民的共同創造，二、新中國成立後的少數民族戲曲，三、少數民族戲曲的生成規律，四、戲曲的基本特徵與民族特徵，五、少數民族戲曲的繼承、保護與發展。文中提到：「目前已有十幾個少數民族在本民族傳統文化的基礎上創造了本民族的戲曲藝術，與漢族共同建構了豐富多彩的中國戲曲文化。據不完全統計，少數民族戲曲劇種約有近 30 個。」此數目是在原來 20 個劇種基礎上經全國普查而獲得的新數據，新公佈有「壯師劇」、「章哈劇」、「八角鼓戲」、「朝鮮族唱劇」、「哈尼族的優尼劇」、「彝族的撒尼劇與俐侎劇」、「回族花兒劇」、「仫佬戲」、「瑤劇」等新劇種。

　　值得關注的是此書中特別強調少數民族戲劇與漢族戲劇互相借鑒的歷史與經驗：

　　　　中華人民共和國建立後，又新生了許多少數民族戲曲劇種，如苗劇、彝劇、新城戲、章哈劇、大本曲劇、滿族八角鼓戲、阜新蒙古劇等。這些劇種的形成與發展，更與漢族戲曲藝術有十分緊密的聯繫。許多少數民族戲曲劇種還建立了自己的專業劇團，如藏戲、唱劇、壯劇、侗劇、傣劇、白劇、苗劇等。一批漢族文藝工作者參與了民族劇種的創新工作，他們與少數民族戲曲工作者一道，在繼承民族文化傳統的基礎上，廣泛吸取漢族戲曲藝術的優長。引入現代科學技術手段，在音樂唱腔、樂隊伴奏、舞蹈表演、燈光布景諸方面進行了舞臺藝術的革新創造，從而發展了民族戲曲藝術。〔註17〕

著名學者何玉人研究員著《新時期中國戲曲創作概論》一書專設「文化意蘊獨特的少數民族戲曲創作」一章，對少數民族戲曲的稱謂、概念和範疇如此陳述：「中國戲曲是漢族戲曲與少數民族戲曲的總稱。無論是少數民族戲曲還是漢族戲曲，它們的共性基本是一樣的，都是綜合性藝術，都涉及到劇種、文學劇本、導表演、音舞美等各個方面。但是，由於少數民族獨特的歷史文化背景，對於少數民族戲曲的認識，即稱謂、界定、特點等，不能簡單地用漢族戲曲來套用，

〔註17〕 王文章主編《中國少數民族戲曲劇種發展史》，學苑出版社，2007 年版，第 9 頁。

應該符合少數民族戲曲實際。」她經認眞思索，基本同意《中國少數民族戲劇研究論文集》中曲六乙先生所持觀點：「少數民族的界定和範疇，包含了兩個方面，一是少數民族劇種，二是反映少數民族生活題材的戲劇。」在此基礎上何玉人又提出：「少數民族戲曲應該包括這樣幾個方面：（1）少數民族劇種；（2）少數民族劇作家；（3）少數民族題材；（4）少數民族熟悉、熱愛、廣泛接受、民族化了的包括漢族在內的中外表現形式和內容。」〔註18〕

中國藝術研究院戲曲研究所劉文峰研究員著《中國戲曲文化史》，此書中共有 9 章。其中第一章：戲曲文化溯源；第二章：北曲雜劇；第三章：南戲傳奇；第四章：近現代地方戲；第五章：戲曲的舞臺藝術；第六章：五四新文化運動對戲曲的影響；第七章：戲曲的演出場所；第八章：戲曲與民俗及民間美術；第九章：中國戲曲在港澳臺及海外的傳播。

雖然他以漢民族傳統戲曲爲主線鈎織文化經緯，但是沒有忘記將少數民族戲劇編排進去。如在第四章中，此書特別設計了一個專節：異域風情——少數民族戲曲，其中介紹了 1、藏戲；2、蒙古戲；3、維吾爾劇；4、白劇；5、侗劇；6、傣劇；6、布依戲；7、壯劇；8、苗劇；9、朝鮮唱劇；10、彝劇；11、毛南戲等中國少數民族戲劇劇種及其各自發展歷史。

在《中國戲曲文化史》一書的「緒論」中，劉文峰發表了一些對中國少數民族戲劇研究的意見，很有現實意義和學術價值。他在「戲曲多樣性與民族的關係」的小標題下以「戲曲的民族性」爲題，來論證少數民族戲劇的語言、唱腔曲調、舞臺表演等方面的文化獨特性。並且客觀地講述：

> 中國戲曲除了漢族的戲曲劇種外，還有許多少數民族戲曲劇種，如藏族的藏劇，壯族的壯劇，侗族的侗劇，苗族的苗劇，傣族的傣劇，彝族的彝劇，蒙古族的蒙古劇，維吾爾族的維吾爾劇，朝鮮族的唱劇等等。這些民族都有自己本民族的語言文字，都有自己不同於其他民族的文化藝術傳統，同時他們又與（患者）和其他兄弟民族有著久遠和密切的交流。受內地戲曲文化影響，這些民族都相繼創造出具有本民族特色的戲曲文化，爲多民族品種的中華戲曲文化作出了貢獻。〔註19〕

〔註18〕何玉人《新時期中國戲曲創作概論》，文化藝術出版社，2005 年版，第 393 頁。

〔註19〕劉文峰《中國戲曲文化史》，中國戲劇出版社，2004 年版。

　　劉文峰先生還發表過《論戲曲的多樣性及對少數民族戲曲的保護》等論文，他反覆論證：「戲曲的多樣性是中國戲曲不同於其他國家戲劇的重要特徵之一。二十世紀 90 年代以來，世界一體化的進程加快。這種一體化不僅表現在經濟建設上，還體現在對少數民族戲曲的多元化發展及其保護上，就中國少數民族戲曲整體而言，大部分處於劇種建設階段，遠不如漢族劇種那麼成熟。但卻於稚氣、粗礪、原始之中顯出迷人的色彩。它既是古樸的，又是鮮活的；它既是簡陋的，又是精緻的；從戲劇整體看它不十分完備，但從局部看，它又是相當成熟的。應該說它是具有獨特審美價值的藝術，是充滿活力和朝氣的藝術。」對少數民族戲曲的保護和發展將會有力地促進宏大的中華多民族文化體系的構建。

　　李悅著《中國當代少數民族戲曲》一書共設 5 章，既全面系統，又務實細緻。即第一章、藏區少數民族戲曲，下含有 1、藏族歷史文化；2、西藏藏戲；3、安多藏戲。第二章、南方少數民族戲曲，下含有 1、壯族的戲曲；2、白族的戲曲；3、傣族的戲曲；4、侗族的戲曲；布依族的戲曲；6、彝族的戲曲；7、苗族的戲曲；8、佤族的戲曲；9、毛南族的戲曲。第三章、北方少數民族戲曲，下含有 1、維吾爾族的戲曲；2、蒙古族的戲曲；3、滿族的戲曲；朝鮮族的戲曲。第四章、當代少數民族戲曲事業、下含有 1、黨的政策措施；2、劇種建設；3、劇目建設；4、資料與研究。第五章、民族劇種的生成與發展、下含有 1、民族文化藝術；2、劇種生成規律；3、劇種藝術特徵；4、劇種發展走勢；5、民族文化交流；6、劇種的民族化。

　　中國少數民族劇作家胡可在《中國當代少數民族戲曲》「序」文中，非常讚譽李悅研究員為少數民族戲劇樹碑立傳：

　　　　在此書裏，他除了詳細地介紹了我國各少數民族戲曲的發展歷
　　　史、劇種特色和代表作品之外，著重論述了黨的正確民族政策對於
　　　各少數民族地區經濟建設、文化建設的關係。並以各少數民族戲曲
　　　發展的實例，來說明正確的民族政策如何推動著少數民族戲曲的發
　　　展。〔註20〕

論及此書的學術貢獻，筆者認為作者為中國少數民族戲曲提供了一個行之有效的分類法，其原則，一是按民族歸屬，二是按形成時期。

　　該作者為了將上述理論闡述清楚，還陸續發表一些相關學術論文。諸如：《十

〔註20〕李悅《中國當代少數民族戲曲》「序」，中國戲劇出版社出版，2005 年版。

七年民族戲曲述要》。他認為：中國戲曲藝術是由漢族與其他少數民族的各種地方戲曲劇種共同組成的。中華各民族在經濟、文化上的歷史交流與融合，促進了戲曲藝術的形成與發展。中國有 55 個少數民族，人口約有九千一百多萬（1990年統計），主要分佈在西南、西北、內蒙、東北地區，占全國面積百分之六十的土地上。其中有十幾個民族，如藏族、蒙古族、維吾爾族、壯族、侗族、白族、傣族、苗族、布依族、朝鮮族、滿族、彝族、佤族、毛南族、仫佬族等。他們在本民族傳統文化的基礎上創造了戲曲劇種，與漢族戲曲共同構建了龐大的中國戲曲王國。建國前，中國少數民族戲曲在統治階級的多重歧視和民族壓迫下，始終處於受摧殘或被利用的狀態，劇種發展緩慢，停滯不前，有的甚至漸絕響於舞臺。建國後，黨和人民政府高度重視戲曲文化工作，制定了發展民族戲劇的方針政策，使得少數民族戲曲蓬勃發展，獲得許多成績。

　　在《中國少數民族戲曲劇種的生成與發展》一文中，李悅指出：「中國戲曲藝術是中華各民族人民共同創造的，中華各民族在經濟、文化上的歷史交流與融合，促進了戲曲藝術的形成與發展。但由於歷史的原因，少數民族戲曲在很長一段時間內，沒有受到應有的重視，中國戲曲似乎成了漢族的一統天下。具有悠久歷史文明和多種藝術形態的少數民族戲曲劇種被淹沒在大漢族戲曲聲腔的鏗鏘鑼鼓聲中，有關少數民族戲曲史論研究極少在中國戲曲藝術論壇中佔有一席之地。有鑒於此，我們對少數民族戲曲劇種較之漢族戲曲應給以更多的關注。中國有 55 個少數民族，現已創建本民族戲曲劇種的有 16 個民族，他們是：藏族、蒙古族、維吾爾族、壯族、侗族、白族、傣族、苗族、布依族、朝鮮族、滿族、彝族、佤族、瑤族、毛南族、仫佬族。這些少數民族都有自己豐厚的民族文化傳統，經過長期歷史發展和藝術衍變，逐漸形成本民族的戲曲劇種形態。

　　在《試論中國少數民族戲曲劇種的生成規律》一文中，據李悅論證：「光輝燦爛的中國戲曲文化，是中華各民族的共同創造，是各族人民經濟、文化長期相互交流、融和的產物。中國少數民族戲曲藝術是中國傳統文化藝術遺產的重要組成部分，在中國戲曲發展史上佔有舉足輕重的地位。中國少數民族在政治、經濟、文化等方面的發展是不平衡的，各自具有不同的生活地域、語言文字、文學藝術、風俗習慣和宗教信仰。少數民族的戲曲劇種正是在其豐厚的民族文化傳統，尤其是音樂、舞蹈、說唱藝術的基礎上，經長期歷史衍變逐漸發展形成的。對此深入研究將有助於人們對中國少數民族戲曲劇種

的生成規律的認識。」

三、中華民族戲劇起源與產生之討論

論及中華民族戲劇的產生與戲劇形式分類，必須要關乎中國戲劇起源與產生問題。根據國內外諸多學者的討論與研究，我們可以看到各種爭執不一的觀點與學說。毋庸置疑，這也同樣波及和影響到中國各少數民族戲劇的發生和演變問題。經過學術梳理和分析比較，其中較有代表性的如葉長海在《戲劇發生與生態》中舉出歷代的九種學說，即：1.「娛樂說」；2.「祭祀說」；3.「樂舞說」；4.「巫覡說」；5.「優孟說」；6.「說唱說」；7.「文體說」；8.「肖人說」；9.「性情說」。〔註21〕

另如麻國鈞在《中國戲劇的發生》中亦歸納為九種學說，即：1.「歌舞說」；2.「傀儡戲演變說」；3.「外域輸入說」；4.「綜合而說」；5.「文學說」；6.「百戲之搖籃說」；7.「遊戲說」；8.「多元說」；9.「宗教祭祀說」。〔註22〕鄭傳寅在《中國戲曲文化概論》中提出四種學說：1.「導源於古代宮廷俳優說」；2.「導源於皮影戲和傀儡戲說」；3.「導源於古印度之梵劇說」；4.「導源於宗教儀式說」。〔註23〕

周育德在《中國戲曲文化》中提出七種學說：1.「娛神說」；2.「娛人說」；3.「古樂舞說」；4.「傀儡說」；5.「外來說」；6.「詞變說」。〔註24〕

趙山林在《中國戲劇學通論》中認為自古有七種學說：1.「上古歌舞說」；2.「宗教禮俗說」；3.「俳優說」；4.「傀儡說」；5.「百戲說」；6.「歌舞戲說」；7.「參軍戲說」。另外還列舉有：1.「歌舞伎藝論」；2.「扮演伎藝論」；3.「說唱伎藝論」。〔註25〕

徐振貴在《中國古代戲劇統論》中所列七大綱目供人討論：1. 是否起源於原始宗教？2. 是否起源於歌舞？3. 是否起源於傀儡戲？4. 是否起源於詩詞？5. 是否起源於倡優？6. 是否起源於性崇拜？7. 是否由國外輸入？他主張採用「歷史多元性與綜合性」。〔註26〕

〔註21〕葉長海《戲劇發生與生態》，臺北駱駝出版社，1990年版。
〔註22〕載於《西域戲劇與戲劇的發生》，新疆人民出版社，1991年版。
〔註23〕鄭傳寅《中國戲曲文化概論》，武漢大學出版社，1993年版。
〔註24〕周育德《中國戲曲文化》，北京友誼出版社，1995年版。
〔註25〕趙山林《中國戲劇學通論》，安徽教育出版社，1995年版。
〔註26〕徐振貴《中國古代戲劇統論》，山東教育出版社，1997年版。

　　李萬鈞主編的《中國古今戲劇史》認為中國戲曲導源於三大伎藝，即：1. 歌舞伎藝；2. 表演伎藝；3. 說唱伎藝。而三大伎藝則融合於「連廂」表演形式。〔註27〕

　　臺灣著名學者曾永義綜合近現代諸學者的學術論點，綜合整理為五大類型 15 種學說：

　　　　　　（一）、就構成戲曲元素而立諸者，有 1.「歌舞說」；2.「樂舞說」；3.「巫覡說」；4.「俳優說」；5.「講唱說」；6.「詞變說」；7.「多元綜合說」。（二）、就孕育之場所而立論者，有 1.「宗教祭祀說」；2.「百戲說」。（三）、就戲曲功能而論者，有 1.「娛樂說」；2.「遊戲說」；3.「勞動說」。（四）、就形式的傳承而立論者，僅「外來說」。（五）、就藝術之模仿而立論者，1.「肖人說」；2.「傀儡影戲說」。〔註28〕

綜上所述，雖然眾說紛紜、觀點雜駁，但就相對統一的「中國戲曲淵源學說」主要集中在「歌舞說」、「宗教學」、「講唱說」、「外來說」等四大方面。我們如果仔細推敲其語言文字形式之形成與構成，諸學說似乎都與傳統的民族「詩詞歌賦」或稱原始、傳統的「劇詩」文化有著密不可分的親緣關係。

　　在中國古典戲曲龐大的家族群中，最富有代表性的莫過於「北劇」與「南戲」了。無論是中國文學史還是中國戲曲史，國內外專家學者們總喜歡花費大量筆墨來探索與研究這兩種南北對峙的古典戲曲文學品種的生成與發展，以及後來融會與貫通之文藝途徑。中國古代戲劇的歷史時空無疑是由陽剛、簡約的「北劇」與陰柔、繁複的「南戲」所構成。這兩種古典戲曲形式在各自「半壁河山」的生存環境中不斷地離散與整合，在東方民族戲劇的生命流程之中不斷發展與壯大。

　　論及民族「歌舞」，中國自古都有歌舞詩樂相融合的藝術傳統，人稱「歌舞從來不分家」，到後來由詩歌、曲藝作中介加入了戲文，即化為「戲曲」。故此古人歷來都將歌舞文化視為中國戲曲的正宗源頭。例如古代學者程羽文在《盛明雜劇・序》中論述：

　　　　　上古有歌舞而無戲曲，戰國、秦、漢始創優伶，唐作梨園教坊，
　　　王右丞以此得解頭，而莊宗自號「李天下」，厥後流風大暢。變歌之

〔註27〕李萬鈞主編《中國古今戲劇史》，廣東高等教育出版社，1997 年版。
〔註28〕曾永義《戲曲源流新論》，文化藝術出版社，2001 年版。

五音以成聲，變舞之八佾以成數，而曰外、曰末、曰淨、曰丑、曰
生、曰旦，六人者出焉。凡天地間知愚賢否，貴賤壽夭，男女華夷，
有一事可傳，有一節可錄，新陳言於牘中，活死迹於場上。誰真誰
假，是夜是年，總不出六人搬弄。〔註29〕

程羽文由此歷史事實所推論，並梳理出自古戲曲慣例為「曲者，歌之變，樂
聲也。戲者，舞之變，樂容也」。明代著名劇作家湯顯祖在《宜黃縣戲神清源
師廟記》中也同意「戲曲源於歌舞」之觀點：「蓋自鳳凰鳥獸，以至巴渝夷鬼，
無不能舞能歌，以靈機自相轉活，而況吾人。奇哉清源師，演古先神聖人能
千唱之節，而為此道。初止爨弄參鶻，後稍為末泥三姑旦等雜劇傳奇。長者
折止半百，短者折才四耳。夫天生天生地、生鬼生神，極人物之萬途，攢古
今之千變。」

中國近代學者如劉師培、王國維、許之衡、吳梅、盧前、徐慕雲、董每
戡、周貽白、張覓、張庚、郭漢城、郭濤、劉立文、吳新雷、陳多、謝明與
日本學者青木正兒等均贊成戲曲起源於「歌舞」學說。

劉師培先生在《原戲》中論述：「戲曲者，導演於古代樂舞者也。」國學
大師王國維在《宋元戲曲考》中多次提到歌舞與戲曲的關係，如他指出：「歌
舞之興，其始於古之巫乎？巫之興也，蓋在上古之世。」還說：「至魏明帝時……
倡優亦以歌舞戲謔為事。其作遼東妖婦，或演故事，蓋猶漢世角抵之餘風也。」
由此而引發出下面這段有關歌舞戲劇經典理論：

由是觀之，則古之俳優，但以歌舞及戲謔為事。自漢以後，則
間演故事；而合歌舞以演一事者實始於北齊。顧其事至簡，與其謂
之戲，不若謂之舞之為當也。然後世戲劇之源，實自此始。〔註30〕

當然中國傳統戲曲中僅容納歌舞成分還不夠，王國維認為還需加入一些詩文
言語成分，並要表裏合作敷演人物故事，從而引發出「真戲劇」的重要概念：
「宋代之滑稽戲及小說雜戲，後世戲劇之淵源，略可於此窺之。然後代之戲
劇，必合言語、動作、唱歌，以演一故事，而後戲劇之意義始全。故真戲劇
必與戲曲相表裏。」後來遂發展為：「其歌舞相兼者，則謂之傳踏」，「傳踏之
制，以歌者為一隊，且歌且舞，以侑賓客。宋時有與此相似，或同實異名者，
是為隊舞」，「宋時舞曲，尚有曲破」，「此外兼歌曲之伎，則為大曲」。在此樂

〔註29〕蔡毅編《中國古典戲曲序跋彙編》（一），齊魯出版社，1989年版，第462頁。
〔註30〕《王國維戲曲論文集》，中國戲劇出版社，1984年版，第8頁。

舞詩詞歌賦基礎上，繼而又過渡至「諸宮調」與「元雜劇」，乃成爲「中國之真戲曲」。對此演變過程與要旨，王國維著文細加論證：

> 宋人大曲，就其現存者觀之，皆爲敘事體。金之諸宮調，雖有代言之處，而其大體只可謂之敘事。獨元雜劇於科白中敘事，而曲文全爲代言。雖宋金時或當已有代言體之戲曲，而就現存者言之，則斷白元劇始，不可謂非戲曲上之一大進步也。此二者之進步，一屬形式，一屬材質，二者兼備，而後我中國之真戲曲出焉。〔註31〕

論及「宗教說」，也稱「宗教祭祀說」、「宗教禮俗說」、「巫覡說」。在西方文壇，原始宗教酒神祭祀儀式孕育了古希臘悲劇與喜劇藝術，這已是學術界的共識。對古人在史前時代所舉行的巫術儀式、圖騰崇拜儀式與文明時期的祭祀儀式，都屬於宗教文化範疇。對此，法國學者所羅門·愛德華在《儀式與戲劇》一書中說道：「任何研究戲劇史的著作必先涉及儀式，因爲這種或那種儀式形成了所有流行劇場性娛樂的基礎和戲劇藝術本身賴以生長的根源。」〔註32〕

　　對於中國戲劇與戲曲是否起源於宗教祭祀儀式之理論，歷有學人爭論不休。諸如古今文人蘇軾《東坡志林》、董康《曲海總目提要序》、曲六乙《宗教祭祀儀式：戲劇發生學的意義》、麻國鈞《中國戲劇的發生》、龍彼得《中國戲劇源於宗教儀典考》、康保成《戲曲起源與中國文化物質》、陸潤棠《中西戲劇的起源比較》所持相類似觀點，等等。以及與其相近的「巫觀說」理論則出自王逸《楚辭章句》、朱熹《詩集傳》、楊愼《升菴》、王國維《宋元戲曲考》、鮑文鋒《古代戲曲民俗與中國戲劇的淵源》等著作與論文之中。

　　中國人自古以來從未斷絕過對天地萬物與祖先神靈的祭祀活動。據《禮記·月令》記載：「仲春三月：是月也，玄鳥至，至之日，以太牢祠於高禖，天子親往。后妃帥九嬪御，乃禮天子所御，帶以弓韣蜀，授以弓矢於高禖之前。」即指先秦時期所流行的高禖祠前的宗教祭祀。著名學者聞一多在閱覽《詩經·生民》之「生民如何，克禋克祀，以弗無子。履帝武敏歆，攸介攸止。載震載夙」時詮釋：「上云禋祀，卜云履跡，是履跡乃祭祀之一部分，疑即是一種象徵性舞蹈。攸介攸止，蓋舞畢而相攜止於幽閒之處，因而有孕也。」〔註33〕至於古代各地各民族實施的儺儀、儺樂、儺戲與宗教祭祀樂舞戲劇關

〔註31〕《王國維戲曲論文集》，中國戲劇出版社，1984年版，第56頁。
〔註32〕轉引自吳光耀《戲劇的起源和形式》，《戲劇藝術》，1985年第3期。
〔註33〕聞一多《姜嫄履大人迹通考》，載於《神話與詩》，開明書局，1948年版。

係則更近了一步。

「儺」是中國古代人民用以驅鬼除疫的一種宗教祭祀活動，因而又稱為儺祭、儺儀。追根溯源早在周代宮廷就有「方相氏」率眾驅鬼之儀式。據《周禮·方相氏》曰：「方相氏掌蒙熊皮，黃金四目，玄衣朱裳，執戈揚盾，帥百隸而時難，以索室驅疫。大喪，先柩。及墓，入壙，以戈擊四隅，驅方良。」至漢代發展為「大儺，謂之逐疫」，而「作方相十二獸舞」。《後漢書·禮儀志》云：「其儀：選中黃門子弟年十歲以上，十二以下，百二十人為侲子。皆赤幘皀制，執大鼗，方相氏黃金四目，蒙熊皮，玄衣朱裳，執戈揚盾；十二獸有衣、毛、角。中黃門行之，冗從僕射將之，以逐惡鬼于禁中。」至唐朝，儺祭規模不斷擴大，並逐漸形成了風格獨特的「儺戲」。對此儺祭禮儀，《樂府雜錄》有如下詳實記載：

> （驅儺）用方相四人，戴冠及面具，黃金為四目，衣熊裘，執戈，揚盾，口作「儺、儺」之聲，以除逐也。右十二人，皆朱髮，衣白□畫衣。各執麻鞭，辮麻為之，長數尺，振之聲甚厲。乃呼神名，其有甲作，食歹凶者；月弗胃，食虎者；騰簡，食不祥者；覽諸，食咎者；祖明、強梁，共食磔死寄生者；騰根，食蠱者等。侲子五百，小兒為之。衣朱褶、青襦，戴面具。以晦日於紫宸殿前儺，張宮懸樂。太常卿及少卿擁樂正到西閣門，丞並太樂署令、鼓吹署令、協律郎並押樂在殿前。事前十日，太常卿並諸官於本寺先閱儺，並遍閱諸樂。其日，大宴三五署官，其朝僚家皆上棚觀之，百姓亦入看，頗謂壯觀也。〔註34〕

時值宋代，朝野祭儺儀式有增無減，並日趨走向瓦肆、勾欄，且與教坊樂舞和雜劇匯流。此據《東京夢華錄》記載：「至除夕，禁中皇大儺儀，並用皇城親事官諸班。直戴假面，繡畫色衣，執金槍龍旗。教坊使孟景初，身品魁偉，貫全副金鍛銅甲，裝將軍。用鎮殿將軍二人，亦介貫裝門神。教坊南河炭醜惡魁肥，裝判官。又裝鍾馗、小妹、土地、竈神之類共千餘人，自禁中驅祟出南薰門外轉龍彎，謂之埋祟而罷。」宋代著名詩人蘇軾根據民間大蠟、八蠟之蠟祭儀式，提出古人「借屍扮戲」之禮俗。此據《東坡志林》所云：「『八蠟』，三代之戲禮也。歲終聚戲。此人情之所不免也；因附以禮義，亦曰不徒戲而已矣。『祭』必有尸，無尸曰『奠』；始死之『奠』與『釋奠』是也。今

〔註34〕《中國古典戲曲論著集成》，中國戲劇出版社，1959年版，第43頁。

蠟謂之『祭』，蓋有尸也。貓虎之尸，誰當爲之？置鹿與女，誰當爲之？非倡優而誰？」

　　王國維先生對蘇軾上述觀點非常讚賞，他在《宋元戲曲考》中指出：「古之祭也必有尸，宗廟之尸，以子弟爲之。至天地百神之祀，用尸與否，雖不可考。然《晉語》載：『晉祀夏郊，以董伯爲尸。』則非宗廟之祀，固亦用之。《楚辭》之靈，殆以巫而兼尸之用者也。其詞謂巫曰靈，謂神亦靈。蓋群巫之中，必有象神之衣服形貌動作者，而視爲神之馮依。故神之曰靈，或謂之靈保。……是則靈之爲職，或偃蹇以象神，或婆娑以樂神，蓋後世戲劇之萌芽，已有存焉者矣。」

　　在西方世界，有一位英國學者曾在《文化論》一書論斷：「東方的戲劇藝術，都可能起源於這種早期的戲劇化的宗教儀式。」龍彼得教授在《中國戲劇源於宗教儀典考》中也說：「中國戲劇源於宗教儀典。」香港文化學者陸潤棠在《中西戲劇的起源比較》一文中也認爲：「中國戲劇起源亦是來自宗教的祭祀儀典。」在國內，如麻國鈞先生於《中國戲劇的發生》一文中同樣亦主張「宗教祭祀說」。

　　對於國內外眾多學者沿襲中西戲劇均源自宗教祭祀與儀式之觀點，鄭傳寅先生在《中國戲曲文化概論》一書究其原因說：「原始宗教儀式確實是一個富有巨大包容性的文化物質，它遠不只是包容著原始形態的美術、音樂、舞蹈、詩歌，還包容著原始形態的政治、法律、哲學、道德、教育、禮儀、科學，等等。可以這麼說：後世許多文化物質幾乎都可以從宗教的初始形態中找到某些蹤跡。」但是，他又進一步解析：「需要加以辨析的是，包容並不等於孕育、衍生。包容是指將各種不同成分聚集、揉合在一起，而孕育、衍生則是指某一種文化物質作爲母體，然後由它派生出另外一種或多種其它文化特質。孕育與被孕育者之間不僅存在一種被另外一種包容或數種混融的關係。而且更重要的是，它們之間存在一層沒有前者就必然沒有後者的親緣關係。只要認眞加以分析，我們就不難發現，宗教儀式與藝術之間並不存在沒有前者就必然沒有後者的親緣關係。」〔註35〕故此，他主張「中國戲曲應該來自多元血統」。

　　除上所述，國內外有人竭力主張中國戲曲源自講唱藝術，或稱其爲「說

<hr>

〔註35〕鄭傳寅《中國戲曲文化概論》（修訂版），武漢大學出版社，1993 年版，第 29 頁。

唱說」、「詞變說」，其實此學說實爲中國樂舞詩文與戲劇學說的一個支流變簡。

眾所周知，中國各民族傳統歌舞戲與地方戲曲自古迄今一直離不開詩詞歌賦，更離不開「講唱藝術」或「說唱文學」。早在先秦時期就《呂氏春秋·古樂篇》即有「葛天氏之樂」且歌且舞且詩且樂之說：「昔葛天氏之樂，三人操牛尾投足，以歌八闋：一曰《載民》；二曰《玄鳥》；三曰《遂草木》；四曰《奮五穀》；五曰《敬天常》；六曰《達帝功》；七曰《依地德》；八曰《總禽獸之極》。」對此種民族詩樂歌舞相融合的表演藝術形式，明代戲作家湯顯祖在《答淩初成》一文中曾畫龍點睛地評論：「上自葛天，下至胡元，皆是歌曲。曲者，句字轉聲而已。葛天短而胡元長，時勢使然。」

實際上，先秦時期詩樂講唱形式如《詩經》與《楚辭》中，所存一些篇什已初具原始戲劇或戲曲文學特質。聞一多先生在《〈九歌〉古歌舞劇懸解》中辨析：屈原的《九歌》實爲一齣「久未認證」的大型古代歌舞劇，並認爲其中九位神靈「按照各自的身份，分班表演著程度不同的哀豔的，或悲壯的小故事，情形就和近世神廟中演戲差不多。不同的只是在當時，戲是由小神仙做給大神瞧的，而參加祭祀的人們則是沾了大神的光而得到看熱鬧的機會。」〔註36〕據明代陳與郊《古雜劇序》中追溯《詩經》、《離騷》文本之流變時評析：「後《三百篇》而有楚之騷也，後騷而有漢之五言也，後五言而有唐之律也，後律而有宋之詞也，後詞而有元之曲也。代擅其至也六代相降也，至曲而降斯極矣。」

明代學者於若瀛《陽春奏序》亦云：「降至《三百篇》，率皆採閭巷歌謠而搖之聲詩，宜尼父所謂可興、可觀，良有旨矣。《離騷》則楚之變也，五言則漢之變也，律則唐之變也，至宋詞、元曲，又其變也。時代既殊，風氣亦異，元曲興而其變極矣。」上述諸說，均指出中國古代詩、賦、詞、歌、曲、劇諸文體的嬗變而導向中國戲曲的合成。若涉獵於講唱表演藝術之終極文體如「元曲」、「散曲」與「劇曲」的演變，歷史事實更能證實詩歌說唱形式所起到的重要中介作用。

關於「講唱」或「說唱伎藝」，據文字記載，其「樂曲係說唱伎藝」包括有「話本、鼓子詞、賺詞、諸宮調」等；還有「詩贊係說唱伎藝」，其中有「涯

〔註36〕聞一多《〈九歌〉古歌舞劇懸解》，載於《神話與詩》，華東師範大學出版社，1997 年版。

詞和陶眞兩種」，另外在此基礎上還融入有歌舞表演特徵的「打連廂」或「唱連廂」。對此，葉德均先生在《宋元明講唱文學》一書有著詳盡的闡釋：

> 講唱文學是用韻、散兩種文體交織而成的民族形式的敘事詩，敘述時有說有唱的。唐五代僧侶們所創制的俗講是講唱文學的開山祖，俗講中的講經文、緣起和大多數的變文，都夾有韻文和散文。講唱時以散文講說、韻文歌唱。韻文的歌詞以七言偈贊爲主配合梵唄的樂調歌唱。〔註37〕

講唱文學之「樂曲係說唱伎藝」，諸如「話本」、「鼓子詞」、「賺詞」、「諸宮調」等，古今學者做過許多有價值的討論；而「詩贊係說唱伎藝」之「涯詞」、「陶眞」，在歷史上卻爲人們所忽略，故需花費筆墨進行一些簡述、介紹與研討。

「涯詞」亦爲「崖詞」。據南宋代西湖老人《繁勝錄》記述：當時臨安（浙江杭州）演藝界，「唱涯詞只引子弟，聽陶眞盡是村人」。灌圃耐得翁《都城紀勝》亦載：「凡傀儡敷衍：煙粉、靈怪故事、鐵騎、公案之類。其話本或如雜劇，或如崖詞。」依此說明「涯詞」較之「陶眞」更加文質彬彬與高雅，也證實此時世俗說唱故事已接近於後世雜劇。

「陶眞」亦作「淘眞」，因觀者「盡是村人」，故比涯詞更爲貼近基層與通俗化。明代田汝成《西湖遊覽志餘》曰：「杭州男女瞽者，多學琵琶，唱古今小說、平話，以覓衣食，謂之陶眞。大抵說宋時事，蓋汴京遺俗也。」又據南戲《琵琶記》第十七齣「義倉」中藝人有「唱陶眞」曲爲「蓮花落」之記載，可知此種演唱形式在大江南北流行之廣。

我們從宋代著名詞人與學者陸游《小舟遊近村》所吟：「斜陽古柳趙家莊，負鼓盲翁正作場。死後是非誰管得，滿村聽說蔡中郎。」之詩詞文字之中，既能聽到上述「樂曲係說伎藝」中「鼓子詞」與「賺詞」的動人曲調；也同樣能看到「詩贊係說唱伎藝」中「涯詞」與「陶眞」的表演者身影。

頗近似「諸宮調」的「打連廂」或「連廂詞」，中國古書典籍中亦常有涉獵。據有關專家考證，中國許多地方戲曲品種與此種說唱表演形式關係異常密切。

據清代焦循《劇說》所述：「所謂『連廂詞』者，則帶唱帶演，以司唱一人、琵琶一人、笙一人、笛一人，列坐唱詞，而復以男名末泥，女名旦兒者，並雜色人等。入勾欄扮演，隨唱詞作舉止，如『參了菩薩』，則末泥祇揖，『只

〔註37〕葉德均《宋元明講唱文學》，古典文學出版社，1957年版，第1頁。

將花笑撚』，則旦兒撚花類。北人至今謂之『連廂』，曰『打連廂』、『唱連廂』，又曰『連廂搬演』。對此，清代梁廷枬《曲話》卷四中亦有同類史志雜論：

> 北人有所謂「打連廂」、「唱連廂」者。蓋「連廂詞」作於元曲未作之先。其例：專設司唱者一，雜設諸執器色者，笙、笛、琵琶各一人，排坐場端，吹彈數曲；而後敷白道唱，男名末尼，女名旦兒，並雜色人等，上場扮演，依唱詞而作舉止。毛西河有擬連廂詞，曰《賣嫁》，曰《放偷》，古法猶存。今人不復能也。古人歌者、舞者各自為一，兩不照應；至唐人《柘枝詞》、《蓮花鈒歌》，則舞者所執與歌人所歌之詞，稍有相應矣，猶羌無故實也。

「打連廂」表演形式有歌有舞、有詩有詞、有伴奏有「搬演」，並有「末尼」、「旦兒」在勾欄戲場敷演或宗教，或世俗傳說故事。特別是藝人所持胡樂器「琵琶」為胡曲《柘枝詞》伴奏，並「撚花」參拜「菩薩」，說明此種表演藝術形式幾近戲曲，亦脫離不了「胡漢」樂舞詩劇化合之軌跡。

總而言之，無論是上述的「歌舞說」、「宗教說」，還是「講唱說」、「說唱說」等，其敘事文體為了貼近與融入代言體戲曲，都離不開「詩化」與「劇化」的語言，都在苦心詣意地在不斷加強與鍛造「詩」與「劇」的魂魄。我們從俳優演藝界歷來在音律詩學與劇詞做法上屢加錘鍊之事實方可觀其端倪。諸如集作曲、作詞之大成者周德清的《中原音韻》所列「作詞十法」，即云：「一知韻；二造語；三用事；四用字；五入聲作平聲；六陰陽；七務頭；八對偶；九末句；十定格」。依此「十項內容大致可以分為格律、文辭兩個方面，仍是對曲而言，可以看得出它對於詩、詞演變而來，在格律、文辭方面對於詩、詞本來就存在繼承和發展的關係。」檢索後世古典戲曲或地方戲曲之文體結構與美學追求也本著此原則與規律而獲建構。另外如王世貞的《曲藻》、沈寵綏的《度曲須知》、王驥德的《曲律》、胡應麟的《莊岳委談》、李漁的《閒情偶記》等所涉及的「詞變說」也為民族戲曲詩化與劇化的語言模式提供了重要的文字佐證。

在近年來，海峽兩岸專家學者出版發行許多關於中華民族戲劇產生與起源的論文著作，其中如臺灣學者唐文標《中國古代戲劇史》與大陸學者吳晟《瓦舍文化與宋元戲劇》給人的印象與思考頗深。

臺灣學者唐文標著《中國古代戲劇史》第三章：一、自漢迄唐宋的古劇，二、傀儡戲與影戲，三、雜劇，四、唐戲弄及歌舞，五、唐之歌舞劇。〔註38〕

〔註38〕唐文標《中國古代戲劇史》，中國戲劇出版社，1985年版。

鈎沈大量史料集中討論此方面的問題。

　　唐代李沈《獨異志》卷上：「至元和猶在長安戲場中，日集數千人觀之。」唐代李綽《尚書故室》（《百川學海》本）：「京國頃，歲街陌中，有聚觀戲場者。」均認為帝王的提倡和宮廷的奢侈需要，中國音樂、唱歌，以至歌舞戲的發達，到了唐朝已登峰造極。傀儡戲逐漸在中國宮廷生根，可是從戲劇故事代言體來看，清楚地道明所演出的內容還不多。到了唐代，傀儡戲才有演出故事性較強的套戲。唐、宋文人寫過幾首詩：「須臾弄罷寂無事，還似人生一世中。」（唐·梁鍠《窟磊子人》）「萬般盡被鬼神戲，看取人間傀儡棚。煩惱自無安腳處，從他故笛弄浮生。」（北宋·黃魯直《傀儡》）應有完整乃至諷世勸道的故事，使人感慨「浮生如戲」，除了不是真人扮演外，已是「全能劇」的形狀。

　　「唐朝戲劇已大體完備」，這個說法是任二北先生在《唐戲弄》一書所云。唐朝的戲劇是否已到達現代戲劇的意義呢？一時還不能有完整可信的歷史證明，但是唐朝確是有不少的有關初型戲劇的記載，卻也是事實。宋代王灼的《碧雞漫志》轉錄《文酒清話》中的一個戲劇的故事：「倡優作襤褸數婦人，抱男女筐筥，歌麥秀兩歧之詞，敘其拾麥勒苦之由。」……這個故事僅表示唐朝的優伶已長於裝扮人物，且可以唱詞演戲。

　　唐代無名氏的《玉泉子真錄》內云：「崔公鉉之在淮南，嘗俾樂工集其家僮，較以諸戲。」唐人王翰有一首《觀蠻童為伎之作》：「長裙錦帶還留客，廣額青娥亦效顰。共惜不成金谷妓，虛令看殺玉畫人。」于慎行《谷城山房筆塵》有云：「優人為優，以一人頭衣綠，謂之參軍。」趙璘《因話錄》亦云：「肅宗宴於宮中，女優弄假官戲。其綠衣秉簡者，謂之參軍樁。古梨園傅粉墨者，謂之參軍。」《夷堅志》云：「俳優侏儒，周技之下且賤者也。然亦能因戲語而箴諷時政，有合於古矇誦工諫之義，世目為雜劇者是已。」此類戲劇，較為典型的有《賤田園》、《劉闢責買》等，王國維編《優語錄》收錄很多。

　　吳晟在《瓦舍文化與宋元戲劇》引論指出：「中國戲劇史上的斯芬克斯」有很多，如：傳統戲劇起源早卻成熟晚，成為中國戲劇史上　個「斯芬克斯」……它不僅與遠在公元前五世紀就成熟的古希臘戲劇參照晚了十六個多世紀，而且與本民族文化史上早在先秦時代業已出現繁榮局面的詩歌、散文等文學樣式比較，也未能獲得同步發展而顯得很不協調。〔註39〕我國古代戲劇成熟可謂「猶抱琵琶半遮面，千呼萬喚始出來」，令國人始終感到是一個謎，

〔註39〕吳晟《瓦舍文化與宋元戲劇》，中國社會科學出版社，2001年版。

而困惑不解。

國內有的學者認為，戲劇因素——樂、歌、舞、演、白諸要素成熟發達，就能產生全能之戲劇。那麼試問：先秦時代有相傳為周公所作《大武》這樣大型的舞蹈；詩歌有《詩經》與「楚辭」這樣輝煌的成果；音樂已經有了像《樂記》、《樂論》這樣的理論著作，難道不足以說明當時詩、樂、舞、戲的藝術水平已經發展到相當成熟的高度麼？至於遠古說唱，據荀子仿作《成相》篇可知，「成相」這種通俗文學形式——說唱已流行於戰國時期的民間。有據《史記·滑稽列傳》所載優旃、優孟之事，說明先秦時期已有科白滑稽戲。……可是，詩、樂、舞「匯演」的慶典盛宴上，戲劇（較成熟的戲劇）卻大煞風景的缺席了。在人們面前呈現的怪圈：學術高潮的到來，卻沒有迎來比較成熟的民族戲劇形式。

《太平廣記》卷八十三「續生」條引《廣古今五行記》云：「濮陽郡有續生者……每四月八日，市場戲處，皆有續生。郡人張孝慕不信，自在戲場，對一續生，又遣奴子往諸處看驗。奴子來報，場場悉有。以此異之。」（《筆記小說大觀》第二冊）「戲場」多設在寺院：「長安戲場多集於慈恩。小者在青龍，其次薦福永壽。尼講盛於保唐，名德聚之安國。士大夫之家入道，盡在咸宜。」（錢易《南部新書》卷五）關於遼朝雜劇的直接記載可見宋邵伯溫文：「潞公謂公曰：『某留守北京，遣人入大遼偵事回，云見虜主宴群臣，伶人劇戲，作衣冠者，見物必攫取懷之。有從其後以挺撲擊之者，曰：司馬端明邪』。君實清名在夷狄如此」。（《邵氏聞見錄》卷十）又《遼史》卷五十四「散樂」記載：「皇帝生辰樂次：酒一行，觱篥起，歌。酒二行，歌，手伎入。酒三行，琵琶獨彈。餅、茶、致語。食入，雜劇進。」（《遼史》，中華書局2000年版）宋代徐夢莘《三朝北盟會編》卷二十引《宣和乙巳奉使行程錄》，卷七十七「金人來索諸色人」條，卷七十八「金人又索諸色人」，卷六十四《后妃列傳》等均載各民族雜劇資料。《宋史》卷一百四十二《樂志》「教坊」條，趙升《朝野類要》卷一「教坊」條載：「本朝增為東西兩教坊，又別有「化成殿」、「均容班」，中興以來亦有之。」

廟前廣場歷來為民眾聚集場所、活動中心。梁代蕭子雲在《玄國講賦》便說：「吳姬楚豔，胡笳燕築，常從名倡，戲馬蹴踘。」像《唐語林》所載：「武宗數幸教坊，優倡雜進，酒酣作技，諧謔如民間宴席，上甚悅，諫官奏疏，乃不復出。遂召優倡入，敕內人習之。」

在我們回首瞻顧人類發展的歷史與戲劇形式的嬗變歷程時，會發現此種人們喜聞樂見的綜合性表演藝術產生時間很早，但發展路徑很漫長且蜿蜒曲折，其歸屬門類非常模糊、複雜，甚至有些迷離撲朔。中國漢族地方戲曲與中國少數民族戲劇因爲有機的融合進許多其它文學藝術形式，而形成龐雜的「綜合藝術」往往缺乏文體的獨立意識。

四、中國少數民族戲劇特徵與分類

戲劇藝術的存在是由其獨具的文化特徵所決定的，並根據其形式來進行科學的分類而凸顯戲劇之特質顯得非常重要。根據德國文藝評論家黑格爾的學術觀點：「戲劇藝術無論在內容上還是在形式上都要形成最完美的整體，所以應該看作詩，乃至一般藝術的最高典範。」〔註 40〕對此觀念傅謹教授結合中國多民族戲劇特色進一步闡述：

> 中國戲劇當然也是這樣一種綜合藝術。就像世界上所有民族的戲劇藝術一樣，國劇有著各種類型，多種藝術手段的綜合運用。同時，當這些藝術手段被綜合成一個藝術整體時，它的藝術內涵就超過了這種種藝術手段的總和。〔註41〕

關於中國少數民族戲劇的類型與分類法，因爲綜合進許多或親或疏的其它藝術手段，故顯得更加繁雜與困難。過去雖然許多專家學者作過一些有益的嘗試，但是總感到有些不系統、不完善和缺乏科學準確性。所得的結論也多在較淺層次，讓人感到有些差強人意。

令人欣喜的是爲中國少數民族戲劇的分類研究作過深入思考的曲六乙先生新發表的一篇《中國少數民族劇種的分類、內涵與界定》，在其中公佈了他的新的經驗總結與學術見解：

他將中國少數民族戲劇較爲清晰地分爲三大類，六大項，41 子項。即爲三大類：一、現代戲劇類；二、儀式戲劇類；三、節日民俗劇。

一、「現代戲劇類」中包含：1、話劇；2、歌劇；3、戲曲；4、木偶劇；
　　「話劇」中包括：（1）維吾爾語話劇；（2）朝鮮語話劇；
　　　　　　　　　　（3）蒙古語話劇；（4）藏語話劇。
　　「歌劇」中包括：（1）維吾爾語歌劇；（2）朝鮮語歌劇；

〔註40〕（德）黑格爾《美學》第 3 卷下冊，商務印書館，1979 年版，第 240 頁。
〔註41〕傅謹《中國戲劇藝術論》，山西教育出版社，2003 年版，第 23 頁。

（3）蒙古語話劇。

「戲曲」中包括：（1）藏戲；（2）壯劇；（3）蒙古劇；（4）白劇；
　　　　　　　　　（5）傣劇；（6）傣族贊哈劇；（7）佤族清戲；
　　　　　　　　　（8）彝劇；（9）侗劇；（10）布依劇；（11）仫佬劇；
　　　　　　　　　（12）毛南劇；（13）苗劇：（14）回族花兒劇；
　　　　　　　　　（15）滿族新城戲。

「木偶劇」中只有一種：壯族木偶劇。

二、「儀式戲劇類」中包含：1、儺戲；2、藏傳佛教假面宗教舞劇；

「儺戲」中包括：（1）土家族儺堂戲；（2）苗族儺堂戲；
　　　　　　　　（3）仡佬族儺塘戲；（4）布依族儺堂戲；
　　　　　　　　（5）侗族咚咚推；（6）壯族師公戲；
　　　　　　　　（7）仫佬族儺願戲；（8）毛南族儺願戲；
　　　　　　　　（9）酉陽陽戲；（10）羌族釋比戲。

「藏傳佛教假面宗教舞劇」中包括：（1）西藏羌姆；（2）青海跳欠；
　　　　　　　　　　　　　　　　　（3）內蒙差瑪；（4）跳布紮。

三、「節日民俗劇」中包括：（1）撮泰吉；（2）蒙古族好德格沁；
　　　　　　　　　　　　　　（3）土族納頓假面舞劇；（5）滿族瑪虎戲。

　　根據曲六乙先生的中國少數民族戲劇分類原則與觀點：「第一類是少數民族劇種，指的是各少數民族自己創造的具有本民族個性特徵、本民族藝術風格的戲劇。」「第二類是原屬漢族創造的戲劇樣式，如話劇、歌劇、舞劇、戲曲等劇種，反映少數民族歷史與現實生活題材的劇目。」他還指出：「少數民族劇種和少數民族題材戲劇，是我國少數民族戲劇得以飛翔的兩個翅膀。他們共同遵循以『審美客體』為標誌的界定理念，在創作實踐中發揮了巨大的優勢。」〔註42〕

　　由此可以看，曲六乙先生對中國少數民族戲劇的分類是本著戲劇的「民族性」與「題材性」原則來劃分的。不過依照上述劇種簡目，顯然還應將其「宗教性」與「民俗性」作為必不可少的分類標準。另外我們還可有所發探，在此大前提下繼續進行更細密的分類以及新的不同分類法嘗試。比如在曲六乙先生的少數民族戲劇分類中，依次將藏戲系列再細化分為（1）衛藏藏戲；（2）安多藏戲；（3）康巴藏戲；（4）嘉絨藏戲；（5）德格藏戲。若參照常年

〔註42〕《中華藝術論叢》（第9輯），同濟大學出版社，2009年版，第5、7頁。

生活在少數民族地區深知藏戲本質的專家學者分類，可能還會將其劃分得更加細緻與科學。

藏戲研究專家劉志群曾主張將藏族戲劇劃分為八個劇種：白面具藏戲、藍面具藏戲、昌都戲、安多戲、門巴戲、德格戲、木雅戲、嘉戎戲。而另一位藏戲專家劉凱則主張將藏戲分為：衛藏方言藏戲、康巴方言藏戲、安多方言藏戲三大系統，再具體分為藍面具藏戲、白面具藏戲、昌都藏戲、康巴藏戲、德格藏戲、安多藏戲六個劇種。他擬將門巴戲剔除，是因為認定此劇種為門巴族特有，與藏族無緣。

有幸的是，劉志群與劉凱二位著名專家經過多年爭論與商榷，綜合國內其他藏學家的考證與意見，最後達成了學術上大致的統一，共同臚列出如下藏戲劇種分類圖表：

> 藏戲中包括衛藏方言藏戲（或稱西藏藏戲系統）、康方言藏戲
> （或康巴藏戲系統）、安多方言藏戲（或稱安多藏戲系統）、嘉戎藏
> 戲共四大類。衛藏方言藏戲中又包括白面具藏戲（內含賓頓巴、札
> 西雪巴、尼木巴），藍面具藏戲（內含香巴、江嘎爾、迥巴、覺木
> 隆）兩大類。康方言藏戲中又包括德格藏戲、昌都藏戲、康巴藏戲
> （內含道孚藏戲、甘孜藏戲、康定藏戲、理塘藏戲、巴塘藏戲）三
> 大類。安多方言藏戲中又包括熱貢藏戲（即黃南藏戲）、華熱藏戲、
> 甘南藏戲（內含阿壩藏戲、色達藏戲、果洛藏戲。另外是嘉戎藏戲。）

〔註43〕

諸如上述，約定俗成之藏戲分類則深入了一步，學者仍科學地將地域和語言成分加進去，使之更加系統、全面與具有科學規範性。我們如果將藏戲分類研究再擴大到整個少數民族戲劇之中，則可出現諸如此類各自治區、自治州、自治縣、自治縣、或者各省、地區、市、縣、鄉、村的民族戲劇形式。按其語言譜系則成為各民族語系、語支、語種，以及各地區方言戲劇品種。另外還可以依據各民族的行業特點與戲劇題材來分類，諸如牧業、農業、工業、商業、行政業等類型民族戲劇等，或社會、公案、婚嫁、行旅、征戰、宗教、教育等方面的民族戲劇。然後按此子系統再細加劃分，即可形成一個全面、系統、科學的民族戲劇學學術體系網。

早在西方古希臘時期，社會科學就很注重文學藝術形式的分類，如亞里

〔註43〕劉凱《藏戲劇種的提出、分歧與彌合》，《西藏藝術研究》1991年第1期。

士多德的「三分法」，即戲劇、史詩、抒情詩。及其西方文藝界所通行的「三分法」，即敘事類、抒情類、戲劇類，第三類是上述兩類的綜合，即所謂文學藝術集大成者。對西方的歸類的總體特徵理應細加學術探究。

其敘事類作品的特點是通過事件的描述，塑造人物形象，表達思想情感，把傾向隱藏在情節和場面之中。如別林斯基對敘事類作品如敘事詩、小說、特寫、寓言等主要思維特點的闡述：一切內在事物在這裡都深深地滲入外部事物，這兩個方面——內部事物和外部事物——互相分開了就都無法看見，只有直接結合在一起時，才能夠成為明確的，鎖閉在自身內的現實——事件。在這裡，詩人是看不見的，柔韌優美而明確的世界是自然而然地在發展著，詩人只是那個自然而然地完成著的事物的一個普通的講述者，這是敘事詩歌。

抒情類作品，是指那些以作家直抒胸臆的方式來表達思想情感，反映社會生活的創作，人們透過主觀色彩極濃的文學境界可以窺視到客觀現實生活如何融化為主觀的感受與情思。別林斯基明確剖析此種文體及其相應的思維特點：「在這裡，詩歌始終是一種內在的因素，一種能感覺、能思維的沉思。在這裡，精神從外部的現實性滲入自身裏面，同賦予詩歌其內在生活的千差萬別的細微變化和濃談色度，這種內在生活把一切外部事物都化成了自己。在這裡，詩人的個性有著首要地位，我們只能通過詩人的個性來接受一切，理解一切。這是抒情詩歌。」

第三類的戲劇類作品是讓人物通過自己的語言行動，通過同其他人物的衝突，來反映社會現象，表達思維感情。在此類文藝作品中，每個人物好像都是主觀抒情的主人公，以第一人稱而出現，他們無不按照自己的性格邏輯與思維心理來表達自己的情感與行為。同時，此類作品又有完整的情節和人物，給人以敘事類作品的形象，別林斯基認為此類文體實為前兩類文學體裁的匯合或結晶。他指出：「敘事詩歌和抒情詩歌是現實世界的兩個完全背道而馳的抽象極端；戲劇詩歌則是這兩個極端在生動而又獨立的第三者中的匯合。」

按照現在國內外一般通行的文學或藝術分類法即「四分法」所分，則是詩歌、小說、散文與戲劇文學或藝術。較之詩歌、小說、散文來說，戲劇文學有機地結合傳統文學、美術、音樂、舞蹈、曲藝、服飾等多種文體因素而形成的綜合性文藝形式。戲劇文學通常是指供戲劇演出使用的文學劇本，戲劇文學的特徵主要是由戲劇演出的特點和要求產生和決定。

　　戲劇主要運用人物語言塑造形象，人物語言要求個性化、口語化、富有動作性、文學性和潛臺詞。戲劇文學中一般沒有敘述人語言，除了對環境、動作等的少量提示文字，主要內容是人物語言。所謂個性化和口語化，是說人物語言、經歷、教養等條件和說話的環境，揭示出人物的社會本質和獨特的內心世界，以及說話時反映的特殊心理。

　　西方古典戲劇講究的是人物、事件、時間、場景的高度集中。在歐洲文藝復興時，所提出戲劇的內容應當遵守「三一律」，即戲劇動作的一致（劇本表現一個單一的故事），時間的一致（故事發生在一天之內），地點的一致（故事發生在一個地點），戲劇盡可能集中統一、少生枝蔓，為的是造成緊湊連貫的整體印象。這一切似乎無法對應於中國地方戲曲，乃至東方諸國戲劇，特別是中國少數民族戲劇。

　　戲劇基本要素之一是具有尖銳的戲劇衝突。「衝突」是戲劇具有活力並得以發展與完成的根據和動力，可以說，沒有矛盾衝突便沒有戲劇。戲劇衝突包括外在衝突和內在衝突兩個層次。所謂外在衝突是指人與人，或者人與某種力量之間的矛盾衝突，如曹禺先生的《雷雨》表現的是周樸園同繁漪、魯萍等人的戲劇矛盾衝突。丹麥著名劇作家易卜生的《人民公敵》則表現是個人與某種社會勢力的衝突。法國荒誕戲劇家尤內斯庫《犀牛》來以人變牛的過程表現人的「異化」的矛盾。中國少數民族的宗教或世俗劇往往反映的是現實的人與神靈之間的矛盾與衝突。

　　關於古代詩歌、散文、戲劇等文體確認與分類，是一個很值得研究的學術問題。對此專攻有成的郭德英教授在《中國古代文體學論稿》一書中指出：「考察一種文體的來源與演變，不能不分別考察該種文體基本要素和結構層次的來源和演變。不同的文體構成要素，可以分別作為劃分文體類型的標準。文體風格的考察，與文體的語體、體式和體性更有著直接的關係。」〔註44〕

　　中國古代風雲變幻的社會傳統文化催生的中國各民族的戲劇，自然承擔著特殊的文學或藝術功用。我們應該根據戲劇文體「基本要素和結構層次的來源和演變」來識別其屬性與正確歸類與研究。

五、中國古代多民族戲劇研究文論

　　按中國歷史的一般理論，在 1940 年中英鴉片戰爭前為中國古代時期，雖

〔註44〕郭德英《中國古代文體學論稿》，北京大學出版社，2005 年版，第 22 頁。

然又可劃分爲遠古、中古、近古等，或按社會性質，劃分爲奴隸社會、封建社會、半殖民半封建社會等，以及各帝王朝代年號，如漢元狩、唐開元、明萬曆、清嘉慶等。但這都難與邊疆少數民族政權曆法相對應，所以只能以較爲籠統的古今歷史階段來審視。

因爲中國歷代封建統治者與上層知識分子不甚重視民間戲劇文化，對少數民族傳統戲劇藝術更是置若罔聞。故此難以在他們的文章著述中找到較爲完備的有關理論文字。我們只有從有少數民族血統的文人的相近文學作品與琴棋書畫與書信雜記中尋覓其資料。

在下述的各族作家或藝術家中間，雖然他們的文案作品不完全在傳統樂舞戲劇的範圍之中，但仍爲佐證中國少數民族戲劇文化的寶貴史料。

元結（719～772），字次山，號漫叟、聱叟、鮮卑族拓跋氏後裔，唐魯縣（今河南省魯縣）人。是唐古文運動的先驅者之一。他在《補樂歌》「序」中追尋中華民族古代樂歌的流變，曰：「樂歌自太古始，百世之後遂亡古辭。今國家追復純古，列祠往帝，歲時薦享，則必作樂，而無《雲門》、《咸池》、《韶》、《夏》之聲，豈探其名義以補之。誠不足全化金石，反正宮羽，而或存之，猶乙乙冥冥有純古之聲，豈幾乎司樂君子道和焉爾。」另外他在《樂府》「序」中還對受邊疆胡地詩歌影響的漢唐樂府詩提出「古人歌詠，不儘其情聲者，化金石以盡之。其還怨甚耶戲。盡歡怨之聲音，可以上感於上，下化於下」的文體定義。

法拉比（870～950），西域突厥人，著名的文藝評論家。撰寫過《論音樂》、《音樂全書》、《長詩和韻律》、《詩藝》等。他被後人譽稱爲「東方中世紀的亞里士多德」。據《中國少數民族文藝理論集成》一書徵引與評論：「《詩藝》一書同《詩學》一樣，它發揮了亞里士多德模仿理論，認爲有別於詭辯論與邏輯證明的模仿乃詩歌（廣義的文學）本質所在，詩人無論對作品思想主題之把握抑或對文體格律與詩意之探討，其旨意無非『是在眾人的想像與感覺中引起模仿』，這也是所有藝術家的追求。」〔註45〕諸如此書中對其中亞地區少數民族戲劇文化的精彩論述：

> 如同當今之時波斯和阿拉伯詩歌學者們在這方面編纂巨著的情況，他們將詩分爲許多種，如諷刺詩、頌歌、讚美詩、謎語詩、喜劇詩、敘事詩以及在各種書籍中不難找到的其它體裁。

〔註45〕《中國少數民族文藝理論集成》，北京大學出版社，2005 年版，第 34 頁。

談到古代民族戲劇與詩歌時法拉比認爲，「被稱做詩歌體裁之一；只是其中所描述的是有關確定的人們和確定的認爲的著名寓言與軼聞。但說到擬劇，這也是詩歌之一的體裁，它由法學家們用來在改進和教導人的品德操行發生困難時，賦以詩句，以便造成恐懼與精神恐慌。說明有誰若不守法，那他的後果將是悲慘的。」〔註46〕

　　薩迦班智達・貢噶堅贊（1182～1251），藏傳佛教薩迦派第四代祖師。原名班丹頓珠。他博學經論，學富五明，既是愛國宗教領袖，又是著名學者。他所寫《智者入門》一書，享譽學界。其書分爲三章：1、論著作；2、論講解；3、論辯論。是受梵文名著《詩鏡》啓發，從聲明學、詩學、因明學等方面闡述藏文詩歌、音樂、戲劇等文體的理論著作。其中難能可貴的是向中國僧俗界最早評介了用以指導印度表演藝術的經典論著《舞論》，亦稱《戲劇論》，從文學角度呈示梵劇的「豔情」、「英勇」等「八味」之藝術魅力。

　　《詩鏡》原爲印度文藝理論著述，作者署名檀丁，又譯旦志、執杖者。大約完成於公元七世紀。據于乃昌先生介紹：「《詩鏡》是十三世紀以來作爲指導藏族古典文學創作的一部重要的經典著作，是藏族學習小五明學科之一——詩學時所依據的基本理論。……這部著作雖最初從印度傳入，然而經過藏族歷代學者的翻譯、注釋、研究、應用、發揮和充實，已完全與藏族傳統文化相融合，實際上已經成爲具有濃厚的藏族民族特色的文學審美標準。」〔註47〕諸如《詩鏡》中有關民族樂舞戲劇文化的詩文詞句比比皆是：

　　　混合體如戲劇等，它們別處有詳述，
　　　散文韻文構成的，這類也稱爲占布。
　　　用於詩的諸語種，學者們說可分爲：
　　　雅語俗語和土語，以及雜語等四類。
　　　雅語即是天神語，它由大仙們引述，
　　　俗語構成有多層，派生同詞地方語。
　　　大城市使用的語言，是妙語珍寶之海，
　　　從《架橋記》等著作中，看出該語種的異彩。

〔註46〕《中國少數民族古代美學思想資料初編》，四川民族出版社，1989年版，第397頁。
〔註47〕《中國少數民族古代美學思想資料初編》，四川民族出版社，1989年版，第397頁。

　　梭羅塞尼語憍利語，羅提語以及類似語，

　　也都稱之爲俗語，廣泛用於詩劇裏。

　　放牛人等説的話，詩中稱之爲土語，

　　學術論著中認爲，雅語之外皆土語。

　　雅語的有多章詩等，俗語有室健陀迦等，

　　土語的有俄娑羅等，戲劇等語言錯綜。

　　根據于乃昌先生對上述名詞注釋，所謂的「混合體」是指包括使用四種語言組成的韻文體與散文體相間的一種戲劇文體。「別處」是指婆羅多與瞿訶羅等人關於印度古典戲劇的論著。「占布」是指戲劇中不斷句的長行。《架橋記》是指公元五、六世紀根據印度英雄史詩《羅摩衍那》改編的一部長篇敘事詩。「梭羅塞尼語」、「憍利語」、「羅提語」是指印度南、東、西部地區方言。「健陀迦」、「俄娑羅」據北京大學金克木先生考證，實爲詩歌或戲劇中的格律名稱。

　　元好問（1190～1257），字裕之，號遺山。太原秀容（今山西省忻縣）人，鮮卑族後裔拓跋氏後裔。金代著名的詩人、文學批評家和史學家。他寫過許多首流傳甚廣的詩歌，還別出心裁地編撰過傑出的詩論如《論詩絕句三十首》。他工詩文，詩詞風格沉鬱，並多爲傷痛時感事之作。其論詩反對柔靡雕琢，崇尚「天然」與「真淳」，在金元之際頗負重望。

　　元好問依據儒學「修辭立其誠」的原則，強調「吟詠情性」、以誠爲本之詩，如在《楊叔能小亨集引》中他寫道：「由心而誠，由誠而言，由言而詩也。三者相爲一，情動於中而形於言，言發乎邇而見乎遠。同聲相應，同氣相求。雖小夫賤婦孤臣孽子之感諷，皆可以厚人俊，敦教化。無他道也。」他在《與張仲傑郎中論文》中更是充分表白做人作詩之準則：

　　　文章出苦心，誰以苦心爲。正有苦心人，舉世幾人知。工文與
　　工詩，大似國手棋。國手雖溫漫應，一著存一機。不從著著看，何
　　異管中窺。文須字字作，亦要字字讀。咀嚼有餘味，百過良未足。
　　功夫到方圓，言語通眷屬。只許曠與夔，聞弦知雅曲。今人誦文字，
　　十行誇一目。閱顚失香臭，瞥視紛紅綠。毫釐不相照，覿面楚與蜀。
　　莫訝荊山前，時聞刖人哭。

　　元好問的《論詩絕句》更是包容了廣泛而豐富的文藝理論內容。他對漢魏至宋元之間在歷史上有影響的詩人與詩作進行了高層建瓴、頗有見地的評論。是繼唐代杜甫《戲爲六絕句》之後，對中國詩學影響最大的論詩詩。據

王運熙、顧易生主編《中國文學批評史》中資料發掘：「《論詩》題下自注：『丁丑歲三鄉作』，這年為金宣宗興定元年（1217），時作者二十八歲。但最後一首又說：『撼樹蚍蜉自覺狂，書生技癢愛論量。老來留得詩千首，卻被何人梭短長！』已若老者口吻，可能他在晚年對這組詩還有所更定。」〔註48〕依此推算，此部《論詩》可謂他一生約近四十年的心智結晶。

在《論詩三十首》中，他贊成建安文學風骨，強調真實自然、雄健豪放，反對因襲模擬、綺靡纖麗。對於韻文文學則推崇民族風格與度曲安唱。諸如其中的兩首：其一云：「漢謠魏什久紛紜，正體無人與細論。誰是詩中疏鑿手，暫教涇渭各清渾。」其二云：「慷慨歌謠絕不傳，穹廬一曲本天然。中州萬古英雄氣，也到陰山敕勒川。」〔註49〕他對漢族與北方少數民族的詩文作了畫龍點睛的評析，上述「漢謠」與胡曲「歌謠」的天然質樸的藝術風格也同樣體現在金元樂舞戲劇創作之中。

耶律楚材（1190～1244），字晉卿，遼太祖九世孫，文履仕金，官至尚書右承。居於中都，自幼就學，博覽群書，旁通天文、地理、律例、術數及釋老、醫卜之說。歷任金開州同知，中都行省左右司員外郎。太宗晚年及去世後，中用回回商人奧都剌合蠻樸買課稅，漸被排擠，後抑鬱而故。為官清廉，死後僅留書畫和遺文數千卷，著有《湛然居士集》、《西遊記》、《庚午元曆》等。

伯顏（1236～1295），巴鄰氏，一作八鄰部人。生長於西亞伊兒汗國。元世祖至元初因到大都入朝奏事，為世祖留用，任中書左丞相等職。至元十一年（1274），領兵攻打南宋，後又奉命平叛，屢建奇功。後元世祖死，奉成宗命即位。同年十二月庚子卒，年五十九，贈太師，封淮安王，諡號忠武。是元一代顯宦名臣。《元史》有傳。《全元散曲》錄存其小令【喜春來】一首，文辭精鍊，風致天然，給人清新振奮之感。

李贄（1527～1602），字卓吾，號宏甫，別號溫陵居士，福建泉州晉江人。回族，明代傑出的思想家和文學家。他的「童心說」、「人倫說」等理論對小說、戲曲創作與研究影響很大。他的主要著作有《焚書》、《藏書》、《李氏文集》等。在《雜說》一文中他認為：「《拜月》、《西廂》，化工也；《琵琶》，畫工也。夫所謂畫工者，以其能奪天地之化工，而其孰知天工之無工乎？」認

〔註48〕王運熙、顧易生主編《中國文學批評史》，上海古籍出版社，1981 年版，第171 頁。

〔註49〕《四庫叢刊》影印明弘治本《元遺山先生文集》。

爲《琵琶》「似眞非眞」，從而推崇更爲眞實可信的《拜月》、《西廂》。在《童心說》中明確標舉文學眞諦之「眞心」：「夫童心者，眞心也。若以童心爲不可，是以眞心爲不可也。夫童心者，絕假純眞，最初一念之本心也。若失卻童心，便失卻眞心；失卻眞心，便失卻眞人。」〔註50〕

蒲松齡（1640～1715），字留仙，一字劍臣，號柳泉居士，世稱聊齋先生。回族或蒙族。山東淄川人。著名文學家，小說家，戲曲、曲藝家。他留給後世的除了《聊齋誌異》外，還有《聊齋文集》、《聊齋詩集》、《聊齋俚曲》，以及一些民間說唱與戲曲劇作等。他在《聊齋誌異》自序中道出文藝創作多爲「孤憤」之作。言之「獨是子夜熒熒，燈昏欲蕊。蕭齋瑟瑟，案冷疑冰。集腋爲裘，妄續幽冥之錄。浮白載筆，僅成孤憤之書。」〔註51〕

六、中國現當代民族戲劇文藝理論

《中國少數民族文藝理論集成》所輯錄的文藝理論文章，包括各種文學藝術作品所含文論，以及與此相關的哲學、宗教學、倫理學、民族學、語言學、藝術學、民俗學等著述中雜糅的隻言片語，在人們面前展示了此學科曾被忽略的大量文藝理論。對此付出了諸多辛勞的此書主編彭書麟在「後記」中深有感觸地傾述：「我國眾多的少數民族在悠遠、寥廓的歷史時空中創造的獨具特色的多元文化，是中華民族一體文化的有機組成部分，也是中華民族優美文化苑圃中絢麗多彩的芳草地。」另一位主編于乃昌則從「文化內涵」、「人性精神」、「文藝功能」、「文藝本體」等四個方面充分肯定「中國少數民族文藝理論和美學思想的獨特價值和獨特貢獻」，並在其「前言」中昭示：

> 偉大的中華民族是由以漢族爲主體的 56 各民族構成的文化共同體，其中每一個民族對中華民族文化的形成和發展，都作出了其他民族無法替代的偉大貢獻。並在各自特殊的歷史條件和文化背景下創造了獨具特色的文明，其中包括審美與文學藝術及其理論思想。……高揚少數民族在締造中華文藝理論和美學思想大廈中客觀存在的歷史貢獻和歷史地位，使中國少數民族文藝理論和美學思想的璀璨明珠重放光芒，是當代文藝理論研究者的歷史使命。〔註52〕

〔註50〕李贄《焚書》卷三，中華書局，1975 年版。
〔註51〕鑄雪齋抄本《聊齋誌異》，上海人民出版社 1975 年影印本。
〔註52〕彭書麟、于乃昌、馮育柱主編《中國少數民族文藝理論集成》，北京大學出版社，2005 年版。

　　我國民俗學、民間文學理論的奠基人鍾敬文生前對國家重點科研項目「中華文藝理論大成」之一成果《中國少數民族文藝理論集成》的編撰非常關心和支持。他藉此行動大發感慨：「新中國成立以後，歷代文藝理論著述結集成書者，已有不少，並且常冠以『中國』二字；可見，那些集本大多輯錄的是歷代漢族名家之作，視野局限於漢族的文藝理論。而異彩紛呈地少數民族文藝理論卻成了研究的盲區，真正把中華民族大家庭中的 55 個少數民族文藝理論思想都包括在內的集本，卻未見出，一直令人引以為憾。記得魯迅先生寫文學史，因以漢族文學為對象，他就不稱『中國文學史』，而特別題名『漢文學史』。可見，稱之為『中國的』，就不能僅限於漢族的，理所當然地應該包括以漢族為主體的中國各個民族在內。因為中華民族是由漢族為主體的多民族構成的文化共同體。我們一直在期盼著包括中國各民族在內的名副其實的『中國的』歷代文藝理論集本問世。」〔註53〕

　　中國少數民族傳統戲劇藝術因為與其體系龐大的民間文化緊密相關，故此，中國傳統戲劇形式中雜糅著各民族表演藝術如音樂、舞蹈、曲藝、雜技等在所難免。其所攜帶的歌舞音樂性指導著我們以「民族樂舞戲劇」樣式來認證，這也迎合了王國維為中華多民族戲劇或戲曲所下的學術定義：「以歌舞演故事」。在鉤沈中國少數民族戲劇文化的原型理論時，必不可少地要在大量文獻資料中尋找描繪民族音樂、舞蹈、曲藝等相關的文字記載。

　　自 1840 年發生鴉片戰爭之後，中國進入了喪權辱國的半殖民半封建社會時期。西方列強槍炮利艦的侵入，給華夏民族帶來了苦難的同時，也輸入了異國文學藝術，其中如西洋音樂歌舞、戲劇以其華麗、浪漫、輕快而逐漸為周邊地區少數民族所接受。直至 1911 年，推翻清王朝的辛亥革命。隨之進入民主主義的民國時期，華夏各民族富有才華的文藝工作者，不僅創作出大量民族戲劇作品，也同時刊佈一些樂舞詩文與戲劇理論。

　　因受正統文學藝術觀點的束縛，我國文壇歷來以經學詩文為主導，視民族民間戲曲講唱為世俗雕蟲小伎，有史以來帝王將相編史修志總把民族戲劇藝術置於大門之外。只有到了二十世紀初，西方先進文藝理論思潮輸入，中國民族意識覺醒，當華夏文化有志之士湧現迭出，特別是在西方文化人類學與中國傳統民族文藝學遇合時，才逐漸出現有關華夏多民族戲劇的一些學術

〔註53〕彭書麟、于乃昌、馮育柱主編《中國少數民族文藝理論集成》「序言」，北京大學出版社，2005 年版。

研究成果，其中開領先之風的首推國學大師王國維。

王國維，浙江海寧人，字靜安，號觀堂。他是在近現代華夏文史哲學古與今、中與西的文化大碰撞與交融中，取得多方面里程碑式理論成果的著名學者。王國維先生繼承清代乾、嘉以來「樸學」的治學方法，又積極吸收西方先進文化理論與方法，使之中西思想理論水乳交融。先後在哲學、史學、考古學、文字學、文學、戲曲藝術等各方面研究都取得重大學術成果。他的鴻篇巨製《海寧王靜安先生遺書》四十三種，一百零四卷，全面眞實地記載了他卓越的歷史文化功績。

著名學者陳寅恪對王國維的主要學術成就，特別是在胡漢文化交流史學與戲曲理論研究方面的所作貢獻作了如下三方面的高度評價：

> 第一，「取地下之實物與紙上之遺文，互相釋證，凡屬於考古學及上古史之作，如《殷卜辭中所見先公先王考》及《鬼方、昆吾玁狁考》等是也」；第二，「取異族之故書與吾國之舊籍，互相補正，凡屬於遼、金、元史事及邊疆地理之作，如《萌古考》及《元朝秘史之主因亦兒堅考》等是也」；第三，「取外來之觀念與固有之材料，互相參證，凡屬於文藝批評及小說戲曲之作，如《紅樓夢評論》及《宋元戲曲史》等是也」。〔註54〕

陳寅恪先生在上述評價中所舉《鬼方、昆吾、犬嚴狁考》與《萌古考》等，均在國內首開對中國古代少數民族部族傳統文化實證之先河。另外如使王國維名聲大振的《西胡考》系列論文，更是將人們長期對胡文化的迷霧逐一澄清。他率先明確提出「漢人謂西域國爲西胡，本對匈奴與東胡言之。」又「西域諸國，自六朝人言之，則梵亦爲胡；自唐人言之，則除梵皆胡，斷可識矣。」又云，中原地區漢人後視北方塞外與西方邊塞之「貌類胡人者皆呼之曰胡，亦曰鬍子」。爲此，他特引唐代陸岩夢《桂州筵上贈鬍子女》詩歌並予以論證：「自道風流不可攀，那堪蹙額更頹顏。眼睛深卻湘江水，鼻孔高於華嶽山」。是自唐以來皆呼多鬚或深目高鼻者爲胡或鬍子，此二語至今猶存。……唐人已謂鬚爲胡，豈知此語之源，本出於西域胡人之狀貌乎！且深目多鬚不獨西胡爲然，古代專有胡名之匈奴，疑亦如是。……獨西域人民與匈奴形貌相似，故匈奴失國之後，此種人遂專有胡名。

〔註54〕葉長海《中國戲劇學史稿》，上海文藝出版社 1986 年版，第 492 頁引《海寧王靜安先生遺書‧序》。

　　通過上文考證人們知其然，又知所以然。胡人原爲唐朝前後中土稱多鬚匈奴人之稱，並以其分野以東爲「東胡」與以西爲「西胡」。自從「匈奴失國」滅亡後，胡人封號則移至西域各族人民，胡文化一度專指梵語文化。因爲有了如此清晰的族源與族屬稱謂考據，故而在此基礎自然順理成章可對所屬胡文化與胡樂、胡舞、胡戲進行有根有據的研究與探索。

　　王國維在戲曲藝術研究方面的工作，是他過而立之年時在北京任學部圖書館編輯以後才開始的。僅幾年時光，他即先後寫作與發表了《曲錄》、《戲曲考原》、《錄鬼簿校注》、《優語錄》、《唐宋大曲考》、《錄曲餘談》、《古劇腳色考》等著述。他在 36 歲時即完成了帶有總結性的戲曲研究巨著《宋元戲曲考》。其卓越貢獻所得，正如王國維在此書「序」中自述：「世之爲此學者自余始，其所貢於此學者亦以此書爲多，非吾輩才力過於古人，實以古人未嘗爲此學故也。」

　　《宋元戲曲考》，除首尾「序」與「餘論」之外，共分爲十五篇。其著述以宋元戲曲作爲研究對象，全面考察，尋根溯源，初步梳理與解決了中國民族戲劇藝術特徵與起源和形式，以及中國戲曲文學成就等一系列長年懸而不決帶有根本性的學術問題。從文化人類學與民族戲劇學角度來審視，經一系列考察研究，他發現了華夏樂舞、中國古典戲曲與外國及其西域胡族音樂歌舞、戲劇文化之間發生著千絲萬縷之關係。如此書在「上古至五代之戲劇」一節中論證：

　　　　自漢以後，則間演故事；而合歌舞以演一事者，實始於北齊。顧其事至簡，與其謂之戲，不若謂之舞之爲當也。然後世戲劇之源，實自此始。……蓋魏齊周三朝，皆以外族入主中國，其與西域諸國，交通頻繁，龜茲、天竺、康國、安國等樂，皆於此時入中國；而龜茲樂則自隋唐以後，相承用之，以迄於今。此時外國戲劇，當與之俱入中國。

西域胡族的歌舞小戲在歷史上曾輸入中原，並大有先聲奪人之勢。經王國維辨析，最有代表性的如「胡人爲猛獸所噬，其子求獸殺之，爲此舞以象之也」的《撥頭》。另外還有「才武而面美，常著假面以對敵……勇冠三軍，齊人壯之」的《蘭陵王》等。他在此書「餘論」中總結全書，認爲我國戲劇其特質「歌舞戲，不以歌舞爲主，而以故事爲主，至元雜劇出而體制遂定。」而中原歌舞戲傳統更多地受影響於西域胡人樂舞百戲。

追溯其歷史，確實有很多資料可以證實上述諸事：

「至我國樂曲與外國之關係，亦可略言焉。三代之頃，廟中已列夷蠻之樂。漢張騫之使西域也，得《摩訶兜勒》之曲以歸；至晉呂光平西域，得龜茲之樂，而變其聲。魏太武平河西得之，謂之西涼樂；魏周之際，遂謂之國伎。龜茲之樂，亦於後魏時入中國。至齊周二代，而胡樂更盛。……故齊周二代，並用胡樂。至隋初而太常雅樂，並用胡聲；而龜茲之八十四調，遂由蘇祇婆鄭譯而顯，當時九部伎，除清樂、文康為江南舊樂外，餘七部皆胡樂也。有唐仍之。其大曲、法曲，大抵胡樂，而龜茲之八十四調，其中二十八調尤為盛行。宋教坊之十八調，亦唐二十八調之遺物。北曲之十二宮調，與南曲之十三宮調，又宋教坊十八調之遺物也。故南北曲之聲，皆來自外國。而曲亦有自外國來者，其出於大曲、法曲等。自唐以前入中國者，且勿論；即以宋以後言之，則徽宗時蕃曲復盛行於世。泱泱大唐，宮廷所設九部樂，多達七部為胡樂。唐宋梨園教坊在龜茲樂大師蘇祇婆所傳『五旦七聲』基礎上，翻新樂二十八調，後為南北曲之聲律所用。」

於宋徽宗時期，又有蕃曲「五花爨弄」盛行於世，此為活生生胡漢文化交融之歷史。其史實在王國維的《唐宋大曲考》與《戲曲考原》更有充分的揭示。諸如宋元雜劇中的末尼、戲頭、副末、次末、蒼鶻、引戲、郭郎、郭禿、旦、孤、丑、生等，與胡文化有染的腳色淵源奧秘可見他的《古劇腳色考》中，初步得以澄清。另在其著述中，除了考證假面古戲《蘭陵王》之外，還述其周武帝時，有「舞者八十人，刻木為面，狗喙獸耳，以金飾之。垂線為髮，畫豸契皮帽，舞蹈姿制猶作羌胡狀。是北朝與唐散樂中，因盛行面具矣。」為後世人們探研少數民族假面樂舞或儺戲提供了重要的理論依據。

王國維對華夏民族戲劇與中國戲曲藝術理論最重要的貢獻，是他曾為此文體下過一個經典定義，即認為戲曲這一綜合藝術「必合言語、動作、歌唱，以演一故事。」並確認只有宋元南戲和元雜劇才具備「真戲劇」或「純正之戲劇」的條件。為此他從古優、巫覡、漢、唐歌舞戲、百戲、滑稽戲至宋金院本、詩詞樂曲、說唱文學、小說、傀儡戲、影戲等，逐一考證其來源、內容、表現形式和特點；並從各種表演藝術的繼承發展聯繫之中，闡述中國戲曲藝術孕育、形成、發展之過程。此學術思路也同樣可借用於我們對中國少數民族及其國外土著民族戲劇文化的研究之中。

繼王國維之後，最可推崇的戲曲理論家是字瞿安、號霜厓的曲學大師吳

梅教授。他一生主要致力於文學聲韻和格律的研究，著有《南北詞譜》、《顧曲塵談》、《曲學通論》等代表作；另外還撰寫有《中國戲曲概論》、《元劇研究》、《南北詞譜》等兼論華夏胡夷樂舞戲劇交流史學的理論著述。對吳梅先生繼王國維之後爲我國多民族戲曲研究所做的學術貢獻，文學史學家浦江清如此評價：

> 近世對於戲曲一門學問，最有研究者推王靜安先生與吳先生兩人。靜安先生在歷史考證方面，開戲曲史研究之路；但在戲曲本身之研究，還當推瞿安先生獨步。〔註55〕

王國維、吳梅先生被人推崇之「北王南吳」。前者研考重點在「戲」學，後者重點則在「曲」學，即「律學、音學、辭音三者」。錢基博在《現代中國文學史》中爲此評述：「特是曲學之興，國維治之三年，未若吳梅之劬以畢生；國維限於元曲，未若吳梅之集于大成；國維詳其歷史，未若吳梅之發其條例；國維賞其文學，未若吳梅之析其聲律。而論曲學者，並世要推吳梅大師云！」段天炯亦云：「曲學之能辨章得失，明示條例，成一家之言。導後來先路，實自霜厓先生始也。」

被學人稱爲「最有個人見解」的戲曲史專著《中國戲曲概論》與《元劇研究》，非常客觀地記述了金院本與元雜劇這兩種在異族統治下的華夏大地上產生，並成熟於中國多民族古典戲曲之眞實歷史。吳梅先生在「金元總論」一章尋覓古劇之蹤跡：「今日流傳古劇，其最古者出於金元之間。而其結構，合唐之參軍、代面、宋元官劇、大曲而成，故金源一代始有劇詞可徵。第參軍、代面以言語，動作爲主。官劇、大曲，雖兼歌舞，而全體亦復簡略。若合諸曲以成全書，備紀一人之始末，則諸宮調詞，實爲元明以來雜劇傳奇之鼻祖。」

吳梅先生慧眼識別元明雜劇傳奇源之「諸宮調詞」，若再往上追溯則爲古代少數民族胡曲夷辭，「蓋視古樂府，不知幾更滄桑矣。北曲牌名，其意義可考者，頗不多觀。至如〔呆骨朵〕、〔者剌古〕、〔阿納忽〕、〔唐兀歹〕諸名，大率取當時方言，今人莫識其義。」南曲曲牌亦有「以地名者，如〔梁州序〕、〔八聲甘州〕、〔伊州令〕之類。」其南北「曲則有金元劇戲諸調。」〔註56〕在此基礎上，他於「元劇的來歷」一章中詳考以撰諸宮調《西廂記》而名聞

〔註55〕《吳梅戲曲論文集》，中國戲劇出版社，1983年版，「前言」第1頁。
〔註56〕《吳梅戲曲論文集》，中國戲劇出版社，1983年版，第266頁。

天下的董解元其人其事：

> 現在要講董解元是什麼人。《太和正音譜》但說他「仕元始製北
> 曲。」《輟耕錄》裏邊，說他是「金章宗時人」。毛西河《詞話》說
> 他是「金章宗時學士」。吾以爲皆不可信，但知他是金朝人罷了。因
> 爲解元的名字，金元時人，當作讀書人普通稱呼。如《鬼董》第五
> 卷末，有泰定丙寅臨安錢孚跋，內中說「關解元之所傳」云云，是
> 關漢卿亦稱解元。王實甫《西廂》第一折云：「風魔了張解元」，是
> 張珙也稱起解元來。就可知解元兩字，是金元方言，不可同後世舉
> 人第一，方稱此名的。

上述文字是當時最爲詳實的董解元的彙考。解開此曲家身世之謎與諸宮調的
源流歷有人嘗試可見在我國民族戲劇史學上至關重要。吳梅在「元劇作者考
略」中還詳考了如貫雲石、馬九皋、阿魯威、薩天錫、薩昂夫、不忽木、李
直夫、馬昂夫、鮮于伯機、孛羅御史、裏西瑛等胡人曲家與雜劇作家的身世
與成就，更爲中國戲曲中的各民族文化融合事實提供了重要契機與依據。

師從著名戲曲學家吳梅的高足弟子任中敏，原名納，曾用筆名二北、半
塘。他畢生從事戲曲史、戲曲理論、唐代音樂文學與中西戲劇交流史學的研
究，所著《唐戲弄》、《教坊記箋訂》、《唐聲詩》、《敦煌曲初探》、《敦煌歌辭
集總編》等。諸書中均有許多對中國古代演藝文化，特別是唐代少數民族樂
舞戲劇的考證與論述，尤爲他的理論代表作《唐戲弄》是繼王國維《宋元戲
曲史》之後，專門研討唐至五代之各民族歌舞戲發展演進過程的里程碑式學
術巨著。全書八章六十五節，字數多達 86 萬，其理論建樹有口皆碑，有文評
述：

> 除首章「總說」概述戲曲發展歷史外，還就辨體、劇錄、伎藝、
> 腳色、演員、設備等方面，詳細論述唐戲已粗具戲曲表演藝術的初
> 期形態，並追索和考證唐戲的腳本、戲臺、音樂、化裝、服飾、道
> 具等特徵。從而提出「我國演故事之戲劇，固早始於漢，而盛於唐」，
> 以及周有「戲禮」，漢迄隋有「戲象」，唐有「戲弄」，宋以後有「戲
> 曲」的主張，並認爲不能單獨割斷「宋元之戲劇與唐戲劇間必然之
> 啓承淵源。」〔註57〕

〔註57〕《中國大百科全書‧戲曲曲藝》，中國大百科全書出版社，1983 年版，第 332
頁。

任半塘先生所著《唐戲弄》的卓越功績在於，以大量豐富翔實的資料與理論證實了中國戲曲並非於金元時期突然誕生，而在此前就有一個非常重要的「唐戲弄」歌舞戲孕育期，而且在此期間，有大量的胡夷樂舞戲劇有機地融入了此表演藝術綜合體內。例如，他在第二章「辨體」中專門論證《合生》、《大面》、《缽頭》、《弄婆羅門》、《拍彈》、《傀儡戲》等與西域胡文化的密切關係。於第三章「劇錄」中考證了《西涼伎》、《蘇莫遮》、《蘭陵王》、《舍利弗》、《神白馬》等胡戲的來歷，另外還在「腳色」、「伎藝」、「設備」、「演員」諸章中鉤沈了胡夷樂舞戲劇作家、演員及其表演場所在中西文化交流時所起的作用和發生的變化，給從事研究中外交流史與民族文化關係史的專家學者帶來許多啓示與思考。

著名戲曲史家、戲劇理論家周貽白，對民族戲劇理論的發展曾做出過積極的貢獻。他既能編劇，又能教學，積極倡導理論與實踐相結合，勤奮著書立說。周貽白先生所撰寫的《中國戲劇史略》、《中國劇場史》、《中國戲劇史》、《中國戲劇史長編》、《中國戲曲發展綱要》等構成了一道獨特的中國民族戲劇史學風景線。有人稱他治學方法與成就為專攻戲曲全史的研究，繼王國維、吳梅學說之後，對中國戲曲發展作通史性的探討和總結。

周貽白先生生前發表了大量有關戲曲聲腔的考釋與研究文章，追索中國多民族戲曲發展的歷史狀況和衍變規律，考證各地方戲的淵源、流變及其形成、發展的脈絡。另外還有一些論文涉及到胡漢或蒙漢民族戲劇文化交流，如最有代表性的是《中國戲曲中之蒙古語》一文，他獨具慧眼地發現「元代以蒙古貴族統治中國，流風所被，當時文化未免沾染草原氣息……元人以俚語入曲，流暢自然，決無牽強。後世傚之，則輒露斧鑿痕，其間偶有以蒙古語入曲者。」諸如王實甫《麗春堂》，李直夫《虎頭牌》，朱有燉《桃源景》，湯顯祖《還魂記》，關漢卿《謝天香》等。他樂而不疲地為這些胡語蒙言引經據典，對照比戡，查詢出處，注解詮釋，為民族戲劇語言學開闢了一條新路，後來有很多學者仿傚其法，獲得諸項成果。

老舍，滿族。原名舒慶春，字舍予，北京人，現代著名作家。一生創作過大量小說、戲劇散文、詩歌、曲藝等，並在國內外一些大學教書，發表過許多有關文藝評論。老舍先生於解放初被北京人民政府授予「人民藝術家」的光榮稱號。他與民族戲劇創作與研究相關文章如《我怎樣寫通俗文藝》中自我總結：「我寫了舊形式新內容的戲劇，寫了大鼓書，寫了河南墜子，甚至

於寫了『數來寶』。……我們來寫，就是要給這些活著的東西一些新的血液，使他們進步。……顯然，我放棄了舊瓶裝新酒這一套，可是我並不後悔；功夫是不欺人的。它教我明白了什麼是民間的語言，什麼是中國語言的自然地韻律。」〔註58〕正是老舍先生積極深入民間底層，掌握了各民族平民百姓的日常口語，待文藝創作時稍事加工提煉，即成為雋永精粹的民族戲劇或曲藝語言。

程硯秋，滿族，原名豔秋，字玉霜，後改御霜。他與著名京劇表演藝術家梅蘭芳、尙小雲、荀慧生並稱譽為京劇「四大名旦」。他為改良京劇藝術，曾到國內外進行考察學習，撰寫過《我之戲劇觀》、《赴歐考察戲曲音樂報告書》等文藝理論文章。馬清福著文評述程硯秋對民族戲劇的一貫主張：

> 各民族有各民族的經濟生活，有各民族國家的政治制度，因此形成了各自的民族特性，劇情的內容則是民族性的反映或體現。〔註59〕

黎‧穆塔里甫，維吾爾族，新疆伊犁人。新疆現代文學的優秀代表。生前在報刊雜誌上發表過許多雜文、詩歌、政論文章、戲劇作品，以及文藝評論。其中他撰寫的《熱愛藝術》一文談及新疆各民族的歌舞戲劇，一些觀點很有見地：「我們的藝術要培養人民具有英雄主義精神，提高人民的鬥爭性，長人民的志氣，激發人民的愛國主義熱情。誠然，維吾爾歌舞團在後一個時期的戲劇藝術舞臺上曾有過相當大的發展，上演了一些引人注目的劇目，吸引了觀眾，受到了人民的歡迎。首先應該肯定的是，維吾爾歌舞團在自己周圍卓有成效地團結了一批有才能的藝術家，其中包括演員、樂師、歌手、畫家和其他藝術人才。」〔註60〕正是在此文藝思想的指導下，文藝團體排演受到熱烈歡迎。在一些黎‧穆塔裏甫編寫的《奇曼古麗》、《戰鬥的姑娘》、《薩木沙克阿奇的憤怒》等劇作受到熱烈歡迎。

在當代，有一些專家學者從文獻學角度為中國少數民族戲劇研究提供資料援助。諸如：方齡貴著《元明戲曲中的蒙古語》，通過翻檢《元曲選》、《元曲選外編》、《古本戲曲叢刊》、《六十種曲》、《全元散曲》、《元人小令集》、《孤

〔註58〕《老舍論創作》，上海文藝出版社，1980年版。
〔註59〕彭書麟、于乃昌、馮育柱主編《中國少數民族文藝理論集成》，北京大學出版社，2005年版，第671頁。
〔註60〕黎‧穆塔里甫《熱愛藝術》，《新疆民族文學》，1982年第4期。

本元明雜劇》等十數種元明作品，對此歷史時期的戲曲劇作中的一百十四條蒙古語從語言學和歷史發展的角度，廣泛參閱有關史料作了詳盡的考釋。另外還有徐嘉瑞的《金元戲曲方言考》，朱居易的《元劇俗語方言例釋》，陳澹安的《戲曲詞語彙釋》，林昭德的《詩詞曲語辭雜釋》，顧學頡、王學奇的《元曲釋詞》等都不同程度地將漢民族與少數民族戲劇文學語言學進行比較研究，使之引入學術圈，對華夏多民族文化史、文學史、語言史、藝術史、戲劇史研究方面做出有益的嘗試與重要的貢獻。

　　具體到二十世紀中期中國少數民族戲劇理論研究，可追溯到 1963 年，中國戲劇出版社出版發行《少數民族戲劇研究》，其中收錄 1958 年至 1962 年在全國各大報刊發表的一些有關民族戲劇方面的文章。其中如李超的《讓我國多民族的戲劇藝術百花齊放》，彭華、夏國雲的《促進民族戲劇的繁榮與發展》，余從的《學習民族劇種史的心得》，曲六乙的《少數民族戲劇的藝術風格問題》等重要論文，為民族戲劇學的創建拉開了學術帷幕。

　　李超在《讓我國多民族的戲劇藝術百花齊放》中論證：「民族的戲劇既有美麗的靈魂——社會主義思想，又有健全的體魄——嚴整的，優美的，具有高度技巧和民族特點的藝術形式。」

　　彭華、夏國雲在《促進民族戲劇的繁榮與發展》中指出：「民族戲劇之所以被人們所喜愛，之所以稱之為民族戲劇，正是因為它有著與漢族劇種不同的形式和風格，具有自己民族濃厚的地方特色。」此文還說：「民族戲劇是綜合性的舞臺藝術，各民族的文學、音樂、舞蹈、美術、說唱等等都可吸收。少數民族的戲劇正因為是在各民族優秀的文學藝術遺產基礎上孕育成長起來的，所以才別具民族特色。」

　　余從在《學習民族劇種史的心得》中將民族戲劇稱其為「兄弟民族人們群眾創作出來的地方小戲和民族戲劇」，他認為：「民族戲劇由於本民族的語言、群眾的思想感情、心理素質、美學要求、欣賞習慣，就又有著本民族自己的特點。」

　　論及華夏各民族戲劇文化的哲學、美學思想，據《中國少數民族古代美學思想資料初編》一書「前言」敘述：

　　　　我們偉大的祖國是一個多民族的國家。幾千年來，勤勞、勇敢、聰穎的各族人民在我國遼闊的土地上進行辛勤的物質耕耘和精神創造，為整個華夏的發展和進步做出來各自的巨大貢獻。我們現在稱

之爲中國文化的這筆寶貴財富，就是各族人民共同勞動和萬千智慧的結晶。其中既有體現全中國各族人民共同生活、共同願望、共同心理的共性部分，又有體現一個具體民族的特殊生活、特殊願望、特殊心理的個性部分。正是這不可分割的兩部分才構成中國文化多方面、多層次、多色彩的豐富性。因此，要全面認識和繼承我國文化，對於我國各民族的文化是必須充分重視的，不然就無從把握我國文化的完整性。哲學、文學、藝術、美學等等一切文化領域都是如此。〔註61〕

此書還進一步闡述：「我國民族眾多，而且都有著悠久的歷史和文化傳統，尤以歌舞、工藝、建築、服飾的多樣性和精美著稱於世。同時，各民族的哲學、宗教、倫理、文學、藝術等意識形態都有著自己獨有的特色。」故此，我們研究中國少數民族文藝理論和戲劇原理，也要廣泛接觸、吸納自然科學與社會科學中眾多的分支學科的理論成果。

1994 年，國家民委組織有關專家進行了全國性的少數民族戲劇文化資源調查，並於 1995 年 5 月在貴州省貴陽市召開了全國少數民族戲劇研討會。會後選編了 50 餘篇學術論文，彙編成爲《中國少數民族戲劇研究論文集》一書。該書涉及到藏戲、壯劇、白劇、傣劇、侗戲、蒙古劇等 14 各少數民族劇種。全書分別討論了各民族劇種的源流、歷史、現狀、音樂聲腔、表演藝術等方面的問題。這是一本較爲全面、很有學術分量的戲劇研究論文集。

爲民族戲劇文藝理論做出突出貢獻的雲南藝術學院王勝華教授，他撰寫的《雲南民族戲劇論》涉獵了大量西南地區各民族原始戲劇的文化資料。作者突出地施實文獻與實地考察，書齋與田野作業並重的研究方法，成功地將文化人類學、民族學、戲劇學等方法有機地結合在一起。努力使資料性、知識性、理論性融爲一體。此書共設爲六章，即一、緒論；二、雲南民族戲劇概述；三、雲南民族民間原始形態戲劇；四、雲南民族戲劇的基本特徵；五、雲南民族戲劇的戲劇學研究；六、雲南民族戲劇的文化學研究。在第二章中他對雲南各民族的戲劇形式作了較詳細的介紹與論證。諸如第四節：雲南四大民族戲曲劇種。1、白劇；2、壯劇；3、傣劇；4、彝劇。第四節：民族民間業餘戲曲劇種。並且鈎沈了散落在邊疆各地的 1、騰沖伍族清戲；2、松園彝族太平花燈；3、建水彝族花燈；4、彝族吹吹腔；5、路南撒尼劇；6、祿

〔註61〕《中國少數民族古代美學思想資料初編》，四川民族出版社，1989 年版。

豐苗劇。在第三章中還將田野調查所得珍貴資料作一公示：1、少數民族擬獸戲劇；2、勞作戲劇；3、祭祀戲劇；4、遊戲戲劇。其中有一篇經他指導的碩士研究生李長餘撰寫的學位論文《雲南雙柏彝族擬虎戲劇「三笙」研究》〔註62〕就是「少數民族擬獸戲劇」田野調查研究的重要成果。

對王勝華在《雲南民族戲劇論》一書中所作的民族戲劇學貢獻，著名中國戲曲史學家上海戲劇學院陳多教授高度評價：

　　　　勝華寫作的這本書，不僅在方法上突出了文獻與實地考察，書齋與田野作業並重的研究方法；並且將文化學、人類學、民族學等方法運用到戲劇研究中。與傳統相比較而言，別創「路頭」，在觀點方面也有很大的突破。〔註63〕

二十世紀 80 年代，民族戲劇文化研究在政府部門「大力弘揚在中華民族優秀傳統文化」的精神鼓舞下，全國約有 5 萬餘人投身「搶救、收集、整理民族民間文化遺產」的行列，積極加入「中國民族民間文藝十大集成」的編寫浩大工程之中。其中作為重頭戲的《中國戲曲志》、《中國戲曲音樂集成》、《中國民族民間器樂集成》、《中國民族民間舞蹈集成》等即關涉「民族戲劇」學科的建設與完善。「對保存民族文化遺產方面的巨大功績是毋庸置疑的」。其中包括「國劇」京劇和各少數民族戲劇在內的中華多民族戲曲藝術資料。經中國藝術研究院劉文峰研究員在《中國戲曲志的學術價值及對戲曲學科建設的意義》統計：「全書共 3000 餘萬字，1500 多張圖片，囊括劇種 394 個，劇目 5318 個，戲曲文物古蹟 730 處，報刊專著 1584 種，戲曲人物 4220 個。」〔註64〕

李強、柯琳合著的，2003 年由民族出版社出版發行的《民族戲劇學》將「民族戲劇」的概念擴大至中外各民族戲劇文化的廣闊視野之中，「中國少數民族與世界各國土著民族所共同擁戴的民族戲劇，集人類物質與精神文明之大成，成為當今世界最令人神往與傾慕的文化典型。」並認為「民族戲劇學」既是「戲劇學中的一個門類，又是民族學中的一個分文。」換言之是「民族學和戲劇學的複合體。」「民族戲劇學」按其廣義和本質來說實際上「泛指一

〔註62〕吳衛民主編《戲劇擷英錄──戲劇學碩士優秀論文集》(1)，雲南大學出版社，2007 年版。
〔註63〕王勝華《雲南民族戲劇論》「序」，雲南大學出版社，2000 年版。
〔註64〕劉文峰《中國戲曲志的學術價值及對戲曲學科建設的意義》，《文藝研究》，2000 年第 2 期。

切多民族國家的民族戲劇。」在中國首先要包容漢族傳統的富有代表性的古典戲曲，在國外亦首當其中，應包括該國主體民族的主要戲劇種類在內。

他們在此書中「結語」、「關於民族戲劇學的思考」中論證：此門學科「應該以較爲科學的宏觀與微觀相結合的文化人類學方法與民族自身實踐的實證，即理論聯繫實際的田野調查法，將此兩種行之有效的科研方法相結合，才能有望把此門學科推向相應的學術理論高度。」簡而言之，方興未艾的「民族戲劇學」，即以國內外民族樂舞戲劇的豐富資料來佐證民族戲劇藝術在文化人類學中具有的學術位置與價值。〔註65〕

曲六乙先生爲此書作序，並在 2003 年 12 月《中國文化報》發表《忽如春風一夜來》一文。他全面、系統、科學地評價《民族戲劇學》及其積極鼓勵相關學科的創立：「少數民族戲劇在中華民族戲劇史的歷史地位與學術價值，需要得到全民的尊重與確認，以恢復她應有的獨具藝術特徵的歷史風貌。歷史呼喚中國少數民族戲劇史、民族戲劇學、民族戲劇美學和全面、系統概括中華各民族戲劇的中國戲劇史與論著的陸續出現」。「作者以一種勇於開拓的精神，填補了一個學術領域的空白，力圖建立一門新學科，所做出嶄新的貢獻，值得大力肯定與支持。書中存有一些缺陷，有待日後補正，這對於兩位中年學者在獨闖一條新路的艱巨過程中，是難以避免的正常現象。而我看重的是，他倆站在中華各民族的共同立場上，以勇敢創新的精神，爲建立一門新的民族戲劇學學科已做出令人欽羨的成就」。他高屋建瓴、明察秋毫地總結與倡導：

> 《民族戲劇學》的突出成就，主要在於作者摒棄了歷史的偏見和傳統的正統觀念，以及單純就戲劇論戲劇的陳舊研究模式，別開生面地運用了新的思路、新的觀點、新的視角和新的方法。具體地說，從中華民族「大文化」的角度，以邊疆歷史、地理人文、生態環境爲背景，對其宗教、民俗、考古、語言、音樂、舞蹈、美術、史詩、說唱文學，以及各類儀式戲劇等領域，進行全方位、多層次、多側面的文化人類學和比較文化學的考察。這首先要求對上述各領域原生形態的形成、發展、衍化過程進行科學的比較研究，對其內涵進行宗教的與世俗的深入的人生思考。

劉志群，江蘇啓東縣人。劇作家、研究員。1965 年於中央戲劇學院戲文

〔註65〕 李強、柯琳《民族戲劇學》，民族出版社，2003 年版。

系畢業，自願報名援藏。他帶著深入瞭解藏劇藝術，填補中國戲曲史空白的囑託和期盼，萬里迢迢，踏上雪域高原。在西藏自治區藏劇團工作期間，他先後創演了《白雲嶂》、《喜搬家》、《懷念》等現代戲。1979 年他與彭措頓丹合作改編傳統劇《朗莎雯蚌》，在西藏各地演出，產生很大反響，促成了各地民間劇團學演此劇的熱潮。1982 年劉志群與人合作改編上演了《諾桑法王》，獲得了首屆全國少數民族題材戲劇創作銀獎。1983 年與彭措頓丹合作改編的《蘇吉尼瑪》，上演得到好評，獲得自治區人民政府獎。1986 年與彭措頓丹合作創作的大型歷史劇《湯東傑布》，在建國後西藏首次舉行的雪頓節（藏劇節）上演出，引起社會普遍關注。

1982 年劉志群先生受命主編《中國戲曲志・西藏卷》和《藏劇志》。這是他由藏劇文學創作整體轉向藏劇理論研究的開始。經過整整 10 年的調查、採錄、整理、編撰，三易其稿。這部志書的面世，為建構藏劇藝術體系提供了豐富的資料，並打下了良好的基礎。從 1989 年調往自治區民族藝術研究所，1993 年任副所長兼主編《西藏藝術研究》到 2003 年，在這十多年的時間裏，他不但主編和主要撰寫《中國戲曲音樂集成・西藏卷》、《西藏自治區志・文藝志》、《藏族藝術巡禮》、《中國藏戲藝術》等有較大影響的學術專著，還出版了個人學術著作《藏戲與藏俗》、《西藏祭祀藝術》、《雪域人之靈與神之魅》等。2008 年《中國藏劇史》的面世，標誌著他從事的藏劇理論系統的初步形成。作為藏劇理論研究的開拓者，這是他近半個世紀埋首學術、煎熬勞動心血的結晶，也是他步中西前賢後塵，特別是吸收了藏族眾多學者智慧的重要成果。在這部具有較高資料價值、學術價值的著作中，他運用人類文化學的視角，在藏劇藝術的文化屬性、藏劇與藏族儺戲的關係、藏劇劇種系統劃分、藏劇發展史分期等方面進行了比較科學的闡釋。

李佩倫，回族。教授、戲劇評論家。畢業於北京師範學院中文系本科。任教於中央民族大學。他的個人著述有文化論集《綠野沉思》、散文集《綠野雄風》、戲劇論文集《胡笳吟》、《永和本薩天錫逸詩校注》、《京胡聖手燕守平評傳》、詩集《綠潭心影》、三十集電視連續劇《馬連良》。他從小對戲曲、對京劇情有獨鍾，對戲曲舞臺形態耳濡目染，熟悉腔調板式，對旦行梅、程、荀及生行馬、麒、言等流派有較深入的研究。李佩倫對於其他劇種如崑曲、評劇、桂劇、花鼓劇、川劇、高甲戲、歌仔戲、二人臺、豫劇、蒙古劇的一些劇目都發表文章予以評述。他善於從劇種的藝術個性出發，去求索藝術整

體的得失。

作爲回族的學者、評論家，李佩倫先生有著濃厚的「回回情結」。他曾專門研究並發表《回族與戲曲文化》的論文，直率地指出回族秉承伊斯蘭教義與參預戲曲演出和欣賞的矛盾，妨礙了回教戲劇的產生與發展。他對回族戲劇家諸如評劇作家薛恩厚，評劇演員馬泰，京劇藝術家馬連良，馬最良，雪豔琴，侯喜瑞，京胡名家燕守平，都給予了全方位的實事求是的評價。論其藝，現其神，走出表象的羅列，而更多地注重人物在大的文化背景前的心靈歷史的勾勒。

他於 1987 年先後發表了長篇論文《泛論民族題材歷史劇》和《再論民族題材歷史劇》提出了一系列新的觀點，破除了至今仍是陰魂不散的「夷夏大防」及「賤夷狄、外夷狄」的陳腐觀念。尤其對已成愛國主義典型的楊家將、文天祥、岳飛等歷史人物做出了新的評價。力求在中華民族多元一體的特殊性上，從中華民族的共同利害的高角度上，從中華各民族的你中有我，我中有你的不可分割的現實關係上，以歷史唯物觀點，從歷史評價與道德評價互重的剖析中，爲己成歷史定論「對立」民族的正反面人物做出新的評價。

他撰寫的《胡笳吟》是一部研究少數民族戲劇的力作。著名劇作家胡可在《胡笳吟》的「序」中，給予了如下評價：「本書中，佩倫同志有不少創見，如對少數民族題材戲劇中涉及到宗教問題的論述，把作爲文化現象的宗教與迷信加以區分，要求以馬克思主義的民族觀、宗教觀切實處理好民族題材戲劇中的有關問題。又如關於『使舞臺成爲少數民族自我認識，民族間相互認同的窗口，更是各個民族思想交流情感溝通的中介』的獨到的見解，把發展繁榮少數民族題材戲劇的重大意義，提到了新的認識高度。」

曹婭麗，女、滿族。生於天津市寶坻縣。祖籍東北，隸屬鑲黃旗。先人隨清軍入關，轉徙北京通州地區，最終落戶天津寶坻縣。她 8 歲帶著童年的夢幻，隨父親支持大西北，來到青海西寧。從此把自己的命運同青海連結在一起。二十世紀 80 年代畢業於青海民族學院，分配到青海省藝術研究所，走上學術研究道路。曹婭麗涉獵的學術領域比較廣泛，舉凡青海少數民族文化、藝術、宗教、民俗、祭祀，無不攝入她的探索視野。在 20 多年的歲月裏，她主編、參與和獨自編撰出版的有國家科研項目《青海土族文化藝術研究》、《人神共舞——青海宗教祭祀舞蹈考察與研究》、《神秘的熱貢文化》和省級科研課題《青海黃南藏戲》。後者的姊妹篇《青海的藏戲》是國家重點課題「西北

人文資源環境基礎數據庫」的子課題。

　　藏戲學，從宏觀角度說，它是一門兼屬藏學和戲曲學的新興學科。作爲中青年新生代的代表人物，曹婭麗繼承了老一輩學者的治學精神，吸收了他們積累下來的豐富成果，在青海藏戲研究方面，嘗試著運用民族宗教學、文化人類學、民俗學與藝術學相結合的觀點、方法，分別從發生學、分類學、生態學、形態學等角度進行綜合性研究。她在青海黃南地區一個偏僻、封閉的村落，首次發現這裡的寺院在農曆十月祈願法會上演出的《米拉羌姆》，即以羌姆形式演出的早期黃南藏戲《公保多吉聽法》。爲此，她寫出了論文力作《藏族儀式劇〈公保多吉聽法〉的流傳與演變》。

　　在青海湖北岸的剛察縣沙陀寺，曹婭麗首次觀賞到有僧人演出的《格薩爾王傳》片斷。在湖邊還建有一座專門教授藏戲的經院，設立《格薩爾王傳》藏戲課程，作爲僧人必修的經文。在僧人的眼裏，藏戲《格薩爾王傳》是與經文等同的寶典。爲此，她寫出了論文《華熱藏戲藝術的變遷：沙陀寺、珠固寺藏戲考察》。2002 年 7 月，她在青海果洛地區考察時，首次發現了以演出格薩爾王史詩爲主的藏戲，亦稱爲果洛「格薩爾」藏戲。曹婭麗驚喜這次發現的學術價值，不僅瞭解到一種奇特的原始形態的藏戲演出，更在於從單一說唱藝術蛻變爲代言體戲劇綜合形態，在戲曲發生學的普遍含義。她據此寫出的相關論文一經發表，便引起了藏戲學界的高度關注。

　　何玉人，女，中國藝術研究院戲曲研究所研究員，博士。西北大學中文系畢業，獲文學碩士、文學博士學位。從事戲劇工作多年，曾擔任編輯、記者、研究工作多年。現爲中國藝術研究院戲曲研究所戲曲文學研究室主任。近年來先後擔任的國家課題有：《全國戲曲劇種劇團生存現狀調查》、《西北人文資源基礎數據庫·戲曲》部分甘肅卷的撰寫工作。《崑曲藝術大典》歷史理論卷副主編；國家年度課題《勃發與超越——新時期中國戲曲創作研究》課題負責人。出版學術專著：《戲曲創作理論探尋》、《新時期中國戲曲創作概論》、《崑曲創作與理論》、《二十世紀的中國戲劇》。發表的重要理論文章有：《梨園文化的源流和價值》、《中國戲曲的世紀命題——張庚關於戲曲現代戲的理論》、《中國戲曲發展的歷史必然》、《周長賦的歷史劇創作》、《創造民族歌劇的輝煌》、《現代化背景下的中國川劇》、《輝煌的五十年——關於「推陳出新，百花齊放」》、《近年來中國戲曲理論問題概述》、《新時期的戲曲創作》、《新編水磨調盤點》、《戲曲現代性芻議》、《藏戲的審美特徵》等多篇。

　　何玉人研究員的學術成就得到社會的廣泛關注和好評，在學術界產生一定的影響。她編輯出版的書籍有：《沈鐵梅表演藝術研討文集》、《張庚學術研討論文集》、《程硯秋戲曲藝術論文集》等。《新時期中國戲曲創作概論》此書是何玉人在博士學位論文基礎上加工而成。他的導師安葵在「序」中評價此書是「對新時期的創作進行全面的重點的掃描之後，著重研究了新時期戲曲創作的審美追求和創作成因。這體現了作者把現狀研究提到理論高度的努力。」在做此方面的既有廣度、又有深度的資料搜集與評論工作難度很大。此書「不僅凝聚著作者的大量心血，而且也具有值得重視的學術價值和現實意義。」難能可貴的是在此書中她將中華多民族戲劇藝術一視同仁，以下對少數民族戲劇的創作和成就闢出大量篇幅預以評介，爲我們展現了一幅豐富多彩、絢麗多姿的中國各民族戲劇文化的歷史畫面。

　　《新時期中國戲曲創作概論》共分爲八章，即第一、二章：新時期戲曲創作總體格局（上、下）；第三、四章：新時期劇作家創作風格（上、下），第五章：新時期戲曲創作的實踐體識；第六章：新時期戲曲創作的審美趨向；第七章：新時期戲曲創作的成因考論；第八章：新時期戲曲創作的歷史新開拓。何玉人研究員在此書中獨具匠心地設計了「東北地區的戲曲創作」，「西北地區的戲曲創作」，「西南地區省（市）的戲曲創作」等幾個專節。對此地的遼寧阜新蒙古劇、滿族新城戲、內蒙古蒙古劇，維吾爾劇、夏劇、漫瀚劇、花兒劇、藏戲、布依戲、侗戲、白劇、傣劇、彝劇、儺戲、師公戲、壯劇、苗劇等劇種與優秀劇目都進行了詳細的論證，特別是對漢民族傳統戲曲在新時期湧現出來的大量反映少數民族題材的劇目進行生動的描述與評價。

　　另外，我們在中國少數民族戲劇文獻整理時還收集到下述重要資料，諸如：

1959 年：《彝劇誕生》（《中國戲劇》，1959 年第 1 期）。

1982 年：《新疆歌劇巡禮》（黎薔，《新疆藝術》，1982 年第 2 期）。

1984 年：《白劇的新發展》（李錫恩，《中央民族大學學報》，1984 年第 3 期）。

1985 年：《古代西域藝術與中國戲曲》（黎薔，《戲曲藝術》，1985 年第 2 期）。

1986 年：《麓川故地戈腔尋蹤——兼論傣劇》（施之華，《雲南戲劇》，1986 年第 5 期）；《白族戲曲》（樂夫，《民族文化》，1986 年第 5 期）；《民間侗族戲

劇選本》（貴州民間文藝叢書，李瑞岐編，貴州人民出版社，1986 年版）。

1987 年：《撮泰吉（彝族儺戲、演出記錄本）》（文道華等口述，羅德顯等搜集整理，《貴州民族學院學報》，1987 年第 4 期）；《原始粗獷的彝族儺戲「撮泰吉」（變人戲）》（庹修明，《貴州民族學院學報》，1987 年第 4 期）。

1988 年：《貴州彝族戲劇「攝特幾」初探》（皇甫重慶，《貴州民族研究》，1988 年第 1 期）；《維吾爾族詩歌與戲劇的審美價值》（黎薔，《民族文學研究》，1988 年第 2 期）；《論彝族儺戲撮寸己》（李子和，《貴州社會科學》，1988 年第 10 期）；《從戲劇性談傣劇的形成》（毛祥麟，《戲劇藝術》，1988 年第 4 期）；《試論傣劇與佛教的關係》（胡耀池，《民族藝術研究》，1988 年第 4 期）；《白劇（望夫雲）的音樂成就──兼談少數民族戲曲音樂的繼承與發展》（蔣青，中央音樂學院學報，1988 年第 2 期）。

1989 年：《雲南劇論》（雲南地方藝術研究叢書，雲南省民族藝術研究所編，雲南人民出版社 1989 版）；《彝族古戲「撮泰吉」淺探》（顧樸光，《中央民族學院學報》，1989 年第 4 期）；《彝族儺戲「撮泰吉」》（庹修明，《民族藝術》1989 年第 2 期；《彝劇藝術優勢管見》（趙大宏，《民族藝術研究》，1989 年第 1 期）；《珍奇的活化石──滇黔彝族（跳虎節）與（搓特基）》（唐楚臣，《民族藝術研究》，1989 年第 1 期）；《題詞與三步──論傳統傣劇的表演特徵》（施之華，《民族藝術研究》，1989 年第 6 期）。

1990 年：《戲劇活化石──彝族儺戲「撮泰吉」》（釣卜，《戲劇文學》，1990 年第 2 期）；《潞西傣劇劇本概述》（夏輝宗，《民族藝術研究》，1990 年第 2 期）；《傣劇音樂結構簡介》（劉瓊芳，《民族藝術研究》，1990 年第 2 期）；《西域戲劇的緣起及敦煌佛教戲曲的形成》（黎薔，《敦煌研究》，1990 年第 2 期）；《試論佛教文化與傣劇初期形態的關係》（施之華，《民族藝術研究》，1990 年第 2 期）；《喜兆三元（白劇吹腔戲劇）》（張紹興，雲南戲劇，1990 年第 2 期）。

1991 年：《彝漢文化的交流和雲南彝族戲劇的發生、發展》（黎方，《民族藝術》，1991 年第 3 期）；《「撮泰吉」討論中的兩個問題　與顧樸光同志商榷》（席克定，《貴州民族研究》，1991 年第 2 期）；《傣劇「戲調」的程序性、可塑性與局限性》（金穗，民族藝術研究，1991 第 2 期）。

1992 年：《紅河州彝劇唱腔結構初探》（劉天強，民族藝術研究，1992 年第 6 期）；《阿蓋的呼喚與回響，──觀白劇（阿蓋公主）》（徐沛，《中國戲劇》，第 4 期）。

1993 年：《論彝劇的情趣與節奏》（卜其明，《楚雄師範學院學報》，1993年第 4 期）；《彝族史詩「梅葛」與彝劇——儺文化對戲劇發生作用的一具實例》（唐楚臣，《民族藝術研究》，1993 年第 1 期）；《彝劇研究方法辯證》（丁伯廉，戲劇藝術，1993 年第 2 期）；《傣劇形成說》（何祖元，《戲劇藝術》，1993年第 2 期）；《彝劇風格論》（彭潔，雲南戲劇，1993 年第 3 期）。

1994 年：《彝族撮特幾非儺試析》（宋運超，《貴州文史叢刊》，1994 年第 1 期）；《白劇音樂的新突破》（樂夫，《民族藝術研究》，1994 年第 6 期）；《碩果滿枝話耕耘：大理州白劇團創作經驗漫談》（薛子言，《民族藝術研究》，1994年第 6 期）。

1995 年：《傣劇·風攪雪·一石二鳥》（曲六乙，《民族團結》，1995 年第6 期）；《傣族儺文化與傣劇》（施之華，《民族藝術研究》，1995 年第 4 期）；《跨世紀的傣劇新秀，蔣鳳蘭》（《戲曲藝術》，1995 年第 3 期）；《傣劇史上的新鮮事兒》（周鼎，《中國戲劇》，1995 年第 5 期）。

1996 年：《雲南戲劇藝術傳統及其所面臨的時代課題》（金重，《民族藝術研究》，1996 年第 5 期）；《西域敦煌儺戲考》（黎薔，《敦煌研究》，1996 年第2 期）；《試論傣族舞蹈的發展演變和形式風格》（蘇天祥，《民族藝術研究》，1996 年第 3 期）。

1997 年：《彝劇又開新花——評小彝劇（趕羊調）》（衍文，《民族藝術研究》，1997 第 1 期）；《傣劇及德宏州傣劇團》，（《中外文化交流》，1997 第 3期）。

1998 年：《縱談傣劇——兼談省青年演員比賽的幾個傣劇片段》（安文，《民族藝術研究》，1998 年第 2 期）；《傣族曲藝章哈唱本與敘事長詩》（岩峰，《曲藝》，1998 年第 10 期）。

1999 年：《撮泰吉——古代彝族民族戲劇研究記錄本重譯》（羅德顯，《重慶師專學報》，1999 第 4 期）；《山羊之歌酒神祭祀與西域戲劇》（黎薔，《新疆藝術》，1999 年第 5 期）。

2001 年：《吐蕃苯教與中印佛教戲劇關係考》（黎薔，《西藏藝術研究》，2001 年第 4 期）。

2003 年：《初探彝劇中打擊樂的運用》（姚鵬，《雲嶺歌聲》，2003 第 2 期）；《人無我有——由彝劇〈老樹新花〉所想到的》（馬安民，《民族藝術研究》，2003 第 2 期）；《論彝劇音樂的構成與發展》（傅曉，《民族藝術研究》，2003

第 3 期）；《關於彝族擬獸戲劇的人類學思考》（王勝華，《雲南藝術學院學報》，2003 第 1 期）；《雲南白劇及其兩大聲腔初探》（丁慧，《雲南藝術學院學報》，2003 第 4 期）。

2004 年：《風花雪月話白劇──2004 年白劇調查》（陳昱，《戲曲藝術》，2004 年第 3 期）。

2006 年：《一隻獨秀百花園──白劇發展五十年》（薛子言，《大理文化》，2006 年第 6 期）；《論白族白劇音樂的形成和發展》（傅媛蕾，《雲南師範大學學報》（哲學社會科學版），2006 年第 2 期）。

2007 年：《儺儀：從圖騰到戲劇──以雲南雙柏彝族虎儺為個案》（楊甫旺，《楚雄師範學院學報》，2007 年第 7 期）；《彩雲之南、新苑嬌妍：欣看白劇〈白潔聖妃〉》（王蘊明，《中國戲劇》，2007 年第 1 期）；《雲南白劇「吹吹腔」與高腔、崑曲的淵源關係》（丁慧，《雲南藝術學院學報》，2007 年第 1 期）；等等。

七、中華民族戲劇的民族化與現代化

關於中華民族戲劇藝術的民族化與現代化的討論與商榷，從二十世紀初至今，已逾近百年時間。我國各民族劇作家、表演、導演、戲劇理論者一直對此重大課題非常熱衷，積極參與，所編寫此類著作與論文汗牛如棟，不可勝數。二十一世紀初，蘇州大學出版社推出的季玢編選的《中國現代戲劇理論經典》收錄了許多有價值的文章和觀點，有必要舊文重讀。

《中國現代戲劇理論經典‧序言》開篇寫道：「中國現代化戲劇的歷史是中國戲劇現代化、民族化的歷史。中國現代戲劇理論即是圍繞著中國戲劇現代化、民族化的核心問題來建構的。」〔註 66〕季玢在此書《序言》以高屋建瓴中心觀點統領全書。書中首先編錄出百年前一篇柳亞子所寫的令人振聾發聵的《二十世紀大舞臺》發刊詞，這篇甚為工整典雅的辭賦實為極為珍貴的民族戲劇重要文獻：

> 風塵澒洞，天地丘墟，茫茫神州，虜騎如織。男兒不能提三尺劍，報九世仇，建義旗以號召宇內，長驅北伐，直搗黃龍，誅虜首以報民族。研究群理，昌言民族，仰屋梁而著書，魚取生拘曲，見而唾之，以示屠夫牧子，則以為岣嶁之神碑也。西風殘照，漢家之

〔註66〕季玢主編《中國現代戲劇理論經典‧序言》，蘇州大學出版社，2008 年版。

陵闕已非。東海揚塵，唐代之冠裳莫問。黃帝子孫，受見虜之荼毒
久矣。中原士庶，憤憤於腥膻異種者，何地蔑有？徒以民族大義，
不能普及，亡國之仇，遷延未復。今所組織，實於全國社會思想之
根據地，崛起異軍，拔趙幟而豎漢幟。他日民智大開，河山還我，
建獨立之閣，撞自由之鐘，以演光復舊物推虜朝之壯劇、快劇，則
中國萬歲！〔註67〕

隨後收錄的兩篇論文爲中國傳統戲劇民族性的理論鼓吹佳作，即王夢生的《梨園佳話》和周恩來的《吾校新劇觀》。王夢生先生寫於 1915 年的《梨園佳話》歎曰：「中國戲劇，發源最早，種類最多，積久流傳，雜糅融薈，遂成爲今劇之一種。或問戲有學乎？曰有學，且爲專門之科學。何以知其然乎？曰學之爲言效也。凡事前創後賡，積數十世數千百人心思耳目所推闡裁成者，皆謂之學，何獨疑於戲。」

　　周恩來先生積極參與天津南開大學新文化運動與演劇事業，他曾在《吾校新劇觀》一文中如此評述：「英莎士比亞之言曰：世界爲舞臺，而人類爲俳優，其言頗具意旨。蓋世界種種之現狀，類皆興亡無定，悲喜無常，人類無異演技其中。故世界者，實振興無限興趣之大劇場，而衣冠優孟，袍笏登場，又爲世界舞臺中一小劇場耳。夫而後民智開，民德進，施之以教，齊之以恥。生聚教訓不十年，神州故國，或一躍列強之林，亦意中事也。非然者，學校社會，虛圖其表，一任梨園優伶，駝舞驟吟，淫詞穢曲，醜態百出。博社會之歡迎，移世風之日下，則社會教育終無普及之望。而國家之精神，亦永無表現之一日矣。」在此基礎之上他又條分縷析：

　　　　吾國舊戲有所謂生戲、旦戲、武生戲等等。此因人而分，非對
　　於全戲而言。至喜戲、悲戲等，差相近之，然亦指一人而言，非按
　　全局而下斷語。在新劇中可分爲三大類：一悲劇；二喜劇；三感動
　　劇。若按劇中事實可分爲古代劇、近代劇兩種：採取歷史事實者，
　　曰歷史劇；注重詩歌著，樂詩歌劇；描寫社會情狀者，曰社會劇。
　　在歐美各國，具有最大之勢力者爲歌劇。歌劇濫觴於意大利。自是
　　漸次發達，遂爲歐美藝苑精華所萃。〔註68〕

在外國戲劇輸入中國後，活躍在上海灘及其沿海城市的一些著名文人諸如郁

〔註67〕柳亞子《二十世紀大舞臺》發刊詞《二十世紀大舞臺》第 1 期，1904 年 9 月。
〔註68〕周恩來《吾校新劇觀》，《校風》第 38、39 期，1916 年 9 月。

達夫、梁實秋、趙太侔、沈起予、向培良、徐公美也紛紛加入如何認識戲劇本體，怎樣借用先進理念、技術，來大力促進中華民族戲劇藝術的蓬勃發展的規模宏大的學術討論洪流之中。

郁達夫先生在《戲劇論》（上海商務印書館 1926 年版）認為：「戲劇的起源，依葛洛斯氏的《藝術的起源》裏說來，是根於人的天性的。總之，我們人類，有表現欲，模仿性及具體化性的一件事情，是誰也承認的。大約這三種本性，就是戲劇發生的最大原因。其他如神秘性、宗教性，皆與戲劇的發生有關。戲劇是民眾的藝術，與高尚優美的詩歌小說等，非要有金錢學識和趣味的有產階級不能享受的藝術不同。所以民眾思想發展的時候，戲劇也當然不能不發展了。」

梁實秋先生在《戲劇藝術辯正》（《晨報副鐫》第 7 號，1926 年）指出：「劇場是為民眾而設的，是為民眾的娛樂而設的。所以劇場若不能傳達最高的藝術於民眾，亦理所當然，非其弱點。那麼劇場本身是否藝術呢？劇場——包括舞臺在內——是藝術，但非純粹之藝術。舞臺藝術所以不是純粹的藝術的緣故，即因其包涵一很大部分的技術。」他還說：「我們誠信世界萬物，各有其相當之位置，各有其相當之價值，既不容崇彼而抑此，復不應牽扯而混雜。戲劇是戲劇，舞臺是舞臺；沒有戲劇當然就沒有舞臺，沒有舞臺，則仍可有戲劇。至若把戲劇與舞臺並為一種藝術，是不但為型類之混雜，抑且藝術投降於技巧之象徵也。」

趙太侔先生率先提出「國劇」的概念，他登高一呼，舉國上下掀起聲勢浩大的「國劇運動」（《國劇》新月書店 1927 年）：「我們承認藝術是具有民族性的，並且同時具有世界性；同人類一樣，同時也具有通性。沒有前者，便不能發生特出的藝術。戲劇中的各種藝術，只要有一種超越了其他各種，就發生一種特別的戲劇。偏重了文學，成就了西洋的話劇；發展了音樂，產生了近代的歌劇；以動作為生，於是有啞劇和舞劇。這是自然的演化。以布景為中心，將來要另外發生一種戲劇。這是克雷的預言。這種演化不是壞現象，正足以使戲劇藝術格外發展，格外豐富。保存了舊劇，並拒絕不了話劇。因為話劇已成為了世界的藝術。實在是兩件東西，誰也代替不了誰，就在各國，歌劇與話劇也是並存而不相妨的。藝術本來有這樣宏量。」

沈起予先生步其後塵，竭力闡述《演劇運動之意義》：「最適合於這種性質底藝術樣式，當然要推演劇，因為演劇是一切藝術底綜合，而且是最帶民

眾的集團的社會性的。」他還引用《蘇俄民眾劇創設之宣言》借題發探：「民眾一旦脫去了奴隸的鐵鎖時，他們底注意，常是集中到演劇上的。民眾劇創設底問題，只有在集團的創造過程中，由民眾自身，由個人與集團底協同動作才能解決。」以西方「民眾劇」理論展開論點：「最初提倡民眾劇者，當然要推盧梭及送得羅等。盧梭說：『關閉著極少數底人在一個暗黑的洞穴中，使他們在死沈中不靈活底這種排他的演劇，是不當採用的。不，民眾喲，這不是你們底祭祀，你們應該集合在野外，集合在天空下。』送得羅（狄德羅）對於民眾劇，亦與盧梭抱得有相同的意見。他在《續自然兒底對話》中說：『古代的劇場，一時可以容八萬人的看客……較之在一定期日，使幾百人娛樂的小劇場是如何的差異呀！我們如果在數日間的祝日中，把全國民集合起來，又是如何呀！……要變更我們戲劇底面目，只要求一個更寬廣底舞臺就夠了』。」〔註69〕

向培良先生在《戲劇的本質》（商務印書館 1936 年版）闡述：「戲劇向來就分為兩部分的，劇本和表演。劇本是和戲劇一同起源的，並不在表演之後。為希拉戲劇之前身的 Dithyramb（或譯頌神歌），就有詩人品德的歌詞流傳下來。我國劇詞，其發達亦在正式的舞臺完成之前。自印刷術大典以後，劇本更行興盛，浸浸成為一獨立的形式，與小說詩歌並稱了。現代的劇本，已逐漸不復依賴舞臺，而自有其獨立的生命。」

徐公美在《演劇構成論》（商務印書館 1936 年版）解析：「演劇，從發生到現在，其發展的過程，實在是很複雜的。然而儘管複雜得不斷地變化，它的包含的要素，終是單純地一貫的固定著：那就是（一）戲曲；（二）演員；（三）觀眾。乃為演劇構成的要件，至於舞臺裝置、音樂、演出者等，那只是附屬的再度的技巧以及素材罷了。英人戈登格雷對於演劇的構成，更有新的理想。他以為演劇的影響，斷乎不在劇本。觀眾為演員的陶醉麻痺，在『民眾劇場』裏是最強烈的表現著。在『宮廷劇場』或『大市民劇場』的表現，則為最弱。因此，我們可以這樣說，在民眾劇場，演劇行為，才能完全進行。」

於二十世紀 30、40 年代，抗日戰爭爆發時期，中華各族人民投入水深火熱、你死我活的全國救亡運動之中。此時，外來戲劇形式與中國傳統戲曲相融合，形成了一些新興戲劇形式。我國眾多文藝理論工作者對此非常重視，並陸續發表許多重要理論觀點。

〔註69〕沈起予《演劇運動之意義》，《創造月刊》第 2 卷第 1 期，1928 年 7 月。

諸如胡紹軒在《街頭劇論》《文藝月刊・戰時報刊》第 2 卷，中辨析：「『街頭劇』像『舞臺劇』『群眾劇』一樣，是戲劇種類的一個新名詞。……只有像《放下你的鞭子》一類演出時而觀眾並不知那是在演戲的戲劇，才是眞正的街頭劇。」余上沅的《舊劇評價》、《伊卜生的藝術》、《〈國劇運動〉序》等論文中對中國戲劇理論的建構，促進了中國戲劇現代化、民族化的歷史進程提出種種建議。

陳大悲的《戲劇指導社會與社會指導戲劇》和《愛美的戲劇》積極倡導以奮鬥的精神和眞摯的熱誠，實驗愛美戲劇即非職業的戲劇，眞正產生指導社會的新戲劇。陳大悲的倡導引起了關於愛美劇的熱烈討論，推動了中國新劇的發展。以余上沅、趙太侔爲代表的「國劇運動」派站在世界立場，更是站在中華民族立場，在積極梳理戲劇的審美本質特徵、戲劇藝術的系統性、綜合性和舊戲價值的基礎上，對「話劇」與「戲曲」進行了一次歷史性的整合研究。

吳天在《演員論》（上海光明書局 1940 年版）論述：「演員是演劇藝術中最重要的因素，但是，還得有其他因素配合。正如史氏（斯坦尼斯拉夫斯基）在他的『演員自我修養』中所說：演員在於建立角色與劇本的『人靈的生活』，把這角色用美的舞臺形式藝術化身出來。」「演員直接服務於民族社會，直接服務於祖國抗戰，直接服務於社會大眾，所以戲劇成了宣傳的利器，不再是少數人的娛樂品了。演員也不再是被動地存在了。不過，演員對社會究竟有什麼關係呢？莎士比亞說：戲劇是一種教育。這麼說，演員則相當於「教員」了，所以有現身說法的話。」

據中國藝術研究院戲曲研究所編《中國戲曲理論研究文選》（上海文藝出版社 1985 年版）所記載：於 1939 年，在延安魯迅藝術學院戲劇系擔任領導的著名戲劇理論家張庚獨闢蹊徑在細緻考察戲劇的歷史與現狀之後，提出了「話劇民族化與舊戲現代化」的口號。其重要意義在於啓示人們認識到對話劇這種引渡而來的民族文化形式。不能僅僅滿足於表面化學習、移植，更主要的是要創造出具有民族特點的新話劇。他自覺探尋中西戲劇的「本體」，努力架設「話劇」與「戲曲」之間溝通的橋梁；積極促進中國戲劇的「現代化」與「民族化」，使得戲劇藝術本身趨於成熟。

他在《話劇民族化與舊劇現代化》敘述此戲劇理論的來歷與具體內容：他說：「美國有個自由主義者的舞臺導演叫『鄧』的，看了『業餘』（業餘劇人協會）的戲之後，發表了一篇文章，說：中國的演員實在比許多歐美的演

員好，只是在舞臺上我們看不出任何中國民族的東西來。『鄧』是特地到中國來考察戲劇的，遊過北平之後，在上海看到了中國新的舞臺劇。在他的觀感之中，新的和舊的相差竟有這麼遠，絕無共同的色彩，這很不能使人相信是同一個民族的藝術創作。」

他指出：「話劇大眾化在今天必須是民族化，主要的是要它把過去的方向轉變到接受中國舊劇和民間遺產這點上面來。而不僅僅是從描寫都市生活，轉變成描寫農村這一個意義。因此，話劇必須向一切民族傳統的形式學習。同時，它還需要著話劇和舊劇的互相滲透和影響，需要進步的戲劇工作者領導著來進行這工作。在工作中，必然完成了話劇的民族化合舊劇的現代化。我們的目的是創造中國民族的新戲劇。劇運的進步，就是中國新戲劇走向世界水準的基礎。」

他論述：「今後劇運方向的指出，這工作是自 1939 年正式開始的。雖然一直到今天為止，還沒有作最後的結論，但是大致上已經一致的問題是：要利用和改造舊形式不僅僅在抗戰作工具的意義上，而且在接受民族的戲劇遺產的意義上。要徹底轉變過去話劇洋化的作風，使它完全適合於中國廣大的民眾。在這個意義上，就把它們歸納成為一句口號，就是：『話劇的民族化與舊劇的現代化。』事實上，目前的話劇還不能深入民眾，而舊劇反映現實的能力還差，同時，舊劇的長處，在目前至少有兩點：（一）有廣大的觀眾，民眾熟悉它，愛好它；（二）在民眾中間有廣大的舊劇人才，他們是數百年，甚至千多年民族戲劇傳統所教養出來的。中國的新戲劇已經經過了若干的變遷。話劇是世界性的文化，在形式上、規律上非常自由的，比舊劇自由得多。所以抗戰開始後，話劇比舊劇做了更多的、更有效的工作，用各種形式變更了自己的形式。」

他尖銳地批評：「文明戲在最後反成了舊意識的俘虜，而從進步的新戲劇運動中墮落了下去。所以這個時期的戲劇運動，在舊的改革和話劇的大眾化上，即是說，在戲劇的民族形式的創造上，並沒有做多少，至少是沒有意識地做多少工作。」隨之全面總結：「我們今天戲劇所能夠而且必須反映的天地，卻又比抗戰前擴大到不止千倍。抗戰這新的現實不但形成了全國的大動亂，不但暴露了我們過去社會組織中間許多腐敗落後的東西，而最主要的是顯示了我們整個民族的新的成長和偉大的進步。這些事實，在全國的每個角落，我們從事戲劇工作的人都可能而其必然會碰到，而且我們自己就在這種現實中間生活著。我們今天來描寫，來反映我們偉大民族的偉大進步，不僅僅是

為了在藝術上造一個時代的紀念碑，而且更重要的是用這些事實來教育廣大的群眾，提高他們的自信心，提高他們對於抗戰必勝的信心。」〔註70〕

追溯歷史，抗戰運動推動著中國話劇真正地走向民眾，而從都市走向鄉村，從劇院走向街道路邊，從知識者走向農民，由此出現了活報劇、街頭劇等新的戲劇體式演出形式。葛一虹的《論活報劇》和胡紹軒的《街頭劇論》等論文即昭示著戲劇運動大眾化、民族化的重要成果。

在整個抗日戰爭和解放戰爭時期，為大眾喜聞樂見的民族新歌劇逐漸由小到大，從幼稚到成熟，由不足到完整，有借鑒民間藝術和傳統藝術以及外國歌劇藝術，直到創造出中國人民大眾推崇讚譽的中國作風、中國氣派的新歌劇，即為我國歌劇藝術發展史中的光輝的延安時代。在這個過程中，1943年 7 月，焦菊隱的《論新歌劇》和田漢《新歌劇問題——答客問》起到了至關重要的理論指導作用。焦菊隱先生以西洋歌劇為參照系，明確提出了創建新歌劇的第三條道路：「把西洋的歌劇全盤借用過來」，「使西洋歌劇中國民族化」，為中國新歌劇的形成和發展提供了鮮明的方向。田漢先生認為：「單是從中國老戲或民歌產生不出新的歌劇，正和單是西洋歌劇的模仿移植也不成中國歌劇一樣」，「中國將來新的歌劇決不是舊戲，但舊戲必就是一個重要的成分」，他指出只有綜合民族和西洋的內容，才能產生「更高度的中國歌劇」。〔註71〕上述觀點極富洞見，抓住了問題的根本，即一旦握住西洋歌劇的本質藝術精神之後，就必須回頭來審視傳統戲曲，借鑒其合理的精神內核、表現手法和藝術意境，並加以整合，如此才能增強其中華民族的親和力。

在解放後，張庚先生更是竭力提倡大力加強中國傳統戲劇的民族性，及其藝術規律性的探析。他在《試論戲曲的藝術規律》一文指出：「最近對於民族藝術傳統的研究是漸漸被注意起來了，特別有一種呼聲，是要研究它的規律性。……尋求戲曲規律並不是一件容易的事情，尤其不是短時間中可以在一篇文章以至一本書中間解決的事情。這些問題的明確還有賴於實踐，不從整理、創作中去探求，規律是找不到的。但是光實踐而不分析歸納，不總結經驗，規律也還是不會被我們認識的。」〔註72〕

〔註70〕 張庚《話劇民族化與舊劇現代化》，《理論與實踐》第 1 卷第 3 期，1939 年 6月。

〔註71〕 張庚《話劇民族化》，《藝叢》第 1 卷第 2 期，1943 年 7 月。

〔註72〕 張庚《試論戲曲的藝術規律》，《戲曲研究》，1957 年第 1 期。

　　著名話劇導演焦菊隱在《論新歌劇》一文中則對舶來品「歌劇」的「中國民族化」作了明晰的解讀：「現代音樂，已經進入了民族意義的階段中，在歐洲音樂同一體系下，各國的作家努力表現自己民族的特性，努力表現自己民族的感情。所以各國現代音樂，都有他們情調上的不同，俄國之與美國，法國之與北歐，可以一聽就察覺其民族性之互異。因為音樂民族化，各國現代的歌劇，也就自然地不自覺地走上了同一途徑。如果說中國音樂已經衰亡，那麼就應直截了當地利用西樂，使西洋音樂中國民族化。」〔註73〕

　　當代專家學者書中的現當代中華民族戲劇與戲曲評述，比較集中、突出，並有一定影響的諸如謝柏梁著《中國當代戲曲文學史》（高等教育出版社 1995 年版），何玉人著《新時期中國戲曲創作概論》（文化藝術出版社 2005 年版），《中國百年話劇史稿》（北京師範大學出版社 2009 年版）等，其中記載與論證了中國少數民族戲曲許多劇目，並作有很多精彩的相關理論評述。

　　諸如在《中國當代戲曲文學史》中，作者為了加大對中國少數民族戲曲的介紹力度，特設第二章：「南方名劇，四美情緣」；第三章：「少數民族八大婚戀名劇」；第十章：「楊明的雲南戲文」；第二十八章：「東北劇壇名家好戲」；第三十章：「藏戲維劇七彩祥雲」；第三十二章：「新時期的青年戲曲女作家」，共有六章篇幅或多或少地介紹我國長城內外、大江南北的中國少數民族戲劇的創作與演出情況。

　　在「南方名劇，四美情緣」一章中，提及壯族題材彩調劇《劉三姐》；「少數民族八大婚戀名劇」一章中所例舉的有傣劇《娥並與桑洛》、侗劇《珠郎娘美》、苗劇《哈邁姑娘》、彝劇《曼嫫與瑪若》、傣劇《岩佐弄》、白劇《上關花》、僮劇《螺螄姑娘》、藏劇《卓瓦桑姆》。在「楊明的雲南戲文」一章中著重評析這位白族劇作家創作的白族題材的大型滇劇《望夫雲》。在「東北劇壇名家好戲」一章中所涉及的少數民族戲曲滿劇《對菱花》，李學忠編寫的古代契丹人歷史故事的龍江劇《契丹魂》。「藏戲維劇七彩祥雲」一章中，詳細介紹的是西藏藏劇《朗薩雯波》，青海藏劇《意樂仙女》，新疆維吾爾劇《艾里甫與賽乃姆》。

　　在全國藝術科學「十五」規劃 2003 年國家年度課題《新時期中國戲曲創作概論》中，作者充滿了對中國少數民族傳統文化的深厚感情，對全國範圍內所發表和獻演的漢族和少數民族題材的劇目現狀作了全面的介紹與評析。

〔註73〕焦菊隱《論新歌劇》，《新中國戲劇》創刊號，1940 年 6 月。

　　此書在第一章與第二章合成的「新時期戲曲創作總體格局（上、下）」中，以區域文化研究方法將中華民族戲劇兼容於：一、東北地區，二、西北地區，三、黃河中下游，四、長江中下游，五、西南地區，六、南部沿海等六大區域。其中既有少數民族地區與少數民族劇作家的代表作品，也同樣有漢族地區與漢族作家創作的少數民族題材劇作。

　　該書第三章、四章的「新時期劇作家的創作風格（上、下）」中，也本著上述原則介紹具體劇作家所創作的中華民族戲劇代表作。特別突出的「常劍鈞的戲曲創作」，另外還專設第八章的「新時期戲曲創作的歷史新開拓」中的第三節：「文化意蘊獨特的少數民族戲曲創作」。認爲「從新時期少數民族戲曲創作的宏觀角度來看，無論在劇種形態、劇目內容、題材選擇，還是在表現形式和藝術風格上，少數民族的戲曲都得到了長足的發展，是我國近年來戲曲創作值得重視的一個領域。」

　　《中國百年話劇史稿》分爲現代卷與當代卷，由黃會林與谷海慧分別撰寫。這兩部「新世紀高等學校教材」，其前身爲 1988 年完成出版的《中國現代話劇文學史略》，曾由著名學者夏衍與田本相作序。此書經修訂後，其時間從 1907 年一直延續到 2007 年，在此漫長的中華民族戲劇歷史長河中，可以清晰地顯示出中國各民族戲劇作家爲此所付出的巨大努力。正如夏衍先生在 1990 年版中作的序言所述：

> 　　話劇是一種從外國引進的新的藝術樣式，要讓它在中國的大地上生根發芽、開花結果，必然要經過一個探索、嘗試、融合——也就是中國化的過程，而作爲中國民族傳統文化的戲劇藝術，即使從元曲算起，也已經有近千年的歷史了。

上述文字中所說的「中國」與「中國民族」不僅僅包括漢族，更是囊括 55 個中國少數民族。「外國」戲劇文化在近現代因國土的更易與中華民族的遷徙密切相關，在一定程度上更與我國邊疆的少數民族與華裔僑民歷史有關聯。

　　在此書中，百年的話劇歷史，完全是由漢族與少數民族戲劇作家及其所創作的劇作所貫穿，其中的戲劇電影大家諸如老舍、包爾漢·沙希迪、顏一煙、祖龍·哈迪爾、烏·白辛、胡可、超克圖納仁、李準、周民震、白先勇、沙葉新、郭基南、吐爾遜·尤奴斯、楊明、常劍鈞、孫德民等榜上有名，論及其劇作的數量與質量一點兒也不比漢族戲劇作家遜色。

第七章　中華民族戲劇文獻史料與整理

　　中國少數民族戲劇與漢族戲曲同生共長於深厚的中華民族傳統文化土壤之中，在其生成與發展的過程中也形成了共同的表演藝術規律。雖然少數民族與漢族所處的歷史時代、地理環境、風情習俗和藝術淵源等條件各不相同，但是衍變成戲劇或戲曲劇種的生成過程卻順沿著相同的發展軌跡。與漢民族樂舞戲曲相比較，我國少數民族表演藝術因始終植根在大自然與人民生活之中，故顯得更有生命活力與藝術特色，更有熱烈的情感，以及濃鬱的民族風格。

　　我們從古老的「歷史學」、「文獻學」、「考據學」、「分類學」和新興的「人類學」、「民族學」、「比較學」角度來考察，中華多民族戲劇極富人文學術價值。對其少數民族戲劇的綜合研究，不僅需借助漫長、複雜歷史文化背景及其所產生的戲劇藝術進行分門別類的探析，還須從歷史、地理、宗教、民族、藝術、文學角度，來對有關中國傳統文化史料與新搜集資料進行整理與研究，及其完成對其一般形態描述與深層理論的闡釋。

一、中國傳統文獻與民族戲劇史料整理

　　自古以來，中國非常重視歷史文獻資料的搜集與整理。雖然在官方主持修訂的正史方志中鮮見中國少數民族傳統文學藝術史料，尤其缺乏有關民族樂舞與戲劇文化的文字記載。但是在大範圍的地理、歷史、宗教、民族等文化背景中仍有許多可借鑒與利用的珍貴資料。

　　據著名史學家翦伯贊在《略論搜集史料的方法》一文中強調史料學對民族歷史研究的重要性和研究方法：

研究歷史，固然要有正確的科學方法，但方法的本身，並不是歷史，也不會自動地變成歷史。因此我以為，當我們知道了歷史方法以後，就要帶著自己知道的方法，走進中國歷史的寶庫。〔註1〕

當我們在走進中國歷史文化寶庫，翻檢我國有關民族樂舞戲與講唱藝術的古籍文獻資料時，會發現所需史料總是圍繞著人與人的思想行為及其社會活動而編排的。透過這些生動、形象的民族學、文化人類學資料，我們彷彿穿過時間的隧道，觀賞到華夏民族戲劇歷史源流的動人身姿。

自古迄今，除了卷帙浩繁的古籍文獻之外，總有一些地下出土文字資料會補充我們學術研究的匱乏和不足。諸如，晉武帝咸寧五年（公元 279 年）9 月，汲郡（今河南省衛輝市）一位名叫不准的人盜掘魏國古墓，出土了竹簡古書十餘萬言及玉律、鍾、磬、銅劍等物。後來官府收其書，藏於秘室。太康二年春，晉武帝始命荀勗、和嶠、摯虞、衛恒、束晳等人編校整理，共 16 部、75 篇。因其中一部有「紀年」字樣，並以竹簡寫定，故稱之為《竹書紀年》。此為戰國時期魏國文人編寫的一部史書，以略古詳今、高度概括的筆法，實錄了上起黃帝，下至魏襄王之間長達二、三千年的歷史，是一部通史式編年史。此書中記載的人類史前有關原始樂舞遊戲的文字被史學家反覆使用，特別是卷二《帝舜》篇：

元年己未，帝即位，居冀。作大韶之樂，即帝位，蓂莢生於階，鳳凰巢於庭，擊石拊石，以歌九韶，百獸率舞。景星出於房，地出乘黃之馬。三年，命咎陶作刑。九年，西王母來朝。西王母來朝，獻白環、玉玦。十四年，卿雲見，命禹代虞事。在位十有四年，奏鍾石笙筦未罷，而天大雷雨，疾風發屋撥木，桴鼓播地，鍾磬亂行，舞人頓伏，樂正狂走。

此書中記載了遠古時期的華夏中原地區盛行以「擊石拊石」伴奏的「百獸率舞」，以及「鍾石笙筦」、「桴鼓」、「鍾磬」演奏的「大韶之樂」。而且舜帝在位時還曾接受過古西域胡族女首領「西王母」來朝所獻「白環、玉玦」，以及玉石製成的吹管樂器。此段胡漢樂事交流的軼聞趣事在本書卷八《穆王》篇「十七年，王西征崑崙丘，見西王母，於瑤池歌舞宴樂三晝夜」中有更進一步的記載。

被稱為「帝王之學」的《呂氏春秋》，亦稱《呂覽》，是戰國末期秦國政

〔註 1〕 翦伯贊《史料與史學》，北京大學出版社，1985 年版，第 60 頁。

治家、思想家呂不韋主編的薈萃了先秦眾多舊說及古代文化史料的一部內容廣博豐富的學術巨著。因為他一度身居要職，專斷朝政，常沉溺於聲犬歌舞之中，書中留存著大量有關華夏先民制樂造戲之珍貴文字記載。諸如與上述《竹書紀年》相類似並更加詳盡記載的帝堯時期借山林之音「拊石擊石」「舞百獸」之情景：「帝堯立，乃命質為樂。質乃效山林溪谷之音以歌，乃以麇鞈置缶而鼓之。乃拊石擊石，以象上帝玉磬之音，以致舞百獸。」

　　在我國古代音樂史、舞蹈史與戲曲史中，引用最為頻繁的是《呂氏春秋》卷五「仲夏紀・古樂」中葛天氏時代，「三人操牛尾」載歌載舞、遊樂成戲，以及「黃帝令伶倫」作十二律制之傳奇故事。從中可真切地感受到在創造原始表演藝術過程中，華夏先民與大自然以及動植物之間相濡以沫的親善關係：

　　　　昔葛天氏之樂，三人操牛尾投足以歌八闋：一曰《載民》、二曰《玄鳥》、三曰《遂草木》、四曰《奮五穀》、五曰《敬天常》、六曰《達帝功》、七曰《依地德》、八曰《總萬物之極》。昔黃帝令伶倫作為律。伶倫自大夏之西，乃之阮隃之陰，取竹嶰之谷，以生空竅厚鈞者，斷兩節間，其長三寸九分而吹之，以為黃鐘之宮，吹曰：「舍少」。次制十二筒，以之阮隃之下，聽鳳凰之鳴，以別十二律。其雄鳴為六，雌鳴亦六，以比黃鐘之宮，適合。黃鐘之宮，皆可以生之。故曰，黃鐘之宮，律呂之本。

與西方人類學要義與人文主義精神吻合的「人學」觀點還體現在呂不韋在此書「大樂」篇中的言論。他指出「凡樂，天地之和，陰陽之調也。始生人者天也，人無事焉。天使人有欲，人弗得不求。天使人有惡，人弗得不闢。欲與惡所受於天也，人不得興焉，不可變，不可易。世之學者，有非樂者矣，安由出哉？大樂，君臣父子長少所歡欣而說也。」他別開生面地把天地、萬物、陰陽、君臣、父子、長少等均與「大樂」聯繫起來，並在此基礎上提出：「聲出於和，和出於適。和適生王定樂，由此而生。天下太平，萬物安寧，皆化其上，樂乃可成。」此實為華夏民族始終追求的天地人諧合統一的審美境界。對此儒道人文理念，後世賢達多有繼承與發揚。

　　被魯迅譽為「史家之絕唱，無韻之《離騷》」的《史記》為我國紀傳體正史體例開山名著，為西漢太史公司馬遷所著。此鴻篇巨製，採先秦以來史書、國家檔案，尤重實地採訪，記事自黃帝迄漢武帝約三千年歷史，計十二本紀、十表、八書、三十世家、七十列傳、一百三十篇，五十二萬六千五百字。此

書史料搜集廣泛，論斷精闢，飽蘸情感，文采斐然，史觀入時精進。尤提出「究天人之際，通古今之變，成一家之言」之著書宗旨，令後人景仰。從現今「人學」角度來審視，司馬遷的卓著功績在於所設「本紀」、「世家」和「列傳」，生動形象地記載了華夏民族上至帝王將相，下至庶民百姓中無數代表人物的歷史行為與思想歷程。書中不乏對禮樂祭祀文化之獨到見解，其主要言論集中在卷二十四《樂書》篇：

> 凡音之起，由人心生也。人心之動，物使之然也。感於物而動，故形於聲；聲相應，故生變；變成方，謂之音；比音而樂之，及干戚羽旄，謂之樂也。樂者，音之所由生也，其本在人心感於物也。……樂者，天地之和也；禮者，天地之序也。和，故百物皆化；序，故群物皆別。樂由天作，禮以地制。過制則亂，過作則暴。明於天地，然後能興禮樂也。論倫無患，樂之情也；欣喜驩愛，樂之容也。中正無邪，禮之質也；莊敬恭順，禮之制也。若夫禮樂之施於金石，越於聲音，用於宗廟社稷，事於山川鬼神，則此所以與民同也。

太史公司馬遷在上述文字中形象，準確地剖析了禮樂之「音」的起源，視其來自人心對外物的感應，經不同「音」的合理成序，即形成為「干戚羽旄」等舞蹈服務的「樂」。而音樂禮儀是最能代表天地萬物和暢的物化形態，只有按其自然規律去製作及演奏其樂，才可達到「天人合一」之崇高的人生境界。

他在《樂書》篇中還引用了先秦《子貢問樂》之文獻，借以樂官師乙之口來重申古人著名樂訓：「故歌之為言也，長言之也。說之，故言之；言之不足，故長言之；長言之不足，故嗟歎之；嗟歎之不足，故不知手之舞之足之蹈之。」在此之後，司馬遷大發感慨：「凡音由於人心。天之與人有以相通，如景之象形，響之應聲。故為善者天極之以福，為惡者天與之以殃，其自然也。」由此，他通過禮樂將人生的喜怒哀樂之命運情感與天地自然聯繫得更加緊密。

如果說太史公司馬遷以人物傳記形式代表了我國古代人學研究的卓越成就，他另外在《史記》中列入大量邊疆少數民族史實，則標誌著華夏民族學的發軔。諸如《越王句踐世家》、《匈奴列傳》、《南越列傳》、《東越列傳》、《朝鮮列傳》、《西南夷列傳》等，其中有關原始禮樂祭祀與樂舞戲活動的記載更是研究民族戲劇學的寶貴資料。

諸如《史記》卷一百一十《匈奴列傳》載：「歲正月，諸長小會單于庭祠。

五月，大會龍城，祭其先、天地、鬼神。秋，馬肥，大會蹄林，課校人畜計。」為了溝通天地與人間關係，匈奴原始部落還出現了「胡巫」，專司念咒做法及兼樂舞操理。在匈奴失去祁連、燕支二山之後，民間廣泛流傳著這樣一首民歌：「亡我祁連山，使我六畜不蕃息。失我燕支山，使我嫁婦無顏色。」後世《晉書》中還在此民歌後續了兩句胡漢夾白歌詞：「秀支替疾風，僕谷禿勾當」。據法國學者解譯為：「軍隊上路了，僕谷被抓住了」。

《史記·西南夷列傳》中，司馬遷介紹了西南蠻夷諸國，如黔、滇、越等地少數民族政權與中原王朝經濟文化交流關係及民俗文化情況：「巴蜀西南外蠻夷……以其眾王滇、變服，從其俗，以長之……及漢興，皆棄此國而開關蜀故徼。巴、蜀民或竊出商賈，取其筰馬、僰僮、髦牛，以此巴、蜀殷富。」並披露了漢使節張騫為開拓南方絲綢之路，特架設中原地區通往古印度文化交流橋梁之秘聞：

> 及元狩元年，博望侯張騫使大夏來，言居大夏時見蜀布、邛竹林。使問所從來，曰「從東南身毒國，可數千里，得蜀人市。」或聞邛西可二千里有身毒。騫因盛言大夏在漢西南，慕中國，患匈奴隔其道，誠通蜀，身毒國，道便近，有利無害。於是天子乃令王然於、柏始昌、呂越人等，使間出西夷西，指求身毒國。

在此歷史事件前提下，當時流行的《通博南歌》云：「漢德廣，開不賓。渡博南，越蘭津。渡蘭倉，為他人。」可謂為此次漢王朝涉外行動的真實寫照。

漢武帝派遣張騫出使西域與西南地區，自開通中西絲綢之路之後，中原漢族與邊疆少數民族經濟文化交流日益頻繁。特別是到隋唐時期，已形成了華夷胡漢樂舞戲藝術兼容並蓄之鼎盛時期。於《隋書》卷十四《音樂志》記載關於西域音樂大師蘇祗婆以胡樂釐正中原宮廷雅樂，即為我國古代文化藝術史上一件重大事件：

> 開皇二年，齊黃門侍郎顏之推上言：「禮崩樂壞，其來自久。今太常雅樂，並用胡聲，請馮梁國舊事，考尋古典。」……俄而柱國沛公鄭譯奏上，請更修正……譯云：考尋樂府鍾石律呂，皆有宮、商、角、徵、羽、變宮、變徵之名。七聲之內，三聲乖應，每恒求訪，終莫能通。先是周武帝時，有龜茲人曰蘇祗婆，從突厥皇后入國，善胡琵琶。聽其所奏，一均之中，間有七聲。……譯因習而彈之，始得七聲之正。然後就此七調，又有五旦之名，旦作七調，……

> 律有七音，音立一調，故成七調。十二律合八十四調，旋轉相交，
> 盡皆和合。……譯因作書二十餘篇以明其指。至是譯以其書宣示朝
> 廷，並立議正之。

自隋唐時期，我國西北邊疆少數民族以「五旦七聲」改造中原朝廷雅樂之後，漢民族音樂說唱藝術及其戲曲表演形式所吟唱的曲牌、樂調都隨之風氣大變。從中自然體現了文化人類學中的民族藝術遇合、相撞、滲透與整合等獨特的文化現象。

至宋元時期，民族文化融合現象顯得更爲頻繁與普遍。唐宋大曲與金元雜劇的出現，更是中外不同人種與民族藝術交匯凝聚的文化結晶。北宋自然科學家、文學家沈括於晚年閒居潤州京口（今鎮江市東郊）夢溪園時，傾注滿腔心血編撰的二十六卷《夢溪筆談》，全書共六百零九條，大部分涉及自然科學；其餘篇幅所囊括的故事、樂律、人事、官政、機智、藝文、書畫、技藝、神奇、異事、雜誌等門類，記載了很多豐富多樣的文化或藝術人學知識。特別是在「藝文」類的「樂律」節中所載有關古代胡漢樂舞融會的資料尤顯得珍貴：

> 外國之聲，前世自別爲四夷樂。自唐天寶十三載，始詔法曲與
> 胡部合奏。自樂奏全失古法。以先王之樂爲雅樂，前世新聲爲清樂，
> 合胡部者爲宴樂。

此種華樂與四夷樂所合成的宴樂所演奏的大曲所謂「大遍者」，有「序、引、歌、𪗪、㖶、哨、催、攧、袞、破、行、中腔、踏歌之類、凡數十解。每解有數疊。」其規模宏大、場面華彩，與人類原始樂舞已不能同日而語。

明清時期，富有高度技藝與天賦的梨園弟子，順迎時伐潮流，將小規模的民間音樂、舞蹈、雜技、曲藝與雜劇演化爲可連演數天甚至數十天的連臺本戲，名曰大型傳奇，此爲東方人類演藝文化史上的一個奇蹟。

據明末戲曲理論家呂天成《曲品》「卷上」所述：「自昔伶人傳習，樂府遞興，爨段初翻，院本繼出。金元創名雜劇，國初演作傳奇。雜劇北音，傳奇南調。雜劇折惟四，唱止一人；傳奇折數多，唱必勻派。雜劇但摭一事顛末，其境促；傳奇備述一人始終，其味長；無雜劇則孰開傳奇之門，無傳奇則未暢雜劇之趣也。傳奇既盛，雜劇寢衰。……博觀傳奇，近時爲盛，大江左右，騷雅沸騰，吳浙之間，風流掩映。」

清初學者吳偉業在《北詞廣正譜》「序」中更是褒獎傳奇在弘揚華夏民族個性，抒寫東方人民獨特心理中所發揮的神奇作用：

今之傳奇，即古者歌舞之變也，然其感動人心，較昔之歌舞更顯而暢矣。蓋士之不遇者，鬱積其無聊不平之慨於胸中，無所發抒，因借古人之歌呼笑罵，以陶寫我之抑鬱牢騷；而我之性情，爰借古人之性情而盤旋於紙上，婉轉於當場。於是乎，熱腔罵世，冷板敲人。今閱者不自覺其喜怒悲歡之隨所觸而生，而亦於是乎歌呼笑罵之不自己，則感人之深。與樂之歌舞所以陶淑斯人而歸於中正和平者，其致一也。

雖然華夏族是古代漢族的稱謂，但是歷史上自春秋戰國時期，各諸侯國不斷相互兼併、地區之間經濟文化交流的日益頻繁，環繞中原地區周邊的氐、羌、巴、夷、蠻、滇、僚、濮、狄、苗、越等氏族、部族不斷與華夏族相互同化，從而逐漸形成新的民族共同體。公元前 221 年，秦朝建立了以漢族為主體的統一的多民族國家。漢唐以後又大量吸收其他民族成分，特別是遼金元與清朝時期，異族統治華夏神州過程之中，更加速了中華各民族之間的大融合。

回顧歷史，自覺或不自覺會涉獵到中國少數民族樂舞戲劇或戲曲藝術介紹與研究諸問題，經歸納大致可以分為四個方面：1. 史志古籍文物文獻之記載。2. 民族文化與民俗藝術的搜集。3. 國內外專家學者從古典文學中的發現。4. 各民族史志調查與劇種研究。

我國堪稱為崇尚文明的文史大國，自古迄今文人墨客就有編史修志的優良傳統。尤其是古人賢達為後人留下來的「浩如煙海」、「汗牛充棟」文史方面的古籍文獻資料。從編排體例來看，諸如各種叢書、類書、政書、方志、資料彙編、歷史檔案；從古籍形式來看，如甲骨刻辭、銅器銘文、簡策、帛書、石刻、碑帖、抄本、印本等等。從如此浩瀚繁富的史山志海中，珍藏著無以計數的有關中國少數民族傳統文化及其樂舞戲劇的珍貴資料。

所謂「史志古籍」，所指古人存留在金石、簡策、帛書、紙張等傳統媒介的有關歷史史料與地理方志上的珍貴文字資料。諸如清乾隆年間（1711～1799年），由總纂官紀昀和總校官陸費墀負責主修的《四庫全書》，即為我國封建時代官修的規模最為宏大的一部史志古籍叢書。

《四庫全書》分為經、史、子、集四部，收入全書的書籍，共有三千四百六十一種，七萬九千三百零七卷。此書史部、子部與集部，尤正史類、別史類、雜史類、傳記類、地理類、藝術類、類書類、詞曲類等均保存著大量民族樂舞戲劇史學資料。

在我國古代，凡記事文字，均稱「史」。《說文》謂：史，「記事者也」。清代史學家章學誠於《文史通義・報林淵如書》中論述：「盈天地間，凡涉著作之林，皆是史學。」《中國歷史研究法》一書中亦曰：「中國古代，史外無學，舉凡人類知識之記錄，無不叢納之於史。」在我國史書體例中一般有正史類之通史、斷代史、編年史之分，亦有別史、野史、雜史、稗史之稱。不管是官修、私修或者民間修史書等，只有用心剔沙抉金都能辨析探尋到有關民族戲劇文化文獻史料。

史書中最有權威及富有代表性的無疑是紀傳體史書「正史」。清朝乾隆年間，欽定《史記》以下至《明史》共二十四部，皆為正史，稱為「二十四史」。其中包括《史記》、《漢書》、《後漢書》、《三國志》、《晉書》、《宋書》、《南齊書》、《梁書》、《陳書》、《魏書》、《北齊書》、《周書》、《南史》、《北史》、《隋書》、《舊唐書》、《新唐書》、《舊五代史》、《新五代史》、《宋史》、《遼史》、《金史》、《元史》、《明史》。後來又有人將「清史稿」包含進去，衍稱為「二十五史」。

上述二十四部正史，總共有四千萬字左右，分為三千二百四十九卷。詳盡地記載了從神話傳說中的黃帝到明朝末年（1644）共四千餘年的文字記載歷史，保留了明亡之前歷代王朝有關政治、經濟、軍事、文化、藝術等方面的珍貴材料，是研究中華民族古代歷史文化極為寶貴與重要的文字資料。二十四史中尤為珍貴的是編撰修史人員中有許多少數民族身份的專家學者；各史志裏不同程度地臚列出一些古代民族政權的章節，以及字裏行間珍存著大量包括各少數民族樂舞戲劇藝術在內的華夏多民族傳統演藝文化豐富史料。

諸如《漢書》，亦稱《前漢書》，為東漢史家班固所撰。他自 23 歲起，繼承班彪父業以「續前史未詳，乃潛精研思，欲就其業」，並「探撰前紀，綴集所聞」。（《後漢書・班固傳》）歷二十餘載，又經其妹班昭繼業，同鄉馬續補遺，「凡經四人手，閱三、四十年，始成完書。」此部斷代史沿用司馬遷《史記》體例，又有些許變更，是由紀、表、志、傳四個部分組成的我國第一部規模宏大、記載系統完備的紀傳體斷代史。班固於「志」中別開生面地新增加了《藝文志》與《地理志》，為後人瞭解與研究自漢高帝元年（公元前 206 年）到王莽地皇四年（公元 23 年）其間中原與周邊地區各民族經濟文化與民俗風情提供了寶貴的文字信息。

由《漢書》開創、歷代史書沿襲的《藝文志》著錄了西漢官府文化藏書

情況，分析了各種學術源流，是我國現存最早的圖書總目錄和第一部完整的文獻目錄書。《十七史商榷》一書作者王鳴盛曾說：「不通漢藝文志，不可以讀天下書。藝文志者，學問之眉目，著述之萬戶也。」

《漢書》另外還增加了《西域志》，詳文介紹古代西域三十六國的民族文化與風俗習慣。從此志書中我們可得知「張騫始開西域之跡」；漢公主細君遠嫁烏孫國而吟唱著名的《黃鵠歌》：「吾家嫁我兮天一方，遠托異國兮烏孫王。穹廬為室兮旃為牆，以肉為食兮酪為漿。居常土思兮心內傷，願為黃鵠兮歸故鄉。」以及西域龜茲與烏孫聯姻並與中原漢家禮樂親密交往之史實：

> 時烏孫公主遣女來至京師學鼓琴，漢遣侍郎樂奉送主女，過龜茲。龜茲前遣人至烏孫求公主女，未還。會女過龜茲，龜茲王留不遣，復使使報公主，主許之。後公主上書，願令女比宗室入朝，而龜茲王絳賓亦愛其夫人。上書言得尚漢外孫為昆弟，願與公主女俱入朝。元康元年，遂來朝賀。王及夫人皆賜印綬。夫人號稱公主，賜以車騎旗鼓，歌吹數十人，綺繡雜繒琦珍凡數千萬。留且一年，厚贈送之。後數來朝賀，樂漢衣服制度，歸其國，治宮室，作徼道周衛，出入傳呼，撞鐘鼓，如漢家儀。

另外，《漢書》中還設有「西南夷」、「南粵王」、「閩粵王」、「朝鮮」等列傳。特別是「班固傳」證明班固生前對邊疆少數民族非常關愛，這與他晚年曾以中護軍之職隨大將軍出兵匈奴之經歷，以及其弟班超「投筆從戎」率三十六單騎直搗樓蘭、收復西域諸國傳奇故事有關係。

繼承《史記》與《漢書》的「稽其成敗興壞之理」、「網羅天下放失舊聞」而秉正修書之傳統，歷代官書均重視實錄當朝漢家與胡族的政治、經濟、文化交流歷史。特別是經魏晉南北朝十六國民族大遷徙、大交融後所修訂的《隋書》與《唐書》非常突出地將突厥、回紇、吐蕃、南詔、西夏、高麗等占族志略置於史書之中。受其影響，在當時中原漢地居住著無以計數的四夷胡族，長安‧洛陽都市一時流行穿戴少數民族的衣服，仕女們梳起少數民族的高髻髮式。漢唐時期西北與西南邊疆民族樂舞詩文在中原更是風靡一時，唐朝詩人元稹用詩歌描繪：「胡音胡樂與胡妝，五十年來競紛泊。」著名詩人王建形容：「城頭山雞鳴角角，洛陽家家學胡樂。」

隋唐時期宮廷燕樂陸續出現的七部樂、九部樂與十部樂中，經統計占絕大多數的是周邊少數民族樂部。尤其是在唐開元、天寶年間，因玄宗的大力

提倡，將大批輸入的胡樂併入「法曲」，並將大多樂名改定後在太常寺內刻石為記，從而促成胡樂華化的鼎盛場面。此歷史事件據《新唐書‧禮樂志》記載：

> 開元二十四年，升胡部於堂上。而天寶樂曲皆以邊地名，若《涼州》、《伊州》、《甘州》之類。後又詔《道調》、《法曲》與胡部新聲合作。

「二十四史」之《宋史》、《遼史》、《金史》均由元朝丞相脫脫主持撰修。元世祖至元十六年（1279），朝廷下令撰修宋、遼、金三史，始自至元三年（1343）一直延續到至元五年（1345）同時完成。由異族文人統領，編撰宋、遼、金史，後兩部又是契丹與女眞人國史，自然會對北方這兩支少數民族及文化記載較爲詳實。再加上隨後而修的《元史》，更能理清此歷史階段胡漢經濟文化交融的情況。特別是此時期北方少數民族的樂舞雜戲輸入中原後，迅速成熟了宋、金院本與元曲、元雜劇等戲曲形式的歷史事實，不可忽略。

與史書相輔相成的「志書」主要指方志或地方志，是我國傳統文體中的一種記述地方情況的史志，是由史、書、志、記、錄、傳、圖、經等各種書籍逐步演變的一種特定著述。諸如人們所熟知的《山海經》、《禹貢》兩書可視爲中國最古老的地方志。據《周官‧春官》記載：「小史掌邦國之志」，「外史掌書外，令掌四方之志。」《周官》注說：「志，記也。謂若魯之《春秋》、晉之《乘》、楚之《檮杌》」，即指專門記載某個地區的風俗、民情、物產、疆域、人口、古蹟、方言等等史實的書籍。最初有「風土記」、「風俗記」、「異物記」、「山水記」、「水道記」等地記，後來逐漸發展爲文圖並茂的圖經以及體例完善的方志文體。

翻閱史志書籍，三國時期吳人曾撰《婁地志》、晉人摯虞撰《畿服經》一百七十卷。其文記載：「其州郡及縣分野、封略、事業、國邑、山陵、水泉、鄉、亭、城、道里、土田、民物、風俗、先賢、舊好」。隋大業年間（605～617 年），詔天下諸郡條其風俗物產地圖，上於尚書，因而有《諸郡物產土俗記》、《區宇圖志》、《諸州圖經集》等；到了唐代，即有李吉甫編纂的總地志《元和郡縣志》。繼而宋代編撰地方志達到高潮，如北宋有樂史《太平寰宇記》、王存《元豐九域志》及歐陽忞《輿地廣記》，南宋有王象之《輿地紀勝》與祝穆《方輿勝覽》等。元、明、清代則提倡官撰各朝《大一統志》，動輒千百餘卷，搜羅繁博，內容宏富。其中除中原與江南漢民族集中居住的地方歷

史、地理、風土、人物之外，也同樣記載周邊少數民族的傳統文化物象。

受大一統的漢族史志文化影響，邊疆少數民族地區也相繼湧現出一些史志名著，其中亦珍藏著更大數量的民族樂舞詩與戲劇戲曲學術資料。按其少數民族區域，我們大致分爲東北區、西北區、西南區與東南區，所屬民族使用頻率較高的有關歷史地理、方志與民俗著述探研如下所述：

蒙古族在我國北方活躍著人數眾多、歷史久遠，《蒙古秘史》、《蒙古黃金史》、《蒙古源流》被稱爲有關蒙古民族的三大歷史名著。《蒙古秘史》譯稱《元朝秘史》，亦稱爲《元秘史》，是我國蒙古族最早用畏兀兒蒙古文寫成的一部宏偉的蒙古歷史巨著。其內容記述了蒙古族源流和成吉思汗、窩闊台汗時期的事蹟，爲我們研究蒙古族早期的歷史、社會、文學、藝術、語言等提供了寶貴的資料。

《蒙古黃金史》亦稱《諸汗源流黃金史綱》，內容記述了蒙元時期流傳的故事傳說和明代蒙古、瓦剌兩部的歷史文化。由明清之際薩囊徹辰編撰的《蒙古源流》，原名《寶貝史綱》、《罕統寶鑒》或《印度、西藏、蒙古諸罕源流》，其內容以佛教的傳播附會，歷述蒙古民族起源，及其元明兩代蒙古各汗的事蹟，其中對俺答汗及鄂爾多斯部的活動記述尤詳。此部內容雜博、包羅萬象的蒙古通史記載著這支游牧民族很多極富地方特色的民俗風情與民間文化史料。其中保存的蒙古族民間傳說、詩歌、歌曲、雜戲以及藏、梵、漢、滿民族語言資料甚多。諸如《蒙古源流》卷六中蒙古汗帖木爾、訥古呼凱及其察罕、徹格哲等縱馬翻越英噶爾察克山嶺時，放聲高唱的蒙古民歌對研討蒙古樂舞戲甚有藝術價值。

另外還有南宋趙拱撰《蒙韃備錄》、清代姚明輝撰《蒙古志》、張穆撰《蒙古游牧記》、屠寄撰《蒙兀兒史記》等集民族史、方志與地理志爲一體的蒙古史書，以及被稱爲蒙古民族「百科全書」式的一些方志類著作。諸如由羅布桑卻憚編著的《蒙古風俗鑒》，尹湛納希繼父遺作寫成的《青史演義》等，均爲研究蒙古族歷史、文化、藝術、風俗與地域沿革的重要參考書。

滿族在東北地區分散較廣、人數較多，該民族自入關建立清朝後，對我國民族文化歷史發生重大歷史影響。滿族在創造燦爛文化的同時，也爲後人留下了豐富的歷史文獻。其中較爲著名的如《滿洲源流考》、《滿洲實錄》、《八旗滿洲氏族通譜》、《滿文老檔》、《滿清稗史》等，清高宗敕阿桂等撰的《滿洲源流考》尤爲重要。此書根據清入關前所處東北的歷史地理古籍，搜集有關滿族源

流的神話、傳說、文學藝術、風俗習慣、宗教信仰、分佈地域等內容，述其族源始自肅慎、挹婁、勿吉、靺鞨、女眞族完顏部和索倫等部的傳統文化，爲研究東北地區少數民族歷史地理、文化民俗的珍貴資料。

《滿洲實錄》是用滿、蒙古、漢三體文書寫的一部奇書，所繪圖畫，始於長白山三神女傳說，至清太祖努爾哈赤一代事蹟。其抄本所載滿族風俗習慣、宗教信仰、文化娛樂和社會制度較爲原始而眞實，係研究清初歷史，滿族史的重要史料。《滿文老檔》由清額爾德尼等奉敕撰，自天命前九年（1607）至崇德元年（1636），所記汗王和八旗的檔子，依年、月、日順序編寫；以歷史事件爲主，傍及制度、法令、風俗習慣、民族關係；清入關前的政治、軍事、經濟、文化、藝術狀況，以及滿族與朝鮮、蒙古等往來的文書，是研究滿族的興起、發展和東北邊疆民族史地的珍貴文獻，也是清朝前期歷史的原始文化之忠實記錄。

西北地區歷史上居住的突厥、回鶻、黠戛斯、西夏等古族，至近現代演變成眾多中國北方少數民族。根據古代地理概念，這些民族多生活在西域地區，故文獻中如《西域番國志》、《西域水道記》、《西域聞見錄》、《西域總志》、《西域瑣談》、《西夏書事》、《西夏文綴》、《西夏紀事本末》、《西陲總統事略》、《西疆交涉志要》等都以「西」字打頭。

《西域番國志》，亦稱《使西域記》，爲明代陳誠等撰，生動地記載了西域十七國、二十九個民族和部落的民族源流、分佈地域、經濟狀況、各地物產、民情風俗、飲食起居、宗教信仰、山川景物等，是研究明代西北地區民族史和西域周邊地方史的重要參考資料。《西域聞見錄》爲清代七十一撰，他以親歷見聞爲主，輔以大量文獻資料，詳考新疆各少數民族先世的源流及其分佈境域內的物產、城鎮村屯、交通道里、社會制度、風俗習慣、宗教信仰等，其中「回疆風土記」按天時、土宜、風俗、物產等分述此地民族傳統文化。清代松筠撰《西陲總統事略》共十二卷，附《綏服紀略圖詩》、《西陲竹枝詞》各一卷。他在任伊犁將軍等職期間依據所見文獻、檔冊和調查資料撰成此書，凡今新疆地區清代政治、軍事、經濟、交通、文化、藝術、古蹟等無所不包。其中卷十記載土爾扈特、哈薩克、布魯特等族源流、霍罕路程記；卷十二記載漢烏孫釋地、唐西突厥釋地、哈薩克馬政、渥窪馬辯、厄魯特舊俗紀聞、回俗紀聞等亦對研究民族戲劇文化很有啓發意義。

西夏古族在宋元時期長期盤踞在我國西北地區廣大地域。雖然此族殞滅於

元蒙，可因為有其獨特的語言文字、繪畫、樂舞與戲曲形式，而倍受後人學者之關注。如清代張鑒撰《西夏紀事本末》，據宋、遼、金、元諸史及《冊府元龜》等書，記李元昊建國迄見亡國共一百九十五年西夏史事。凡有得姓始末，夏臺復入，統萬墮城，烏白失期，靈州失陷等三十六事，各篇均究其原委，考其異同，間附評議，將西夏文化史料彙集於一編，對西北民族學研究很有參考價值。

《蕃漢合時掌中珠》是西夏骨勒茂才編著的集該族政治、經濟、文化、藝術、風俗、宗教知識等為一體的西夏文與漢文對照的大型辭書，成書於宋乾祐二十一年（1190）。尤為難能可貴的是其中有大量宋朝與西夏的民族樂舞與戲曲的交流資料，彌補了西北胡漢文化關係史上此方面的空白。

西南地區是我國少數民族成分最多，地方與民族色彩最為濃鬱的文化區域。特別是西藏的藏族與雲南的彝族、白族、傣族、納西族等民族有著許多資料豐富的史地古籍，可供研究該地區民族演化史與探尋有關民族戲劇文化歷史軌跡以參考。諸如有著古遠歷史文化的藏族的《紅史》、《青史》、《賢者喜宴》、《西藏志》、《衛藏通志》、《番僧源流考》、《甘珠爾·丹珠爾》等，其中如《紅史》、《青史》分別由元蔡巴·袞噶多吉與明桂洛·宣奴貝編撰。

根據有關檔案資料、文獻古籍與神話傳說，將印度古代王統及釋迦世系、吐蕃王室傳承、喇嘛教派創建與發展、漢族地區歷代王朝帝系、蒙古王統及教派掌政等歷史文化融彙為一爐，從中可梳理出中印兩國與漢、藏、蒙古代藝術交流的脈絡。《賢者喜宴》為明巴臥·祖拉陳哇編撰，他為噶舉教派噶瑪王支系活佛，曾著有《八行論大疏》、《歷數學論》、《佛教史》等多種。此書以吐蕃王室傳承和佛教在藏族地區傳播為主要線索，涉及漢族、突厥、蘇毗、吐谷渾、于闐、南詔、西夏、蒙古等民族地區，遠及印度、泥婆羅、克什米爾、勃律、大食等地歷史。其中所記載的諸多民族地區的政治、經濟、文化、天文、地理、建築、音樂、歌舞、戲劇、繪畫等有著很高的史料價值。民族史書《番僧源流考》中所附「金巴瓶掣籤之上諭」與「西藏宗教節日單」記載的藏族僧俗生活習慣與文化娛樂資料更為具體而形象。

《甘珠爾·丹珠爾》是元袞噶多吉、布頓合編的藏文大藏經的兩個重要組成部分，是馳名中外的佛教文化叢書。《甘珠爾》漢譯為《佛語部》，包括顯、密經律，收藏譯佛教經典一千一百零八種，分為戒律、般若、華嚴、寶積、經集、涅槃、密乘等七大類。《丹珠爾》譯為《論部》，共收書三千四百六十一種，包括經律的闡明和注疏、密教儀軌和五明雜著等。此套叢書分為四大類，即讚

頌類、咒釋類、經釋類、目錄類。其中經釋類又分爲十二類，如本生、雜撰、因明、聲明、世論、西藏等撰述及補遺等尤爲人們洞悉與研究中印文化關係、藏漢兩族戲劇文化交流與古代藏族傳統文學藝術的重要佐證。

明代錢古訓撰《百夷傳》爲作者前往雲南地區與緬甸境內考察一些少數民族文化之經歷。書中所記其山川、道路、人物、特產、風俗、藝術、宗教等資料，所涉獵的如雲南白夷、漂人、古刺哈喇、緬人、結些、哈杜、怒人、蒲蠻、阿昌等氏族、部落與民族。雲貴總督伊里布及其幕僚劉士珍等編繪的《百蠻圖》共收一百零八幅彩繪圖，有清代雲南各少數民族耕種、漁獵等生產場面；也有他們衣食住行等生活寫照和音樂歌舞、婚喪嫁娶等風俗習慣，是研究西南地區少數民族傳統文化的形象資料。

《西南彝志》漢語音譯爲《恩布散額》，意譯爲《影兒形態》，有「民族源流」之含義，成書約清乾隆年間。其內容詳記彝族來源、發展、部落分佈、族譜和風俗習慣、文化娛樂，兼及哲學、曆法、醫學和科技等。《泐史》爲明代傣族車裏宣慰使司輯，傣文書名漢語音譯爲《囊絲本猛》，意譯爲「地方志」，亦作《猛泐古事》或《西雙版納古事》。是記錄雲南地區傣族莊園、疆界、民俗等的一部傣文史書，亦爲瞭解西南地區民族關係史的重要古籍。《白古通紀》又作《古通記》，俗稱《白史》，爲白族歷史重要文獻，內容記述大理及元代世襲總管段氏的史事。

在西南民族史書古籍中，《南詔野史》佔有非常突出的學術位置。此書爲明代倪輅輯錄，他廣泛搜集雲南民族傳說，參考地方史志等文獻，約當萬曆初撰成。首敘善闡、白岩、昆彌滇、白子、建寧諸國史事；次敘南詔、大理諸王國歷史文化，並配有雲南諸民族酋長世系，堪稱珍貴的民族史料。後又有明代楊愼續輯，清代胡蔚訂正《南詔野史》，更使此書內容完善而充實，具有可閱讀、使用以及研究參考性。

明太祖朱元璋與成祖朱棣敕撰以及明代茅瑞徵輯錄《華夷譯語》，爲涉及全國主要少數民族如韃靼、女眞、西蕃、西天、回回、八百、暹羅、百夷、高昌、緬甸等「四夷」古族的重要語言文化古籍。與此書相輔相成、可資參照的還有明代王宗載撰《四夷館考》。此書將上述各古族建置、沿革、山川、道里、險易、食貨、風俗、語言、文字、叛服始末、戰守得失等編撰成文，冠於各館譯語卷首，以備查閱。根據大量檔案、史乘、方志、調查資料編輯而成的清代嚴如煜輯《苗防備覽》，分爲輿圖、村寨考、風俗考、藝文志、傳

略、雜識等十四篇，另有卷八、九詳考苗、瑤、仡佬等中南與東南民族語言、風俗、婚喪制度，為我國南方民族文化關係史的重要參考書籍。清代黃逢昶撰《臺灣生熟番紀事》，記載高山番即生番，平埔番即熟番的社會組織、生產方式、生活習俗和文化藝術，是研究臺灣民族與文化人類學珍貴的第一手資料。

二、中國少數民族古代樂舞戲劇文本

在中國歷史上，與俳優藝人、梨園世家交往甚密的一些擅長舞文弄墨的樂舞戲曲愛好者，他們通過雜文、筆記、隨筆、傳記、遊記等不登大雅之堂的文體，偶而為之，記載下來一些晶瑩璣珠、吉光片羽之古典樂舞戲劇資料。其中不免雜糅著林林總總與少數民族傳統文學藝術的文化信息，為我們如今按圖索驥、仔細爬梳中國少數民族戲劇有關的學術材料，提供了重要的學術依據。

唐代崔令欽撰《教坊記》中記載西域胡族輸入中原地區的歌舞百戲、軼聞、瑣事、大小曲牌名稱，有不少曲目與後世戲曲有關係，如歌舞戲《大面》、《踏謠娘》、《缽頭》與西域《健舞》、《軟舞》、《蘭陵王》、《柘枝》、《怨胡天》、《胡僧破》、《醉渾脫》、《突厥三臺》等，以及夷蠻之地輸入的《菩薩蠻》、《蘇合香》等，如瀚海珠玉、彌足珍貴。

元明期間夏庭芝撰《青樓集》，力排世俗眾議，專記元代百餘名下層伎樂藝人，專擅雜劇、院本、嘌唱、說話、諸宮調、樂舞者；另外還有關於散曲、元曲、詩詞之「名公士夫」等五十餘人。其中偶而與涉及幾位胡夷藝人與古代少數民族樂舞戲情況，如著名曲家酸齋貫雲石、鮮于伯，以及「能彈唱韃靼曲」的陳婆惜、「歌喉清宛，妙入神品」的回回旦色米里哈等。

全面、真實記載中國古典戲曲繁盛時期元代雜劇與藝人與作品的《錄鬼簿》，為大梁（今河南開封）的落弟文人鍾嗣成編撰，後又由戲曲作家賈仲明重為增補。全書載錄「書會才人」、「名公士夫」的戲曲、散曲作家一百五十二人，作品存目計四百餘種。此書是元人記錄當朝作家作品的唯一著作，很受當時與後世文壇所器重。

此書中所載與胡文化有關係的劇作家及其作品很使人關注，如「前輩已死名公，有樂府行於世者」有「大金章宗時人」，寫有鼎鼎大名《西廂記諸宮調》之「董解元」，有著名曲家「貫酸齋學士」與「不忽木平章」。記「方今

名公」如「薩天錫照磨」、「馬昂夫總管」、西域散曲作家「丁野夫」與「功績多著，豐神秀英，才思敏捷」的「蘭楚芳」。還有「元蒙古氏」、「善琵琶，好戲謔，樂府出人頭地」創作《西遊記》的「楊景賢」，「資性聰敏，風流瀟灑」的「撒里高昌家禿兀兒氏」之「金子仁」，「風流蘊藉，度量寬洪，筆談唫詠，別成一家」的「康里人氏」「金元素」、「元素之子」，「其音、律詞清巧，無毫釐之差，節奏抑揚，或過之。乃作樂府，名公大夫，倫倫等輩，舉皆歎服」的「金元石」，「嗜學，時人多不及，善樂府」的「女眞人，完顏氏」之「王景榆」，「人物俊偉，襟懷瀟落，吟詩和曲，筆不停思，尤善於隱語」的「也里可溫氏」之「月景輝」。另外還有西域胡人曲家「賽景初」、「虎伯恭」與「工於詩，尤精書法，樂府隱語，皆能窮其妙，一時大夫士，交口稱歎」之「沐仲易」。

　　《錄鬼簿》與《錄鬼簿續編》中所收錄的涉及到中國古代少數民族傳統文化的雜劇代表劇目，例如吳昌齡的《唐三藏西天取經》、《鬼子母揭缽記》、《貨郎末泥》或《老回回探胡洞》，李壽卿的《月明三度臨岐柳》、《船子和尙秋蓮夢》，楊顯之的《薄魯忽劉屠大拜門》，丁伯淵的《丁香回回鬼風月》、《莽和尙復奪珍珠旗》，王廷秀的《石頭和尙草菴歌》，王伯成的《張騫泛浮槎》，李進取的《司馬昭復奪受禪臺》，孟漢卿的《張鼎智勘魔合羅》，楊景賢的《西遊記》、《天台夢》、《待天瞻》，賈仲明的《雙坐化》、《菩薩蠻》、《雙獻頭》，無名氏的《啞觀音》、《盆兒鬼》、《相國寺》、《目連救母》、《消災寺》等等。此書或從民族習俗文化入手，或由外傳宗教藝術切入，均爲後人探研元代民族戲曲提供了重要論據。

　　明太祖朱元璋第十六子朱權，精通詩文史籍、諸子百家，又摯愛戲曲理論與創作，他所撰寫的《太和正音譜》被後人尊奉爲「明清曲學的圭臬」。因朱權生前被封侯於塞外大寧（今屬內蒙古自治區），故對胡文化多了幾分親近與關愛。在此書中，他在「古今群英樂府格勢」一章中評述到許多胡人曲家，如「貫酸齋之詞，如天馬脫羈」，「鮮于去矜之詞，如奎壁騰輝」，「馬九皋之詞，如松陰鳴鶴」，「薩昂夫之詞，如雪窗翠竹」，「不忽麻之詞，如閒雲出岫」，「李直夫詞，如梅邊月影」，「馬昂夫之詞，如秋蘭獨茂」等。他所設「雜劇十二科」中亦有「鈸刀趕棒」（即「脫膊」雜劇）、「神頭鬼面」（即「神佛」雜劇）類與胡戲有染。所述劇作家與劇目中亦有庾吉甫《霓裳怨》、《琵琶怨》，高文秀《問啞禪》，孟漢卿《魔合羅》，李直夫《火燒祅廟》，鄭廷玉《忍字記》，

無名氏《化胡成佛》、《大鬧相國寺》等入錄幾十齣胡戲，至於胡風樂府雜曲編入書中更是多達百十首。

　　明代戲曲理論家何良俊，據史書所稱其「藏書四萬卷，涉獵殆遍」，「少篤學，二十年不下樓」，自稱「藏雜劇本幾三百種」，樂於將「飲酒、聽曲、談諧」三者視爲「夙業」。他所著《曲說》對女眞人劇作家「李直夫」及劇作《虎頭牌》特別推崇與褒獎。據著名學者葉長海著《中國戲劇學史稿》中窺其精華：

　　　　李直夫，元代前期作家，女眞族，本姓蒲察，人稱蒲察老五，寫了十二個雜劇，今僅存《虎頭牌》一種。《曲說》有兩段文字評論李直夫此劇。一段文字關於《虎頭牌》十七換頭麴子，認爲這在雙調中「別是一調。」根據曲牌名〔阿那忽〕、〔相公愛〕、〔也不羅〕、〔醉也摩挲〕、〔忽都白〕、〔唐兀歹〕之類都是「胡語」。李直夫是女眞人，王實甫《麗堂春》寫金人事有他將那〔阿那忽〕腔兒來合唱」句，證明「金人於雙調內慣填此調」，而關漢卿、王實甫「因用之」。另一段文字考證劇作本事，讚揚其詞「情眞語切，正當行家也」。認爲如十七換頭〔落梅風〕「抹得瓶口兒淨，斟得盞面兒圓，望看碧天邊太陽澆奠」等曲，「似唐人《木蘭詩》。」〔註2〕

　　狂放不羈、自號青藤道士的明代天才人物徐渭，不僅寫有對後世戲曲產生深遠影響的《四聲猿》雜劇，如《狂鼓史》、《玉禪師》、《雌木蘭》、《女狀元》；還寫有古代專論南戲的唯一著論《南詞敘錄》，令人欽佩的是他獨闢蹊徑地將南北曲與南北雜劇進行比較研究。特別是對胡曲與胡戲有許多別開生面的高明見解，從而撥開了不少漢胡樂舞戲劇交流史上的學術迷霧。他高度評價胡部北曲，可謂驚世駭俗之語：「胡部自來高於漢音。在唐，龜茲樂譜已出開元梨園之上。今日北曲，宜其高於南曲。……中原自金、元二虜猾亂之後，胡曲盛行……喇叭、嗩吶之流，並其器皆金、元遺物矣。……聽北曲使人神氣鷹揚，毛髮灑淅，足以作人勇往之志，信胡人之善於鼓怒也。」

　　被譽爲明代「後七子」領袖之一的王世貞，他在其理論名著《曲藻》中亦備加關注胡語北曲的歷史影響：「曲者，詞之變。自金、元入主中國，所用胡樂。嘈雜淒緊，緩急之詞，詞不能按，乃更爲新聲以媚之。」「大江以北，

〔註2〕葉長海《中國戲劇學史稿》，上海文藝出版社，1986年版，第102頁。

漸染胡語，時時採入，而沈約四聲遂闕其一。東南之士未盡顧曲之周郎，逢掖之間，又稀辨撾之王應。稍稍復變新體，號爲『南曲』。」他還對北曲與南曲的演唱風格與特點曾發表高超的理論見解：

> 凡曲，北字多而調促，促處見筋；南字少而調緩，緩處見眼。
>
> 北則辭情多而聲情少，南則辭情少而聲情多。北力在弦，南力在板。
>
> 北宜和歌，南宜獨奏。北氣易粗，南氣易弱。此吾論曲三昧語。

明代萬曆年間著名曲家王驥德一生書劍飄零、行蹤無定，自稱爲「湖海散人」。他除了編撰有《方諸館樂府》散曲集與《題紅記》、《男王後》等雜劇傳奇之外，還寫過許多相關理論著述。其中最有社會影響的是結構嚴謹、自成體系、舉凡戲曲源流與發展、創作主旨、劇本結構、文辭聲律、戲劇科白以及作家、作品評介等無所不包的理論名著《曲律》。

對中國少數民族戲劇研究有重要參考價值的理論著述，主要在於王驥德對胡樂北曲的論述以及胡夷雜劇傳奇劇目的鈎沈。諸如在「論曲源第一」中記載：「樂府之名，昉於西漢，其屬有『鼓吹』、『橫吹』、『相和』、『清商』、『雜調』諸曲，六代沿其聲調，稍加藻豔，於今曲略近。……入元而益漫衍其制，櫛調比聲，北曲遂擅盛一代，顧未免滯於絃索，且多染胡語。」在「總論南北曲第二」亦云：「以辭而論，則宋胡翰所謂：晉之東，其辭變爲南、北；南音多豔曲，北俗雜胡戎。以地而論，則吳萊氏所謂：晉、宋、元代以降，南朝之樂，多用吳音；北國之樂，僅襲夷虜。」於「論調名第三」中則追尋捕捉南北曲胡地淵源之信息。據《明皇雜錄》載：「天寶中多以邊地名曲，如涼州、甘州、伊州之類，其曲遍繁聲，名『入破』，後其地皆爲西番破沒，則今曲所謂入破、出破，蓋以調有繁聲故也。又古曲有『豔』，有『趨』，豔在曲之前，趨在曲之後。楊用謂豔在曲前，即今之『引子』，趨在曲後，即今之『尾聲』是也。」

王驥德根據有關文獻資料與理論推導，而將其「九宮詞譜」列爲「六百八十五章」，並實錄大量竄入古典戲曲之胡曲曲牌，諸如「仙宮宮曲」之《番卜算》、《胡女怨》、《番鼓兒》、《梁州令》《傾杯序》，「大石調曲」之《沙塞子》、《賽觀音》。「中呂宮調」之《番馬舞秋風》、《念佛子》、《大和佛》、《鵲打兔》、《阿好悶》。「南呂宮曲」之《梁州序》、《番竹馬》、《梁州賺》。「黃鍾宮曲」之《獅子序》、《神仗兒》。「越調曲」之《禿廝兒》、《入破》、《出破》。「商調曲」之《貓兒戲獅》、《獅子》。「雙調」之《胡搗練》、《六么令》等。「不知宮調及犯各調曲」

如《牧犢歌》、《犯胡兵》、《薄媚曲破》。「十三調南曲」如《伊州三臺》、《伊州令》、《梁州大序》、《和佛兒》、《舞霓裳》、《賞佛蓮》、《羊頭靴》等。

　　頗為珍貴的是王驥德根據元代陶宗儀所撰《南村輟耕錄》之「院本名目」、「雜劇曲名」、「樂曲」之「大曲」、「小曲」、「回回曲」等散見條目進行梳理考證並加詮釋，使後人對中國古典戲曲中的少數民族樂器與樂曲有了一個清醒的認識。王驥德在《曲律》卷四中論證「元時北虜達達所用樂器，如箏、篥、琵琶、胡琴、渾不似之類，其所彈之曲，亦與漢人不同。見《輟耕錄》。不知其音調詞義如何，然亦名具一方之制，誰謂胡無人哉。」他又例舉其胡曲名目，並考其稱謂之虛實：

　　　　大曲：哈八兒圖、口溫、也葛倘兀、畏兀兒、閔古里、起土苦里、跋四土魯海、舍舍弼、搖落四、蒙古搖落四、閃彈搖落四、阿耶兒虎、桑哥兒苦不丁（江南謂之孔雀、雙手彈）、答剌（謂之白翎雀、雙手彈）、阿廝闌扯弼（回盞曲、雙手彈）、苦只把其（呂弦）。

　　　　小曲：哈兒火失哈赤（黑雀兒叫）、阿林捺（花紅）、曲律買、者歸、洞洞伯、牡疇兀兒、把擔葛失、削浪沙、馬哈、相公、仙鶴、阿丁水花。回回曲：伉俚、馬黑某當當、清泉當當。

根據上述北方古典樂舞戲曲中所流行的大曲、小曲、回回曲，以及諸宮調之大量胡曲，可證實其院本雜劇與北曲中胡文化滲透甚廣而深。另據王驥德《曲律》中對元雜劇與南戲的腳色行當的考證與評述，亦知胡語稱謂對其發生何等重要的作用。

　　繼陶宗儀、徐渭、王驥德之後，古代戲曲與文藝理論家如明代沈德符、祁彪佳，清代李調元、梁廷枏、焦循、姚燮等都在其理論著作中談及胡文化對漢地戲曲藝術的影響。雖然大量佐證資料多為陳陳相因與沿襲之言，沒有太多超越前輩的新鮮論據。不過在入錄的一些新編劇目與具體作家作品中，還能窺視到古代少數民族樂舞戲劇對華夏傳統表演藝術所產生的廣泛而深遠的影響。

　　諸如祁彪佳《遠山堂劇品》中記載由周藩誠齋所編北雜劇《三度小桃紅》所評析：「如此劇，二聖以音樂著魔，即從音樂喚醒，便覺從來傳仙佛濟度者，同癡人說夢矣。」述其馮惟敏編雜劇《僧尼共犯》成就：「本俗境而以雅調寫之，字句皆獨創者，故刻畫之極，漸近自然。此與風情二劇，並可作詞人諧謔之資。」

李調元作《雨村劇話》所錄《達摩渡記》、《西天取經》、《月明度柳翠》等劇作，明顯可見外域胡族佛教文化對其滲入。有關文字記載也證實著胡漢樂舞戲曲交流之歷史：「胡琴腔起於江右，今世盛傳其音，長以胡琴爲節奏，淫始妖邪。如怨如訴，蓋聲之最淫者，又名『二簧腔』。」再者爲引證陶宗儀《南村輟耕錄》「院本名目」文字記載，並予以注疏：

> 唐有傳奇，宋有戲曲、唱諢、詞說，金有院本、雜劇、諸宮調。院本、雜劇，其實一也。國朝院本，雜劇始釐而二之。院本則五人：一曰副淨，古謂之參軍。一曰副末，古謂之蒼鶻。鶻能擊鳥（一能禽鳥），末可打副淨，故云，一曰引戲，一曰末泥（一曰末），一曰孤裝（一曰狐），又謂之「五花爨弄」。或曰「宋徽宗見爨國來朝，衣裝鞋履，巾裹，傅粉墨（傳粉墨），舉動如此，使優人倣之以爲戲。」又有「焰段」亦院本之意。……其名有「和曲院本」如《月明法曲》等十四目。「上皇院本」如《壺春堂》等十四目；「題目院本」如《柳絮風》等二十目；「霸王院本」如《悲怨霸王》（原作悲恕）等六目；「諸雜大小院本」如《喬託孤》等二百零八目；「諸雜院爨」如《鬧夾棒六么》等一百零二目；「衝撞引首」如《打三十》等一百零七目；「拴搐豔段」如《星象名》（《襄陽會》）等二十八目。

上述文字貌似一般引文詮釋，但細究起可知作者苦心詣意在強調南詔國爨族於宋代輸入「五花爨弄」及其腳色胡稱對金元雜劇、院本的重大影響。從中原地區一夜之間倏然湧現如此眾多新曲目、新劇作，更能證實胡漢文化交融後的豐碩藝術成果。

姚燮於《今樂考證》中，借助歷史古籍《碧雞漫志》、《東京夢華錄》、《武林舊事》、《知新錄》、《南村輟耕錄》等，舉凡考證數量眾多的華夏受胡夷各族樂舞戲劇影響而產生的曲目、劇目。其代表性曲目如《四僧梁州》、《鐵指伊州》、《單番將胡渭州》、《和尚那石州》、《駱駝熙州》、《孤和法曲》、《車兒法曲》等；其重要劇目如《進奉伊州》、《回回梨花院》、《噴水胡僧》、《跳布袋爨》、《成佛板》、《窗下僧》、《胡說話》、《看馬胡孫》、《浴佛》等，眞是難能可貴。

據考證，李壽卿《月明三度臨岐柳》錄其楔子「觀世音淨瓶內楊柳枝葉，偶污微塵，罰往人世爲妓，即三十年，令十六羅漢月明尊者點化返元，」後證曰：「若今燈夕所演，乃《武林舊事》所載元夕舞隊之《耍和尚》，其和尚與婦人俱未嘗有名目也」。論及「砌末行頭」時證曰：「元雜劇，凡出場所應有持設、

零雜、統謂『砌末』，如《東堂老》以銀子爲砌末，《兩世姻緣》以鏡、畫爲砌末，《灰欄記》以衣服爲砌末，《楊氏勸夫》以狗兒爲砌末。《度柳翠》以月兒爲砌末，今都下戲園，猶有『鬧砌末』之語。」「砌末」之稱有學者認爲出自胡語，有學者考其似爲西域「且末」古城之音變。從上述與胡戲有染之劇作、曲目、表演、道具、服飾之流變均可證實中華民族樂舞戲劇文化密切交流之歷史。

三、南北方古代各民族戲劇文化交流

翻閱中華民族文學史、戲劇史與音樂舞蹈史，可發現有居於長城內外、大江南北眾多的少數民族文學家、藝術家爲中華民族的傳統文化做出不可磨滅的貢獻。他們爲後世留下了許多堪稱經典的少數民族戲劇或戲曲文學作品。

眾所周知，早在元代、蒙人、色目人中就湧現過一批優秀民族劇作家及其劇作，諸如女眞劇作家石君寶根據唐代白行簡傳奇小說《李娃傳》編撰出描寫書生鄭元和與妓女李亞仙愛情故事的《李亞仙花酒曲江池》。石君寶的原籍在遼東蓋州（今遼寧蓋平）後遷居到晉南地區，除《曲江池》之外，他還有《秋胡戲妻》與《紫雲庭》雜劇，以描寫社會下層婦女痛苦遭遇及反抗精神而著稱。元雜劇代表作《秋胡戲妻》，全名《魯大夫秋胡戲妻》，描寫春秋時期秋胡離鄉十載還家，同妻子羅梅英邂逅桑園，年久已不相識。秋胡染邊塞「馬上民族」風氣，肆意調侃戲弄其妻，遭妻痛斥。其故事始見漢代劉向《烈女傳》，唐五代有敦煌變文《秋胡》，元雜劇加工趨以豐富，平添出大戶倚財逼娶羅梅英等情節，從此可見胡漢文化交流之歷史痕跡。

《諸宮調風月紫雲亭》，亦稱《風月紫雲亭》或《紫雲亭》，傳爲女眞族作家石寶玉所作，又一說出自戴善甫手筆。有元刊本，僅存曲調和簡單科白，收入《元曲選外編》。劇情寫官宦子弟靈春馬與說唱藝人韓楚蘭相戀，後受靈父、韓母阻撓，兩人私逃外鄉，賣藝爲生，最終結爲夫婦。內容近似雜劇、南戲《宦門子弟錯立身》。據考，此類《諸宮調》往往融入大量古代少數民族曲調文辭，由此可追溯其作家、作品曾從胡漢文學中獲取豐富文化營養。

《宦門子弟錯立身》寫金代女眞族宦門之子完顏延壽馬與雜劇藝人王金榜相愛，遭父鎖禁，王金榜全家被驅逐出境。後在家奴協助之下，完顏延壽馬抗禁出走，與王結爲伉儷，流落江湖賣藝爲生。其父感念於他們相愛至誠，允其婚事，父子重歸於好。劇中用「南北合套」曲調格式，文辭多用女眞族

《四國朝》等北曲演唱。同題材元雜劇劇本分別由趙文敬與李直夫所作，均佚，南戲劇本作者不詳，其作收入《永樂大典》。

女真劇作家李直夫，本姓蒲察，世稱蒲察李五，曾居德興（今河北涿鹿），大德末年任湖南肅班廉訪使。今有名雜劇《虎頭牌》一種，該劇全名《便宜行事虎行牌》。寫元帥山壽馬掌虎符金牌，其叔銀柱馬貪酒失地，及處以軍杖後又登門送酒暖傷，不徇私情又通情達理。其作劇情曲折，唱詞感人，內容不乏女真人習俗。該劇第二折音樂多源自女真人音樂北曲，通稱「十七換頭」，由十七個曲牌所組成。

《便宜行事虎頭牌》，亦稱《樞院相公大斷案》。第四折寫山壽馬同妻子一起，擔酒牽羊去與叔叔「煖癢」之「尾煞」云：「將那煖癢的酒快釃，將那配酒的羔快宰。盡叔父再放出往日沉酣態，只留得你潦倒餘生，便是大古裏探。」劇中女真人草原氣息與少數民族文化習俗很濃。李直夫還另做雜劇《孝諫鄭莊公》、《反鬥娘子勸丈夫》、《念奴教樂》、《伯道棄子》、《火燒祆廟》、《夕陽樓》、《占斷風光》、《錯立身》、《壞盡風光》、《風月郎君怕媳婦》等，從《火燒祆廟》中所見西亞輸入祆教或拜火教文化習俗，頗有學術價值。

參與中國古代戲曲四大聲腔之一「海鹽腔」創立的主要人物貫雲石，又名小雲石海涯，自號酸齋，又號蘆花道人，畏吾兒人，係元代功臣阿里海涯之孫，祖籍北庭（今新疆吉木薩爾縣）。他在江南生活期間，富有才情，善作散曲。所創曲調，傳於浙江澉浦楊氏，後稱為「海鹽腔」。流傳至明代，被視為崑腔先驅。貫雲石與散曲家徐再思齊名「號甜齋」，後人將二人作品合輯刊行，故稱為《酸甜樂府》。其散曲《金字經》云：「蛾眉能自惜，別離淚似傾。休唱陽關第四聲。情，夜深愁寐醒。人孤零，蕭蕭月二更。」字裏行間仍存胡夷文化風韻。

蒙古族劇作家楊景賢，一字景言，名暹，後改名為訥，號汝齋。因從姐夫楊鎮撫流落到江南錢塘。他自幼聰明好學，擅長音律和詞賦，如前所述，所作雜劇十九種，現存《西遊記》最負盛名。

元雜劇代表作《西遊記》長達六本二十四折，記唐僧西天取經的故事，它與元雜劇一般以四折合為一本，偶而出現五折、六折之情況殊異。不論在藝術成就，或者在雜劇體制的革新創造方面都有重要的成就。另作《劉行首》，全名《馬丹陽度脫劉行首》，又叫《北邙山倡和柳梢青》，一本四折，講述道人王重陽奉呂純陽之命，度化妓女劉行首的故事。全劇真誠地宣揚超凡脫俗

的離世思想。楊景賢前作佛教戲曲，後作道教戲曲，證實他對宗教與民族文化非常熟悉。

自古迄今，根據中國少數民族所存留的戲劇或戲曲作品，都很重視吸收本民族音樂歌舞藝術養份。均以載歌載舞、說唱表演，即樂舞詩劇結合來塑造人物形象，並甚爲注重古代華夏民族傳統文化的繼承與發展。

追根溯源至西漢初年，漢武帝劉徹派遣張騫兩度出使西域，後由他從西域與中亞胡地攜帶回「胡角橫吹」與《摩訶兜勒》，這是有文記載的最初與最具規模胡漢樂舞文化交流。

「胡角」原爲南北朝西域少數民族爲樂舞伴奏的朝天彎角，原用於鼓吹樂，亦稱爲「橫吹」，即用橫笛、雙角、鼓等樂器演奏的馬上軍樂，又名「鼓角橫吹曲」。自漢魏時期，胡樂歌舞隨佛教輸入中原後，隋唐時期日益頻繁，不僅自西北地區，西南地區少數民族亦合成編演大型歌舞劇詩文藝節目。諸如南詔國「夷中歌曲」，或稱《南詔奉聖樂》即爲最好的歷史見證。

唐貞元十六年（800），南詔王異牟尋爲了加強同中原的友好關係，特遣使楊加明，通過劍南西川節度使韋皋向唐王朝請獻此樂舞，旋派龐大的歌舞伎隊赴長安，樂設龜茲、大鼓、胡部、軍樂四部，樂工二百一十二人。出場舞伎六十四人，著南詔民族盛裝，絳色裙襦，上畫鳥獸和草木花紋；戴黑頭囊或首飾襪額，插金寶飾品於髮髻；繫金腰帶；穿彩繪皮靴；襦上復加畫半臂。演出服裝在節目進行中時有變換。舞者循字舞跳法，依次以身擺出「南詔奉聖樂」五個字形，共舞六段，每成曲將終時，舞者在金鼓聲中向天子行跪拜禮。合（擺）五音皆舞中夾唱，舞「南」字唱「聖主無爲化」歌；舞「詔」字唱「南詔朝天樂」歌；舞「奉」字唱「海宇修文化」歌；舞「聖」字唱「雨露覃無外」歌；舞「樂」字唱「闢土丁零塞」歌。每歌皆一章三疊而成。下接獨舞「億萬壽」舞，唱「天南滇越俗」歌四章，女子歌「奉聖樂」時獨舞一曲。奏「奉聖樂」時又丈夫一人獨舞。音樂演唱形式有多人齊唱，亦有獨唱。

《南詔奉聖樂》內容繁複，意境深邃，樂奏、歌唱、舞蹈、表演與戲劇性總體結構，場景調度，舞美服飾，渾然一體；文藝演出氣勢磅礴、宏偉，爲我國歷史上少數民族晉京演出人數最多、場面最大的一次文化盛舉。充分體現了西南少數民族琳琅滿目的藝術風采，也爲民族樂舞戲劇表演架設了一座燦爛輝煌的文化橋梁。

於公元十四世紀中葉，元順帝妥帖睦爾時期，在蒙古貴族王廷中盛行一種古代元宮贊佛樂舞《十六天魔舞》，舞者為宮女十六人，表演甚為生動：

> 首垂發數辮，戴象牙佛冠，身被瓔珞，大紅綃金長短裙，金雜襖，雲肩，合袖天衣，綬帶鞋襪。各執加巴剌般之器，內一人執鈴杵奏樂。又宮女一十一人……所奏樂用龍笛、頭管、小鼓、箏、琵琶、笙、胡琴、響板、拍板。〔註3〕

元代詩人張翥《宮中舞隊歌詞》云：「十六天魔女，分行錦繡圍。千花織布障，百寶貼仙衣。回雪紛難定，行雲不肯歸。舞心跳轉急，一一欲空飛。」明代朱有燉作《元宮洞百首》云：「背翻蓮掌舞天魔，二八年華賽月娥。本是河西參佛曲，把來宮苑席前歌。」通過字裏行間，可見此宮中贊佛樂舞對後世的佛教樂舞戲曲形式曾產生過積極的影響。

在蒙古族民間，於元代時期流行著一種戲劇性頗強的古代民間樂舞《海青拿天鵝》。據文字記載，係孛兒只斤氏族部落崇奉此種「鷹」為戰神；成吉思汗盛宴時曾命寵臣分別扮海青、魚和天鵝，載歌載舞以助興。另傳說其舞源為：一隻小天鵝被海青捉住，請求釋放，海青令其先唱歌跳舞。於是，它們一同歌唱舞動起來。後人遂仿傚其展翅飛翔和跳舞嬉戲情態，以雙人歌舞形式自娛。另據記載，十四世紀時，元代楊允孚《灤京雜詠》詩云：「為愛琵琶調有情，月高未放酒杯停。新腔翻得《涼州》曲，彈出天鵝避海青。」自注：「《海青拿天鵝》新聲也。」可知歷史上此為蒙古族流行的一支古老的琵琶曲。

據查詢，遼代，以海青捕天鵝確實為帝室春獵項目。女真、蒙古族也有此習俗。《絃索備考》簡稱其為《海青》，描寫海青拿天鵝時激烈搏鬥的情景，生動形象地表現了古代蒙古族、女真族人民的狩獵生活。

在我國，亦有許多受唐宋大曲與宋元雜劇文化影響的民族與樂舞戲藝術，如侗族「大歌」，侗語稱「嘎老」，因篇幅長而大，格調莊重、嚴肅而得名。侗族大歌由民間歌班演唱，歌詞講究韻律，屬民歌支聲性質。因歌詞內容和演唱形式不同，可分為六種：一為鼓樓大歌，以歌曲流行地區命名，如銀潭的大歌稱「嘎銀潭」，坑洞一帶的大歌稱「嘎坑」等。各地曲調稍異，歌詞多為長短句，以古代神話傳說、故事、讚歌等長篇敘事詩為主；二是聲音大歌，又稱「花唱大歌」，侗語稱「嘎索」，以表現聲音為主，是大歌最精彩

〔註3〕《元史·順帝本紀》四十三卷。

的一種；三為敘事大歌，有「嘎窘」和「嘎節卜」兩種，均具有吟唱風格，內容為神話傳說或英雄歷史之類；四為童聲大歌，侗語叫「嘎臘溫」；五為混聲大歌，侗語稱「嘎克姆所」、「嘎世尼所」；六為侗戲大歌，為侗戲演出過程中的一種合唱形式，常在劇中人數較多的場面及終場時運用。侗戲表演至一定段落，戲師和演員們一齊演唱，以示段落對全曲的結尾。從此可知侗族大歌其音樂形式與侗戲之間的密切關係。

侗戲的創始人吳不彩，貴州黎平人，生於清嘉慶三年（1798）。他從小能說善辯，尤喜唱歌看戲，成人時自編自唱的歌本很多，人稱他為「編歌王」。他在侗族「大歌」說唱的基礎上吸收了附近省市地區漢族的戲調，如桂戲、祁陽戲、桂北彩調、貴州花燈戲等，創造了具有本民族藝術風格的侗戲。

侗戲的音樂主要有平板、哀調（又名哭調）、仙調數種。平調用於敘事，哀調表示悲哀，仙調表示神靈幻景。他把寨子上愛說唱侗族大歌的青年組成戲班，自己擔任掌簿師傅，主持戲班的一切活動。有文記載，至今侗戲上下句基本唱腔都來自吳文彩之口傳心授。

吳文彩因將漢族地方戲曲《二度梅》翻譯改編為第一部侗戲《梅良玉》而聞名。他另寫有情歌或情戲《貳拾兩銀》（《兩貳銀歌》），此為男女二青年破鏡重圓故事；另作史歌或史詩《開天闢地》、《十代清朝》、《吳家祖宗》；勸世歌或勸世戲《酒色財氣》、《鄉志貪官》；侗戲《毛宏與玉英》、《李旦鳳姣》等。他整理與創作的侗戲故事情節完整，講究音韻，老少咸宜，在民間，廣為流傳與交口讚譽。

滿族文人很多，擅長琴棋書畫與戲曲亦不乏其人，與劇作有染的代表人物有唐英與蒲松齡等。唐英，字雋公，一字叔子，號蝸寄居士，奉天（今瀋陽）人，其家隸屬內務府，42 歲授內務府員外郎兼佐領。他寫有傳世戲曲作品《古柏堂傳奇》，內收劇作《虞兮夢》、《女彈詞》、《長生殿補闕》、《十字坡》、《三元報》、《傭中人》、《梁上眼》、《天緣債》、《巧換緣》、《蘆花絮》、《梅龍鎮》、《面缺笑》、《雙釘案》、《轉天心》、《笳騷》、《清忠譜正案》等十七種，其中部分作品曾改編為地方戲曲廣泛上演。

以文學名著《聊齋誌異》斐聲文壇的蒲松齡，字留仙，又字劍臣，別號柳泉居士，世稱聊齋先生。其民族屬性不明，有人認為他屬蒙古族，也有認為是女真族，或回族、滿族。他於明崇禎十三年（1640 年）出生於山東淄川縣（今淄博市）的一個書香世家，從小就受到濃厚的傳統文化薰陶。他先後

著述《曆字文》、《日用俗字》、《藥崇書》、《農桑經》等，寫過民間俚曲、詩文，鼓詞存有七種，俚曲十一種，長篇小說《醒世姻緣》、短篇小說集《聊齋誌異》（共十六卷，四百九十篇）。另外，他還創作過一些戲曲作品有：《鬧窘》、《鍾妹慶壽》等，俚曲《磨難曲》等十餘種，後合刊爲《聊齋俚曲》。

蒙元時期，因受華夏文化濡染，在蒙古族與色目人中湧現出大量能說善辯、能詩會文的文學家、劇作家與詩人。據《元詩選》的選編者清顧嗣立在《寒廳詩話》中介紹：

> 元時蒙古、色目子弟，盡爲橫經，涵養既深，異材輩出。貫酸齋、馬石田（祖常）開綺麗清新之派；而薩天錫（都剌）大暢其風，清而不佻，麗而不縟；於虞楊范揭之外，別開生面；於是雅正卿（琥）、馬易之（葛羅祿迺賢）、達兼善（泰不華）、余廷心（闕）諸公，並逞詞華，新聲豔林，竟傳才子，異代所無也。

來自北方各地與西域的蒙族詩人，除上述諸公之外，較爲出名的還有伯顏、篤列圖、聶鏞、夏拜不花、觀音奴、童童、買閭、拜鐵穆爾、達不花、達實帖木兒、不花帖木兒、八里臺、完澤、朵只、月魯不花等。他們的詩文或豪放粗獷，或質樸剛健，或清新婉轉，或纏綿緋側，均保留著濃鬱的民族色彩與藝術風格。

元代蒙古族文人從事散曲與雜劇創作是我國民族文學史上非常普遍而重要的文化現象。諸如散曲家阿魯威著有《小令蟾宮曲》十六首，《壽陽曲》一首，《湘妃怨》二首。頗有名氣之作是根據漢族偉大詩人屈原《九歌》內容所做的《雙調·蟾宮曲》九支，他將楚辭的樂舞戲的綜合藝術特點進一步發揮，其散曲結構酷似戲曲「鳳頭、豬肚、豹尾」的寫法，通過清麗俊雅的文辭而塑造生動的形象。對他的散曲成就，明朱權在《太和正音譜》中稱譽：「阿魯威之詞如鶴唳清霄。」

元末明初蒙古族作家楊景賢不僅擅長於散曲寫作，更拿手的是元雜劇編撰。他原名暹，後改名訥，字景賢，一字景言，別號汝齋。據明賈仲明《錄鬼簿續編》記載：

> 楊景賢，名暹，後改名訥，號汝齋。故元蒙古氏，因從姐夫楊鎮撫，人以楊姓稱之。善琵琶，好戲謔，樂府出人頭地。錦陣在營，悠悠樂志。

他一生致力於雜劇創作，先後著有《西遊記》、《劉行首》、《天台夢》、《玩江

樓》、《西湖怨》、《生死夫妻》、《偃時救駕》、《爲富不仁》、《三田分樹》、《紅白蜘蛛》、《待子瞻》、《巫娥女》、《盜紅綃》、《保韓莊》、《兩團圓》、《東嶽殿》、《海棠亭》、《鴛鴦宴》等十八種雜劇。其中尤以《西遊記》最爲出名。

　　長達六本二十四折、多達十九人主唱的元雜劇《西遊記》是楊景賢的戲曲文學恢宏博大之代表作。此劇作打破了雜劇一本四折體制與「旦本」、「末本」由一個角色吟唱到底的慣例。劇中胡漢異族人物眾多，戲劇故事驚險曲折，民族風情色彩斑斕，爲後世小說、詩話與戲曲文學提供了成功的凡例。對此種特殊的文化現象，明彌伽弟子不勝感歎：

　　　　　　自《西廂》而外，長套者絕少。後得是本，乃與之頡頏。嗟呼，

　　　　多錢善賈、長袖善舞，非元人大手筆，曷克臻此耶！

中央民族大學教授，蒙古族文學評論家雲峰在《蒙漢文學關係史》一書中評價「楊景賢雜劇對後世的影響」時，認爲可從如下兩方面入手：即「1、雜劇爲小說提供了豐富多彩、驚險曲折、引人入勝、系統完整的故事情節；2、雜劇從數量和性格上基本確定了取經故事的人物形象，爲小說人物創作勾畫了一個相對穩定的藍圖。」並指出：「楊景賢是著名的蒙古族戲劇家，是他第一次把雜劇這種藝術形式引入蒙古族文學史，爲蒙古族文學寶庫增添了一種新的文學樣式……他以自己的優秀作品，特別是《西遊記》雜劇，對元雜劇的發展，對吳承恩小說《西遊記》成書的重要影響，在中國文學史上佔有一定地位。」〔註4〕

　　當然蒙古族文學藝術的成績造就絕非無中生有、空穴來風之舉，而是長期基於該民族深厚的傳統文化，特別是宮廷與民間樂舞戲文化傳統之上。如《元史·禮樂志》記載：「元之有國，肇興朔漠。朝會燕饗之禮，多從本俗……大抵其於祭祀，率用雅樂；朝會饗燕，則用燕樂，蓋雅俗兼用者也。」在元蒙朝禮樂歷史上，太祖（成吉思汗）初年，曾徵用西夏舊樂；太宗（窩闊台）時，又在朝野徵用金樂；世祖（忽必烈）時，太保劉秉忠根據「無樂以相須，則禮不備」之聖旨，廣收禮樂舊部，始成新制雅樂，並編演出豐富多彩、形式多樣的宮廷古典隊舞。

　　據《元史·禮樂志》記載，元代宮廷隊舞有《樂音王隊》、《壽星隊》、《禮樂隊》、《說法隊》等隊舞；樂工演奏《山荊子》、《祆神急》、《金字西番經》、《吉利牙》；歌曲有《沽美酒》、《青山口》等浸染濃鬱的北方少數民族與宗教

〔註4〕雲峰《蒙漢文學關係史》，新疆人民出版社，1997年版，第98頁。

色彩。其樂舞伎多戴面具，裝扮成各種神袛、動物而表演，諸如菩薩、羅漢、金剛、夜叉、飛天、龍王、龜、鶴、鳳凰、烏鴉、孔雀、金翅雕等。亦有扮作僧侶、道士者。另外還有一種稱之爲《十六天魔舞》的大型樂舞，更能充分體現蒙古宮廷禮樂歌舞文化的強大兼容力。此據《元史·順帝本紀》記載：

> 時帝怠於政事，荒於遊宴，以宮女三聖奴、妙樂奴、文殊奴等一十六人按舞，名爲十六天魔。首垂髮數辮，戴象牙佛冠，身披纓絡，大紅綃金長短裙，金雜襖、雲肩，合袖天衣，授帶鞋襪，各執加巴剌般之器，內一人執鈴杵奏樂。又宮女一十一人練槌髻勒帕，常服或用唐帽、窄衫。所奏樂用龍笛、頭管、小鼓、箏、琵琶、笙、胡琴、響板、拍板，以宦者長安迭不花管領，遇宮中贊佛，則按舞奏樂。

對於受印度與西域佛樂胡舞影響而產生的《十六天魔舞》，我們還可從元明代一些相關詩作中窺視其表演藝術風貌。諸如張翥《宮中舞隊歌詞》云：「十六天魔女，分行錦繡圍，千花織布障，百寶帖仙衣。回雪紛難定，行雲不肯歸，舞心跳轉急，一一欲空飛。」張昱《輦下曲》云：「西天法曲曼聲長，瓔珞垂衣稱豔妝。大宴殿中歌舞上，華嚴海會慶君王。」朱有燉《元宮詞》云：「背番蓮掌舞天魔，二八年華賽月娥。本是河西參佛曲，把來宮苑席前歌。按舞嬋娟十六人，內園樂部每承恩。纏頭倒是宮中賞，妙樂文殊錦最新。隊裏惟誇三聖女，清歌妙舞世間無。御前供奉蒙深寵，賜得西洋照夜珠。」從中可知此樂舞由「三聖女」等主要角色，以及一些配角表演。其文藝節目有各種樂器伴奏，有供演出的場地，並有「參佛」故事情節，儼然是帶有宗教戲劇性質的宮廷隊舞或隊戲形式。

宋代孟珙《蒙韃備錄》記載：「國王（木合黎）出師亦以女樂隨行，率十七八美女，極慧黠，以十四弦彈大官樂等曲，拍手爲節甚低，其舞甚異。」文中所記即爲宮廷隊舞《十六天魔舞》亦融入行宮與民間表演之狀。

作爲典型的游牧民族——「蒙古族」的代表性樂舞戲主要流傳於民間，所反映的多爲草原與林海中的畜牧與狩獵，以及征戰、慶典生活內容。此民族文化習俗散見於一些史書古籍之中。

諸如波斯文人拉施特著《史集》記載，成吉思汗每當征戰歸來，總是「情緒高昂，屯駐在自己的老營和帳殿裏，舉行歡娛和聚會」。《蒙古秘史》記載，在古代社會，時逢「蒙古之慶典，則舞蹈筵宴以慶也。既舉忽圖剌爲合罕，

於豁爾豁納黑川，繞蓬鬆茂樹而舞蹈。直踏出沒肋之蹊，沒膝之塵矣。」另如《蒙兀爾史記》亦載：「諸蒙兀爾百姓酣嬉起舞，繞樹踏歌，將地踐成亂溝，塵土沒脛。」

《多桑蒙古史》亦對蒙古軍隊在征戰閒暇時的民族歌舞活動進行生動的文字記載：

成吉思汗進至不花剌，入城，諸蠻人置酒囊於寺中，召舞者歌女入寺歌舞。蒙古兵亦自唱其國歌，聲徹四壁……拔都使者所至之處皆受禮遇，人出城奉酒食，鼓掌作歌以迎之。

「突厥」為我國北方歷史悠久的古族，廣義上包括突厥與鐵勒各部落，狹義專指突厥，其中包括東突厥與西突厥。自公元 546 年至 744 年，大致延續了二百年之久。作為突厥民族及其語族突厥所涉獵的範圍很廣，時間跨度很大。該突厥語族隸屬於阿爾泰語系，在我國北方操此語言體系的民族有維吾爾、哈薩克、柯爾克孜、烏孜別克、塔塔爾、裕固與撒拉族。這些民族均繼承了古代突厥人的原始樂舞戲劇創作與表演的藝術傳統，為民族戲劇學的百花園增添了五彩繽紛、無比豔麗的花朵。

據史書記載，突厥興起大約在公元六世紀中葉，興盛與衰亡於我國隋唐朝時期。因為此古族先民游牧於金山（今阿爾泰山）一帶，金山形似兜鍪（古代戰盔），故俗稱「突厥」，並因以其名稱謂。突厥汗國的建立者阿史那，史稱「土門」，亦稱伊利可汗或布民可汗。公元 546 年（西魏文帝大統 12 年），土門率眾吞併鐵勒各部，挫敗柔然汗國，遂自稱伊利可汗，建突厥政權。其牙帳設在於都斤山，即今鄂爾渾河流域杭愛山東部地區。

突厥汗國疆域最廣時，東至遼海，西達西海（今裏海，一說鹹海），南到阿姆河，北過貝爾加湖。據《周書·突厥傳》記載，突厥汗國創立過程中，曾「西破嚈噠，東走契丹，北並契骨，威服塞外諸國。其地東自遼海以西，西至西海萬里，南自沙漠以北，北至北海五六千里。」

關於突厥人的傳統文化習俗，《周書·突厥傳》指出：「其俗被髮左衽，穹廬氈帳，隨水草遷徙。以畜牧、射獵為事，食肉飲酪，身衣裘褐。……其書寫類胡，唯以青草為記，男子好樗蒲，女子踏鞠。飲馬酪取醉，歌呼相對，敬鬼神、信巫。」

在晚唐與五代時期突厥沙陀部在我國北方地區甚為活躍。當時所陸續興起的後唐、後晉、後漢與北漢等胡族政權均與該部有密切關係。其後裔唐代

李克用、後晉石敬塘、北漢劉知遠均爲沙陀人，歷稱「沙陀三族」。以劉知遠爲人物原型所編寫的雜劇與傳奇《劉知遠白兔記》則眞實地記載了突厥人許多奇特的風俗習慣與傳統文化。

沙陀部人南下進入中原地區之後，仍然保持著草原民族的文化生活習性，甚喜歡歌舞娛樂；援引「邊部鄭聲」，擊節助興，並在宮中邊舞邊唱「細聲女樂」。《舊五代史》記載，該部舉兵出征，仍推崇歌舞相伴助勢：「日於左右召淺蕃軍校，奏三弦、胡琴，和以羌笛。擊節鳴鼓，更舞迭歌，以爲娛樂。」

突厥族之「葛邏禄部」始有謀落、熾俟、踏實力三部落。唐顯慶二年（657），設陰山、大漠、玄池三都督府，建庭於碎葉城。後統轄中亞「昭武九姓」所在七河流域，併兼容突騎施、回鶻等部。北宋初與西域一些胡族共同建立黑汗（喀喇汗）王朝，從而奠定了今天新疆境內突厥後裔的民族樂舞戲文化基礎。

突厥廣義上所包括的鐵勒古族，歷史上又有丁零、狄歷、敕勒等稱謂，因所用車輪高大亦稱「高車」。《隋書》記載鐵勒各部分佈於東至獨洛河（今圖拉河）以北，西至西海（今裏海）的廣大地區，分屬東、西突厥。其漠北十五部，以薛延陀與「回紇」最爲著名。回紇爲今維吾爾族的古稱，元明時稱「畏兀兒」。唐貞元四年（788），回紇可汗取「迴旋輕捷如鶻」之義，曾奏請唐朝改稱爲「回鶻」。

鐵勒或敕勒部族曾以一首《敕勒歌》而揚名於天下。此歌中唱道：「敕勒川，陰山下。天似穹廬，籠蓋四野。天蒼蒼，野茫茫，風吹草低見牛羊」。據《樂府廣題》所云，此首歌是北齊敕勒人斛律金所吟唱，並指出：「其歌本鮮卑語，易爲齊言，故其句長短不齊。」金代著名詩人元好問在《論詩》中高度評價：「慷慨歌謠絕不傳，穹廬一曲本天然。中州萬古英雄氣，也到陰山敕勒川。」

據《魏書·高車傳》記載，鐵勒或高車在歷史上均以「能歌善舞」、「好引聲長歌」而聞名於北方大漠與草原：

> 五部高車合聚祭天，衆至數萬，大會走馬，殺牲遊繞，歌聲忻忻。其俗自稱前世以來，無盛於此。……男女無大小，皆集會。平吉之人，則歌舞作樂。

《舊唐書·音樂志》上記載著一部被列入唐朝「立部伎」的《安樂》，生動、形象描述表演者「舞蹈姿制，猶作羌胡狀。」皆戴獸形假面，所呈現隊伍「形

列方正，像城廓」。其飾假面之原始歌舞戲眞實地再現了古代突厥民族勇猛尚武的精神面貌。

突厥民族中的重要分支哈薩克族，其先祖主要來源於「烏孫」。這支最初在我國西北河西走廊祁連、敦煌間，後西遷至今中亞伊犁河與伊塞克湖一帶的古代民族，在歷史上與中原朝廷經濟、文化交往甚爲密切。於西漢武帝時，以江都王劉建女細君公主與楚王戊孫女解憂公主遠嫁烏孫王，加強胡漢友好關係之事，自古迄今一直傳爲歷史佳話。尤值讚歎的是細君嫁與烏孫昆莫獵驕靡爲右夫人，後改嫁其孫岑陬軍需靡。在此期間譜寫了優美動聽、迴腸蕩氣的《黃鵠歌》，從其歌詞中可窺視突厥先民的生活習俗與藝術才情：「吾家嫁我兮天一方，遠托異國兮烏孫王。穹廬爲室兮氈爲牆，以肉爲食兮酪爲漿。居常土思兮心內傷，願爲黃鵠兮歸故鄉。」

「烏孫」在歷史上一直被認爲是哈薩克族的先民。據《史記》和《漢書》記載，原居住在我國河西走廊一帶的烏孫人，於公元前 160 年左右向西遷徙，「烏孫昆莫擊破大月氏，大月氏徙西臣大夏，而烏孫昆莫居之。」後來又占居伊犁河流域原塞種人的游牧之地。從此以後逐漸形成中亞強盛的烏孫國。後又陸續融合了匈奴、康居、奄蔡、克烈、克普恰克諸部族，並將古代欽察語定爲哈薩克族大、中、小玉茲的共同語言與文字。

在唐朝時期，突厥汗國分裂爲東、西突厥，古代哈薩克人長期處於西突厥政權的統轄之下；後又與突騎施汗國、葛邏祿汗國與喀喇汗王朝以及蒙古金帳汗國、察合臺汗國、窩闊台汗國朝夕相處，共同濡染突厥文化的色彩，遂波及至該族語言文字與樂舞戲劇藝術之中。哈薩克之稱謂，正式出現於公元十五世紀，有人認爲是「避難者」、「脫離者」、「自由之人」的語義，也有人認爲來自突厥語「喀孜阿克」即「白色天鵝」之語音。

正因爲有上述有關族源的美麗傳說，哈薩克至今仍將「白天鵝」作爲本民族的圖騰對象，將其視爲聖鳥而頂禮膜拜。將其形象繡製在氈毯簾布與衣裙上，還將其羽毛插在氈房支架與花帽頂上。在哈薩克族民間歌舞戲劇如《薩里哈與薩曼》、《賽里木的傳說》等中至今仍貫穿此「喀孜阿克」之傳說故事，另以白天鵝爲題材的文學藝術作品更是司空見慣、俯首皆拾。

西突厥時期，游牧狩獵於中亞呼羅珊與撒馬爾罕地區有一支「撒魯爾人」，據說即爲現西北地區歷史悠久、文化獨特的撒拉族先民。根據《元史譯文證補》等史書記載，「撒拉人」大約是於蒙古西征之後，陸續從中亞撒馬爾

罕一帶向東遷徙至今青海循化地區。有文獻記載，自「十三世紀蒙古征服中亞後，撒魯爾部阿干汗一支全族 170 戶，在阿干汗之子尕勒莽率領下，被集體簽軍東遷，定居於今青海省循化縣，受封爲積石州世襲達魯花赤。」〔註5〕另外還有散居於新疆與甘肅的撒拉族，歷史上均深受突厥與蒙古文化影響。通過文學遺產與藝術作品追溯少數民族的淵源是文化人類學學者特有的研究方法。如撒拉族保留的「對依奧依納」戲劇與「玉爾」和「花兒」撒拉曲方可證實有關文史學術問題。

「對依奧依納」又稱爲「駱駝戲」，一般爲四個角色表演，另加一批群眾配合。其中兩人分扮蒙古人與頭纏「達斯達爾」，身著長袍的「阿訇」；另外兩人則翻穿羊皮襖扮飾駱駝。在角色的相互對話中，使觀眾獲取不少撒拉族先民自中亞撒馬爾罕東遷的艱難歷程與歷史信息。

另外，我們從撒拉族民間所流行的民族歌曲「玉爾」所唱曲目如《撒拉賽西巴尕》、《皇上阿吾尼》、《豔姑居固毛》、《巴西古溜溜》等，「花兒」曲目《孟達令》、《撒拉大令》、《哎西干散令》等之中，可明顯地感受到這支突厥民族濃鬱的異國他鄉文化色彩。在此基礎上所產生的西北「花兒劇」更是繼承了突厥古族善於駕馭民間音樂、舞蹈、詩歌與戲劇的綜合藝術才能。

「夷」，或「東夷」，一般爲我國古代對東方各族的泛稱，也常用以泛指祖國周邊四面八方的少數民族，所謂四夷或九夷。諸如《論語·子罕》云：「子欲居九夷」。疏注：「東有九夷：一玄菟，二樂浪，三高麗，四滿飾，五鳧臾，六索家，七東屠，八倭人，九天鄙。」又《爾雅·釋地》云：「九夷，八狄，七戎，六蠻，謂之四海。」注「九夷在東」。疏引《後漢書·東夷傳》云：「夷有九種：曰畎夷、於夷、方夷、黃夷、白夷、赤夷、玄夷、風夷、陽夷。」

在史書中，「夷」更多稱謂西南少數民族，亦稱「西南夷」。此爲漢代分佈在今四川西部、南部和雲南、貴州一帶的少數民族，諸如在夜郎、靡莫、滇、邛都等地定居與從事農耕的民族。另如嶲、昆明等從事游牧的民族於漢武帝至東漢明帝時，其「西南夷」主要居住在犍爲、牂牁、越嶲、益州、武都、沈黎、汶山、永昌等郡。

在「西南夷」中，諸如邛都夷、筰都夷、冉馬龍夷、昆明夷、哀牢夷等較爲著名。其中如「筰都夷」主要分佈在今四川漢源一帶，因從事農牧、輸

〔註 5〕芊一之《試談撒拉族的歷史發展與伊斯蘭教的關係》，《青海社會科學》，1982年第 1 期。

出名馬，史稱「筰馬」。「昆明夷」源於氐羌，漢至唐主要分佈在今雲南西部和中部、貴州西部。東漢章帝時，昆明夷首領鹵承助漢擊破哀牢夷，受封爲「破虜傍邑侯」。唐代亦稱昆彌，哀牢夷，漢代分佈今雲南西部地區。東漢永平十二年（公元 69 年）曾設哀牢、博南兩縣，即今雲南保山、永平縣地。

於兩漢時期，西南夷流傳著三首著名的歌曲，或統稱《白狼王歌》，眞實、生動地記載著此地少數民族游牧狩獵生活，以及與國內外各民族經濟文化交流的情況。明帝永平年間，汶山（今四川汶川縣）以西白狼王唐菆給漢朝奉獻《遠夷樂德》、《遠夷慕德》、《遠夷懷德》歌曲三首，即所謂的《白狼王歌》。犍爲郡掾田恭以漢字記音並譯音，此歌首始載於《東觀漢記》。另據《後漢書‧南蠻西南夷列傳》「筰都夷傳」中記載，《白狼王歌》又稱《白狼盤木獻歌》。

至唐天寶年間，居住在滇西的蒙舍詔，世代臣屬於唐，在唐王朝的扶持之下，閣羅鳳合併兩爨，統一六詔，號稱「南詔」。公元 794 年，南詔異牟尋曾遣使率民族樂舞戲隊赴唐都長安，爲朝廷獻演《南詔奉聖樂舞》與《夷中歌曲》。據多部史書典籍記載，當時西南夷音樂歌舞藝術紅極中原。

《新唐書‧禮樂志》記載，自南詔第六世王異牟尋與唐聯合擊敗吐蕃之後，爲了進一步加強與中原朝廷的聯繫，特地奉獻「夷中歌曲」以取信於唐皇。遂派人呈送《奉聖樂舞》至成都，四川節度使韋皋對其進行加工修改。後定名《南詔奉聖樂》貢奉於唐廷。唐德宗於麟德殿親自觀賞，並命太常樂部仿傚演習，仍沿襲「庭宴則立奏，宮中則坐奏」，可知朝廷對此藝術表演形式倍加重視。

南詔國奉獻之「夷中歌曲」，據有關專家考證爲《南詔奉聖樂》之中心節目段落，另外「演出中有《天南滇越俗》、《南詔朝天樂》等南詔本土藝術……充分展現了南詔高度發展的民族文化和西南邊疆多民族樂舞文化的奇異風采。」[註6]

據《新唐書‧南蠻傳》記載：當時大型樂舞《南詔奉聖樂》樂舞表演其陣容非常宏偉壯觀，諸如樂手有 212 人，舞伎 64 人；所設樂部爲四部，即龜茲樂、大鼓部、胡部、軍樂部；所用樂器有羯鼓、腰鼓、雞婁鼓、答臘鼓、簫、鉦、笙、笛、箜篌、琵琶、鈸、鐃、鐸等；女舞者身穿雍容華貴的「西南夷」貴族婦女服裝，並根據樂舞設置依次擺爲「南」、「詔」、「奉」、「聖」、

〔註 6〕紀蘭慰、邱久榮主編《中國少數民族舞蹈史》，中央民族大學出版社，1998年版，第 139 頁。

「樂」五個大字，「舞者分左右蹈舞，每四拍，揖羽稽首。拍終，舞者拜，復奏一疊，蹈舞抃揖。」凡奏「序曲二十八疊，舞『南詔奉聖樂』字」至結束時「舞《億萬壽》，歌《天南滇越俗》四章，歌舞七疊六章而終。」〔註7〕

　　對上述南詔王獻「夷中歌」之史實，亦可從清乾隆年間問世《南詔野史》中獲悉大略：

　　　　　貞元九年（793）尋遣使上表請從韋皋襲吐蕃，詔冊封爲雲南王。

　　以韋皋爲安撫使，王遣使詣皋，獻夷中歌。

「南詔國」是唐代以烏蠻爲主體，包括白蠻等族建立的南方奴隸制政權。唐初爲「蒙舍詔」，貞觀二十三年（649）細奴邏建「大蒙」政權，以巍山爲首府。唐開元年間，其王皮邏閣在唐朝的支持下統一了六詔，即唐西南夷中烏蠻之越析詔、浪穹詔、邆賧詔、施浪詔、蒙嶲詔與蒙舍詔等，遂遷治太和城（今雲南大理南太和村）。南詔國全盛時管轄今雲南全部、四川南部、貴州西部等地。

　　西南夷之「烏蠻」古族，唐時主要分佈於今雲貴川大部，爲東爨、六詔和東蠻的主要居民。元明時期又稱烏蠻爲黑爨，或羅羅。該古族似與今彝、納西、傈僳等族有淵源關係。綜合考察上述西南主要少數民族及其樂舞戲藝術，亦可追尋到西南夷及「夷中歌」的文化遺韻。

　　彝族是我國一個歷史悠久、人口眾多、文化極爲豐富的古老民族。彝族支系繁多，有著三十多種不同的稱謂，如漢唐時，古彝族多稱烏蠻與黑爨，至今大部分自稱「諾蘇」，即黑之意，是因爲該族傳統以黑爲貴。南詔國時曾出現「東方黑爨三十七部」之說。至元代，眾多支系的彝族中普遍使用一個共同的族稱「羅羅」，即「虎族」之意。這與該族崇拜黑虎圖騰有直接關係。在羅羅總稱之下，明代劉文徵撰《滇志》中記述，又有白羅羅、黑羅羅、撒彌羅羅、乾羅羅、妙羅羅等彝族支系。中華人民共和國成立後，彝族人民根據本民族的意願，採用古代禮器之「彝」字爲本族新的統稱。但是儘管如此，彝族民間還自稱「羅羅」，並保留著許多關於反映老虎的樂舞與戲劇，即所謂擬獸，或擬虎原始形態戲劇。

　　據《乾隆鄂嘉志·風俗》記載，雲南一些彝族地區確定正月初八至十五日爲「虎節」，或稱「跳虎節」、「虎神節」、「老虎笙」等。在此傳統節日期間各村寨要舉行各種「跳虎舞」或「擬虎戲劇」。據學者王麗珠考證，此民俗活動來自彝族畢摩（祭師）所誦《造天地》的祭虎儀式經文：

〔註7〕《南詔文化論》，雲南人民出版社，1991年版，刊載顧峰《論南詔奉聖樂》。

　　　　俄羅布（傳說中的先祖）造天地。天地造好了，空蕩蕩不成景，
　　俄羅布變成虎，捨身獻給天和地；左眼作太陽，右眼作太陰；虎牙
　　作星星，虎肉作大地，虎毛變草木；肚子作大海，汗垢變成人類。
　　〔註8〕

　　文化人類學學者王勝華在雲南楚雄彞族自治州雙柏縣作田野調查時，曾瞭解到當地彞族老人對「爲什麼要跳虎」解釋了三條原因：「第一，我們是羅羅族，老虎是『羅麻』，也就是我們的祖先。每年正月初八，都要把虎接回來和我們一起過年。到了正月十五就把它送上山，送回去。把所有不好的災難都帶走。第二，爲什麼要接虎過年和挨家驅邪呢？過去我們這裡人煙稀少，森林茂盛，生產落後。不知道吃稻穀，也不知道它可以吃，是虎祖教會我們耕作的。第三，舊時災害多，疾病多，人口發展不起來。瘟疫流行，沒有醫藥，連草藥也沒有，所以就開始跳虎。沒有醫生只有求虎求神了，跳虎之後，瘟疫就減輕了。」〔註9〕

　　彞族的「跳虎舞」一般爲兩人扮成虎，隨著頭戴面具、手持摺扇的「社公」跳躍、翻滾、伏臥、撲咬、直立起舞，並時時竄入沿途人家投石撒泥、以示吉利。扮虎者以樟木雕成虎頭，用竹篙做成虎尾，以黃梔子染布做爲虎皮，其表演形式與民間舞獅子相彷彿。

　　相比之下，「跳虎戲劇」規模與氣勢要大得多。出場一般爲八隻虎，另外還有一隻虎神，即「黑老虎頭子」。除此之外，還有兩隻山貓與山神、鼓手、鑼手等。歷時八天之中，於正月初八「出虎日」，眾虎要跳「四方舞」，後相繼表演虎交尾、虎親嘴、虎護兒、虎搭橋、虎蓋房、虎燒荒、虎耕田，以及春播秋收等戲劇情節。每逢正月十五「送虎日」，任眾虎到各家各戶跳虎驅邪之後，由畢摩（祭師）率虎群回到日出方向，大模大樣地走入密林草叢。從中可以明顯地感知：西南夷之主體民族彞族與大自然動植物之間相濡以沫的親密關係。

　　西南夷自古能歌善舞，漢司馬相如《子虛賦》中就提到這裡古族喜歡表演的一種自娛性「顛歌」。清代學者桂馥在《滇遊續筆》中考證：「顛歌，西南夷歌也。」文穎注云：「顛即滇，益州顛池縣也，其人能西南夷歌。」後人

〔註8〕雲南社會科學院楚雄彞族文化研究所編《彞族文化》，1989年刊，載王麗珠《原始宗教的多功能性》。

〔註9〕王勝華《雲南民族戲劇論》，雲南大學出版社，2000年版，第125頁。

稱「顚歌」爲「踏歌」或「踏目虎」。唐代樊綽《蠻書》中亦載：「俗傳正月初夜，鳴鼓繫腰以歌，爲踏曉之戲。」所謂「踏曉之戲」疑爲古代彝族所摯愛的「跳虎戲劇」之原生形態。

從四川南部一直分佈至雲南南部的傈僳族，亦稱「栗粟」。因爲屬於彝族，故理當爲「西南夷」之「烏蠻」的一個支系。關於傈僳族文獻的記載，亦可參見樊綽《蠻書》記載：「栗粟兩姓蠻，雷蠻、夢蠻皆在茫部臺登城。東西散居，皆烏蠻、白蠻之種。」上述「栗粟兩姓蠻」即今天傈僳族的祖先，另據明代《景泰雲南圖經》卷四記載：「有名傈僳者，亦羅羅之別種也。」即證實該族與彝族先民之親緣關繫。

在傈僳族之中，流行著許多民間樂舞形式，其中如《跩其》，或稱《瓜其其》，漢語稱爲「打歌」，即與彝族「踏歌」如出一轍。此種民族樂舞流傳在該族婚喪嫁娶、生日祝壽、建房、上墳、生產勞動過程之中，有時可跳一通宵或晝夜，有時則長達三四天。其中穿插著一些角色表演，儼然如有情節的原始歌舞戲形式。

西南夷諸族對民間吹管樂器蘆笙頗感興趣，並有意以此樂器爲道具，編排爲《蘆笙舞》。在民間流行的民族戲劇演出中亦缺少不了蘆笙伴奏，據清代仇蛻《滇小記‧蘆笙》中記載，此種表演形式亦稱「滇黔夷歌，俱以一人捧蘆笙吹於前，而男婦拍手頓足，倚笙而和之。蓋古聯袂踏歌之遺也。」

另據元代李京《雲南志略‧諸夷風俗》一書記載：「金齒百夷，記識無文字，刻木爲約……略有仇隙，互相戕賊。遇破敵，斬首置於樓下，軍校畢集，結束甚武。髻插雉尾，手執兵戈，繞俘酋或而舞。」所謂「金齒百夷」，據明代錢古訓、李思聰《百夷傳》解釋：「俗有大百夷、小百夷、漂人、古刺、哈刺、緬人、結些、哈社、弩人、蒲蠻、阿昌等名，故曰百夷。」元代王惲《秋澗先生大全文集》中則稱：「金齒蠻使人，問其來庭之意及國俗、地理等事。言語侏離，重譯而後通。國名百夷，蓋群蠻之總稱也。其地在大理西南數千里外，而隸六詔焉。」

據中央民族大學專家考證：「『金齒百夷』是宋元時期對今雲南德宏傣族景頗族自治州及保山部分地區的布朗、佤和傣等族的稱呼。」〔註10〕雲南著名學者顧峰在《雲南歌舞戲曲史料輯注》中亦稱：「百夷乃金齒地區（今德宏

〔註10〕紀蘭慰、邱久榮主編《中國少數民族舞蹈史》，中央民族大學出版社，1998年版，第 139 頁。

傣族景頗族自治州及保山部分地區）各民族的總稱。」他在此書中還詮釋《百夷傳》，爲明洪武二十九年（1396）餘姚錢古訓、桂陽李思聰奉詔往諭緬國和麓川土司思侖發的見聞實錄……此書爲明人在今德宏傣族景頗族自治州一帶的實地見聞。」並且詳引了「百夷樂」與國內外一些民族樂舞交流之史實：

> 樂有三：曰百夷樂、緬樂、車裏樂。百夷樂者，學漢人所作箏、笛、胡琴、響盞之類，而歌中國之曲；緬樂者，緬人所作排簫、琵琶之類，作則眾皆拍手而舞；車裏樂者，車裏人所作，以羊皮爲三五長鼓，以手拍之。間以銅鐃、銅鼓、拍板，與中國僧道之樂無異。
> 其鄉村飲宴，則擊大鼓、吹蘆笙、舞牌爲樂。

據《雲南通志》卷二十七別稱：「百夷樂」又爲「擺夷樂」，或「僰夷樂」。並書云：「夷在鎮南（今南華）者，六月二十四日，集眾燃炬，嘩而賽神」。另據清光緒年間雲南騰越廳同知黃炳　撰《希古堂詩存》，其中有「猛卯安撫衙齋觀跳擺」一詩描述「擺夷樂舞」，甚爲生動形象：

> 擺夷跳擺眾夷舞，大夷小夷多莫數。
> 茶鑼同擊聲不同，小鑼清脆大雄古。
> 就中節拍殊翕純，錚錚鐃鈸逢逢鼓。
> 臃腫兩端作蜂腰，修長五尺侔象鼓。
> 盤旋急促拳爲槌，宛轉低昂項懸組。
> 旁觀側出如佩刀，後軒前輊若橫杵。
> 一夷先導群夷從，如磨左旋蟻聯聚。
> 但願擺夷足衣食，家家跳擺娛清平。

至近現代，雲貴川地區一些少數民族還自稱爲「夷族」。於二十世紀初，有些縣鎮還成立「夷族旅省學會」與「夷胞會」，經常組織有關樂舞戲演出等文化活動，以此來溝通夷漢文化的交流。而在明清時期，中央政權專設邊疆民族及鄰國語言文字的翻譯機構「四夷館」或「百夷館」，亦可知歷朝對民族文化學科的高度重視。

　　關於南蠻與《菩薩蠻》及其「毛谷斯」樂舞戲，近年來一直是研究中國南方少數民族戲劇的重要課題。自古以來，不少古書典籍對我國南方各民族泛稱爲「蠻」，或「南蠻」，舊時也用以泛指周邊四方的少數民族。在史書中常見的蠻族如烏蠻、白蠻、牂牁蠻、東謝蠻、西趙蠻、烏滸蠻、板楯蠻、江夏蠻、五水蠻、西陽蠻、五溪蠻、武陵蠻、磨些蠻、施蠻等。歷史上因唐宋

詩文中盛行《菩薩蠻》詞牌與《菩薩蠻隊舞》等表演形式，更使南方蠻族名遠播國內外。

　　如前所述，烏蠻亦稱「黑夷」，相對種族群落之「白蠻」。唐代烏蠻分佈在今雲南滇池、洱海地區及四川南部。據考證，現在此地人數眾多的白族即白蠻之後裔。後晉天福二年（937），白蠻首領段氏在大理建立地方政權。

　　白族是一支能歌善舞、文化素質很高的民族，在民間保留著許多帶有白蠻原始文化色彩的民族活動與文藝節目，最為著名的諸如「三月街」和「繞山靈」。前者是帶有濃厚宗教色彩的民間交易會，後者為民俗節日獨具特色的祭祀活動。

　　時逢每年的農曆四月二十二日至二十五日期間，居住在大理蒼山、洱海地區的白族群眾，都要成群結隊、首尾相銜地「循蒼山之麓而進，逆洱海之濱而歸。」在聲勢浩大的「繞山靈」隊伍中有一支載歌載舞的樂舞戲劇表演隊，他們手持「霸王鞭」，用短笛吹著「花柳曲」，唱著「大本曲」，跳著「執樹舞」一路走去。他們邊走邊表演關四門、蛇蛻皮、過天橋、青蛙蹦、一條街、五梅花、滿天星等樂舞曲目。對此有清代詩人描繪，諸如段位《繞三靈竹枝詞》詩云：「金錢鼓子霸王鞭，雙手推敲臂轉旋。」趙南甲《詠繞三靈》詩云：「淡抹濃妝分外豔，遊行手持霸王鞭。多多更有金錢鼓，且舞且歌為飄然。」

　　在大理雲龍縣，白族婚禮儀式劇「耳支歌」中，保存著更多白蠻人的原生態民俗表演藝術：男方接親隊伍到村口，女方家要從門中放出一條身披羊皮的「狗」，到處撕咬行人。接著是一位稱之為「耳支」的人，臉上抹鍋黑，身上反穿衣服向客人灑水起鬨。緊接著則率領一群人歌舞鬧房，最後則當眾表演調情做愛的世俗戲劇：

> 「指點人」（師傅）拿起雕出的翻毛雞，「耳支」回答是女性生殖器；拿起一根骨頭，回答是男性生殖器；拿起一塊通洞的木板，用一根骨頭穿入洞中來回滑動，回答這種動作是男女性交；拿起南瓜則用南瓜和「關」這一詞在白語中的諧音，講述在性交時男方不要硬來，要「關著一點」；拿起一塊豆腐，則利用白語中豆腐和大肚子諧音，來講述經過男女性交後女方會懷孕、生小孩等等。最後拿起大米和豆子，眾「耳支」齊聲高唱：「白米白米白生生，生個兒子做先生。一顆豆子圓又圓，生個兒子做狀元。」「耳支歌」表演結束

後，所有參加的人要到野外去祭祀喜神，並於祭祀處焚燒所用的道具，以祈求神靈保祐表演者清吉平安。〔註11〕

據文獻記載，東謝蠻與西趙蠻均分佈在唐代時期的貴州境內，其中東謝蠻民風古樸，「無文字、刻木爲契，宴聚則擊銅鼓。」擊銅鼓歌舞喜慶之風俗實際上遍及南方各族。此種打擊樂器與此地的民族樂舞戲有著非密切的聯繫。

自建國以來，於江南與雲貴高原各省、市、自治區發現了數十面銅鼓，它是此地民族原始樂舞戲的主要伴奏樂器之一。據《滇繹》一書記載：「銅鼓，其用如刁斗，晝烹飪，夜擊鳴。」可知此種銅製品最早兼有炊具與樂器兩種文化功能。

唐代杜佑《通典》記載：「銅鼓，鑄銅爲之，虛其一面，覆而擊其上。南夷、扶南、天竺類皆如此。」劉恂《嶺表錄異》一書亦載：「蠻夷之樂，有銅鼓焉，形如腰鼓，一頭有面，鼓面圓二尺許，面與身連，全用銅鑄。其身遍有蟲魚花草之狀，通體均勻，厚二分以外。爐鑄之妙，實爲奇巧，擊之響亮，不下鳴鼉。貞元中，驃國進樂，有玉螺、銅鼓，即知南蠻酋首之家，皆有此鼓也。」根據此文所載辨析，應該是歷史較早的蠻夷銅鼓形制，而且與周邊國家驃國銅鼓相一致。

明代田汝成《炎徼紀聞》中亦載：「俗尚銅鼓，中空無底，時時擊以爲娛。土人或掘地得鼓，即誇張言：『諸葛武侯所藏者』，富家爭購，即百牛不惜也。」從中得知蠻夷土著已將發掘出土的銅鼓追溯到蜀漢三國時期，並通過諸葛孔明神之靈以擡高其身價。再如清代桂馥撰《滇遊續筆·銅鼓》，將此樂器神物描述得更爲形象而具體：

> 銅鼓形爲坐墩，中空無底，面多花紋，無款識，雲南、四川、廣東多有。《玉海》云：「乾德四年（966）南蠻進銅鼓。」馥案：銅鼓皆蠻夷自鑄，諸葛亮無此舉，伏波毀其鼓，以鑄銅馬，未聞鑄鼓。
> 翁郡伯元圻云：銅鼓，一人擊，一人以瓦器從後面收其音而縱送之，其音有吉凶之別，蠻夷皆能審辨，吉者爭買，凶者棄而不顧矣。

上文所述「伏波」，即東漢馬援將軍，他「毀其鼓」、「鑄銅馬」之舉動可參閱《後漢書·馬援列傳》記載：「（馬援）好騎，善別名馬。於交趾得駱越銅鼓，乃鑄爲馬式，還，上之。」即指東漢初建武年間，馬援拜爲伏波將軍，在征討交趾（今越南北方地區）從駱越族手中繳獲一面銅鼓，後鎔鑄爲三尺五寸

〔註11〕王勝華《雲南民族戲劇論》，雲南大學出版社，2000年版，第218頁。

高的銅馬，獻給光武帝。由此可知銅鼓不僅在我國南方，在東南亞諸國諸民族也流傳甚廣。

今知歷史最爲久遠的此類古器物，是 1975 年出土於雲南楚雄萬家壩的春秋戰國古墓中形似炊具銅釜的銅鼓。其藝術價值較大者，是雲南晉寧石寨山出土的西漢時期的銅鼓。此銅鼓紋飾繁複，刻繪有美麗的飛鷺、賽船、飾羽舞人等圖案，並相伴出土一顆刻有非常珍貴的「滇王之印」的金印。

據音樂史學家馮文慈在《中外音樂交流史》中介紹：「在中國的大西南和嶺南的雲南、貴州、廣西、廣東等省和自治區，長期在這裡繁衍生息的少數民族苗、瑤、彝、黎、侗、壯、伍、布依、土家、仡佬、水、白等，至今仍在使用著銅鼓這種古老的樂器。另據記載，這一地區從唐代以來就不斷有銅鼓出土，也不斷有所記述，其在社會活動中的使用情況在文藝作品中也有反映。此外，在南鄰近國家的越南北方的紅河三角洲，中部的清化省東山一帶，在緬甸東北部的撣邦一帶，也有不少銅鼓出土。」〔註 12〕上述文字說明銅鼓娛樂已是東亞與東南亞許多民族的共同文化現象。

壯族是我國南方分佈較廣、人口較多的一個民族，歷史稱其「越」人。漢將馬援獲取「銅鼓」的當地民族「駱越」，即指壯侗語諸族先民，另外還稱其「俚僚」人。如東晉裴淵《廣州記》記載此地土著人鑄造銅鼓之儀式：

> 俚僚鑄銅爲鼓，鼓唯高大爲貴，面闊丈餘。初成，懸於庭，剋晨置酒，招致同類，來者盈門。豪富子女，以金銀爲大釵，執以叩鼓，叩竟，留遺主人也。

古代越人用銅鼓「擊之以爲樂」，必有民間歌舞或戲曲相伴隨。如《新唐書・南蠻傳》云：「擊銅鼓，吹大角，歌舞以爲樂。」清代屈大均《廣東新語》曰：「粵之俗，凡遇嘉禮，必用銅鼓以節樂。」根據實地調查，壯族的《銅鼓舞》多在祭奠「螞蚓」（青蛙神）的「螞蚓節」中表演，此舉既體現了壯族先民的動物崇拜意識，又反映了他們祈祝農業豐收的美好願望。《銅鼓舞》也用於壯族如「西原蠻、烏武蠻、鄔浦蠻」等古族婚喪嫁娶與節日娛樂活動。

每逢表演此類歌舞時，場中央置一面大皮鼓，以公、母兩面或四面銅鼓敲擊伴奏，老鼓手指揮婦女鼓手一邊擊鼓，一邊表演擡腿、翻身、折腰、轉身等動作。其節奏與舞姿變化多端，表情詼諧風趣。此歌舞融入地方戲曲如壯劇、桂劇、苗劇等之後，更是動作多變、表情豐富。

〔註 12〕馮文慈主編《中外音樂交流史》，湖南教育出版社，1998 年版，第 24 頁。

　　古代巴人分支板楯蠻、五水蠻、西陽蠻等，在漢、兩晉、南北朝時，分佈在今四川東部、鄂東及皖西南的大別山區與長江之間。武陵蠻於東漢至宋代分佈在今湘西及黔、川、鄂三省交界地區與沅水上游。因其地有雄溪、橫溪、酉溪、沅溪、辰溪等五條溪流，故又名「五溪蠻」。據考，此古族與今土家、苗、瑤、侗和仡佬等族及其傳統文化有著深厚的淵源關係。

　　關於土家族的源流，學術界有三種說法，1、認爲土家族是古代巴人的後裔；2、認爲是古代土著居民與遷徙而來的巴人、漢人融合而成；3、認爲是雲貴高原烏蠻人融合巴人與土著人所形成。土家族因所居住的地域多爲高山崇嶺、深山老林，與外界相對隔絕，故保留著諸多原始樂舞戲劇值得深入研究。

　　該古族盛行跳喪之俗《梯瑪神歌》與《擺手舞》，甚爲古老而神秘。據《明史・循吏傳》云：「楚俗，居喪好擊鼓歌舞。」清咸豐《長樂縣志・習俗》載：「家有親喪，鄉鄰來弔，至夜不去，曰伴亡。於柩旁擊鼓，曰喪鼓，互唱俚歌。哀詞曰喪鼓歌。」清同治《長陽縣志・土俗》亦載：「臨葬夜，眾客群擠喪次，一人擂大鼓，更互相唱，名曰唱喪鼓，又曰打喪鼓。」土家族人俗稱跳喪爲跳「薩爾呵」。清光緒《巴東縣志》曰：「哭喪一節，可謂獨得……鳴鑼擊鼓，歌呼逮旦，謂之鬧喪。」

　　據有些學者考證，土家族的跳喪風俗與樂舞戲源於古代巴人與楚人之「跳屍」與「屍戲」，認爲是原始古樸的宗教祭祀娛神歌舞戲。此神奇表演情景可從彭英明著《土家族文化史》實錄所知：

> 　　這種歌舞，以鼓爲伴奏，一人掌鼓，二人或四人對舞於靈柩之前。掌鼓者擊鼓領唱，舞者聞聲起舞，接聲和唱，且歌且舞。掌鼓領唱者變換一個曲牌，舞者則變換一種舞姿。歌詞有「十想」、「十勸」、「十夢」、「十月懷胎」、「十愛」、「十二月歌」、「啞迷子」等。內容涉及歷史、人物、風物季節，倫理道德、愛情、兒歌以及死者生平的歌頌等方面……其舞蹈有「牛擦癢」、「狗連襠」、「雞啄米」、「鳳凰展翅」、「犀牛望月」、「猛虎下山」等，舞姿粗獷剛健、和諧自然。歌聲高亢優雅、感情逼眞。〔註13〕

　　宋代理學家朱熹在《楚辭集注》中論述：「昔楚南郢之邑，沅湘之間，其

〔註13〕李德洙主編《中國少數民族文化史》，遼寧人民出版社，1994年版，第1623頁。

俗信鬼而好祀，其祀必使巫覡作樂，歌舞娛神。」文中所說的「巫覡」，亦稱「師巫」，又稱「梯瑪」，亦為土家族慣稱之「土老司」。

在民間從事宗教活動時，梯瑪身穿八幅羅裙，頭戴鳳冠，手持八寶銅鈴馬法刀，邊唱邊舞，唱念吟誦著遠近聞名的「梯瑪神歌」。在土家族舉行的大型民間擺手舞活動時，梯瑪還出面主持祭祀土司王儀式，指揮眾人載歌載舞歡聚於擺手堂。

土家語稱擺手舞，為跳「金巴」或「舍日巴」，此種大規模的群眾性文化娛樂活動，有人認為源自古夷蠻的《巴渝舞》；也有人說來自古代的《白虎舞》。湖南湘西龍山縣有一通《三月堂碑文》記載：「每歲於三月十五日進廟，十七日圓散，男女齊集神堂……擊鼓鳴鉦歌舞之，名曰擺手。」《龍山縣志》對此表演形式記述得更為詳盡：

> 土民賽故土司神，舊有堂曰擺手堂，供土司某神位，陳牲醴，至期既夕，群男女併入。酬畢，披五花被、錦帕首，擊鼓鳴鉦，跳舞歌唱，竟數夕乃止。其期或正月，或三月，或五月不等。歌時男女相攜，蹁躚進退，故謂之「擺手」。

巴山蜀水中流行的「擺手」又有「大擺手」與「小擺手」之分。大擺手是土家族為祭祀祖先八部大王而舉行的大型祭祖活動。祭祀活動開始時，要由德高望重的梯瑪帶隊行跪拜禮，吟唱《梯瑪神歌》與《擺手歌》，燃放篝火與禮炮；然後眾人歌舞蹁躚、聚首敷演「排甲起駕」、「闖駕進堂」、「紀念八部」、「兄妹成親」、「遷徙定居」、「建設家園」、「自衛抗敵」、「送駕掃堂」等節目，同時還要跳演《毛古斯》樂舞戲。其內容完全是在追憶與表現人類的起源與血緣婚姻及其生存、發展歷史。《毛古斯》，土家語稱「古斯拔佩」，意即古代毛野人，因漢譯音不同，亦稱「茅谷斯」。

論及此種原始樂舞戲的藝術價值，有學者認為是因為《毛古斯》表現土家先民原始狩獵生活，表演者從上至下都穿戴著草衣、草裙、草帽，頭頂紮三五條草辮，披頭散髮，赤足而舞。其內容與形式無論是對體質人類學、文化人類學，還是民族戲劇學都有重要的參考價值。

據有關文化史學研究專家介紹，《毛古斯》最初是女毛古斯或男女毛古斯圍著獵物與篝火而跳，後改為僅男毛古斯表演，可見為土家族先民母系至父系氏族原始生殖文化之演變。開始當眾表演為三五個至九人，於近現代發展為人數多達百十人的大型男子樂舞，並在其間穿插有簡單對白與戲劇故事情

節，其表現內容有反映狩獵生活的「理足跡」、「察看」、「舉棒追獸」、「圍獵」、「追打」、「搏鬥」、「攆野獸」、「獵獲慶勝」等；反映農耕與生活場景的「燒山」、「打火」、「打粑粑」、「照太陽」、「看月亮」、「抖狗蚤」等；還有模擬野生動物的「兔兒跳」、「磨鷹斑鳩」等。相比之下，最能體現原始先民生存狀態的是活生生、赤裸裸的原始生殖崇拜樂舞戲表演：

> 比較罕見的對男性生殖器崇拜的動作如「示雄」、「打露水」、「撬天」、「搭肩」、「送胯」、「轉臀」等，這些動作內容反映了土家先民的原始生活。特別是表現對男性生殖器崇拜的動作，每個「毛古斯」手握「粗魯棒」（或叫「甩火把」），即把一根長約 40 釐米的木棒，用稻草或綢緞纏裹，頂端用紅布包頭，捆繫於腹前腰帶上。這是早期人類對自然崇拜的一種特殊形態，是土家先民對性行為及其繁殖作用的認識。《毛古斯》舞反映了土家先民這一段歷史進程的史實。〔註14〕

在文人雅士眼中，對我國南方少數民族樂舞戲劇的理性認識莫過於鼎鼎大名的《菩薩蠻》詞牌與有關樂舞，此可謂南蠻古族文學藝術的文人文化與文明的縮影。

「菩薩蠻」在唐宋時期，既是詩詞曲牌又是歌舞戲節目，如唐五代孫光憲《菩薩蠻》詞云：「木棉花映叢祠小，越禽聲裏春光曉。銅鼓與蠻歌，南人祈賽多。」即生動形象地描寫南蠻春日舉行的豐富多樣的迎神賽社樂舞活動的情景。

在唐代宮廷盛演的大型女子群舞《菩薩蠻隊舞》或《四方菩薩蠻舞》，有人認為其中的「蠻」或「蔓」字是當時中原地區對西南少數民族的泛稱。「菩薩蠻」應是「西南少數民族的姑娘」。對此清代仇蛻《滇小記・菩薩蔓》描述：「唐開元中，南詔入貢，危髻金冠，纓絡被體，故號『菩薩蔓』，因以製麴」可佐證。也有人認為是雲南傣族先民樂舞的轉稱，如清代檀萃《農部瑣言》考證「菩薩蠻」即「徹里蠻」，也就是現在雲南西雙版納的傣族。據學者段炳昌對照「菩薩」與傣族對姑娘的稱呼「卜哨」二者同音，推論《菩薩蠻》應為唐代傣族姑娘的一種樂舞藝術。〔註15〕

唐代蘇鶚《杜陽雜編》記載：唐「大中初（847），女蠻國貢雙龍犀……

〔註14〕紀蘭慰、邱久榮主編《中國少數民族舞蹈史》，中央民族大學出版社，1998年版，第 297 頁。

〔註15〕《文化歷史・民俗》，雲南大學出版社，1993 年版，第 620 頁。

其國人危髻金冠，瓔珞被體，故謂之《菩薩蠻》。當時倡優遂製麴，文士亦往往聲其詞」。他又說，唐宣宗十二年（858）創修安國寺「降誕日，於宮中結綵爲寺，李可及嘗教數百人作《四方菩薩蠻舞隊》。」明代胡震亨《唐音癸簽》記載：「驃國嘗貢其國樂，其樂人冠金冠花珥雙簪。故當時或以爲女蠻，且其曲多佛曲，稱爲《菩薩蠻》，尤爲可信。」從中可知蠻國與毗鄰驃國都有《菩薩蠻》樂舞形式，且服飾與樂曲均相似。如果從佛教樂舞歷史審視，今緬甸之驃國菩薩蠻樂舞歷史應該更悠久一些。

　　南蠻樂舞還有磨蠻、末些蠻、施蠻、順蠻音樂歌舞等之分。據《新唐書・南詔傳》記載：「磨蠻、些蠻與施、順二蠻皆烏蠻種，居鐵橋、大婆、小婆、三探覽、昆池等川。土多牛羊，俗不□澤，男女衣皮，俗好飲酒歌舞。」唐代樊綽《蠻書》亦載：「磨蠻，亦烏蠻種類也……男女皆披羊皮，俗好飲酒歌舞。」此文所記「披羊皮」而「飲酒歌舞」之民俗，至今仍在雲貴川少數民族中存有遺風。蠻人跳鍋莊之習俗可參見雲南藏族男女原始樂舞之風俗記載，另外亦可參閱清代徐珂《清稗類鈔・音樂類》所述：

　　　　跳鍋莊爲蠻民生而固有之慣技，故人人皆能爲之。跳時，以酒
　　一瓶置凳上，跳者互相握手，環繞此凳，足跳口歌，章法不亂。跳
　　須臾，即吸煙，故愈跳愈樂，或眾男合跳；或眾女合跳皆可，然以
　　男女合跳尤爲可觀。以女歌一曲，男必和之，女所歌者乃相思之詞，
　　男所和者乃戲謔之詞也。

　　據元代李京編撰《雲南志略・諸夷風俗》可知，南蠻之「末些蠻」所跳民族「歌舞」爲「團旋歌舞」，輯錄此文記載：「末些蠻在大理北，與吐蕃接界，臨金沙江……不事神佛，惟正月十五日登山祭天，極嚴潔。男女動百數，各執其手團旋歌舞以爲樂。」而此種男女披著七星羊皮「團旋歌舞」之民間習俗，至今仍在金沙江畔的納西族中廣泛流行，其典型者如《打跳》、《哦熱熱》與《窩默達》傳統的民族樂舞。

　　翻閱歷史，僚、越古族與蠻夷之「五花爨弄」，確實在中國多民族戲劇文化史上佔有非常重要的地位。我國南方地區有些民族古代曾統稱爲「爨」，此因爲自三國兩晉以來，長期處於建寧（今雲南曲靖一帶）大姓爨氏統治之下故名。南朝宋元嘉七年（432），爨分裂爲東西兩部，其中東爨居民以烏蠻爲主，西爨居民以白蠻爲主，至唐時南詔興起，才統一兩爨地區。元代則稱之爲烏蠻、東爨爲黑爨；稱西爨爲白爨。我們之所以對「爨」文化發生濃厚的

興趣，是因爲此古族天才地創造了宋元代傳統歌舞戲，而且將其成熟的「五花爨弄」代言體形式帶至中原，從而有力地促進了宋元戲曲藝術的形成。

在我國漢族樂舞、戲曲歷史中，隋唐五代以降，一直沒有嚴格意義的戲劇形式存在，令人疑惑不解。南北朝時期僅有幾齣受西域胡族小戲影響產生的歌舞戲，唐代朝野只流行歌舞大曲與戲弄。然而時值宋遼金代，突然冒出邊疆夷蠻地區輸入的「五花爨弄」，並逐漸以此大致確立了宋金院本元雜劇的雛型。人們不禁要問「爨」從何而來？究其根，原來係指雲貴高原上東、西爨族所建爨國所獻的南蠻樂舞戲，其表演角色一般爲五人，後定制爲末泥、引戲、副淨、副末、裝孤五個角色，故名「五花爨弄」。

關於「五花爨弄」稱謂的出現，及其此樂舞戲輸入的來龍去脈，我們可從史書古籍中梳理其線索。最典型的是元代陶宗儀《南村輟耕錄》卷二十五「院本名目」有一段重要文字：

> 唐有傳奇，宋有戲曲、唱諢、詞說。金有院本、雜劇、諸宮調。院本、雜劇，其實一也。國朝、院本、雜劇、始釐而二之。院本則五人，一曰副淨，古謂之參軍。一曰副末，古謂之蒼鶻。鶻能擊禽鳥，末可打副淨，故云。一曰引戲，一曰末泥，一曰裝孤，又謂之五花爨弄。或曰，宋徽宋見爨國人來朝，衣裝鞋履巾裹，傳粉墨，舉動如此，使優人傚之以爲戲。

關於爨國輸入「五花爨弄」之時間及其有關活動，可從《白古通淺述·大理國紀》中獲悉，即爲北宋「政和六年（1116）遣使李紫琮等貢馬三百八十匹，及麝香、牛黃、細氈、碧玕山諸物，又有樂人，善幻戲，即大秦、犛軒之遺，名『五花爨弄』。徽宗愛之，以供飲宴，賞賜不貲。」歷史原本是爨國借入朝貢獻之機，帶去南方民族樂舞伎，所表演的是受希臘、羅馬與印度幻術百戲影響而編排的五人歌舞戲曲。

對此極爲重要的漢夷樂舞戲劇文化交流事件，明代楊愼《升菴詩集》詩贊·「逡巡烏爨弄，嘔咶白狼章。」原詩注：「烏爨，古之烏蠻，今之玀人也，其樂謂之爨弄。」清代王思訓《述古詩》詩贊：「奉坐雖非法曲家，華纓絡豔朱霞。使留舊賜龜茲部，幻鬥新機爨弄花。」原注：「撣國進幻人其術，傳至宋時尤盛，徽宗名之爲『五花爨弄』。」清代張履程《雲南諸蠻竹枝詞》中亦有詩贊：「幻人求自供唐代，爨弄而今說五花。」注云：「唐時進幻人，其術傳自宋時尤盛，徽宗名爲五花爨。」上述諸詩文均由衷地讚歎南方夷蠻古族對華夏民族傳統樂舞戲曲的重大貢獻。

「僚」是魏晉以來對分佈於今川、陝、黔、滇、桂、湘、粵等省、市、自治區部分少數民族的泛稱。唐代以後又有葛僚、俚僚或仡僚之稱，而如今生活在我國西南與中南地區的壯、布依、水、苗、瑤、黎、毛難、侗、仡佬等族先民皆歸屬「僚」。

「僚」原作「獠」，其族名始見於《三國志‧霍峻傳》。唐宋時期，文獻記載有烏武僚、俚僚、蠻僚、鳩僚、葛僚、夷僚、土僚、山僚等名稱或支系。另據《隋書‧南蠻傳》記載：

> 南蠻雜類，與華人錯居，曰蜒、曰儴、曰俚、曰僚、曰伧。俱
> 無長，隨山洞而居，古先所謂百越也。其俗斷髮文身。

宋人以其分佈地域概括爲北僚、南僚兩大分支。僚人在歷史上以擅歌唱而馳名，如宋代陸游在《老學庵筆談》中動情地記錄：「蠻俗男未娶者，以金雞插髻；女未嫁者，以海螺爲數珠掛頸上。嫁娶先密約，以伺女於路，劫縛以歸，亦忿爭聽號求救，其實僞也⋯⋯農隙時，至一二百人爲曹，以手相握而歌，數人吹笙在前導之。」僚之重要分支爲侗族，該族以民間流行「踩歌堂」與「大歌」而遠近聞名。

侗族文化源遠流長，其古老先民最初稱爲「古越」，唐宋泛稱爲僚，在此之後亦出現「仡伶」或「仡儅」的稱謂，並逐漸培育出與其他民族迥然不同的侗文化。論及其表演藝術範疇最富有代表性的樂舞形式爲該族之古歌「多耶」與大歌。「多耶」亦稱「踩歌堂」，是一種由音樂、舞蹈與詩歌相結合的集體歌唱形式。通常是在祭祀「薩子」或逢年過節時所舉行。其「耶詞」有兩種表演形式，即一種是成套的傳統唱詞；另一種是歌師和領唱者即興編唱的歌詞。

「耶歌」一般爲三大部分：第一部分爲「嘎錯」，意爲踩歌堂儀式之歌，主要敘述多耶的來歷；第二部分爲「嘎耶」，是耶歌內容最豐富、藝術性最強的部分；第三部分被稱爲「薩子之歌」，即歌唱本民族的老祖母，深情敘述薩子的身世與經歷。「多耶」演唱者反覆、動情地祈禱吉祥、冀求神靈庇祐，充滿了原始古樸藝術氣氛。

侗歌之先聲「古歌」，侗族藝人有稱「條理話」或「款詞」，是一種主要吟唱天地萬物與人類起源的吟誦體韻文形式，諸如古歌《起源之歌》、《開天闢地》生動地描述了天地萬物形成初期，章良與章妹兄妹倆躲入葫蘆，繁衍人類之神話，至今侗族還有「同是章良章妹子孫」之民族認同心理。在多耶

與古歌基礎上所產生的侗歌精粹，逐步形成「大歌」與「侗戲」，更能全方位地反映侗族的傳統文化之藝術魅力。

如上所述，僚人及其後裔對古老的打擊樂器「銅鼓」與吹奏樂器蘆笙情有獨鍾。其依據可循晉代有關「俚僚鑄銅為鼓」的文字記載。再如《隋書・地理志》所云：「俚僚貴銅鼓，嶺南二十五郡處處有之。」《新唐書・南蠻列傳》記載，此地夷蠻與僚人喜好「吹瓢笙，笙四管，酒至客前，以笙推盞勸酬。」《宋史・蠻夷傳》描述蘆笙樂舞：「上因令作本國歌舞，一人吹瓢笙如蚊蚋聲。良久，數十輩連袂宛轉而舞，以足頓地為節。」《溪蠻叢笑》亦載：「蠻所吹葫蘆笙亦匏笙……列六管。」其表演藝術氣氛相當濃烈。

侗族的古老樂舞《蘆笙舞》，該族統稱為「多倫」，論及藝術功能可分為娛樂性與祭祀表演性兩大類。前者由「集合」、「啓程」、「借道」、「報到」、「引導」、「點題」、「踩堂」、「比賽」、「團結」、「邀請」等十部分抒情性民族樂舞組成，而後者則演變為戲劇性頗強的祭祀儀式樂舞。於古代，此種形式多用於祭典與宴饗活動場所，如今則多置於典禮節慶時表演。出場者必須穿戴侗族古代武士服裝，所謂「武服盛裝」，以當眾展現「報警」、「行軍」、「打仗」、「慶典」等敘事性情節。其樂舞表演由「古老蘆笙舞」、「征戰蘆笙舞」、「技巧性蘆笙舞」、「蘆笙翻身舞」、「快捷蘆笙舞」等五大部分所組成。

主要分佈於閩東、浙南丘陵地帶的畬族，歷史上隸屬「越」之「閩越」或「甌越」古族。漢末至隋唐時人們對分佈在今蘇、浙、皖、贛、閩、粵等部分山區的越人通稱為「山越」，畬族先民即為其中重要民族的一個分支。

畬族人民非常崇拜祖先，在該族民間家喻戶曉「盤瓠傳說」，並將其推崇為始祖，在隆重的宗教祭祀活動中吟誦長篇敘事體《高皇歌》，以及表演莊重肅穆的《祭祖舞》。畬族在祭祖時將盤瓠的戲劇性傳說繪製成為四十餘幅連環「祖圖」當眾懸掛講唱，頗類似唐代變文、變相之融合體，形式獨具民族風格的民間美術、曲藝與戲曲匯總之文藝演出形式。

畬族的祭祖樂舞活動更類似綿延不絕、有聲有色的宗教與世俗相結合的本民族禮儀戲劇。此可參照施聯朱撰《畬族文化史》中的有關田野調查實錄：

> 畬族祭祖是最隆重虔誠的全族性禮俗活動。畬民以往有隔三年大祭一年，後改大祭一月，如今多每年大祭三天。一般在大廳或祠堂廳由本族法師設壇，開祭時跳祭祀舞。屆時佘村男女老少，咸集禮堂，把祖杖、龍傘等擺放在祠堂正廳，各家各户手捧香燭供品。

> 進祠堂門時半跪蹲行進，將香燭供品擺在供案上後，退站兩旁。法師在請天神安位，開譜懸掛祖圖，請祖安位，祈求福祐中，都有舞蹈動作。在祭祀祖圖、宗譜、祖杖後，在歡鬧的鑼鼓和禮炮聲中，開始迎祖遊村遊山活動，頓時會村鼓樂喧天，彩旗招展，鞭炮震山谷。畬家男女引吭高歌，翩翩起舞，極爲壯觀。〔註16〕

在畬族民間祭祀活動中還流行著歷史更爲久遠的《獵捕樂舞》，此節目表現盤瓠上山圍獵，不幸被一隻野羊撞傷墜崖身亡，獵手們尋其屍體，悲痛地擡回村裏祭奠與安葬。表演者左手執螺號，右手握獵刀，相繼呈現「查探」、「圍捕」、「越障」、「吹螺」、「刺殺」、「凱歸」等戲劇性場面，從中亦可尋覓到江南沿海少數民族樂舞逐步戲劇化的演變軌跡。

散居在臺灣與大陸各省、市、自治區的高山族，在臺灣島上支系很多，如今尚存九個族群，俗稱「九族」，即 1、「阿美」，意謂「北方」，是高山族中人口最多的族群；2、「泰雅」，意謂「眞正的人」，是該族中分佈區域最廣的族群；3、「排灣」，聚居臺灣南部；4、「布農」，意謂「人」，聚居臺灣中部中央山脈；5、「鄒」或「曹」，意謂「人」，舊稱分爲「北鄒」與「南鄒」；6、「魯凱」，自稱「查利先」，意謂「山地人」；7、「卑南」，含義不詳，自稱「巴那巴那揚」；8、「雅美」，自稱 Tau，意謂人；9、「賽夏」，含義不詳，是高山族中住區最小與人數最少的族群。

「高山族」之稱謂是中華人民共和國成立前後，祖國人民對臺灣少數民族的統稱，臺灣本地慣稱其爲「原住民族」。歷史上，三國時期人稱之爲「夷州人」或「山夷」，隋代時期稱「流求人」，元明時期稱「土人」、「土番」，清代稱「番人」。

高山族民間歌舞自古就盛行全島，三國時期沈瑩《臨海水土志》中便有節慶時「醉酒後歌」與亡人時「飲酒歌舞」之記載。《臺灣志略》中描述新屋落成後「男女畢集，酩酊歌舞，極歡而罷」之情景。清代《番社採風圖》描述該族嫁娶歌舞習俗時云：

> 成婚後三日會諸親飲宴，各婦女豔妝赴集，以手相挽，面相對，舉身擺蕩。以足下軒輕應之，循環不斷，爲兩匝圓井形，引聲高歌，互相答和。

〔註16〕李德洙主編《中國少數民族文化史》，遼寧人民出版社，1994 年版，第 1714 頁。

　　古籍《臨海水土志》描寫臺灣土著歌舞甚為原始，即所謂「歌似犬嗥，以相娛樂。」《隋書》則有較大的發展，述其「歌舞蹋蹋，一人唱、眾皆和，音頗哀怨。」後世《臺灣府志》亦有類似記載：「種粟之期，群聚會飲，挽手歌唱，跳躑旋轉以為樂。」《臺灣民族圖說》更有生動敘述：「吉事皆更豔服，頭簪野花，纏金絲藤，數十成群，挽手合圍而歌。」另外還有《雲林縣採訪冊》記載：土著民族有舉喪「歌舞為戲」之民俗，即「臨喪則將屍扶出中庭，群番歌舞為戲，以贈死者。即畢，哭泣悲號。」由此可知，臺灣高山族與我國南方民族傳統文化一脈相承，均竭力將民族民間音樂、舞蹈、詩歌與原始戲劇融合為一體，形成風格濃鬱的海島民族戲劇形式。

第八章　中華民族戲劇與中外民族戲劇學

　　中華民族戲劇在古希臘戲劇、印度梵劇消亡之後，中國漢民族戲曲與眾多少數民族戲劇，以其獨特的審美特色、民族神韻，崛起於宋元之際，至今仍活躍於人民大眾的民族民間戲劇舞臺上。由於地域文化、民族文化的影響，這些戲劇戲曲形式在中國已繁衍成 300 多個劇種，其中包括許多少數民族劇種，如歷史久遠的藏戲，產生於清代的白劇、傣劇、侗戲、布依戲、壯劇，以及解放後誕生的苗劇、蒙古劇、彝劇、夏劇、花兒劇、新城滿族戲，還有散落在民間的民俗儀式劇如師公戲、儺戲等。少數民族戲劇無論是舞臺劇，還是民間戲劇都是中華民族戲劇的重要組成部分，都是少數民族歷史文化豐富積澱的表演藝術顯示。在中國少數民族精神生活中，既是一種民間俗性禮儀，也負載著自娛、娛人和社會教化的歷史使命。

　　我們所倡導的中華民族戲劇文化與民族戲劇學不僅是中國多民族塑造自我、認識自我、參與社會、認識社會的重要手段，而且在民間起著情感溝通、文化交流、傳承民族文化、增強凝聚力和社會作用。在漫長的中華民族文化體系的構建中，中國各民族一起繼承與發展的民族戲劇藝術的優良傳統，並且逐步建立與完善中華民族戲劇學這一巨大的獨立文化體系。

一、中華民族戲劇文化的合成與轉型

　　中華民族戲劇史學理論進入二十世紀末時，學術界努力將其學術研究視野不斷擴大與延伸，有著向深層次拓展和趨於多元化的殷切願望。無論是戲

曲、話劇、歌劇史學界都存在著許多必須解決的難題，都有著多學科建設和體系化的強烈追求。中國藝術研究院秦華生研究員在《中國戲曲理論建設 30 年》一文中認為：新時期中國戲曲史學可為兩個階段：「一、奠基期（1979 年～1989 年）」，「二、初建期（1990 年～2008 年）」，並對所取得的戲劇史學成果與不足提出兩點看法：「其一，戲曲理論與戲曲創作有所脫節。面對豐富多彩的各戲曲劇種的創作和演出，戲曲研究隊伍較為注重文本、概念；而對表演、導演、音樂、舞美及市場運營、新觀眾心態變化研究較少、較淺，凸顯出戲曲理論人才隊伍的知識結構問題。其二，戲曲理論界與當今思想理論發展大趨勢有所游離，對社會轉型期遇到的新問題，缺乏敏銳的反映和深入剖析，因而與迅速發展的時代有所疏離。」

南京大學胡星亮教授在《二十世紀中國戲劇研究的幾個問題》中指出二十世紀中國戲劇研究的基本現狀：「第一，是較多注重話劇研究，較少關注戲曲及歌劇等的研究。第二，就話劇研究來說，較多注重現代，而較少關注當代。第三，就話劇、戲曲及歌劇的研究現狀看，較多注重戲劇文學，較少關注戲劇舞臺藝術。第四，就話劇、戲曲及歌劇的研究現狀看，注重戲劇文學又較多集中在劇作家，而較少關注戲劇理論、觀念、文體、形式、思潮、流派等的研究。第五，話劇、戲曲及歌劇的研究，又較多注重戲劇現象，而較少理論意識與理論的探索。第六，對二十世紀中國戲劇，還較多注重話劇、戲曲、歌劇等的獨立研究，而較少作為『大戲劇』的綜合研究。」

中國戲曲學院傅謹教授在《二十世紀中國戲劇史的對象與方法》一文中認為：「二十世紀中國戲劇史研究在對象與方法上長期存在嚴重的缺陷。現當代文學史和戲劇史無視本土戲劇的存在、成就和影響，使中國戲劇史出現一條巨大裂痕。……陳白塵、董健主編的《中國現代戲劇史》，基本上只敘述從『五四』新文學運動開始到 1949 年的話劇歷史。中國戲劇發展的歷史彷彿在『五四』中斷了，曾經在長達近上千年的時間裏作為中國民眾最重要的文化娛樂方式的民族戲劇，彷彿已在一夜間為西方引進的話劇取而代之面理解成話劇的引進與發展的過程，把劇種的分野當成現代性的分野，將本土戲劇排斥在現代化進程之外。假如我們翻開幾乎任何一本《中國現代文學史》，立刻就可以發現，中國本土的戲劇樣式——國劇似乎在一夜之間從文學版圖中消失了。」他認為，將中國戲劇戲曲與話劇兩大類型人為地分離，對中國戲劇學科的建立與發展造成的負面影響必須矯正。

在世紀之交，回顧與展望百年中國話劇研究時，著名戲劇史學家董健先生著文曾大聲呼籲：「話劇研究要補課！第一要補『現代意識』的課；第二要補科學的『戲劇學』的課；第三要補『戲劇史料學』的課」。他所主編的《中國現代戲劇總目提要》是我國第一次對中國現代戲劇劇目進行全面的搜尋、甄別與整理，作爲迄今中國現代戲劇史料建設的第一大工程，在現代戲劇研究史上具有里程碑的意義。此部著作顯示了現代戲劇研究的新進展，標誌著現代戲劇研究躍上了一個新的平臺。

但是因爲董健過於鍾情於現代話劇，而輕視傳統戲曲，亦受到國內一些戲劇理論家的尖銳批評，如《藝術百家》刊載的一篇龔和德先生寫的《談董健先生對戲曲的形式歧》指出：「董先生是中國戲劇現代化積極而又勇敢的推進者。但他的戲劇現代化理論是有缺陷的。他所勾畫的中國戲劇從古代到現代的『鏈條』中，整個中國戲曲都是古典戲劇，一進入近現代，戲曲就在這根『鏈條』上斷裂了，只有話劇才是現代戲劇。」認爲虛擬「做假」的地方戲曲只能陪襯作現代戲劇的「文化遺產」。〔註 1〕據董健在《中國現代戲劇史稿》「緒論」曾提出：「接受西方戲劇美學的影響，以更適於表現現代日常生活的寫實手法取代舊戲中虛擬性和程序化的表現手法，以接近生活本來面貌的對話和動作取代舊戲的『唱、念、做、打』，也就是說，以散文化的話劇取代詩、詞、曲融爲一體的古典戲曲。」眞實地反映了中國話劇理論界與戲曲學界因觀念上的分歧，從而導致中華民族戲劇研究的兩股人馬分道揚鑣的深層原因。

中國藝術研究院田本相研究員主編《中國現代比較戲劇史》「緒論」卻是另一種態度：「中華民族並不是一個保守的民族，在她的絢麗燦爛的歷史文化藝術中，曾以其博大的胸襟和高度的膽識魄力，吸收並融化了外來文化藝術，豐富壯大了民族文化藝術的寶庫。」他認爲中國話劇接受史學的價值在於「在中國話劇的歷史發展中，始終伴隨著一個如何吸收借鑒外國戲劇的問題：是因襲、模仿、全盤照搬、食洋不化，還是有選擇、有批判地吸收借鑒並由此導致創造性的轉化。」他又說：「民族主體，也可以說是文化和語言的主體。對外來戲劇的民族化得改造，在戲劇語言的民族化過程中是相當艱難的，戲劇語言的轉化，是最深刻、最細微、最內在體現著對外戲劇形式的把握，也意味著話劇民族化得創造性轉化。」經對照研究，上述言論似爲在重複 1939

〔註 1〕 龔和德《談董健先生對戲曲的形式歧》，《藝術百家》，2008 年第 6 期。

年張庚先生在延安魯藝提出的「話劇民族化與舊戲現代化」的重要話題。

歌劇理論家滿新穎在《二十世紀上半葉中國歌劇遺存的歷史問題》也道出他對二十世紀上半葉的中國歌劇史研究的深深困惑。他認爲在此中國歌劇發展過程中最爲重要的關鍵時期存在如下死穴:「一、對歌劇本質認識模糊;二、描紅少、借鑒不夠;三、缺少『現代性意識』、存在『同步錯位』現象;四、思想性與藝術性不平衡;五、作曲家的原創力不足,主體意識弱;六、拼接思維利少弊多;七、歌劇發展需要理性的民族文化心態和眞正的人文精神。」還認爲:「上述弱點在延安時期的秧歌劇和其後的『新歌劇』中表現最爲明顯,一旦某作品被政治環境認可或取得成功後,接著就會複製出大量缺乏藝術個性和生命力的歌劇作品。建國後一段時間裏,背離歌劇規律的做法經過激烈論爭,雖有所好轉,也產生過一些好作品,但文革剛開始,傳統文化的劣根性就迫使歌劇提前窒息,使其壽終正寢。」

關於中國傳統戲劇應該走的研究路徑,可見中國文聯廖奔研究員在《東西方戲劇的對峙與解構》一書,其下篇「中西戲劇文化互滲二千年」專設有「汲取西域」一章,在梳理中外戲劇交流的歷史後指出:於中古以前,「西域樂舞與梵唄說唱對中原戲曲」影響非常大,「梵劇的東漸」、「西域戲劇」的輸入爲中國古典戲曲「一、準備了曲調曲律;二、準備了樂器;三、刺激了歌舞劇的發展;四、刺激了敘事文體和音樂結構的發展;五、直接提供了題材內容。」並指出:「中國戲劇的形成發展在世界上不是一種孤立的文化現象,它的過程始終貫穿著世界戲劇的文化對流與互互滲」,〔註 2〕故此,探索中華民族戲劇藝術的起源、流變與轉型不能繞過西域、印度、波斯、埃及、希臘諸國的影響。

新西蘭華裔學者孫玫著《中國戲曲跨文化研究》是一部富有新意與開拓性的中外民族戲劇比較與關係史著作,此書設計爲三編,即「上編:異質文化摩擦出耀眼火花——關於『戲曲』概念和『戲曲形成』;中編:跨文化視野下的古代戲曲——以南戲和傳奇爲例:下編:西方強勢文化衝擊下的國粹——傳統戲曲現代歷程多面觀;」顯而易見的是運用比較文化學方法對中國古代、近代、現當代戲曲藝術的國際交流與世界文化命運作研究。他在本書「緒論」中昭示:「現在的世界,已經變得越來越小;不同文化之間的接觸、碰撞、交流和融合,已是全球性的普遍趨勢。跨文化交往的時代催生了跨文化、跨

〔註 2〕廖奔《東西方戲劇的對峙與解構》,上海辭書出版社,2007 年版。

學科的學術研究。」故此，他選擇了「疏離＋解析」的比較研究方法，對人類所擁有的戲劇文化共生現象作出合理詮釋。他感悟：「中國戲曲極其豐富，它包含的面實在是太廣，而它所涉及的問題也實在是太複雜了。本書自然不可能全面論述戲曲的各個方面，更不敢企圖創建一個什麼理論體系，而只能選取一些自認爲有價值、有心得的關鍵性問題進行討論。」〔註3〕而中華戲劇歷史上的「有價值、有心得的關鍵性問題」無疑需要更多的專家學者站在人類文化的高度去關注與解決。

中國傳媒大學周華斌教授在爲筆者《中西戲劇文化交流史》所寫「序言」中倡導的「大戲劇」概念，爲研究中華戲劇指出一條新路。他富有遠見地指出：「對歷史文化的研究，我讚賞『走出書齋、再回到書齋』的學術途徑。讚賞文獻、文物、田野調查三結合的學術方法。至於戲劇史的研究，則崇尚『大戲劇』觀念，將戲劇當做一種文化，一種人類普遍存在的文化意識形態。」他還說：「戲劇的基本特徵是『扮演——通過扮演來敘事，來表情達意，來獲得歡娛，來傳播思想、觀念、道德、文明。在專業分工不十分明確的人類文明的童年，詩歌、樂舞與戲劇交錯的現象十分普遍。』」〔註4〕

中山大學康保成教授在《以開放的心態從事中國戲劇史研究》中積極評價：「周華斌先生提出『大戲劇』概念，認爲廣義的戲劇不僅包括話劇、戲曲、歌劇、舞劇、木偶劇、皮影戲等傳統戲劇品種；也應包括電影故事片、動畫片、廣播劇、電視劇。我對此極爲認同。」現實充分證實，只有持此種正常的科學的態度才能面對與解決中華戲劇文化研究這樣的大課題。

我們確實應該站在人類文明歷史的高度俯瞰世界，充滿信心地認爲，中華民族的戲劇雛形並不比西方諸國產生時期晚產生，無論古埃及、古希臘、古印度，還是遠古中國，戲劇的孕育和形成不會脫離原始民族文化形式的客觀總規律。原始社會是人類的金色童年，充滿了生命的活力與無限的想像力與創造力。人類社會步入高層次歷史階段，無可爭議地逐步創立古代先民享用的主要傳統文化意識形態，其中亦包括集文學藝術各種形式之大成的原始戲劇。雖然當時顯得稚嫩、弱小、單薄，但是此顆幼芽無疑是長成以後民族戲劇參天大樹的堅實基礎。

縱觀學術研究領域，與中國少數民族戲劇發生密切關係的學科，諸如人

〔註3〕　（新西蘭）孫玫《中國戲曲跨文化研究》，中國戲劇出版社，2006年版。
〔註4〕　周華斌《中西戲劇文化交流史》「序言」，人民音樂出版社，2002年版。

類學、生態學、社會學、宗教學、歷史學、地理學、考古學、民俗學、語言學、文學、藝術學等，只有梳理清楚相互的借鑒傳承關係與基本原理，才能建構中華多民族戲劇文化的系統工程。

博大厚重的中華民族文明史告誡我們，生生不息、代代相傳的華夏民族、炎黃子孫是由眾多氏族、部族與民族所組成。自立於世界民族之林的震古爍今、功彪於世的華夏文學藝術史也同樣是由古今各民族融彙而成，是漢族與眾多少數民族文化智慧之結晶。只有我們認真搜檢與解析中國傳統樂舞戲曲之史實，才能發現其中邊地「四夷」民族的文學藝術之諸多精華。方能認識民族樂舞詞曲與敘事詩歌實為中國乃至東方諸民族戲劇文化的兩大基石。

使人慶幸的是，自清朝末年，我國仁人志士打破了閉關鎖國、坐井觀天的禁錮，西方與周邊國家與民族先進文化清新之風吹拂著逐漸蘇醒的神州大地。尤其是對土著與少數民族寄予特別關注的文化人類學輸入我國，促使國人順應世界潮流「睜開眼睛」觀察熟悉而陌生的民族大千世界。原來中外民族本原文化有如此之多的異同之處！具體到民族戲劇活動則與人類共同的生命狀態，基本生活方式與其絲絲相扣、息息相通。諸如性愛聯姻、生殖繁衍、征戰勞作、圖騰崇拜、娛樂慶典、禮儀祭祀等。不論人們走遍天涯海角，訪盡「地球村」每個民族姓氏，都會發現他們在敷演著大致相同，各具特色的原始儀式戲劇，以反映人類對自然生靈與自我生存的生命意識。這些原始戲劇與後世狹義的現代戲劇藝術有所不同之處，僅在於前者完全沉迷於天地神人合一、主觀體驗自娛之中；而後者則冷靜理智地在文藝舞臺上客觀再現，並高明在於當眾表演其角色，高層次地融鑄於自我。

文化人類學以揭示地球上各個民族種群的社會產生、發展與文化模式奧秘為宗旨。解析每個民族群體文化生存行為，自然從綜合性的文學藝術入手為最佳方式，視之集氏族、部族、民族傳統文化之大成的民族戲劇提供給文化人類學最理想的「活化石」與「活世態」。

我們通過原生形態的中國乃至世界有關民族的樂舞詩歌與戲劇形式，可清晰地瞭解到人類肇始對生老病死、婚喪嫁娶、傳宗接代、生離死別、七情六欲、喜怒哀樂等生活方式的態度及其形象詮釋；特別是從國內外各民族普遍存在的宗教或世俗儀式戲劇之中，可體察到人類對蒙昧、野蠻落後的揖別，以及對文明、富裕、幸福的祈求。一部完整的民族戲劇藝術史實際上是在演繹著一部形象生動、感人肺腑的人類文化發展史的活劇。

　　如果細加審視，國內外的民族戲劇藝術是一個巨大的民族文化複合體。對其特殊文體不能僅局限於高層次「形而上」的純藝術舞臺戲劇要素的分析，而應更多地深入對基礎性的原發狀態的民族文化進行研究。如此而來，自然要涉及到範圍更廣、專業性更強的一些邊緣性人文學科，諸如社會學、民族學、民俗學、考古學、宗教學、語言學、考據學、文獻學、版本學、心理學、文化學、藝術學等，以及民族關係史與中西文化交流史學諸學科。其中尤爲重要的是對中外各民族戲劇語言文字與戲劇宗教儀式的學術研究。

　　無論是現代民族還是原始民族，戲劇文學都隸屬於人類語言文字學範疇，都受著民族語言學規律的制約，特別是少數民族語言文字體系擁有自身特殊的文化性質與藝術功能。根據各民族的特有的生存方式來解析歸屬於不同語系、語族、語支的語言文字符號顯得特別必要與重要。在此基礎上再尋覓其敘事性、表演性文字系統在對主體民族敘述體向代言體文學的轉型之奧秘，更是漢族與少數民族文學藝術與戲劇文化的重大學術課題。

二、加強民族戲劇學與相關學科研究

　　中國是一個多民族的國家，全國五十五個少數民族與人口眾多的漢民族一樣，有著悠久的歷史與厚重的傳統文化。尤其是擁有豐富多彩、形式多樣的音樂、舞蹈藝術與詩歌、戲劇文學。我國幅員遼闊、地大物博，民族文化底蘊深厚、前景遠大、爲舉世矚目。在各民族和諧生活的社會主義大家庭中，勤勞、勇敢、智慧的五十六個民族世代相傳、繁衍生息，在創造豐厚物質文化的同時，亦創作出大量富有藝術魅力的古代、民間文學藝術。特別是以創世紀史詩、英雄史詩與民間敘事詩爲代表的民族敘事長詩，以及在此基礎上演化而成的各民族戲劇文學藝術。此筆珍貴的歷史遺產極大地充實了中華民族極爲豐富的傳統文化寶庫。

　　自古迄今，人類宏大的文學藝術體系本由世界各國、各地區、各民族所共同締造。然而過去由於西方資本主義、帝國主義國家的「大國沙文主義」與對東方諸國種族歧視政策的影響；以及國內外學術界長期流行的「西方文化中心論」與「漢民族文化中心論」的錯誤觀念的干擾，於解放前與文革期間，我國少數民族古代與民間文學藝術科研工作舉步維艱，甚至停滯不前。

　　於改革開放的新時期，在大力弘揚中華民族優秀文化的正確理論指導下，我國多民族文學藝術遺產得以廣泛深入的發掘、整理與研究。對少數民

族文學藝術形式，諸如民間詩歌與民族戲劇的普查、編纂與刊佈工作有著長足發展，取得了很大成績。但是由於此項民族文化系統工程規模大、任務重、政策性強、理論水平要求高，然而國內與此相適應的從事此領域的專家學者人數少、底子薄、資金缺乏、科研條件不甚完善，從而形成編排、出版的此類學術資料與理論著述還多在較低水平與層次徘徊。特別是涉及到少數民族敘事長詩與古代戲劇文學相互關係之比較研究，更是少有人問津，鮮見有權威、有分量的論著問世。

散居在華夏版圖周邊的世代生活在我國邊疆地區的少數民族，自古以來都是中外傳統文化與文學藝術精華的中介者、傳播者與珍藏者。特別是代表民族傳統文學最高形式的敘事長詩與精深複雜文體的戲劇文學的創造者、加工者與完善者。對於這兩種重要民族文藝形式的文學藝術特徵、內容與形式及其相互關係的研究，以及對其在中外文化交流過程中歷史價值的認識與探討顯得格外重要，並具有重大的現實意義與學術價值。

對中國少數民族樂舞、詩歌與戲劇的研究，需要在我國傳統的文獻古籍考據法與田野文物調查法的基礎之上，借鑒國外先進的社會學、民族學、語言學、宗教學、文化人類學、比較文學等學科研究方法，對現有的已陸續整理出版的以及尚待繼續發掘的中國各少數民族有代表性的古代創世紀史詩、英雄史詩與民間敘事詩內涵與外延進行較為全面、系統、深入的分類、歸納、解析與研究，以期逐步探索其文體的孕育、發生、形成與發展的客觀規律。以及科學梳理清楚敘事長詩與相關文藝形式諸如神話、民間傳說、故事、歌謠、說唱、樂舞等，特別是漢族和少數民族古典戲劇之間的異同與影響之關係。借以證明兩方面的客觀事實：即（一）、華夏民族與西方民族一樣，亦擁有悠久的敘事文學優秀傳統，我國少數民族得天獨厚的敘事長詩博大精深曾不斷地為敘事傳統較弱的漢族詩歌與戲劇文學提供豐富的營養。（二）、我國少數民族傳統戲劇並非「無源之水、無本之木」，其藝術本體特質並非來自外國與異族，其深厚的文學藝術基礎，來源於本民族極為豐富的敘事長詩文化資源。

高水平、深層次地論證我國古代少數民族所擁有的敘事長詩與戲劇文學的傳承與轉型關係，必不可少地要掌握所涉獵的有關民族的歷史、地理、宗教、語言、文學、藝術等各方面的文化背景資料，且要深入考證中國古代少數民族如匈奴、契丹、鮮卑、吐蕃、西夏、肅慎、突厥、韃靼、回鶻、蠻、

貉、越、僚等族源、稱謂、民俗與文學藝術傳統。在此基礎上方可求證，諸如《格薩爾王》、《江格爾傳》、《瑪納斯》、《烏古斯傳》、《彌勒會見記》、《福樂智慧》、《阿詩瑪》、《召樹屯》、《梅葛》等敘事長詩，以及受其影響的藏戲、傣戲、蒙戲、維吾爾劇、哈薩克劇、彝劇、白劇、侗戲等表演藝術形式在華夏多民族文化史、文學史、詩歌史與戲劇史中的重要學術地位。

鑒於中國古代少數民族戲劇文學研究爲方興未艾的人文學科，將其重要文體之敘事長詩與漢族古典戲曲與地方戲劇種進行縱向歷史追溯與橫向學術比較，屬於新興的跨學科、多學科、交叉學科與邊緣學科領域。對此深入研究，亦可爲長期懸而未決的我國少數民族原始世俗與宗教文學與戲劇的起源與發展，提供彌足珍貴的文化信息與學術佐證。

在我國加大對外開放力度，並在世界範圍內民族文化廣泛交流的嶄新的歷史階段，國內外對中國少數民族文化遺產的關注日益加強，對卷帙浩繁的民族樂舞、曲藝、敘事長詩與戲劇文學的綜合性比較研究勢在必行，對上述各民族文體由文學的敘述過渡到藝術的代言體轉化過程之探討，實際上是在豐富與充實方興未艾的民族文化人類學，稍經推而廣之，即可產生一系列重要的歷史、學術與文化成果。

大量少數民族音樂舞蹈與敘事長詩的發掘、整理與對其學術價值的再認識，其成果可以有力地促進當今對我國多民族傳統文化財富的開發與利用，並能儘快地豐富與提高中國少數民族文學在世界文壇的品位與知名度。梳理清楚以講唱文學與樂舞藝術爲中介，而促使少數民族敘事長詩向戲劇表演形式轉型之學術脈絡，可爲華夏民族戲劇的起源、發展與成熟的原因與規律提供相應的答案。並且能有效地揭示邊疆戎、狄、夷、胡、蠻古族與中原漢民族相濡以沫共建華夏樂、舞、詩、劇文學藝術共同體的歷史文化發展規律。

我國與周邊國家與地區以及西方諸國的各種文學藝術交往，主要通過邊疆各少數民族傳統文化，特別是極爲豐富的音樂、舞蹈、美術、敘事長詩與戲劇文學作爲友誼的橋梁。對大量珍貴的民族文化遺產的歷史與學術價值的探研，可積極地推動中外文化交流史學以及文化人類學的綜深發展。

因爲世界範疇內各國土著與少數民族所生活的自然地理環境與條件的限制，諸如森林、草原、大漠、荒山與孤島等地蒼茫而遙遠；由於各民族與天地萬物的朝夕相伴、相濡以沫，而產生依賴與敬畏之情感，故產生「萬物有靈」的神鬼宗教觀念。又因曠日持久的狩獵牧漁、戰爭搶掠等原始生活方式

以及天災人禍、生老死滅之嚴峻現實，從而形成的各種宗教祭祀儀式，較之生存環境優越、舒適的城邦市鎮漢民族，他們更有對人生的深刻意識與生命體悟，以及訴諸於表演藝術再現的強烈願望。我們透過這些民族傳統的入社、聚會、典禮、祭祀、民俗節慶的人生禮儀自然能感受其蟄伏玄機的戲劇性歷史脈絡。只有借助文化人類學之先進科研方法才能打通民族現實與理想相互之間的壁壘，方可感知民族原始與現代戲劇的獨特學術價值與藝術魅力。

當然研究與探討中國少數民族的戲劇文化遺產，自始至終離不開對華夏漢民族戲曲與周邊地區民族戲劇遺產的交流與瞭解，更缺少不了對當前中國傳統古典文學與戲劇戲曲學前沿發展動態的洞悉。畢竟因爲少數民族所居住的地方遙遠、分散，遠離城市文藝娛樂中心，缺乏信息文化交流以及條件完善的正規戲劇訓練演出與藝術實踐；更短缺較科學、系統、全面的理論指導。故此，需要瞻前顧後、追古溯今，特別是對近現代戲劇戲曲學的確立與發展歷程進行科學性學術梳理，以求將其少數民族戲劇學眞正納入中華乃至世界民族文化浩大的系統工程之中。

包括漢民族與各少數民族戲劇文化在內的中國戲劇戲曲學，作爲一門新興的人文社會學科以及文化人類學之重要分支，在近現代與當代學術研究領域中甚爲活躍與令世人矚目。自從二十世紀初，我國著名文藝理論家王國維、日本學者青木正兒編撰《宋元戲曲考》與《中國近世戲曲史》等理論著述之後，近百年中已有大量有關戲劇戲曲學方面的論著、辭典、圖錄、類書與論文陸續出版發行與刊佈。

較有代表性的論著如吳梅的《中國戲曲概論》、《元劇研究》，徐慕雲的《中國戲劇史》，馮沅君的《古劇說彙》，譚正璧的《話本與古劇》，胡忌的《宋金雜劇考》，任半塘的《唐戲弄》，周貽白的《中國戲劇史長編》、《中國戲曲發展史綱要》、《中國劇場史》，王季思的《玉輪軒曲論》，董每戡的《說劇》、趙景深的《曲論初探》、《宋元戲文本事》，唐文標的《中國古代戲劇史》，張庚、郭漢城主編的《中國戲曲通史》、《中國戲曲通論》，田本相主編的《中國現代比較戲劇史》，劉念茲的《南戲新證》，曲六乙的《中國少數民族戲劇》、《儺戲‧少數民族戲劇及其它》，錢茀的《儺俗史》，葉長海的《中國戲劇學史稿》，康保成的《儺戲藝術源流》，譚帆的《優伶史》，周華斌的《京都古戲樓》，藍凡的《中西戲劇比較論稿》，庹修明的《扣響古代巫風儺俗之門》、《巫儺文化與儀式戲劇研究》，姚寶瑄的《絲路藝術與西域戲劇》，顧峰主編的《雲南歌

舞戲曲史料輯注》，李強、李肖冰編選的《新疆戲劇文化》，廖奔的《宋元戲曲文物與民俗》，李萬鈞主編的《中國古今戲劇史》，趙山林的《中國戲劇學通論》，劉志群的《藏戲與藏俗》，王勝華的《雲南民族戲劇論》，郭淨的《心靈的面具》，楊曉凡、馬永康主編的《白劇風采》，胡健國的《巫儺與巫術》，李強的《中西戲劇文化交流史》、《絲綢之路戲劇文化研究》、《中外劇詩比較通論》，謝柏梁的《中國當代戲曲文學史》，凌翼雲的《目連戲與佛教》，曲六乙、錢茀的《東方儺文化概論》，陸中午、吳炳升主編的《侗戲大觀》，王文章主編的《中國少數民族戲曲劇種發展史》、李悅的《當代少數民族戲曲》，等。另外還有《中國大百科全書·戲劇卷》、《中國大百科全書·戲曲曲藝卷》、《中國戲曲志》、《中國戲劇年鑒》、《中國戲曲曲藝詞典》等。

　　上述有關史書論著辭典以翔實的資料、豐富的例證、鮮明的論點，形象地勾勒出中國戲劇戲曲的歷史發展脈絡，以及中國少數民族戲劇在國內外傳統文化體系中所佔的重要位置。

　　其中尤其是著名學者曲六乙、錢茀合著的《東方儺文化概論》〔註5〕將中華多民族古老、奇異而神秘的儺文化現象，進行全面、系統、深入的研究和探索。並且從非物質文化遺產的角度將其儺儀、儺舞、儺戲、儺俗、儺藝（技）等龐大有序的儺文化體系發掘、整理與研究，擴展到越南、朝鮮半島和日本，乃至以嶄新的學術思維作指導同歐美「類儺」進行具象比較研究。這不僅填補了我國儺文化學科的空白，更把這個學科研究擴展到東亞和國際民族文化學界。

　　此書中的重要章節諸如：「儺與目連戲」、「儺與喇嘛教『神舞』」、「儺與薩滿教『跳神』」、「青藏高原的薩滿遺風」、「敦煌儺──唐宋西北新生面」等將學術的觸角伸向儺文化與中國少數民族戲劇之間關係的研究。而「中越韓日國際儺文化」、「歐美『類儺』與中國儺的比較」：「希臘假面驅鬼民俗儀式」、「美國印第安和不族『可親那』民俗活動」、「奧地利伽斯坦『裴西特』民俗活動」、「西方的萬聖節」則將中外民族戲劇學的研究領域擴展到了全世界。

　　梳理國內各種戲劇期刊諸如《戲劇月刊》、《梨園公報》、《劇學月刊》、《戲劇論叢》、《戲曲研究》、《戲劇》、《戲劇藝術》、《戲曲藝術》、《中華戲曲》、《戲文》等陸續發表了大量有關中國少數民族戲劇藝術形成與發展歷史，形式與內容，傳統形制、現實與未來等方面的論文，不斷拓展人們對於此門綜合性

〔註5〕　曲六乙、錢茀《東方儺文化概論》，山西教育出版社，2006年版。

藝術形式的理性認識。如今中國戲劇戲曲研究已經逐步從書齋案頭走向廣闊的歷史與社會，在國內外日趨關注民族學、民俗學與人類學對其傳統文學藝術之影響。已逐漸將學術研究之觸角伸向廣義之歷史、地理、語言、文化、考古、宗教等廣闊天地，以及狹義之音樂、舞蹈、曲藝、雜技、美術等多層次、多側面之交叉與邊沿學科領域。故此使傳統文獻學考據學、現代比較學與文化人類學有機結合。

隨著我國改革開放的不斷深入，以及世界各國各民族戲劇文化交流範圍的不斷擴大，中國戲劇戲曲研究已逐漸突破了過去純粹從中原純漢民族史書典籍查尋鉤稽之舊模式，而將其置入中華多民族大文化的學術框架之中。在系統探索其發生形態與發展演變的客觀規律基礎之上，逐漸規範到戲劇史學、戲劇做法學、戲劇音律學、戲劇表演學、戲劇批評學、戲劇文獻學等六大學術領域。在傳統的戲劇史學前提下，諸多專家學者把目光投入對戲劇戲曲的稱謂、概念的界定，對中國戲劇的起源如「先秦說」、「漢代說」、「北齊至唐說」、「宋金元說」等，以及對中國戲曲諸如唐宋歌舞戲、宋元雜劇、明清傳奇及地方戲的歷史分期研究。另外則倍加關注戲劇藝術與詩詞、小說、美術等，與音樂、歌舞、雜技、說唱等綜合技藝以及宗教儀式、民間世俗文化之間關係的理論探索。繼而又發展到對邊疆各少數民族原始樂舞戲劇，如西域戲劇、藏戲、傣戲、彝戲、苗戲、侗戲、蒙戲、西夏戲劇、吐火羅戲等，以及宗教與世俗戲劇，如儺戲、地戲、目連戲、師公戲、祭祀儀式劇、佛道戲曲等傳統文化遺產的綜合性發掘、整理與研究。

在歷史上，我國與周邊鄰國各民族以及世界許多國家與地區都有著頻繁的經濟文化的友好往來，在此期間進行民族樂舞與戲劇藝術交流是必然的文化行為。世界上所擁有的三大戲劇體系如古希臘悲劇、喜劇，印度梵劇與中國戲曲曾經因人類的遷徙、征戰、商貿、宗教傳播與文化往來等形式，均有過直接或間接的文化接觸與交流。以漢藏語系、印歐語系以及文字語言所構成的東西方兩大戲劇文化類型，曾有力地支撐著整個世界戲劇與戲曲藝術時空。故此，在現實中對中外戲劇文化關係與交流史的研究探索對於中國民族戲劇戲曲學顯得尤為重要與迫切。另外則是對國內漢族與少數民族之間的戲劇戲曲學交流與相互往來的研究與探索更為必要與現實。因為居住在華夏神州四周邊疆地區的各少數民族，特別是跨國、跨境民族是中西各國各民族文化關係史中不可或缺的重要文化中介與友誼橋梁。

　　雖然在二十世紀國內外有些許專家學者逐步認識到中國少數民族戲劇研究對建構華夏民族文化史與世界文化人類學的重大學術價值，並身體力行在此方面作過一些有價值的資料工作搜集與介紹普及工作，但因為思想觀念、思維意識與科研方法的不同，以及客觀條件的欠缺，致使此方面的學術進展甚為遲緩，難以適應當前日益發展的民族文化交融與整合所帶來的社會文化需求。在當前全球化經濟與世界文學藝術趨於大同時期，特別是世界文化遺產與人類口頭和非物質遺產搶救與保護行動日益廣泛的大好形勢之下，非常迫切需要我們繼續解放思想、開拓視野，不斷用民族學、社會學、戲劇學充實與擴展文化人類學的學術時空。

三、中國少數民族戲劇影視劇與會演

　　在現在的世界戲劇文化領域中，因為社會高科技、高技術的推廣，各國各民族隨著時代潮流的發展，越來越多地融入新的文化傳媒手段。借助於先進的電影、電視與網絡藝術形式來表現與延伸戲劇文化，是中華民族戲劇藝術必然要走的未來一條光明之路。另外則是利用現場廣大觀眾參與的文藝會演形式來重現古代民族戲劇的深厚底蘊，以及彰顯其巨大的藝術魅力和感召力。

　　在中華民族的電影歷史上，電影創作與樂舞戲劇藝術關係密切的演藝形式。似乎中國「影戲」誕生從娘胎中就與傳統戲曲文化有著天然的親緣關係。無論是武打片、歌舞片、古裝歷史片、音樂片、風情片等，或多或少，無一片種沒有打上民族戲劇藝術的烙印。中國少數民族題材的電影更是在解放初期大放光彩，近年來又成為為世人高度關注的文化人類學珍貴史料。

　　我國是一個人口眾多的多民族國家，除了主體民族漢族之外，各少數民族有著極為豐富多彩絢麗多姿的戲劇歌舞文化資源。在此基礎上所加工改編的有關故事人物表演形式的電影與電視劇，在近年來格外受到觀眾的歡迎。在電影創作方面，蒙古族劇作家瑪拉沁夫、超克圖納仁、李準、雲照光；赫哲族劇作家烏·白辛；壯族劇作家黃勇剎、周民震、蘇方學；京族劇作家李英敏；回族劇作家馬融；滿族劇作家關沐南等做出了突出的貢獻。

　　1930 年出生在遼寧省吐默特旗一個貧苦農民家庭的瑪拉沁夫，從小就參加了革命隊伍八路軍，後轉入內蒙古文工團工作。在此期間，他閱讀了大量中外文學與戲劇名著，開始寫作小說《科爾沁草原的人們》而享譽文壇。解放初期同海默達木林合作，將其改編為電影劇本《草原上的人們》，隨後又與

珠嵐琪琪柯合作，寫出廣爲流傳的電影劇本《草原晨曲》，以及《祖國，我的母親》。他在回憶自己的文學創作過程中，一直念念不忘傳統戲劇藝術形式給自己人生的重要影響：

> 我最初搞創作，在文工團是學習寫戲的……因爲寫過戲，所以我懂得使用導具、布景、燈光。我在 1951 年寫的第一個短篇小說《科爾沁草原的人們》中，就使用小狗、煙荷包、黃毛毯等，這算是小導具吧，來穿連情節。用閃電和打閃的一刹那間看見的敵人的足跡，這算是燈光吧。來推動故事的發展，我至今感謝戲劇對我的幫助。〔註6〕

先後創作過《巴音敖拉之歌》、《戈爾丹大叔》、《金鷹》（蒙語爲《布拉固德》）、《丁思瑪》、《黃羊灘》等著名劇作的蒙古族戲劇作家超克圖納仁，以自己對生活的敏銳觀察力與高超的戲劇藝術創作才能，經電影界朋友的幫助，很迅速地加入到此領域核心地帶。他相繼成功地將《金鷹》搬上銀幕，後又完成了極富民族特色的《嘎達梅林》、《成吉思汗》等電影文學劇本的創作。總結超克圖納仁的文藝創作成功經驗：「超克圖納仁的劇作植根於內蒙古草原的豐沃的生活土壤。蒙古族人民的歷史經歷和現實鬥爭，在鬥爭中所表現出來的蒙古族人民的精神面貌、道德情操，構成他全部劇作的基本內容。他的劇作具有濃鬱的民族特色和強烈的時代氣息。」〔註7〕

創作反映新疆塔吉克族歷史文化與現實生活的經典民族題材電影故事片《冰山上的來客》的赫哲族劇作家烏·白辛，原來工作在解放軍某部文工團。他曾參與話劇《黃繼光》、《雷鋒》、《印度來的情人》、《赫哲人的婚禮》等，歌劇《白綏帶》、《映山紅》、《焦裕祿》等劇本創作，由此而積累了大量編劇技巧與寫作經驗。後來他編導拍攝了紀實性藝術紀錄片《在帕米爾高原上》與電影故事片《冰山上的來客》，影片中的一首主題曲《花兒爲什麼這樣紅》數十年來打動著一代代的觀眾與聽眾。

此電影劇作原本設計的男女主人公是邊防戰士司馬儀與塔吉克族少女朵絲依莎阿汗·女特務巴里古兒。後經導演趙心水的改編，成爲真、假古蘭丹姆與男主人公阿米爾。電影故事發生在新疆帕米爾高原一座邊疆古城與哨所內，爲渲染濃鬱的民族特色，編導者在電影中設計了許多段塔吉克族優美的

〔註 6〕瑪拉沁夫《談創作的準備》，《草原》，1979 年第 3 期。
〔註 7〕吳重陽《中國當代民族文學概觀》，中央民族學院出版社，1986 年版，第 327 頁。

音樂歌舞與節慶婚禮場面；再加上特有的冰山雪嶺風光，驚險紛呈的敵對鬥爭場面，以及絢麗浪漫的愛情插曲，故使之此部影片極為吸引觀眾的視聽。

優秀電影《劉三姐》是由廣西壯族自治區彩調劇團的民族歌舞劇《劉三姐》改編而搬上銀幕的。在此作品的文學創作隊伍中有壯族詩人、戲劇作家黃勇刹，還有仫佬族詩人包玉堂。女主人公劉三姐在民間也稱劉三妹，因是宜山地區劉姓夫婦的三女，故名三姐。她在現實生活中美麗、機智、正直、聰明、樂於助人、富有鬥爭精神，特別能歌善舞，嬉笑怒罵，出口成章一串串壯族民歌。由此而大長勞動者的志氣，大滅敵對階級的威風。有書評析，電影中「一百多首生動優美的民歌與全劇有機地溶為一體，既深化了劇作的主題，推動了劇情的發展，豐富了人物的性格，使全劇達到了思想性與藝術性，鮮明的民族色彩與濃鬱的詩劇色彩的完美結合。」〔註8〕

富有民族特色電影的代表性人物另外還壯族劇作家周民震的《苗家兒女》，京族劇作家李英敏的《南島風雲》、《椰林曲》，蒙古族劇作家雲照光（烏勒·朝克圖）的《鄂爾多斯風暴》、《蒙根花》、《阿麗瑪》，回族劇作家馬融的《回民支隊》，滿族劇作家關沫南的《冰雪金達萊》，壯族劇作家蘇方學的《幽谷戀歌》等。他們以深厚的民族感情來抒寫生於斯、長於斯的熱土上豐富多彩的人與事。他們之所以能熟練地駕馭電影編劇技巧，在很大程度上曾參加過各種戲劇編劇的訓練。如周民震原本就在廣西桂劇藝術團工作，並創作過話劇《歸隊》，彩調劇《三朵小紅花》，京劇《苗山頌》，桂劇《一幅壯錦》等。雲照光也創作過秧歌劇《魚水情》。同樣，馬融創作過大型話劇《凱歌行進》。

另外，反映少數民族歷史和生活的優秀電影還有《達吉和她的父親》《蘆笙戀歌》《山間鈴響馬幫來》《阿娜爾汗》《天山紅花》《景頗姑娘》《哈森與加米拉》《神秘的旅伴》《阿詩瑪》《傲雷一蘭》等。

少數民族獨特的視聽藝術是其民族性的另一重要方面，這種既適合電影視聽表現又具有較強民族特色的魅力奇觀，為解放後「十七年」少數民族電影贏得更高的審美價值。如《內蒙人民的勝利》中頓得布「套馬」的場面，渲染了茫茫草原中策馬奔騰的雄渾氣勢，具有很強的視覺觀賞性。《哈森與加米拉》中哈薩克族的「刁羊」場面不但凸顯了民族特色，還增加了電影作品不少的生活情趣。

〔註 8〕特·賽音巴雅爾主編《中國少數民族當代文學史》，灕江出版社，1993 年 11 月版，第 342 頁。

　　中國少數民族的藝術語言方式主要為歌、舞、音樂及民族史詩，而一些優秀的少數民族電影在敘事方式上進行了不同於本民族敘事方式的間離，使用了許多非少數民族敘事特性的表現方式，更好地表現其民族特色。在影片《神秘的旅伴》觀眾們看到了瑤族、彝族與眾不同的表達愛情的方式，聽到了沁人心脾的彝族情歌。這些具有民族特色的視聽元素，為當時的觀眾帶來了新鮮的審美感受。另外如《山間鈴響馬幫來》《冰山上的來客》等優秀少數民族影片也是通過使用類型化的敘事手法來展開，以及表現其民族特色和美學價值的這些影片中民族性和電影特性的結合。它們突破了少數民族傳統的藝術語言方式，從而獲得一種超越民族的審美價值。

　　在電視劇創作方面，少數民族劇作家也發揮著積極的作用，推出許多優秀作品，諸如回族女作家霍達是一位傑出的影視劇多面手作家，她不僅創作過《公子扶蘇》、《我不是獵人》、《鵲橋仙》、《飄然太白》、《江州司馬》、《保姆》、《鞘中之劍》等影視作品，而且還推出五幕十場優秀話劇《秦皇父子》。

　　蒙古作家塔拉沁夫的電視連續劇《十字疤》，藏族作家貢卜札西根據話劇《白雨》改編的電視劇《蘇魯梅朵》等，同樣以濃鬱的民族藝術特色與高超的影視劇編劇技巧深深地打動著無數觀眾的心靈。同時凸顯出絢麗的民族風土人情與音樂歌舞藝術的無窮魅力。

　　新時期的少數民族電影開始對少數民族的歷史進行深入探究，力求再現真實生動的民族歷史文化，使其具備獨特的民族性，同時又產生歷史厚重感，深層次拓展民族團結和愛國主義的主題。如電影《松贊干布》表現了公元七世紀初，藏族著名政治家、社會改革家松贊干布統一西藏各部落，建立吐蕃王朝並與唐朝文成公主聯姻的歷史。《一代天驕成吉思汗》表現了公元十二世紀末至十三世紀初，成吉思汗成為蒙古部落的首領，浴血奮戰統一北方建立蒙古汗國的雄壯歷程。《東歸英雄傳》展示了清朝乾隆年間，游牧於伏爾加河流域的土爾扈特蒙古部落在渥巴錫汗的統領下掙脫沙俄奴役、回歸祖國的民族大遷徙壯舉。這些影片不但真實再現了民族歷史風貌，還對藏、蒙古兩個民族的歷史發展進程、社會心理結構、民族精神等作出準確的描述，原汁原味地揭示出潛藏於內的人文意味，使影片獲得了厚重的歷史感和深邃的文化意味。

　　這一特定歷史時期，少數民族電影的另一重大突破體現在用「他者」的視點去巡視民族的特性，表達人類共同思考的命題。如田壯壯導演的《獵場札撒》，影片記錄了蒙古族自古以來在狩獵時遵守的行為規範，以及破壞這一

準則後所產生的一系列悲劇性後果。但其用意並不是為了再現這些蒙古族習俗，而在於揭示人與人之間為生存而鬥爭的殘酷性的悲劇。再如《青春祭》，影片記述了一位漢族女知青到傣鄉插隊的一段生活回憶。透過漢族女主人公的眼睛，影片審視雲南傣鄉的生活形態，探索了傣族的心理結構。但是，影片並未落腳於對傣族這一單個民族的平平常常表現，而是將其昇華——表述了現代都市中的人們對那種古樸、溫馨、自然而又充滿詩意的生活的懷念與嚮往。而蒙古族題材的影片《黑駿馬》也是對淳樸的蒙古族生活進行「他者」視點的描繪，表現了蒙古族熱愛生命、寬容善良的民族精神。電影創作者以此來寄託對生命原初的淳樸狀態的緬懷，對尋找人生價值、提高人生見解進行新探索等，力圖表達出超越民族界限共同的生命體驗。

在少數民族視覺奇觀呈現及類型化敘事層面，改革開放新時期之後的少數民族電影有了新的提升與展現。二十世紀 80 年代後，特別是二十一世紀之交，國產電影的表現手段逐漸增多，電影類型也日趨複雜。少數民族電影中使用的對本民族敘事方式間離的類型元素也逐漸增多。尤其是塞夫、麥麗絲伉儷導演的一系列表現蒙古族歷史的影片，引入了動作類型來表現蒙古族騎士的馬上動作，營造出令人歎為觀止的視覺奇觀。如《騎士風雲》、《東歸英雄傳》、《悲情布魯克》等表現蒙古民族的「馬上動作片」，給觀眾留下了深刻的印象。特別是《悲情布魯克》中 5 位蒙古族勇士那段堪稱「馬背上的芭蕾」的「醉馬」動作影像，為中國少數民族電影史增添了濃墨重彩的一筆。

近些年來，在電影電視上湧現的大量中國少數民族題材作品，風格濃鬱、色彩鮮明、富有強烈的戲劇衝突性和蜿蜒曲折的故事情節，收到國內外廣大觀眾的推崇和喜愛。如《蘭陵王》、《花腰新娘》、《嘎達梅林》、《努爾哈赤》等，其突出成就標誌著中華多民族影視劇文化的崛起。另外使人欣喜的是數字技術等高科技手段開始應用於少數民族電影的創作，更加豐富了電影的表現手段。如在《嘎達梅林》中，用數字技術營造出千軍萬馬在廣闊的草原上廝殺的悲壯場面，這種有著獨特民族感懷的視覺體驗給觀眾留下永久的震撼。《天上草原》中則用數字技術對音樂加工，使富有民族特色的音樂更加生動、貼切，更好地完成了對蒙古民族的心理描寫和精神刻畫。

中國是一個多元一體的多民族的國家，全國 56 個民族之中占絕大比例的是 55 個少數民族，擁有著數量巨大、異彩紛呈的非物質文化遺產寶貴財富。特別是少數民族神話、傳說史詩、民間音樂、舞蹈、美術、工藝與傳統戲劇

等激聚著中華各民族的高度文明與文化智慧，並且以豐富多彩、形式多樣的物質形態顯示中國傳統歷史文化的多樣性。

在中國藝術研究院院長王文章主編的《非物質文化遺產概論》一書中，專設「中國保護非物質文化遺產的歷史與現狀」一章，並在其中記載：中國少數民族戲劇最富有代表性的劇種「如藏族的藏劇、蒙古族的蒙古劇、傣族的傣劇、壯族的壯劇、彝族的彝劇、維吾爾族的維吾爾劇、侗族的侗劇都以鮮明的民族特色爲中國戲曲文化的發展作出貢獻。藏劇，藏語叫『阿吉拉姆』，在藏族地區普遍流行，是藏族悠久燦爛的文化和少數民族戲曲劇種的傑出代表。」〔註9〕但是我們必須客觀地認識到，上述文字介紹的中國少數民族戲劇品種雖然有所增力，但還是過於偏少，還有大量的戲劇種類需要有志者去識別，其文化遺產更需要有能力者去保護、整理，以及進行學術研究與探索。

中國共產黨十一屆三中全會之後，在人民政府的積極支持下，我國眾多的有關民族民間文化遺產研究和保護的學術機構相繼成立，有力地促進了各民族民間文化遺產的發掘、整理與研究工作。特別是被譽稱爲「中國文化長城」的「中國民族民間文藝集成志書」，亦稱「十套文藝集成」的編撰與出版發行，可謂新時期非物質文化遺產搶救與保護工作中令人矚目的重大成就。其中諸如《中國戲曲志》、《中國戲曲音樂集成》等是直接反映中華多民族戲劇藝術的標誌性。上述成果集成志書從各民族戲曲之劇種、劇目、曲目、音樂、表演、舞臺美術、演出場所、演出習俗、文物古蹟、報刊專著、軼聞傳說、諺語口決、人物傳記等各個方面入手，全面、眞實、準確地記錄與反映中華民族蔚爲壯觀的戲劇文化景象。

自 2002 年，中國民間文藝家協會開始實施國家重點文化建設項目「中國民間文化遺產搶救工程」。翌年 1 月，文化部與財政部聯合國家民委、中國文聯啓動「中國民族民間文化保護工程」所制定的「實施方案」，明確指出要在新世紀初葉，「使我國珍貴、瀕危，並且有歷史、文化和科學價值的民族民間文化得到有效保護。初步建立起比較完備的中國民族民間文化保護制度和保護體系。」特別值得慶賀的是提出要眞正建立起包括少數民族戲劇藝術在內的「完備的中國民族民間文化保護制度和保護體系」。並且要首先建立既符合我國國情，遵循國際慣例的全功能非物質文化生態保護區。

國家與各地人民政府對少數民族文藝事業保護與發展越來越重視。在解

〔註 9〕 王文章主編《非物質文化遺產概論》，文化藝術出版社，2005 年版。

放初至改革開放時期，曾組織過許多戲劇藝術調演和文藝會演。年輕學者李煞編寫的《華燈下的田野：少數民族文藝會演研究》一書形象生動地記載了這一重要的歷史場面。在此書中她所列舉的全國文藝會演有 1953 年的「首屆全國民間音樂舞蹈會演」；1955 年「全國群眾業餘音樂舞蹈觀摩演出大會」；「1956 年的「首屆全國音樂周」；1957 年的「全國第二屆民間文藝會演和全國戲曲調演」；「全國專業團體音樂舞蹈會演」；同年的「第二屆全國民間音樂舞蹈會演」等。在這些全國性的文藝展演盛會上都有許多少數民族自治區域的各民族演員參加。據此書記載，在「文化大革命」之前，尤以 1964 年的「全國少數民族群眾業餘藝術觀摩演出會」規模盛大，社會影響長遠：

> 全國少數民族群眾業餘藝術觀摩演出會則把少數民族文藝展演推向了高潮。在這次的會演中，18 個省、市、自治區的 53 個民族的 600 多人，演出 250 多個節目，130 多場次。觀眾達 17 萬多人次。空前的參與人數，可謂是這一時期少數民族文藝事業長足發展的一次大檢閱，突出地展示了 1949 年後各民族群眾性的文化藝術的輝煌成就。〔註10〕

至於社會主義新時期的全國文藝會演概貌，據該書介紹，諸如 1980 年的「第一屆全國少數民族文藝會演」，2001 年「第二屆全國少數民族文藝會演」，2006 年「第三屆全國少數民族文藝會演」，其中既有大量音樂歌舞節目，也有一些少數民族戲劇劇目演出，諸如廣西壯劇《寶葫蘆》，侗戲《秦娘美》，西藏藏戲《蘇吉尼瑪》《卓娃桑姆》《朗薩雯波》，雲南白劇《兩把鐮刀》，苗族歌舞劇《獸勒崗》。新疆維吾爾劇《艾里甫與賽乃姆》，壯劇《瓦氏夫人》，土家族歌舞劇《比茲卡》，回族歌舞劇《曼蘇爾》，蒙古族歌舞劇《天堂草原》，朝鮮族歌舞劇《千年阿里郎》，藏族歌舞劇《唐蕃古道》，黎族舞劇《黃道婆》，蒙族晉劇《邊城罷劍》，維族兒童劇《小小阿凡提》，滿族京劇《酒魂》，藏族舞劇《紅河谷》，回族呂劇《梨花雨》，高山族豫劇《鳳山行》，藏族評劇《達瓦丹珠》畬族舞劇《畬家謠》等。當然在全國各省市自治區、自治縣也舉行著形形色色各種文藝會演，陸續推出許多音樂歌舞與戲劇節目，積極地推動了中華民族戲劇藝術的長足發展。

〔註10〕李煞編《華燈下的田野：少數民族文藝會演研究》，中國傳媒大學出版社，2009年版，第 21 頁。

第九章　絲綢之路文化與中華民族 戲劇藝術

　　在中國乃至世界文化地圖上，眾所周知，漢唐時期的長安古都是著名的國際通道「絲綢之路」的起點。由此為軸心，向亞歐非洲各地延伸出去的這條經濟文化友誼之路，將中國周邊的各國家、各民族的傳統文化，其中亦包括豐富多彩、形式多樣的絲綢之路民族文化與戲劇藝術緊密地連接在一起。在我們深入研究中華民族戲劇的文藝形態時，對絲綢之路沿途及其中國邊疆與周邊地區存留的各種民族戲劇進行探析非常必要和重要。

　　「絲綢之路」，是古代連接亞歐非洲的東、西方經濟文化與商貿通道的總稱。絲綢之路有數條幹線和支線，分別有「草原絲綢之路」、「綠洲絲綢之路」、「海上絲綢之路」和「西南絲綢之路」等。人們通常所說的絲綢之路，主要指綠洲絲綢之路。它位於絲綢之路要衝的西域，是歷史上世界民族大遷徙的十字路口，是東西方文化交流薈萃之地。中原文化、古希臘羅馬文化、波斯文化、阿拉伯文化、中亞文化和印度文化都曾通過絲綢之路在這裡粉墨登場。同樣，博大精深的中國各民族戲劇文學藝術與戲劇文化也在這裡駐足、顯現、傳播，以及確立自己的普世學術價值和歷史地位。

一、絲綢之路沿途各民族文學藝術與戲劇

　　「絲綢之路」，這條橫亙亞歐非洲的國際大通道，為當今世界格外關注的中西交通與經濟文化交流的象徵物，在古代歷史上曾以「玉石之路」、「陶瓷之路」、「茶馬之路」、「香料之路」等稱謂而流傳。近現代，於十九世紀末，

經德國地理學家李希霍芬所學術規範，後由東西方各國學人所充實，以及聯合國教科文組織所認可〔註1〕，如今已為全球諸國與各民族所接受。近年來，並由中國陝西西安市牽頭，廣泛聯絡「絲綢之路」所履蓋，諸如我國諸省、市、自治區與中亞諸國與地區聯合申報成功自古迄今時間跨度最大，文化內涵最厚重的「世界文化遺產」。

聯合國教教科文組織世界遺產中心與國家文物局在西安曾主辦「絲綢之路系列申報世界遺產國際協商會議」，來自中亞五國以及阿富汗，日本，伊朗，意大利，蒙古各國約80多位代表，以及聯合國家教科文組織和國際古蹟遺址理事會的國際專家聚集在一起，討論絲綢之路的突出、普遍價值，準備絲綢之路系列申遺項目管理的指導性文件。

據國家文物局保護司司長顧玉才介紹，「絲綢之路」申遺共涉及河南，陝西，寧夏，甘肅，青海，新疆6個省區的22個市州，囊括了我國中西部地區大部分重要文化遺產，我國國內推薦的預備名單有48處，其中陝西有12處21個點。此次協商會是最後一輪國際協商會，最終確定第一批絲綢之路申遺點名單。

2014年6月22日在卡塔爾多哈舉行的第38屆世界遺產大會，宣布批准「絲綢之路：長安——天山廊道的路網」，中國陝西、河南、甘肅、新疆四省區有22個遺產點，中亞哈薩克斯坦吉爾吉斯斯坦，有11個遺產點。新公布的跨國成功申遺的絲綢之路項目共有33個遺產點。

古代陸路絲綢之路是橫貫亞洲、連接東西方交通道路的泛稱。簡稱「絲路」。因中國出產的絲綢大量經此路西運，遠銷世界各地而得名。絲路在先秦時已隱約存在，前二世紀後進入新時期，日益繁榮。直到近代歐、亞海運暢通之前，一直為中西交通大動脈，主要線路為東起長安（今陝西西安），經河西走廊至敦煌後分為南北二道。北道沿天山南麓經車師前王庭（今新疆吐魯番）、焉耆（今焉耆），龜茲（今庫車東），至疏勒（今喀什），越蔥嶺（今帕米爾），更經大宛（今費爾干納），康居（指其南部屬地今撒馬爾罕一帶）分西北，西南向前延伸。

〔註1〕絲綢之路這一名稱是由德國地理學家 F・P・W・von 李希霍芬在 1877 年出版的《中國》一書中首先提出的。原指兩漢時期中國與中亞河中地區以及印度之間，以絲綢貿易為主的交通路線。其後，德國歷史學家 A・赫爾曼把絲路延伸到地中海西岸和小亞細亞，確定了絲綢之路的基本內涵。

西北行至奄蔡國（今裏海，鹹海北），西南行到木鹿城（今馬里）。南道由敦煌向西沿崑崙山北麓，過鄯善（即古樓蘭，今若羌）、于闐（今和田）至莎車（今莎車），西越蔥嶺，更經大月氏（今阿姆河上、下游）西行，於北道會合於木鹿城，再向西經和櫝城（今里海東南之達姆甘）、阿蠻（今哈馬丹）、斯賓（今巴格達東南）等地抵地中海東岸，轉達羅馬各地。

公元三世紀後絲綢之路又出現北新道，到隋唐後更有發展，基本走向是出玉門關西北行至伊吾（哈密），沿天山北麓經蒲類海、鐵勒部、突厥可汗庭（在今伊犁河流域），渡北流河水（指伊犁河、楚河等），經裏海之北至拂菻（古代東羅馬帝國），再到地中海沿岸。

以上幾條幹線又各自有路，南北交通，形成支、幹交錯的交通網絡。陸路絲綢之路還有經蒙古草原至西伯利亞或由蒙古草原折向西南，越阿爾泰山至中亞者；另有一條路以內地經青海、西藏至印度的「吐蕃道」；還有經四川、雲南至緬甸的「滇緬道」。海上絲綢之路則自中國南方沿海直接西航，或將由陸路運到緬甸、印度各港口的貨物，再航海西運。

在南方各地，絲綢之路亦稱「稻米之路」、「茶馬之路」、「銅鼓之路」等，此路被後人稱之爲「巴蜀身毒道」，或「南方陸上絲綢之路」。

據史書《史記·西南夷列傳》記載：漢武帝元狩元年（公元前122年），漢博望侯張騫使大夏（今阿富汗北部），於此地市場上偶見中國蜀布、邛竹仗，便問所何而來。答曰：「從東南身毒國（今印度），可數千里，得蜀人市。」「或聞邛西（今四川西部）可兩千里有身毒國。」

《史記·大宛列傳》亦云：「以騫度之，大夏去漢萬二千里，居漢西南。今身毒國又居大夏東南數千里，有蜀物，此其去蜀不遠矣。」自此，張騫出使西域通過在大夏見到的蜀布，方判斷在西南蠻夷之地，有一條通往印度的道路，後來證實，這是中國最早開通前往南亞諸國的國際大道。

當張騫從西域歸來，向漢武帝彙報了此條販賣布匹絲綢的傳統古道後，不覺加強了漢廷開放大西南，疏通身毒道，加強絲路貿易的決心。不久即派兵擁將長驅直入。據樊綽《蠻書》卷三曰：「渡瀾滄水以取哀牢地。」直至東漢永平十二年（69年），當時擁地「東西三千里，南北四千六百里」之「哀牢王柳貌遣子率種人內屬。」雲南至今存有一首古歌《渡蘭津歌》，忠實記載此路開通後給當地臣民帶去的實惠。

海上絲綢之路緣起於《史記》中記載的秦始皇派徐福渡海求仙的故事。

由此反映了古代中國大陸居民大量浮海移居日本島國的歷史事實。

據《漢書·地理志》記載，於漢武帝時期曾組織過一系列遠洋航行與經濟貿易活動：

> 自日南障塞、徐聞、合浦，船行可五日，有都元國；又船行可四月，有邑盧沒國；又船行可二十餘日，有諶離國；步行可十餘日，有夫甘都盧國；自夫甘都盧國，船行可二月餘，有黃支國。有譯長，屬黃門，與應募者俱入海，市明珠璧琉璃奇石異物，齎黃金雜繒而還。所至國皆稟食為耦，蠻夷賈船，轉送致之。自黃支船行可八月到皮宗。船行可二月，到日南、象林界云。黃支之南，有已程不國，漢之譯使自此還矣。

根據著名學者楊建新、盧葦著《絲綢之路》一書評析此次海上行為：「這是我國在航海史上的寶貴資料，一直為中外學者所重視。從這段史料中可見，漢武帝時，曾派遣了屬黃門的宮廷官員——譯長，由其率領招募來的海員（或商人）們，攜帶了大批中國絲綢和黃金遠航海外，換回名貴的珍珠（明珠）、綠寶石璧、玻璃和其它奇石異物等。」〔註2〕

此文中所載「黃支國」，依據上述學者考證，「應在今印度南部泰米爾納德邦的康契普臘姆」。其「皮宗」，「即為今馬六甲海峽的皮宗島」。所行具體路線可「確定為：航船從廣東徐聞、合浦出發，沿著東南亞一些國家的海岸西行；穿過馬六甲海峽後進入孟加拉灣，最後登上今日南印度的康契普臘姆」。〔註3〕

自魏晉南北朝時期，通過海上絲綢之路，陸續有大秦（羅馬）、波斯、天竺（印度）、獅子國（斯里蘭卡），以及南海地區的扶南、林邑、婆利等國家與我國各朝代進行經濟、文化交流。據《宋書·夷蠻傳》記載，此時期借助海上絲綢之路，外國「海舶每歲數至」，「舟舶繼路，商使交屬」，「寶貨所出，山海珍怪，莫與為比。」

海上絲綢之路安全暢通航行是經長期戰亂、分裂，中國領土趨於統一完整時期的隋唐王朝。尤以日本島國聖德太子派遣小野妹子為首的使節團於公元 607 年開始訪隋肇始。翌年，隋使文林郎裴世清回訪，日本政府特在難波（大阪）和京城「設儀仗，鳴鼓角來迎。」

〔註2〕楊建新、盧葦《絲綢之路》，甘肅人民出版社，1988 年版，第 298 頁。
〔註3〕楊建新、盧葦《絲綢之路》，甘肅人民出版社，1988 年版，第 299 頁。

　　另據《隋書‧南蠻傳》記載，隋煬帝即位，「募能通絕域者。大業三年屯田主事常駿、虞部主事王君政，請使赤土。賜駿等帛各百匹，時服一襲而遣，齎物五千段，以賜赤土王。」據有關專家考證，此「赤土」位置在馬來西亞半島南部。另載，隋使者常駿率眾抵達時，「其王遣婆羅門鳩摩羅以舶三十艘來迎。」可見當時隊伍之龐大，儀式之隆重。

　　自唐朝起，海上絲綢之路與陸路絲綢之路開始仲伯不分、交相輝映。隨著古代中國綜合國力的提高，造船業與航海業水平有著大幅度的提高。據新、舊唐書文獻記載，屆時沿海數家造船廠，一年即能製造「浮海大船五百艘」。另載，此時，在我國各港口，「其時往來中國的外國商船，有稱南海舶、番舶、波斯舶、崑崙舶、獅子國舶、婆羅門舶等。甚至其中有大者『長二十丈，載六七百人』的大船舶。」〔註4〕

　　通過偉大的絲綢之路，世界上各文明古國連接溝通順暢，各國的物產珍品、動植物種、生產技術、科學成果、文化藝術、政治制度、宗教信仰持續不斷交流，從而推動了世界民族文化的發展，促進了歐亞非各國和中國的友好往來。絲綢之路文化所包括的漢唐時期極為豐富的各民族文學遺產，逐漸成為全人類保護與研究的重要歷史瑰寶。

　　追溯歷史，中國歷來就是生產與享用桑蠶與絲綢的大國。早在先秦時期，中原地區就有關於種桑養蠶，紡織絲綢的美麗詩文存世。諸如《詩經》三百首，另如秦漢樂府與魏晉南北朝詩歌，再如隋唐五代的新樂府和詩詞中《羅敷女》、《秦婦吟》等，即生動、形象描寫黃河流域地區男耕女織的田園生活。在我國歷史上，中原朝廷運籌帷幄有組織、有計劃開闢各條絲綢之路。打通與西方諸國交流通道，進行高層次國家外交活動，真正發生在西漢元狩年間，即漢武帝派遣漢中博望候張騫鑿通西域的歷史事件。自此，華夏桑蠶之地得以將美麗飄逸的絲綢與各種地產輸送到世界各地。

　　回望漢唐代大都市長安，當時論及建築規模、人口數量與社會功能在世界各國聲名顯赫。有人將其與歐洲意大利的羅馬、非洲埃及的開羅相並列，譽稱為「世界三大名都」。而在歷史上連結這三座東西方名城的正是橫亙亞、歐、非洲的陸路與海路「絲綢之路」。令中國各族人民無比自豪的是此條國際大通道的策源地與起點就在三秦腹地長安。

　　正是借助於這條綿延、曲折而充滿魅力的「絲綢之路」，世界各國外交使

〔註4〕楊建新、盧葦《絲綢之路》，甘肅人民出版社，1988年版，第315頁。

節、貿易商賈、文化旅人絡繹不絕地來到唐朝首都長安進行友好交往、經貿通商與訪學活動。其中自然產生不少諳熟各國與各地民族語言文學的中外文化俊秀、才子佳人。他們放情作詩吟詞譜曲，將來到長安進行政治經濟文化交流所產生的喜悅與感受留存於詩歌詞曲的字裏行間。漢唐代大批湧現的各民族詩詞高手與中外各國詩人曲家一起吟誦唱和詩詞歌賦，並予以記載、編印與輯錄，使後人有幸目睹歷史上胡漢文化相互交往共同繁榮盛隆之壯觀景象。

在我們翻閱浩繁厚重的漢唐代詩詞文學史時，不難發現其史學的源頭，通過民族文化大融合的魏晉南北朝，而追溯自國家空前統一的秦漢時期。那時的關中長安爲華夏民族眾望所歸、權力至上的首都所在地。其華夏主流文學也同樣在此地滲透著多民族詩文交匯的文化活力。

在歷史上，由長安爲起點，促進亞歐非洲各國友好往來的「絲綢之路」全長約 7000 公里，因運輸西方視爲珍寶的中國絲綢而得名。通過絲綢之路，中國的絲綢、鐵器、打井技術等傳到西域，西域的土特產、樂器，印度的佛教等也傳入中國。從而絲綢之路成爲漢唐千餘年間中外經濟、文化交流的重要著名通道。

沿革其歷史，絲綢之路實際上很早就已存在於世。在古代世界，只有中國是種桑、養蠶、生產絲織品的國家。考古資料已充分證明，自商、周至戰國時期，絲綢的生產技術已發展到相當高的水平。那時，中國絲綢經西北地區各民族之手，少量地輾轉販運到中亞、印度一帶。公元前 60 年，漢王朝置西域都護，屯田於烏壘城（今新疆輪臺東），以保證西域通道。自張騫西使烏孫結盟後，漢使者、商人便接踵西行，至此絲綢之路益加暢通。大量絲帛錦繡沿此路不斷西運，同時西域各國的珍奇異物也輸入中國。

魏晉南北朝時期，東西方商業往來不斷，位於絲路咽喉重地的敦煌，就是胡商的聚集地之一。公元五、六世紀時，南北朝分立，但沿絲路的東西交往卻未受影響而進一步繁榮。北魏建國後不久就派使者前往西域，以後中亞各國的貢使、商人常集於北魏前期都城平城（今山西大同東北）。自遷都洛陽後，洛陽更成爲各國商人薈萃之地，北齊的都城中也聚集著不少商胡。隋煬帝曾派黃門侍郎裴矩到河西走廊張掖招徠西域商人，說明當時絲路仍很興旺。

唐朝西部的疆域超過漢代，在沙州、伊州、西州、庭州設立了同於內地的州郡縣。在龜茲、于闐、疏勒、碎葉設立安西四鎮（後以焉耆代替碎葉）

駐兵防守，由安西都護府全面管轄。以後又置北庭都護府，統轄天山北路的羈縻州府，這為絲路的暢通提供了更加可靠的保證。因此，唐代長安、洛陽以及其他重要都市都有大量商胡自由出入，呈現出國際大都會的風貌。

從公元九世紀末到十一世紀，由於中國政治、經濟、文化中心向東南沿海轉移，以及阿拉伯伊斯蘭教世界的興起，東西海上往來逐漸頻繁。與此同時，中國西北地區各民族政權的分裂、對立，使絲綢之路上的安全難以保障，這就降低了這條陸上通道的重要性。

在蒙元時期，由於蒙古大軍的西征和對中亞、西亞廣大地區的直接統治，使東西驛路重新通暢，許多歐洲使者、教士和商人，都沿此路東來中國內地，絲路又繁榮一時。明朝建立後，採取閉關鎖國政策，雖然出嘉峪關經哈密去中亞的道路未斷，但陸上絲路作為中西交通路線已時過境遷，遠不如海上絲路重要了。

絲綢之路上的古代驛站、遺址、關隘很多，眾多城鎮、街市、山川、河流都是絲綢之路必經之地。歷史意義的絲綢之路不僅是東西商業貿易之路，而且是中國和亞歐各國間政治往來、文化交流的通道。西方的音樂、舞蹈、繪畫、雕塑、建築等藝術；天文、曆算、醫藥等科技知識；佛教、祆教、摩尼教、景教、伊斯蘭教等宗教，都是通過此路先後傳到華夏，並在中國產生了很大影響。中國的紡織、造紙、印刷、火藥、指南針、製瓷等工藝技術；繪畫等藝術手法；儒家、道教思想，也是通過此路傳向西方，產生廣泛深遠影響。絲綢之路是東西交往的友好象徵。敦煌莫高窟壁畫中的商隊圖，即描繪了唐代中外商人在絲綢之路上的情景。

世界上布滿了形形色色的各種的路，無論是陽光大道，還是羊腸小路；無論是玉石之路、陶瓷之路，還是茶馬古道；若從歷史文化和審美價值的角度方面審視，要數「絲綢之路」此稱謂最為形象、生動，以及富有深刻的文化內涵。由東方古國發明產生的「絲綢」織品美麗多彩、飄逸靈動。它從華夏故都長安，一路西行，借助東升太陽的光輝，優雅、多情地拋撒至西方諸國，賜賦的是熱情、友誼和溫馨，張揚的是強健、壯美和進取。

筆者在十三年前曾在人民音樂出版社出版發行的《中西戲劇文化交流史》一書中，是這樣富有感情地描繪「絲綢之路」的美麗與壯觀：

　　美麗、飄逸的絲綢之路，宛若五彩繽紛、絢麗多姿的金橋，將
神秘的東方與西方各國、各民族緊密地聯繫在一起；而架設這座彩

色橋梁的人們，不是神靈鬼怪，而是橫亙歐、亞、非洲的絲綢之路
沿途的無數聰明、智慧的各國、各族人民。〔註5〕

自古迄今，橫亙在亞洲、非洲和歐洲的這條具有世界意義的國際通道，
即以絲綢、絹、帛貿易為媒介而聯繫各國政治、經濟、軍事、文化的古老的
「絲綢之路」如今怎麼描繪與歌誦都不過份。在人類漫長歷史上，「絲綢之路」
曾是聯結世界各個文明古國──中國、印度、埃及、巴比倫、希臘、羅馬的
紐帶；也是橫跨亞、非、歐洲各大帝國──馬其頓、波斯、蒙古、奧斯曼的
必經之路；亦為世界三大宗教一佛教、基督教、伊斯蘭教，以及薩滿教、襖
教、景教、摩尼教、也里可溫教等宗教文化的發祥之地。

絲綢之路上產生的民族文學藝術是人類物質文化與精神文化的化合物，
是建於古代亞、非、歐洲廣大人民經濟基礎之上的上層建築文化形態。在「絲
綢之路」沿途各國、各族人民宣泄情感、傳遞文化信息，以及完成民族思維
意識的超越與文化認同方面，有著特殊的歷史功績。

深深植根於「絲綢之路」文化沃土中的各國、各民族的傳統戲劇，生動
活潑地反映著人類的生息繁衍、圖騰崇拜、祭祀典禮、狩獵農耕、戰爭武功
等社會生活。它忠實地記載著不同膚色的人民豐富的感情經歷，不斷地延伸
著他們的思想意識與語言內涵，從而形成「絲綢之路文化」中極為重要的組
成部分。

若要深究，「絲綢之路」中的陸路絲綢之路，當數「沙漠之路」或「綠洲
之路」開拓歷史最久遠，路途最為漫長，文學藝術交流最為頻繁與最富有成
效。這條傳統的國際通道由中國長安出發，經河西走廊而繞行塔里木盆地兩
側，結集於帕米爾高原和興都庫什山；然後西行中亞阿姆河，路經馬里達地
中海東岸，再輾轉歐洲與非洲各地。

對於沙漠「絲綢之路」，被中國學者習慣上稱之為西域南道和北道。這兩
條通道經由敦煌分開而各奔南北，整個路線在現在新疆境內不盡相同。南道
從陽關出發，經羅布泊、和田與莎車等地；北道從玉門關出發，經哈密、吐
魯番與庫車諸地；最後均彙聚在喀什噶爾古城。繼而翻越帕米爾高原透迤西
行，逐步聯結波斯、希臘、羅馬與埃及等地。

路經青藏高原的高原「絲綢之路」，從長安出發，一路拾級而上，先是跨
越「世界屋脊」青海西藏高原，然後由拉薩經尼泊爾進入印度。唐朝時期，

〔註 5〕李強《中西戲劇文化交流史》，人民音樂出版社，2002 年版「前言」。

西藏稱之爲「吐蕃」，故此高原「絲綢之路」亦稱爲「唐蕃古道」。此條道路借助於佛教文化載體，使得西藏吐蕃戲劇與印度古典梵劇相互影響，得以實質性的文學藝術交流。

　　草原「絲綢之路」，自河西走廊和沿天山北麓向西方蜿蜒而去，先後經巴里坤、吉木薩爾、伊犁，乃至中亞的楚河流域之托克瑪克，以及黑海諸地，這條爲史學界曾經忽略的古代交通命脈，在歷史上孕育了極富原始風貌與色彩的北方草原戲劇文化。

　　從北至南貫通的森林「絲綢之路」，亦稱「滇緬古道」，此路沿蜀道進四川，越大理、永平、保山、騰沖、景宏等地；然後穿越滇西南原始森林進人緬甸、泰國與印度諸地，使中國傳統戲劇與東南亞諸國戲劇文化發生廣泛而持久的聯繫。

　　海上「絲綢之路」是因宋元時期陸上「絲綢之路」經濟、文化交流日趨蕭條時而逐步得以興盛。「海上之路」以中國沿海的重要港口如泉州、澳門、寧波和廣州爲起點，北通朝鮮、日本；南下越南、新加坡、菲律賓；然後西繞印度、斯里蘭卡，遠涉非洲與阿拉伯諸國。從而將「絲綢之路」沿途的佛教、祆教、摩尼教與伊斯蘭教戲劇文化聯結在一起，相互得以廣泛交融與促進。

　　上述五條「絲綢之路」恰似博大的經濟、文化磁場，編織與網羅著無與倫比的人類生存空間。強有力地吸附著亞、非、歐洲操各種語言文字的不同膚色的民族，並依託各自賴以生存的地理環境、歷史條件、民族習俗、審美情趣而共同生活與發展。中外各族人民與文學藝術家則以天才的文筆編創出迥然不同的各國、各民族喜聞樂見的絲綢之路戲劇文化與文學。

　　陸上「絲綢之路」之「沙漠之路」，如前所述，亦稱「綠洲之路」，這是絲綢之路資源最爲豐厚的文化地域。在此巨大的社會空間世代繁衍生息的除了人數眾多的漢民族外，還有諸如蒙古族、回族、藏族、維吾爾族、柯爾克孜族、塔吉克族、哈薩克族等；國外除了各地主體民族之外，還有諸如印度的泰盧固族、馬拉地族、孟加拉族等；巴基斯坦的旁遮普族、信德族等；阿富汗的普什圖族、哈薩拉族等；伊朗的波斯族，土耳其的庫爾德族，埃及的阿拉拍族，希臘的斯拉夫族等。他們都是能歌善舞、能說會演，具有很高戲劇文化與音樂、舞蹈藝術天賦的古老民族。

　　這些受著世界文明古國優秀文化營養滋養的中外各民族，經歷過人類氏

族、部落、部族乃至民族發展的全過程，締結成各個種族與民族文化共同體。並在長期與大自然和社會的艱苦鬥爭中，通過辛勤的勞動實踐，而締造出有組織、有規模的龐大戲劇文化體系。尤以祭祀天神爲主導來歡慶節日和勝利，祈求豐收、求雨、祈福、祝壽，在其過程中將原始生命激情和宗教感情，最大限度地鎔鑄於各國各民族傳統文學藝術之中。

「絲綢之路」沿途的古代先祖在聚眾祭祀禮儀活動中，總是從天地日月、山川河流、樹木花草和飛禽走獸中摹擬其形、攝取其神、採擷其音，從而創造出豐富多彩、絢麗多姿的戲劇表演藝術。以此來宣泄人們情緒流動之快感，弘揚先民狩獵、征戰之雄偉氣概，促進社會群體相濡以沫與精誠團結。

絲綢之路戲劇文化之所以具有強烈的藝術生命力與感染力，之所以爲世界各國、各族人民所喜聞樂見，經久不衰。完全是因爲它集各種文學藝術之特長，形成特殊的文化時空與表演藝術形式。從而將「美」的社會性與形象性提煉、概括到高度和諧統一的境地，創造出一種更集中、更強烈、更能感染人美的藝術。

可謂表演藝術上「眞善美」高度統一的絲綢之路戲劇文化，其藝術美是觀念形態的美，是社會生活形象化、典型化和審美化的眞實反映。它充分地刻畫了人們的豐富多彩、錯綜複雜的思想與情感，並成爲人類心靈物態化的文化凝聚物，從而顯示出獨特的社會功能與藝術審美價值。故此，中外戲劇藝術才在「絲綢之路」復合文化中佔據極爲重要的歷史地位。

如上所述，「絲綢之路」並非只有陸上絲綢之路（主要指沙漠、綠洲、草原絲綢之路），另外還有海上絲綢之路，以及南方高原絲綢之路等。從華夏民族文化誕生地輻射出去的這五條絲綢之路分支，如同五座色彩繽紛的橋梁，飛架在世界的東西方，將各國、各民族古老的戲劇藝術規範化及相互運載交流。從而產生了相對獨立、穩定，又各具藝術風格與特色的文化藝術板塊。

「絲綢之路」並非單純的東西方各國、各民族相互來往的交通要道，而是亞、歐、非洲不同文化圈中文化模式、文化類型、文化樣式之間不斷遷徙交流與聚合，相互傳播、滲透與融合的巨大的人類文化載體。以絲綢之路地理與歷史爲依託的「絲綢之路戲劇」雖然過去不爲人們所知和理解，但隨著中外文化關係研究的不斷深入發展，將會使此既傳統，又嶄新的文化概念滲透到相關的各個學科領域。

在中西文藝理論範疇之中，戲劇文化、文學或藝術一直是各國專家學者

樂而不疲經常談論的話題。古希臘學者認爲戲劇起源於祭祀酒神狄奧尼索斯的宗教節日；古波斯和印度的原始戲劇則與民間的祭祖拜神關係密切；中國和日本、朝鮮、越南等東亞諸國戲劇形式中始終貫穿著繁複的祭祀儀式。由此可見，基於絲綢之路文化背景的各國、各民族戲劇藝術歷史之古老，涉及的範圍之廣大。

二、東西方民族樂舞戲劇藝術的交融

北京大學著名教授，向達先生在《唐代長安與西域文明》一書中曾睿智地指出：「西亞之火祆教、景教、摩尼教，亦於唐代，先後盛於長安」，並特別強調：「西亞三種新宗教傳入中國，以火祆教爲最早」。〔註6〕根據國學大師陳垣的《火祆教入中國考》一文考證，波斯祆教入華「當在北魏神龜中，即公元後518至519年之間也。北魏、北齊、北周並加崇祀。唐承周、隋之舊，對於火祆教並置有官。據《通典》視流內視正五品薩寶，視從七品薩寶府祆正；視流外勳品薩寶府祆祝，四品薩寶率府，五品薩寶府史。」說明絲綢之路起點長安一帶世界宗教雜糅共存的歷史文化現象。

因爲古波斯奉行的「瑣羅亞斯特教」（祆教）既崇拜火，又崇拜日月星辰。中國人認爲該教爲拜天，故稱之「火祆」。「祆」爲「天神」之省文，不稱天而稱「祆」，說明其爲外國的「天神」。「祆」字最早見於南朝梁大同九年（543）所刊的《玉篇》：「祆，阿憐切，胡神也。」唐以前稱此波斯胡教爲「天神」、「火神」或「胡天神」，至唐初始稱「祆」，以示「從天」。此稱謂又見《續一切經音義》、《說文新附》，唐代杜環《經行記》、段成式《酉陽雜俎》與《新唐書》、《舊唐書》等記載。陳垣教授文中所指「薩寶」爲唐朝專設掌管此異教官職之稱謂。

「祆教」屬亞洲北方原始宗教，與中國西北盛行的「薩滿教」相類似，故傳入中原甚爲流行。當人們參閱韋述的《兩京新記》、徐松的《唐兩京城坊考》、張鷟的《朝野僉載》與張邦慕的《墨書漫錄》時可得知：唐代各地曾廣建崇拜瑣羅亞斯特教的「祆祠」或「胡天祠」。當初，西京長安布政坊西南隅、醴泉坊西北隅、普寧坊西北隅、靖慕坊街南均立有祆祠。東京洛陽的祆祠建在會節坊、立德坊、市西坊亦建其祠。另記河南府亦有兩處祆祠，而磧西諸州隨地皆有。宋代在汴京開封府、鎮江府、揚州府等地也有相同設立。

〔註 6〕轉引自向達《唐代長安與西域文明》，三聯書店，1987 年版，第 89 頁。

據有關文獻記載,於中亞兩河流域「昭武九姓」地區與西域諸國,祆教在公元元四世紀起已經非常流行。據《魏書》記載:「康國者,唐居之後也。……都於薩寶水上阿祿迪城,多人居。名爲強國,西域諸國多歸之。……有胡律、置於祆祠,決處罰,則取而斷之。」又載:「高昌國俗事天神」,「焉耆國俗事天神」,「疏勒國俗事天神」,「于闐國好事祆神」,以及唐代慧超在《往五天竺國傳》中亦有「安國、曹國、史國、米國、康國……總事火祆」的記載,可知祆教在波斯境內影響面甚爲廣闊。

論及祆教歷史與民族文學藝術之底蘊也頗爲深厚。「祆教」所沿用的宗教經典《阿維斯陀》(《波斯古經》)最早版本是在公元前四世紀阿契美尼德王朝時所編成;公元三至七世紀的薩珊王朝時重新進行搜集、整理與編纂,此宗教經典又同時是用東波斯語的古阿維陀文寫作的古伊朗文學名著。《阿維斯陀》以記述瑣羅亞斯特的生平和教義爲主,同時還頗爲形象生動地記述了古代伊朗的宗教神話、讚歌、儀軌、戒律,以及伊朗的民族起源、歷史發展、民間傳說、英雄史詩等內容。這一切文獻資料對於研究古波斯與中亞諸國古代歷史、文化、藝術、教育有著重要的學術價值。

龐大繁雜的《阿維斯塔》相傳內存其教主瑣羅亞斯特本人吟詠的古老詩篇《伽薩》,其詩作最能體現此部經典的文化精髓。此部頌詩熱情讚揚了天國和塵世的主宰阿胡拉·馬茲達及其六大助神的不凡事蹟;生動地闡述了「善惡二元論」的世界觀和以「抑惡揚善」爲主旨的宗教信仰;有力地批判了代表黑暗、污穢、邪惡、虛僞和破壞的元兇阿赫里曼及其追隨者,從而成爲波斯與中亞詩人爭相仿傚的寫作範本。

另如《阿維斯陀》之《耶斯那》與《耶斯特》,都是節奏鮮明的樂歌或頌歌,均用於宗教節日與慶祝儀典演唱。表達祆教信徒對神主馬茲達與眾神祇之崇拜,以及對世上一切美好事物,如各個季節、時辰與祭禮用品的讚美之情。再如《維斯柏拉特》在《波斯古經》中篇幅最長,共有 20 篇,以濃重戲劇性文筆來描述波斯上古神話、諸王朝帝王與英雄傳說,對後世伊朗敘事詩與民族戲劇文學創作影響很大。

關於祆教經典及有關民族音樂、舞蹈與雜技、幻術的歷史狀況,國內史書亦留有許多文字記載。如唐代張鷟《朝野僉載》載:「有僧祆神廟,每歲商胡祈福,烹豬羊,琵琶鼓笛,醋歌醉舞。」又記:「涼州祆神祠,至祈禱日,祆主至西祆前舞一曲。」《太平廣記》亦記載祆教樂舞與西域幻術在中原地區

表演之盛況：

> 唐河南府立德坊，及南市西坊，皆有胡祆神廟。每歲商胡祈福，
> 烹豬殺羊，酣歌醉舞。酹神之後，募一胡僧爲祆主，看者施錢，並
> 與之。其祆主取一橫刀，利同霜雪，吹毛不過，以刀刺腹，刃出於
> 背，仍亂攪腸肚流血。食頃、噴出水呪之，平復如故，此蓋西域之
> 幻法也。

《文獻通考》亦載：中原地區「大抵散樂雜技變幻術，皆出西域，始於善幻
人至中國……自是歷代有之。」在中國史書上「幻術」又稱「魔術」、「眩術」，
係眩人幻技所作所爲。唐代顏師古《漢書・張騫傳注》曰：「眩讀如幻同，即
會呑刀、吐火、殖瓜、種樹、屠人、截馬之術皆是也，本從西域來。」漢代
司馬遷《史記・大宛列傳》記載：漢武帝時安息以「犛軒善眩人獻於漢，天
子大悅。」《通典・邊防九》亦曰：「安息獻犛軒幻人二，皆蹙眉峭鼻，亂髮
拳鬚，化吐火，自支解，易牛馬頭，又善跳丸，數乃至千」。《文獻通考》則
描述西域神奇的幻術長四尺五寸。」《後漢書》記載：漢安帝永寧元年（120），
東南亞撣國獻「西域幻人，能變雜戲云：「後漢天子臨軒設樂，舍利獸從西方
來戲於殿前，激水化成比目魚，跳躍漱水作霧，翳日而化成黃龍，長八丈，
出水遊戲。」

追溯歷史，波斯、印度與西域諸國的樂舞、幻術、雜技自輸入中原後，
逐漸形成聲勢浩大的散樂、百戲之文藝盛會。參加者甚巨，規模之大，節目
之多，觀之令人咂舌。據《隋書・音樂志》與《文獻通考》記載：「每歲正月，
萬國來朝，留至十五日。於端門外，建國門內，綿亘八里，列爲戲場。百官
起夾路，從昏達旦至晦而罷。伎人皆衣錦繡繒彩；其歌者多爲婦人服，鳴環
佩、飾以花髦者，殆三萬人。」又曰：「其冬，帝至東都。矩以蠻夷朝貢者多，
帝令都下大戲，徵四方奇技異藝，陳於端門街，衣錦綺、珥金翠者，以十數
萬。」又云：「於天津街盛陳百戲，自海內凡有奇技，無不總萃。崇侈器玩，
盛飾衣服，皆用珠翠金銀，錦罽絺繡，其營費巨億萬。……大列火炬，光燭
天地，百戲之盛，近古無比。」

對自漢至隋代朝廷大肆濫用波斯胡地輸入之幻術百戲，以助皇室奢華之
風，西域史學家羅紹文著文評判其原委與優劣：

> 不可否認，幻術由西域傳入中原，大大豐富充實了自秦漢始有
> 的百戲。百戲中之有魔術，可能在漢武帝以前就有個別節目出現。

自漢武帝以後，歷有增廣。魔術的「驚俗駭觀」、「奇怪異端」在當時自非其它雜技可比。統治階級甚至將它作爲顯示自己力量的象徵，將它推上了一個極重要的位置。從唐高宗敕西域關津查禁的情況來看，唐代對魔術和雜技中一些驚險節目有所限制。但隋皇已開百戲曠古的先例，影響極大，禁止不能。就在這種矛盾的情況下，伎樂人等自然會千方百計推陳出新，從廣度和深度上，「加其眩者之工」，從而促進了更高層次的戲劇藝術的產生。〔註7〕

波斯祆教傳入中國西域、河西與中原地區歷史文化，雖然文字記載不多，但值得慶幸的是在沿「絲綢之路」各地文物古蹟中還保留著大量有關祆教的圖象與雕刻藝術品。2002 年秋季筆者去中山大學拜會波斯史學家姜伯勤，有幸研讀其富有開創性的史學專著《中國祆教藝術史研究》深受啓迪，並對他以「圖象證史」有了更深層次的理解。筆者非常贊同蔡鴻生先生爲其大著撰寫的「序」文所述：「《中國祆教藝術史研究》是一部從藝術遺存來研究中國祆教的專著，爲伯勤先生多年潛研精神之獨結，具有很高的原創性。……在飽經滄桑的康樂園裏，我們對陳寅恪先生的詩文證史，岑仲勉先生的金石證史，都是無限嚮往的。現在，伯勤先生獨出心裁，用圖象證史來發明光大『二老』之學，我除讚賞之外，同時也深深受到激勵。」筆者作爲治學後生才疏學淺，沒有陳寅洛、岑仲勉、姜伯勤三位先生的深厚功力，只有嘗試以其詩文、金石與圖象之綜合考據方法來實證波斯祆教樂舞戲劇藝術的東漸歷史。

享有崇高國際聲譽的烏茲別克斯坦共和國科學院院士、中亞藝術史女學者普加琴科娃與藝術學博士列穆佩教授在合著的《中亞古代藝術》一書中，實錄許多與波斯樂舞戲劇有關的圖象與文字數據。諸如在中亞阿姆河流域的達里維爾津——捷佩遺址發現公元一世紀時的宗教壁畫，所見「畫中繪有女神，看樣子她趺坐在寶座上，頭微向左偏，左手舉起，五指作祝福狀。這幅畫面的另一塊殘片中有一個黑鬚男子，雙手把一個未穿衣的男童高高舉在頭上。」另如「巴拉雷克——捷佩（五、六世紀）向世人展示了吐火羅斯坦畫師們創作的一間藝術群像畫廊。……飲宴成了壁畫的主題。男士們在向自己的夫人獻著殷情，觥籌交錯，笑語喧嘩，躲在角落裏的樂師們奏著響亮的音樂。這一情節相同於收入菲爾多西《王書》的幾則浪漫故事中的一篇。後來這一情節曾多次被人再現，主要繪於《王書》最晚抄本的細密畫中」。還有如

〔註7〕羅紹文《西域鉤玄》，蘭州大學出版社，2002 年版，第 90 頁。

在中亞粟特人所建造的片治肯特遺址所存的壁畫中，他們發現波斯人尊崇的「女保護神，它的『女主人』南娜，她騎在一隻背上披著花紋織物的獅子身上，身旁有樂手（或是舞伎）。南娜是神，但是畫家是按照粟特女統治者的形象，並作了藝術概括而進行塑造的。」其壁畫中連續表現的戲劇性故事「與講述魯斯塔姆的長詩的粟特變體相近、半人半牛的妖怪起源於古代東方和希臘羅馬的神話。」〔註8〕

據姜伯勤先生著《中國祆教藝術史研究》專設「入華粟特人祆教藝術與中華禮制藝術的互動」一章，對流失到海外德國科隆博物館的北齊石棺床雙闕所刻圖象進行考證：「科隆藏品雙闕圖象有雙重象徵意義，一是象徵中原天朝的天闕，一是象徵祆教胡天的天闕。」他從中識別出「Miho 石棺床」上四臂女神「娜娜（南娜）」及所配置的祆教樂舞圖，並且對此文化現象進行了細緻的學術考辨：

> 四臂女神像，二手臂舉日月，二手臂放置在裝飾著獅子頭的神壇上。女神注視著下方二從者，此二從者立於蓮花座，演奏樂器。以為天上的世界，下半部是地上世界，一女子舞蹈，左右各五人（共十人）樂隊伴奏。女子上方繪一生命樹。全幅構圖表達了祭祀四臂女神娜娜的祭祆場景。〔註9〕

說到規模盛隆的中外流行的民間「祭祆場景」，不能不涉及到西域與敦煌所盛行的「賽祆」與「祭祆」社儀活動的考辨。諸如《梁書·滑國傳》云：「事天神、火神，每日到出戶祀神而食。」《酉陽雜俎》云：「俱得建國烏滸河中灘派中有火祆祠。」《新唐書》卷二二一上云：「（于闐）王居繪室。俗機巧，言迂大，喜事祆神，浮屠法。」敦煌卷 S·3728 號《乙卯年二三月歸義軍押衙知柴場司安祐成牒》云：「二十四日，于闐使賽神，付設司柴壹束。」吐魯番出土文書 67TAM88：25《按廟入供賬》云：「（高昌）十二日十五日，一斛，付阿……祀胡天。」《北史·西魏文帝紀》云：「大統四年春正月，拜天於清暉室。」敦煌古卷 S·0367 號《沙州伊州地志殘卷》云：「（伊州）祆廟中有素書形象無數。」P·2005 號《沙州圖經》云：「祆神，右在州東一里，立舍，畫神主，總有廿龕，其周回一百步。」然而為學者引用與討論，最多的還數

〔註8〕〔烏茲別克〕普加琴科娃、列穆佩《中亞古代藝術》，新疆美術攝影出版社 1994 年版，第 47、56、62 頁。

〔註9〕姜伯勤《中國祆教藝術史研究》，三聯書店，2004 年版，第 79 頁。

敦煌寫本 P．2748、P．3870《敦煌廿詠》中《安城祆詠》一詩：

> 板築安城日，神祠與此興。一州祈景祚，萬類仰休徵。
>
> 蘋藻來無乏，精靈若有憑。更有零祭處，朝夕酒如澠。

此首珍貴祭祀古詩所涉獵的中亞「昭武九姓」之安國人入華後，曾在河西敦煌建築有一座「安城祆」祠，每逢節慶零祭日。從四面八方的祆教信徒都要在火壇邊痛快地如流水般地飲酒以及樂舞祭祀，可見祭祆儀式與民俗活動結合如此之緊密。

　　令人感奮的是下述兩次重大考古發現。1999 年 7 月，中國考古人員在山西省太原市晉源區王郭村發現一座隋代虞弘古墓。緊接著於 2000 年 5 月至 7 月，又在陝西省西安市北郊龍首原發現一座北周時期安伽古墓，這可謂中國考古歷史上對波斯祆教文化難得的重大考古事件。這兩座波斯胡人墓葬中的石槨浮雕與其門楣壁畫中的「宴樂圖」，引起我們考察波斯樂舞戲東漸中原地區的濃厚興趣。

　　根據隋虞弘墓之墓誌銘所知，墓主人虞弘生於北魏孝武帝永熙三年（534），其家族為西胡系領民。北周時擔任「檢校薩保」官職的虞弘，曾奉命出使過西域與波斯地區，於隋開皇十二年（592）卒於太原。因為他生前遍遊祆教胡地，故其石槨基座雕刻有許多波斯神像、禽鳥、家畜，祭祆禮儀與樂舞慶典的宗教與世俗圖象。在虞弘墓出土的石槨四周由 50 多幅單位圖案組合而成，具體內容可分為「宴飲圖」、「樂舞圖」、「射獵圖」、「家居圖」、「行旅圖」等類型。其中樂舞與宴飲時而交織迭現，甚為珍貴。所見樂器諸如波斯係「箜篌」、「琵琶」、「笛」、「腰鼓」、「貝蠡」、「篳篥」、「羯鼓」、「排簫」、「吹角」、「鐃鈸」等，其典型胡風樂舞形式有《胡旋舞》、《胡騰舞》、《柘枝舞》等。其中波期樂舞戲場面被姜伯勤先生稱為「善的天國：宴樂圖」是一幅特別富有戲劇表演性的藝術精品，尤其下方浮雕畫面似乎是傳至中原地區胡戲《撥頭》的原型再現。對此，筆者經考察辨析後曾在《中西戲劇文化交流史》一書中描述與論證：

> 此幅樂舞戲圖畫空間繪有一處偌大的亭院廣場，在亭前的一張胡床上，正襟危坐著頭戴皇冠與花冠的波斯國王與王妃。他們一邊飲酒，一邊觀賞著眼前的樂舞伎表演。廣場居中處，有一位威武強悍的男子在隨樂有力地跳著《胡騰舞》。為他伴奏的六位樂師或跪、或立在花團錦簇的波斯地毯上，他們分別持琵琶、箜篌、篳篥、笛

子和羯鼓。另外，隨樂表演的還有兩位胡人與兩隻兇猛的獅子，其人物與情節似與西域歌舞戲《撥頭》中胡人與猛虎搏鬥一致。只見胡人不幸被猛獅吞噬了腦袋，但仍竭力反抗著，其戲劇場面慘烈而驚心動魄。〔註10〕

筆者之所以確認上述胡人與獅子相搏之「宴樂胡戲」爲胡人與老虎相鬥的《撥頭》的原創形象，是因爲在此浮雕側繪製著手持植物枝條，有頭光的波斯「Ameretat」（長壽或不死）女神。對此識別來自葛樂耐先生《比亞納爾曼與米安卡爾所出的納骨甕裝飾畫考釋》一文，稱其爲「植物保護神阿梅雷達特」，亦稱其「持豪摩和研缽的女子」。隨之他進一步考證：「豪摩屬於植物世界，而阿梅雷達特（Ameretat）的職能，在世界終結時借助『白豪摩』保證永生不死。」另據他爲《聞迪達德》撰寫的《導言》所述：「豪摩（Haoma），在印度是蘇摩（Soma），是一種醉人的植物。信徒爲使自己蒙恩和他的神受益而飲用豪摩汁。它構成了植物王國裏的所有生命的強力。」

參照諸多文物文獻重要考據，姜伯勤先生作出如下精彩的學術剖析：

> 我們推定此圖中央對飲女主人之左手一側第二圖象，爲Hauvatat（健康）女神，爲水的保護神。此胡爾伐達特女神，也是水之保護神。其下有琵琶、箜篌、笛、腰鼓、貝蠡、鐃鈸及舞人等天宮伎樂供養；又有豪摩、豪摩花和石榴的供養，以備作最後的潔淨禮。下有二獅食二武士頭場面，寓言祆教經典規定，只有有善行的人才能通過最後審判，通過白豪摩祭進入天國，而有惡行的人只能得到獅子啃頭的下場。〔註11〕

根據波斯與印度古代史料證實，原始的宗教祭祀活動都離不開充滿神秘氣氛的「蘇摩祭」，即由一種製酒蔓草「蘇摩」神格化的宗教儀式。此爲在當地神職人員的組織下，規範性地進行樂舞祭禮與慶典活動。據波斯古經《阿維斯陀》與印度古經《吠陀》所記載，其中最爲驚心動魄的是「馬祭」與「人祭」。其《馬祭》聖歌即爲《梨俱吠陀》中的《拔頭王之歌》。其聖歌唱道：「馬神阿修因，神馬白如銀。送與拔頭王，嘶聲震乾坤。震動印陀拉，咆哮如雷霆。騰驤屠殺龍，猛銳世無倫。」在古代印度社會，此歌舞戲主角是拔頭王與神馬，在波斯是武士與獅王，其故事傳至中國則變成父子與猛虎相搏。據

〔註10〕 李強《中西戲劇文化交流史》，人民音樂出版社，2002年版，第216頁。
〔註11〕 姜伯勤《中國祆教藝術史研究》，三聯書店，2004年出版，第143頁。

《新唐書‧波斯傳》記載：此國「祆祠天地日月水火。祠夕，以麝揉蘇，澤面顏鼻耳。西域諸胡受其法，以祠祆。」古波斯人飲「蘇摩」酒、祭祀過程表演胡戲樂舞之風俗自從輸入中國後則得以異化。

在西安北郊龍首原 2000 年出土的北周安伽墓，因墓誌篆刻有「大周同州薩寶安君之墓誌銘」，即已明確墓主原爲波斯胡人首領。根據墓室中的有關「帶翼神駝」、「人身鷹足神」與「火壇左右上方分別刻對稱的伎樂飛天」，方可斷定其人爲忠實的祆教信徒。在此墓石屏刻繪的 6 幅精緻的反映墓主安伽薩寶生前生活場景的圖象，諸如「薩寶於穹廬會見粟特人」，「薩寶接見突厥首領」，「突厥汗廷牙帳」，「波斯人及其傳說」等中均突出地繪製著波斯胡人一邊飲酒相會宴請，一邊奏樂歌舞的宗教與世俗藝術畫面。其中表演的胡風樂舞有《胡旋舞》、《胡騰舞》、《柘枝舞》等，以及演奏中亞兩河流域波斯安國胡樂的圖象，均可與中國古代詩文描繪相對應。

尤爲珍貴的是西安發現的北周安伽墓之門額半圓形處，亦繪有一幅場面壯美的「豪摩祭」祭祆圖。圖中爲立於覆蓮座火壇上的三峰駱駝，天空左右飛翔著兩位手持琵琶與箜篌演奏的伎樂供養人。兩旁供桌上分別擺放著插有豪摩酒的花瓶與盛有豪摩酒的金屬杯。供桌側立有人頭鷹身、鷹爪之「祭司」赫瓦雷納鳥，另有祆教信徒從杯中吸吮豪摩酒。對此神秘圖象，香港著名學者饒宗頤先生在《塞種與 Soma——不死藥的來源探索》中曾指出：「Haoma有人漢譯爲豪摩，在北周薩寶安伽墓刻在墓門額上的圖象，作璀璨輝煌的聖火壇。祭桌上面瓶中有豪摩葉及豪摩，盛以豪摩汁，這是 Haoma 表現於石刻中的見證。」他另外還在《穆護歌考》一文中論述火祆教及樂曲入華對中國傳統音樂的影響，這些文物文獻實物論據均可作爲波斯胡人樂舞戲劇東漸的重要歷史佐證。

與波斯祆教相類似，摩尼教也是古代波斯主要宗教之一，於公元三世紀由出生在南巴比倫安息王族家庭的摩尼所創立。他於 25 歲時在瑣羅亞德教的基礎上，吸取基督教、佛教、諾斯替教的教義思想，從而宣佈創立新的宗教信仰。摩尼在世時，在薩珊王朝沙波爾一世的庇護下於波斯、印度與西域諸國，甚至中國西部一些省份傳教，建立大批摩尼教教團。在摩尼教主被瓦拉姆一世於 276 年視爲異端處死後，摩尼教已西傳至敘利亞、小亞細亞、埃及、北非、羅馬、高盧南部與西班牙等地；向東則傳至中亞各國與東亞漠北回鶻與中原廣大地區。唐大曆三年（768），代宗賜令在長安建立摩尼教大雲光明

寺，又在長江流域荊、洪、揚、越各州及其河南府、太原府等地立寺。一時摩尼教大盛，迅速發展。在漢文典籍中摩尼教舊譯爲「明教」、「明尊教」、「末尼教」、「牟尼教」，民間則稱爲「吃菜事魔」或「魔教」。

　　摩尼教崇拜偶像，喜好詩歌文學與樂舞戲藝術，因緣於摩尼本人擅長詩文、音樂與樂器，與他有關的「讚美詩」文本與描繪祭祀樂舞的圖象在西域各地時有發現。尤爲在高昌遺址出土的彈奏琵琶、箜篌，吹奏笙、笛、簫、管的《樂師殘圖》尤能顯示當年摩尼教藝術東傳之動人情景。

　　在東漸中原地區的中亞兩河流域「昭武九姓」諸國樂部中，亦攜帶與推演著一些與摩尼教有關的樂曲，諸如《牧護歌》、《穆護砂》、《穆護子》、《善善摩尼》、《摩尼佛曲》、《綠腰》、《波羅球》、《五方獅子》、《蘇摩遮》等。其中要數波斯胡戲《蘇摩遮》對中國傳統樂舞戲產生影響最爲深遠。

　　《蘇摩遮》亦名「蘇幕遮」、「蘇莫遮」、「颯摩遮」、「蘇莫者」等，係波斯傳入中亞與西域一帶的飾假面表演的傳統樂舞戲劇。於二十世紀初，日本大谷光瑞探險隊在新疆庫車蘇巴什古寺（《大唐西域記》載「昭怙釐寺」遺址）發掘到的一具彩繪樂舞舍利盒，周圍繪有 21 人組成的飾假面化裝樂舞戲隊伍。他們在宗教祭司的率領下，身著彩衣甲冑、頭戴魈首假面，扮演神鬼動物，踏歌行舞、祭神祀天，即可謂歷史上摩尼教樂舞《蘇摩遮》的眞實寫照。

　　在我們翻閱中國古典詩詞樂曲時，發現其中不乏《蘇摩遮》詩詞曲牌，華夏史書典籍中也有許多關於中原地區大型樂舞《蘇摩遮》表演場面的描寫文學。諸如宋僧延一《廣清涼傳》記載：當年山西五臺山「大雲寺」在樂舞慶典時所奏樂即爲「摩利天仙曲」，並搬演《蘇摩遮》。岑仲勉先生考證此爲「波斯人侑神之曲也」。敦煌莫高窟與五臺山至今還保存著「大唐五臺曲子六首，寄在《蘇莫遮》之珍貴文獻，任半塘、陳中凡、王昆吾諸位學者均認爲此是波斯「乞寒戲」之濫觴，並認爲與河西走廊與晉北的民間祭祀樂舞戲曲的宗教儀式劇有著密切的淵源關係。

　　明代熹宗天啓五年（1625），因爲國人在長安城郊發掘到轟動世界的「大秦景教流行中國碑」，從而引起國內外學術界對波斯境內傳入中原的「景教」及當地的「波斯寺」的密切關注。

　　作爲基督教分支聶斯脫利派的景教，原本不是波斯故國伊朗境內產生的宗教，而是誕生於西亞敘利亞的神學家聶斯脫利於公元五世紀初所創立。後因他被羅馬主教判爲異端而被革職，後流放到波斯屬地受庇護，而使景教在

東方諸國廣為流傳。於唐太宗貞觀九年（635）由敘利亞人阿羅本攜經籍自波斯至中國長安傳教，曾翻譯景教經典，並建造「大秦寺」（即「波斯寺」）而聞名天下。唐高宗冊封他為「鎮國大法主」，德宗建中二年（781）立「大秦景教流行中國碑」。碑文中有「法流十道……寺滿百城」之文，後來景教雖然被禁止，甚至絕跡。但是此教在契丹人與蒙古人中間仍以「也里可溫教」異教形態而流行於世。

自《大秦景教流行中國碑》出土的 300 多年後，於河西敦煌莫高窟「藏經洞」又陸續發現七種有關唐代景教的珍貴文獻，其中最為珍貴並與東漸之波斯宗教樂舞戲密切關聯的是《大秦景教三威蒙度贊》。對此文本稱謂與教義，可參閱臺灣著名史學家方豪在《中西交通史》一書中重要考述：

> 《大秦景教三威蒙度贊》寫本，光緒三十四年，伯希和在敦煌鳴沙山石室發現，即今天主教彌撒中所誦榮福經（Gloria in excelsis），而雜以謝恩經（Te Deurn laudamus）也。現藏巴黎國家圖書館 3847 號。……《三威蒙度贊》即呼求聖三經也。日本人佐伯好郎以「威蒙度」為敘利亞文 imuda（浸禮）之音義兩譯名詞，謂係景教徒受洗時所誦朝拜聖三經。〔註12〕

根據我國宗教文化與樂舞戲曲文學學者考證，此首景教音樂典籍《大秦景教三威蒙度贊》自唐代流傳至今，仍為中國天主教教會普遍採用，名曰「頌贊聖歌」《榮歸主頌》。另從其它六部景教文獻如《尊經》、《大秦景教宣元本經》、《志玄安樂經》、《序聽迷詩所經》、《一神（天）論》、《大秦景教大聖通真歸法贊》的字裏行間亦保留有許多景教樂舞詩文的有關珍貴資料。

根據史書典籍大量文獻記載，古代西域，特別是波斯、印度一帶曾盛行百戲、雜技與幻術，而且許多文藝節目形式都是那裡的宗教人士如僧侶、神甫、教主等帶入中國境內的。正如《舊唐書·音樂志》云：

> 大抵散樂、雜戲多幻術，幻術皆出西域，天竺尤甚。漢武帝通西域，始有善幻人至中國，安帝時天竺獻伎，能自斷手足，刳剔腸胃，自是歷代有之。我高宗惡其驚俗，刺西域關令不令入中國。……睿宗時，婆羅門獻樂舞人，倒行而以足舞，於極銛刀鋒植於地，抵目就刃，以歷驗中，乃植於背下，吹篳篥者立於腹上，終曲亦無傷。

來自波斯康國的康僧會至魏吳建業，除了傳經授樂之外，還當眾表演令

人目瞪口呆的幻術雜戲節目。此據《高僧傳》記載，他在吳主孫權面前戲曰：「『如來遷蹟，忽逾千載，遺骨舍利，神曜無方。昔阿育王起塔，乃八萬四千。夫塔寺之興，以表遺化也。』權以爲誇誕，乃謂會曰：『若能得舍利，當爲造塔，如其虛妄，國有常刑。』」康僧會七日之後果然應驗，「既入五更，忽聞瓶中鏗然有聲，會自往視，果獲舍利。明旦呈權，舉朝集觀，五色光炎，照耀瓶上。權自手執瓶，瀉於銅盤，舍利所衝，盤即破碎。權大肅然驚起，而曰：『稀有之瑞也。』」

《北史・西域傳》中記載波斯悅般國胡人獻藝之奇事曰：「眞君九年（448），遣使朝獻，並送幻人，稱能割人喉脈令斷，擊人頭令骨陷，皆血出。或數升，或盈斗，以草藥內其口中，令嚼咽之。須臾，血止，養瘡一月復常，又無痕瘢。」

唐代張鷟《朝野僉載》卷三敘述波斯祆教之雜技幻術更爲神奇，即曰：「涼州祆神祠，至祈禱日，祆主以鐵釘從額上釘之。直洞液下，即出門，身輕若飛，須臾百里。至胡祆神前舞一曲，即卻至舊祆所，乃拔釘無所損，臥十餘日，平復如故，莫知其所以然。」又云：「河南府立德坊，及南市西坊，皆有胡祆廟。每歲商胡祈福，烹豬羊，琵鼓笛，酣歌醉舞。酬神之後，募一胡僧爲祆主，看者施錢，並與之。其祆主取一橫刀，利同霜雪，吹毛不過，以刀刺腹，刃出於背，仍亂攪腸肚流血。食頃，噴出水呪之，平復如故。此蓋西域之幻法也。」

閱覽上述西域、波斯的雜技幻術之奇技，再來審視中國內地百戲、散樂、戲曲的形起與繁榮，不能不懷疑相互之間確存有必然的聯繫。既便文字說不清楚，但現存的出土文物與文獻卻雄辯地證實其眞實歷史的存在。

筆者在參加 1990 年敦煌學國際學術研討會時，曾提交過一篇名爲《論波斯諸教對敦煌樂舞之影響》的學術論文，在該文結束處寫道：「波斯諸教如祆教、景教、摩尼教，無論是在宗教儀式還是民俗禮節上，無論是傳統文化還是樂舞戲藝術上，都不同程度地對東方世界與中國各地發生過曠日持久的影響。若究其歷史眞實面目，很大程度首先要求助於專家學者對東西方文化交融的藝術寶庫敦煌之樂舞珍貴遺產的探索與研究。」〔註13〕同時也要求助於對國內外所存波斯與中國古代有關民族樂舞戲劇文獻的珍貴遺產的探索與研

〔註13〕　《敦煌學國際研討會文集・石窟藝術編》，遼寧美術出版社，1995 年版，第226 頁。

究。

綜上所述，秦漢至隋唐時期，西域地區波斯系胡樂及樂器曾大量輸入我
國內地，並對中原大曲、法曲、俗曲及燕樂樂器與器樂產生廣泛而持久的影
響。尤以琵琶、箜篌、篳篥、嗩吶、羯鼓等，以及古代歌曲、舞曲與解曲之
傳統樂舞藝術形態傳播。波斯諸教胡樂與雜戲在華夏樂壇紮根，並得以血脈
流傳、同化乃至全面華化，從而有機地化解於中華多民族傳統音樂歌舞戲曲
之中。隨著我國西安、太原等地古波斯宗教與世俗文物的出土，以及向達、
岑仲勉、姜伯勤、普加琴科娃、列穆佩等中外著名學者的學術考證與研究，
波斯諸教如祆教、摩尼教、景教樂舞雜戲文化曾沿「絲綢之路」陸續入華，
並對中國漢族與少數民族文化表演藝術產生重大影響，已成為無可辯駁的重
要歷史事實。

三、中外諸國民族戲劇文學之交匯

「絲綢之路」因為是由中國中原腹地輻射至世界各地的通衢大道，自然
具有古代世界性民族文學與藝術交匯性質。絲綢之路是一個地理概念，也是
一個歷史概念，又是一個民族概念。絲綢之路所經過的地方多是各國少數民
族地區。故此，這裡產生的戲劇藝術形式不可避免地浸染著濃烈的民族文化
色彩。我們對於絲綢之路民族戲劇的研究與探索應該從這三個層面和角度進
行分類與解析。從上述地理、歷史、民族三個維度出發，絲綢之路戲劇理應
是一個立體的、復合的、流動的人類文化實體。

從地理文學角度來審視，應具有空間方位的理念，是在絲綢之路發生和
經過的亞洲和歐洲各國文學。在中國境內則是從關中平原長安古都出發，經
西北、西南、東北、東南各區域，沿陸上與海上絲綢之路各地域性文學樣式
向著四面八方傳播。

從歷史文學角度來審視，「絲綢之路」應具有時間流動的理念，是自中原
長安的西漢初年開始，延續兩千年左右。為東西方各國、各時期的國別與族
別文學演變和文學交流的物化形態。對此我們往往可以以各國、各地的傳統
曆法與紀年來劃分和研究其傳統的又是新興的文學形式。

從民族文學角度來審視，絲綢之路文學應具有綜合文化的理念，是以古
代長安為軸心的中華各民族，以及絲綢之路沿途各國、各民族的傳統文學形
式。因其民族傳統文化與民俗風情的不同而各顯各種文學的特質。

按照中國歷史上對其文學文體的體識與分類，大致爲：「中國古代的文學文體，從詩、騷開始，到散文、賦；再到小說、詞、戲曲等，經歷了一個演變的歷程。而且同一體裁本身，如詩由四言、五言到七言，形成嚴整的律詩和絕句；小說則由志怪、傳奇、話本到章回，又因神魔、世情、公案等內容而有一定的形式或套路上的差異。」〔註 14〕而在西方各國，則主要以民族詩歌、散文、小說、戲劇文學爲主。我們在研究絲綢之路文學時既要關注中西方的文學觀念，又應兼顧東方諸國其它民族的文學形式。

關於上述的地理、歷史、民族的背景材料，亦可用文化環境來概括與審視。據俄國學者普列漢諾夫、法國學者丹納的學術觀點，人類精神文化產物正如活著的自然物質一樣，只能由它們賴以生存的環境文化來證實。據中國學者夏日雲、張二勳主編的《文化地理學》關於「環境對文學作品的影響」一章所述：1、「首先從文學生成機制來看」；2、「其次，環境對文學作品的內容和形成也有影響」；3、「環境對文學作品風格的影響」；4、「文學作品民族風格的空間變化」；5、「文學作品中人物性格的刻畫帶有很強的區域性」；6、「民族風格的空間變化性還表現在文學作品的體裁和藝術技巧上」。〔註15〕本著此要旨，我們通過絲綢之路自然與文化環境的變遷來考察，可發現以古代長安文學爲代表的中國傳統詩文的民族性和國際性。

秦、漢王朝統一中國，積聚了中原王朝的強大實力。到公元前二世紀的漢武帝時期，爲了打敗稱雄漠北、搔擾中原農耕居民的游牧王國匈奴，雄才大略的漢武帝派張騫出使西域，聯絡被匈奴人從河西趕走而定居在阿姆河一帶的大月氏人。張騫經過千難萬險，雖然沒有搬來大月氏的兵將，卻全面瞭解了西域的政治和地理情況。隨後，漢武帝又派張騫第二次出使西域，這一次使團的人數總共有三百人之多，張騫及其隨行者的足跡也更爲廣遠。先後到達了大宛（費爾干納）、康居（以今塔什干爲中心的游牧王國）、大月氏、安息（古代波斯帕提亞王國）、身毒（印度）等國。張騫的兩次西行，打破了游牧民族對絲路貿易的壟斷，使中國和中亞、南亞、西亞諸王國之間建立了直接經貿往來關係。張騫等人帶回的地域文化報告，也是中國人對外部世界的首次眞知實見，而且由司馬遷和班固分別寫入《史記·大宛傳》和《漢書·

〔註14〕朱志榮《中國文學藝術論》，山西教育出版社，2003 年版，第 169 頁。

〔註15〕夏日雲、張二勳主編《文化地理學》，北京出版社，1991 年版，第 395～400頁。

西域傳》之中，從此結束了我國古代對西方神話般的傳聞與模糊認識。正因為張騫的這一創舉在歷史上的重要性，所以人們把張騫通西域一事形象地稱之為「鑿空」。

張騫西行的直接後果，是促使漢朝打敗匈奴龐大政權。其結果，漢朝不僅在河西走廊建立了武威、張掖、酒泉、敦煌四個郡，還進而派兵遠征蔥嶺以西的大宛，獲得武帝夢寐以求的天馬──汗血馬。到了公元前 60 年，漢朝在西域設立了西域都護府，控制了整個塔里木盆地。漢朝的使者，可以得到西域各個綠洲王國的供應，西行變得更加容易。使者相望於道，往來不絕。

相傳漢武帝得到西域的汗血寶馬後大喜過望，揮筆寫下《天馬之歌》，亦為《漢書·郊祀志》中的《太一之歌》：

太一貢兮天馬下，霑赤汗兮沫流赭。騁容與兮跇萬里，今安匹兮龍為友。

據《漢書·張騫傳》記載：漢初，天子「得烏孫馬，名曰天馬。及得汗血馬，益壯，更名烏孫馬曰西極馬，宛馬曰天馬云。」漢武帝大喜，太初四年（公元前 107 年）書寫《天馬之歌》曰：「天馬來兮從西極，經萬里兮歸有德。承靈威兮降外國，涉流沙兮四夷服。」此為古代文獻記載的另外一個文學版本。

西漢末年，王莽專政，中原與西域的關係一度中斷。東漢初，漢明帝派班超經營西域，重新恢復了西域都護對塔里木盆地的統治。與此同時，匈奴分裂為南北兩部，北匈奴在南匈奴和漢朝的聯合打擊下，西遷到黑海北岸，引起了西亞和歐洲許多民族大規模的遷徙。在絲綢之路的古代歷史上，甘英的西行是中國人在西域的又一壯舉。

公元 97 年，西域都護班超派遣部下甘英出使大秦（羅馬帝國）。甘英一直來到波斯灣頭的幼發拉底河和底格里斯河入海處的條支國，準備渡海西行。但是安息人為了壟斷東方與羅馬的絲綢之路貿易，向甘英誇大了阿拉伯海（地中海）航行的艱險，阻止了甘英進一步西行。甘英雖然自條支歸還，沒有達到原定的目的地，但後人通過他的行為可瞭解到從條支南出波斯灣，繞阿拉伯半島到羅馬帝國的過去不曾知曉重要航線。

對此重要文化地理環境和以及此段民族文學歷史的瞭解，我們可閱讀如下三首來自陸上絲綢之路和西南絲綢之路少數民族地區的民歌：

諸如漢代於隴右河西一帶流傳著一首《匈奴歌》云：「亡我祁連山，使我六畜不蕃息。失我焉支山，使我婦女無顏色。」對此首著名古歌，筆者所著

《民族戲劇學》一書進行下述解讀：

> 歌中所吟唱的「祁連山」與「焉支山」都在我國甘肅省的河西
> 走廊，「焉支」亦稱燕支或胭脂，是匈奴婦女化妝所使用的赤色敷彩。
> 歷史上因漢將衛青與霍去病率兵收復河西，奪取了匈奴人世襲的肥
> 美牧場，故使得天地變色。人去畜離，連家眷都疲於奔命，流離失
> 所，婦女也無從安渡歲月，梳妝打扮。從民謠中可透露出匈奴人民
> 對戰爭的厭惡，以及對美好生活的嚮往。〔註16〕

雲南地區至今存有一首古歌《渡蘭津歌》，生動形象地反映兩漢時期西南
山區少數民族與關中地區漢政府的友好關係：

> 漢德廣，開不賓。渡博南，越蘭津。渡蘭滄，爲他人。

上述「漢德」爲當地人稱大漢王朝給哀牢山一帶夷民百姓賜予的恩德。表示
願意共同協力繼續開發尚未管轄之地。「博南」即今雲南的永平，所辟「博南
道」爲經大理、永平、保山、芒市至驃國（今緬甸）的一條國際通道，即「蜀
身毒道」。「蘭津」、「蘭滄」均指橫穿雲南的瀾滄江及渡口。古詩中的「他人」
於《水經注》中爲「作人」，《華陽國志》爲「佗人」，即當地土著人的自稱。

據《後漢書‧西南夷列傳》記載，在東漢明帝永平年間（公元58～75年），
益州刺史梁國朱輔在西南絲綢之路沿途，曾頒佈與昭示大漢懷柔政策，受此
感召，當地羌人部族「白狼王唐（菆）等慕化歸義」並作《遠夷樂德歌》、《遠
夷慕德歌》、《遠夷懷德歌》三首以示歸順，後由田恭「譯其辭語」，名爲《白
狼王歌》曰：

> 大漢是治，與天合意。吏譯平端，從不我來。
> 聞風向化，所見奇異，多賜繒布，甘美酒食。
> 昌樂肉飛，屈伸悉備。夷蠻貧薄，無所報酬。
> 願主長壽，子孫昌熾。
>
> 蠻夷所處，日入之部。慕義向化，歸日出主。
> 聖德深恩，與人富厚。冬多霜雪，夏多和雨。
> 溫暖時適，部人多有。涉危歷險，不遠萬里。
> 去俗歸德，心歸慈母。
>
> 荒服之外，土地饒角。食肉衣皮，不見鹽谷。

〔註16〕李強、柯琳《民族戲劇學》，民族出版社，2003年版，第554頁。

　　吏譯傳風，大漢安樂。攜負歸仁，觸冒險峽。

　　高山歧峻，緣崖磻石。木薄發家，百宿到洛。

　　父子同賜，懷抱匹帛。傳告種人，長願臣僕。

據人考述，此組古代詩歌充分地表達了西南地區白狼羌人對「與天合意」中原大漢王朝政權的信任。心悅誠服地表示對「聖德深恩」的皇帝的臣服。並抱著對長安文化的仰慕之情，衷心祝願「大漢安樂」、「子孫昌熾」。

　　繼西漢張騫以後，東漢班超再次出使西域，平定了匈奴而恢復了絲綢之路交通。於永平九年（公元 66 年）從西域派遣甘英使大秦，抵條支，臨大海欲渡，而「安息西界船人謂英曰，海水廣大，往來者逢善風三月乃得度，若遇避風亦有二歲者，故入海人皆齎三歲糧，海中善使人思土戀慕，數有死亡者。英聞之乃止。十三年，安息王滿屈復獻獅子及條支大鳥，時謂之安息雀。」〔註17〕另云，安息至大秦「海北諸國所生奇異玉石諸物譎怪多不經。」注曰：「大秦國俗多奇幻，口中出火，自縛自解，跳十二丸，巧妙非常。」此言論行為無疑為西方諸國對漢使西訪之功德與回報。

　　唐朝初年，中國朝廷與中亞諸國建立了廣泛的聯繫，武德年間（618～626年）建交的有康國、安國、西曹國、東曹國、石國以及吐火羅、劫國。貞觀年間（627～649 年）史國、何國、火辭彌、俱蘭、俱密、識匿、帆延國均遣使入唐。至唐朝派兵平定西突厥以後，於 658 年又在中亞阿姆河、錫爾河等地設置羈縻都督府，並通過封王的形式來確定上述地區的宗王權。在此期間，中國中原與中亞地區雙方樂舞、戲劇、美術等藝術形式均得以廣泛的傳播。

　　東方文化西漸的另一方面原因則是大批僧侶的西行求法所致，而他們在傳播東方文化與輸入印度文化方面所做的貢獻尤大。現見於史載最早的是三國魏僧人朱士行，行經萬餘里，來到當時盛行大乘學的于闐國。終於他取得梵文寫本《大品般若經》九十章六十餘萬言。在他之後還有西晉的竺叔蘭、竺法護等僧人。《高僧傳》稱：竺叔蘭「博究眾音，善梵漢之語」，曾與西域沙門無羅叉等廣譯經文。世稱「敦煌菩薩」的竺法護隨師遊歷西域各地，先後譯出《光贊般若經》、《賢劫經》等大乘經典。

　　東晉時西行求法的可考有三十七人，其代表人物有鳩摩羅什、法顯、寶雲、智嚴、智猛等。被稱為中國佛典翻譯大師的鳩摩羅什，祖籍天竺，生於龜茲，博讀大小乘經論，名聞西域諸國。前秦建元十八年（382），呂光破龜

〔註17〕 （漢）班勇《西域風土記》。

茲，將主要是爲獲鳩摩師迎入長安。據《開元釋教錄》記載，他入中原後與弟子共譯出《法華經》、《維摩詰經》、《阿彌陀經》等七十四部三百八十四卷。羅什譯經，旨在傳述「經中偈頌」，「曲從方言，而趣不乖本」重在傳遞文學與音樂意趣。相傳他在世時，弟子三五千，其中著名者如道生、僧肇、道融、僧叡，通稱爲「什門四聖。」

東晉安帝隆安三年（399），年屆花甲的法顯攜慧景、道整、慧應、慧嵬等人從長安出發，西度流沙，越蔥嶺，遍歷北、西、中、東天竺。特別是在恒河下游的佛教中心地巴連弗邑滯留三年，研學梵書梵語，抄寫經律。之後又渡海經師子國、「耶婆提國」航海歸國。前後凡十四年，遊歷三十餘國，攜回浩繁的梵本佛經，並將旅行中的傳奇經歷撰成《高僧法顯傳》，亦稱《佛國記》。此爲後人研究古代印度與南亞諸國歷史、文化與中外交通的重要資料，其中尤以天竺樂舞與梵劇記載彌足珍貴。

繼法顯、寶雲之後，華夏西遊瞻禮聖蹟的僧人日益增多，較爲出名的如惠生、宋雲等。據楊衒之《洛陽伽藍記》記載，上述二位僧人於北魏神龜元年（518）自中原洛陽出發，經青海吐谷渾至西域竭盤陀抵嚈噠，四十餘國使者「見大魏使人，再拜，跪受詔書」。後去乾陀羅國、天竺國廣禮佛蹟。二僧於正光二年（521）冬季返回中原，所得大乘妙典經論凡一百七十部。《洛陽伽藍記》卷五「惠生、宋雲傳」載：「晨夜禮拜，擊鼓吹貝，琵琶箜篌，笙簫備有。」《魏書》「波斯傳」注云：「以六月爲歲首，尤重七月七日、十二月一日，其日民庶以上各相命召，設會作樂，以極歡娛。」由此可洞悉當時東西方諸國諸民族樂舞雜戲藝術之盛況。

唐代西行求法者更多，僅義淨撰《大唐西域求法高僧》中所列就達六十人之多，其中如義淨、慧超、悟空等爲皎皎者，玄奘更是因西天取經傳奇經歷而名昭千古。佛教譯經家義淨於唐高宗咸亨二年（671）由海道往印度求法，巡禮鷲峰、雞足山、鹿野苑、祇林精舍等佛教聖蹟後，到那爛陀學習大小佛教歷時二十多年。後攜梵本經、律、論約四百部返回洛陽、長安主持譯事，並在印度至中國歸途中寫成《南海寄歸內法傳》四卷與《大唐西域求法高僧傳》二卷，較詳細地記載了中印兩國宗教文化交流之歷史事實。他所編撰的《梵語千字文》爲當時中國僧人所編撰的第一部梵文字書。

《一切經音義》、《敦煌石室遺書》中所記載的東晉高僧慧超，也是沿海上絲綢之路抵天竺各地，然後西行周遊吐蕃、波斯、大食、拜占廷與中亞各

國，然後再越蔥嶺，於唐開元十五年（727）抵達安西大都護府龜茲。他每經過一地，都要詳細記載其路程、文化、風俗、語言、宗教、國情等，慧超所著《往五天竺國傳》即中外宗教文化的真實寫照。

唐玄宗於天寶十年（751）中原朝廷派遣僧侶悟空等四十餘人送薩婆達幹及罽賓使者返回而入犍馱羅國。悟空乘年富力強而留迦濕彌羅多年，學習研修梵語與佛教知識，後遊歷天竺、吐火羅、西域諸國，於德宗貞元六年（公元790年）二月返回長安。《大唐貞元新譯十地等經記》中收錄圓照的《佛說十力經序》，以及《悟空入竺記》為後人瞭解古印度、中亞、西域經濟文化的重要文獻。其中有關怛邏斯戰役後蔥嶺東西形勢為人們研究此段歷史文化提供了珍貴的資料。

唐貞觀十五年（641）唐太宗將文成公主嫁給吐蕃王松贊干布，從此開通青藏高原至長安的道路。印度等南亞國家正是借助此條「唐蕃古道」屢派使者來到中國，唐王朝也派遣使者回訪，王玄策即為其中突出的代表。他第一次由唐太宗派遣協助衛尉丞李義表西行南下經吐蕃、泥婆羅出使印度摩揭陀，其國王屍羅逸多帶眾人焚香夾道歡迎。唐隨從宋法智等圖寫彌勒像，歸國後將其尊為道俗競模之範本。隨之，印度派使者向唐廷獻火珠、鬱金香、菩提樹，並獻樂舞雜戲。據《法苑珠林》記載：「唐貞觀二十年（646）西國有五婆羅門來到京師，善能音樂祝術雜戲，截舌抽腹，大繩續斷。」

公元647年，王玄策晉升為正使第二次出使印度。因中天竺王屍羅逸多死而國內大亂，他只抵達泥婆羅與迦摩縷波國，攜許多饋贈品歸國。後來，王玄策第三次出使在657年。他奉命送佛袈裟至印度，一路上受到盛隆的禮樂宴請，尤使王玄策感興趣的是幾次都觀賞到佛國精彩的樂舞雜戲：

> 顯慶己未，王玄策等數有使人向五印度。西國天王為漢使設樂，或有騰空走索，履屐繩行，男女相避，歌戲如常。或有女人手弄三仗刀稍槍等，擲空手接，繩走不落；或有截舌自縛，解伏依舊，不勞人功，如是幻戲種種難述。〔註18〕

另據《王玄策西國行傳》云：「王使顯慶四年（659）至婆栗闍國。王為漢人試五女戲。其五女傳弄三刀，加至十刀。又作繩伎騰虛繩上，若履而擲，手弄三仗刀稍槍等。種種關伎，雜諸幻術，截舌抽腸等，不可具述。」

中國著名的佛教大師與旅行家。玄奘，俗稱姓陳，名褘，洛陽緱氏人，

〔註18〕《法苑珠林》卷九十四《十惡篇》。

號「三藏法師」，他十三歲出家，二十一歲受具足戒。唐貞觀三年（629），他毅然從長安出發，西行求法，經姑臧，出敦煌，經西域與中亞，終於抵達中印度摩揭陀國王舍城，入那爛陀寺，從師戒賢法師。遍覽一切佛教經典，兼及婆羅門教經典和梵書，並致力研究《因明論》、《聲明論》與梵書《聲明記論》，而逐步精通古代印度傳統文化與文學藝術。戒日王曾於曲女城設無遮大會，玄奘宣講大乘教義，名聲大振。

貞觀十九年（645），玄奘歷時十七年載譽回國，帶來大小乘佛教經典論著共六百五十七部，唐太宗派人接迎至長安京都。之後，玄奘主持一系列大規模的佛經翻譯活動。二十年間，先後譯出大小乘經論共七十五部，一千三百三十五卷，另外還把《老子》和《大乘起信論》譯爲梵文西傳入印度，並將求法沿途經歷見聞撰成鴻篇巨製《大唐西域記》十二卷。

於初唐時期，唐朝遣使文成公主人藏與松贊干布聯姻，可謂唐蕃文化交流史上的一椿大事。據《資治通鑒·唐紀》記載，於唐貞觀十二年（638）八月初，「上遣使者馮德遐撫慰吐蕃，吐蕃聞突厥、吐谷渾皆尚公主，遣使隨德遐入朝，多齎金寶，奉表求婚，上未之許。」此爲吐蕃求婚聯姻之動議。《舊唐書·吐蕃列傳》亦載，贊普親曰：「我父祖未有通婚上國者，今我得尚大唐公主，爲幸實多，當爲公主築一城，以誇後代。」唐朝即刻滿足吐蕃王的要求，於貞觀十五年（641），「太宗以宗女文成公主」遠嫁。對此，《資治通鑒》卷一九五記載更詳。於貞觀十四年（640）十月，「丙辰，吐蕃贊普遣其相祿東贊獻金五千兩及珍玩數百，以請婚。上許以文成公主妻之。」於翌年，即貞觀十五年（641），「丁丑，命禮部尚書江夏王道宗持節送文成公主於吐蕃。贊普大喜，見道宗，盡子婿禮。慕中國衣服、儀衛之美，爲公主別築城郭宮室而處之，自服紈綺以見公主。」

據漢文文獻中所述「爲公主別築城郭宮室」，係指松贊干布贊普特爲文成公主於西藏拉薩紅山之巔修築的三座堡式宮樓「布達拉宮」，以及後來由文成公主親自主持所修築的吐蕃式殿宇「大昭寺」與漢式廟宇「小昭寺」。

據《西藏土統記》記載，當年「文成公主人藏時，唐王曾以釋迦佛像、珍寶、金玉、書櫥、三百六十卷經典等作爲文成公主的陪嫁運送人藏」。從此可知，印度佛教造像與經典最初是由漢地輸入吐蕃的。另據中央民族大學王堯教授編著的《吐蕃金石錄》考釋：

文成公主或係道宗之女。吐蕃人以文成公主入藏故事圖之於

壁，詠之以歌，飾以戲劇，伴以舞蹈，極盡謳歌讚歎。可證藏漢人
民之間情誼深厚。〔註19〕

至今在西藏大昭寺殿中人們還能目睹一幅大型古代壁畫《文成公主入藏歡慶
圖》。畫面所反映的是當年西藏拉薩萬人空巷，吐蕃臣民載歌載舞，熱烈歡迎
唐使節與文成公主入藏的恢宏場面。在壁畫中心位置非常顯著地繪有一位藝
伎戴著白山羊皮面具，正在戲耍兩頭野牦牛、旁邊有兩位樂人敲鼓擊鈸伴奏
的吐蕃樂舞表演藝術形象。

　　另外在「大昭寺」還能窺視反映當年文成公主主持修築此寺的樂舞慶典
壁畫。又批，《中國少數民族舞蹈史》中有一段《大昭寺慶典樂舞圖》詳細記
載：

　　　　樂舞圖部分以歌舞、樂隊爲主，其次是頭戴面具、手持鞭環的
　　藝人，戲耍大型動物獅、牛的場面，這兩部分佔據整幅畫面的中部。
　　左、右側則爲賽馬、抱石、摔跤等民間競技比賽與旁觀的人群。歌
　　舞場面中繪有一人彈紮木聶（六弦琴），前面正中七人伴仙女舞，樂
　　隊七人分別以碰鈴、鼓、橫笛、長鼓、胡琴、嗩吶、雲鑼伴奏；右
　　側一人著長袍雙腳踏地、亦作舞態。扮仙女者有四人徒手而舞，上
　　身半裸，下著長褲、短裙，肩披長飄帶，吸一腿，舞姿生動活潑。
　　這幅樂舞圖中既有藏族樂器，也有漢族樂器，反映出漢藏樂舞文化
　　交融的悠久歷史。〔註20〕

「文成公主入藏和親」不僅從漢地帶去「釋迦佛像」與佛教經典，還輸入大
批儒、道書籍與一些唐朝文化習俗，此可參閱《舊唐書・吐蕃列傳》所載：「公
主惡其人赭面，弄贊令國中權且罷之。自亦釋氈裘，襲紈綺，漸慕華風，乃
遣酋豪子弟，請入國學以習詩、書。又請中國有識文人典其表疏。」關於唐
蕃經濟文化交流歷史，還可從《敦煌本吐蕃歷史文書・傳記》第十節記載。
此爲噶爾家族被敵剿滅，莽布支攜妻郭曲逃遁投唐的一段吐蕃民歌得以參
照：「妻子雖越過山嶺，孩子仍遺留在後。老祖母龍鍾不能站立，母妹招手來
送行，屬廬氏係終身伴侶。我的屬官長上是唐王三郎，逃亡者的故鄉是大唐。」
據藏文文獻《紅史》解釋，此首古歌中所反覆吟唱的「唐王三郎」，即吐蕃人
對唐玄宗李隆基的昵稱。

〔註19〕王堯編《吐蕃金石錄》，文物出版社，1982年版，第45、43頁。
〔註20〕《中國少數民族舞蹈史》，中央民族大學出版社，1998年版，第147、148頁。

在唐蕃文化交流史中，金城公主與赤松德贊的聯姻婚嫁，是一樁更為重要的歷史事件。此事緣起可參閱《舊唐書‧吐蕃列傳》所載：

> 贊普之祖母遣其大臣悉薰然來獻文物，為其孫請婚。中宗以所養雍王守禮女為金城公主許嫁之……金城公主，朕之少女，豈不鍾念。但為人父母，志息元黎，若允乃誠祈，更敦和好。則邊士守晏，兵役服息，遂割慈親，為國大計。築茲外館，聿脩嘉禮，降彼吐蕃贊普。即以今月進發，朕親自送於郊外。

論其輩分與親戚關係，雍王守禮之女是唐中宗之姪孫女，亦為皇室貴戚，之所以「朕親自送於郊外」，證實唐王朝對聯絡吐蕃關係之高度重視。對此重大聯姻舉措，《資治通鑑》卷二〇八、二〇九記載更為詳盡：

> 景龍元年（707），夏，四月，辛巳，以上所養雍王守禮女金城公主妻吐蕃贊普……景龍三年（709），十一月，乙亥，吐蕃贊普遣其大臣尚贊咄等千餘人逆金城公主……景雲元年（710），春，正月，丙寅，上命紀處訥送金城公主適吐蕃，處訥辭；又命趙彥昭，彥昭亦辭。丁丑，命左驍衛大將軍楊矩送之。己卯，上自送公主至始平；二月，癸未，還宮，公主至吐蕃，贊普為之別築城以居之。

另據《敦煌本吐蕃歷史文書》大事紀年篇六十一記載：「乃至狗年（庚戌，公元 710 年）派員整治贊蒙公主來蕃之物事……以尚贊咄熱拉金為迎婚使，贊蒙金城公主至邏些之鹿苑……外甥是先皇帝宿親，又蒙降金城公主。遂和同為一家，天下百姓，普皆安樂……外甥以先代文成公主，今金城公主之故，深識尊卑，豈敢失禮。」

通過上述唐蕃漢藏文獻，我們可清晰地梳理出以下歷史事實：鑒於松贊干布與文成公主的成功聯姻，為進一步發展吐蕃與大唐的友好關係，赤松德贊祖母特委託大臣悉薰然赴唐請婚。唐中宗允姪孫女金城公主赴藏和親，特命左驍衛大將軍楊矩送行。吐蕃贊普則遣大臣尚贊咄熱拉金。據《文館記》載：遣大首領瑟瑟告身贊咄、金告身尚欽藏。吐蕃臣率千餘人前來迎駕金城公主於邏些（拉薩），並以外甥名義自居，遂與唐王朝「和同為一家」，以使吐蕃人民安居樂業「普皆安樂」。

據文獻記載，吐蕃贊普棄宗異贊（松贊干布）在位（公元 629～650 年）與棄乞立贊（赤松德贊）在位（公元 754～797 年）期間大力弘揚印度佛教與宗教文化，客觀上為吐蕃原始苯教注入了新的活力。據《西藏王統記》記載，

松贊干布曾在頒發十善法典的慶祝會上「令戴面具，歌舞跳躍。或飾犀牛，或獅、或虎，鼓舞曼舞，依次獻伎。奏大天鼓，彈奏琵琶，還擊鐃鈸，管絃諸樂，如意美妙。十六少女，裝飾巧麗，持諸鮮花，酣歌曼舞，盡情歡娛」。

赤松德贊在迎娶唐朝金城公主之後，開始篤信佛教文化。他特地邀請克什米爾密宗大師蓮花生，並建築著名的「桑耶寺」。舉辦苯教與佛教儀軌融為一體的宗教法會，規範與推演藏戲之先聲的「羌姆」，後世一直傳為中印文學藝術交流之佳話。

四、絲綢之路宗教樂舞戲劇藝術的輸入

從公元前二世紀到公元後二世紀，沿著歐亞內陸交通國際幹線，有四大帝國並列其間，即歐洲的羅馬（公元前 30 年～公元 284 年）、西亞的安息（亦稱帕提亞，公元前三世紀中葉至公元 226 年）、中亞的貴霜（公元 45 年～226 年）、東亞的漢朝（公元前 206 年～公元 220 年）。在公元前後，這四大帝國，積極向外擴張都處在國勢昌盛的時期，如羅馬帝國在圖拉真（公元 98～117 年在位）時，把版圖擴大到幼發拉底河上游一帶；又如貴霜帝國也曾把勢力伸進塔里木盆地；漢朝則成功地打敗匈奴，控制中亞河西走廊，進駐天山南路。漢使節張騫鑿空西域和甘英的遠行，使東西方世界直接聯繫起來，這是中世紀時代英雄的創舉，也是歷史發展的必然。其結果是使得中國、印度、西亞和希臘羅馬四大古代文明有了直接的交流和影響。

從中國歷史的發展來看，漢代開闢的這條絲綢之路時，因為政治對立、民族矛盾激化，乃至戰爭曾一度中斷。但是因文明的發展，勢力的擴張，商業民族的活躍，以及草原游牧民族與農耕定居民族的依存關係，使得東西方的精神與物質的文化交往兩千多年來從未真正斷絕。

魏晉南北朝時期，中原天下大亂，不少大戶豪族和有文化的士人紛紛遷居西北絲綢之路沿線以避戰亂，如此促使中西交往的孔道河西走廊的文化得到前所未有的提高。五涼王朝的先後建立，也集聚了大批人才雅士。文化水平的提高和大量士人的存在，為本地區接受外來文化提供了知識的基礎，也為向中原輸送外來文化提供了方便。而且，不論是東晉五胡十六國，還是後來的南北朝，都不斷有東往西去的使者旅行在絲綢之路上。諸如，310 年，天竺僧人佛圖澄至洛陽；399 年，東晉僧人法顯等西行取經；437 年，北魏王朝遣董琬、高明等出使西域諸國；468 年，遣使韓羊皮出使波斯，與波斯使俱還；

518 年，宋雲與惠生自洛陽出發，西行取經；530 年，波斯國遣使魏晉南朝；另外，還有大量沒有留下名字和事蹟的使者往來於東西各國。

據文獻記載，精通音樂、博學能詩的何妥爲波斯何國人氏，他寫自傳稱其父爲「細腳胡」。自北周入華，何妥爲隋朝仕國子博士，進爵爲公。後文帝令其考定鍾律。何妥著書多種，尤以《樂要》、《考定鍾律表》與胡曲有染，尚存世詩歌六首。其中《入塞》一首詩云：「桃林千里險，候騎亂紛紛。問此將何事，嫖姚封冠軍。回旌引流電，歸蓋轉行雲。待任蒼龍傑，方當論次勳。」今日我們捧讀，依然蕩溢著北方草原絲綢之路的浩蕩胡風。

中亞雍古部回回人馬祖常，幼年隨父信奉聶斯脫利教，經史皆通，能寫善譯，詩文兼工，卓然成家。他曾參加編寫《英宗實錄》。元刊本《石田集》收錄馬祖常一些詩文，其中一首《飲酒》寫世祖功業與入華之傳奇經歷，詩云：「昔我七世上，養馬洮河西。六世徙天山，日日聞鼓鼙。金室狩河表，我祖先群黎。詩書百年澤，濡翼豈梁鵜。」又寫當朝華夷文化交融之大勢：「後來興唐臣，胤裔多羌氏。春秋聖人法，諸侯亂冠笄。夷禮即夷之，毫髮各有稽。」在《河湟書事》中他眞實地記載波斯商人入華通好之經歷：「波斯老賈度流沙，夜聽駝鈴識路賒。採玉河邊青石子，收來東國易桑麻。」另外他寫的《絕句》更是形象生動地描繪波斯胡人沿著絲綢之路來到中原的不凡經歷，以及所享受的樂舞歌宴的奢華場面：

> 翡翠明珠載畫船，黃金腰帶耳環穿。
> 自言身在波斯國，只種珊瑚不種田。
> 盈盈小客抱琵琶，歌舞王孫帝子家。
> 彈得開元教坊曲，金錢還只當泥沙。

隋朝統一華夏南北，中國封建社會開始走向全盛時期。隋煬帝時，派遣黃門侍郎裴矩往來於河西張掖、敦煌之間，通過西域商胡，聯絡各國首領。從今天保存的裴矩撰寫的《西域圖記序》中，我們可以瞭解到當時絲綢之路通向東羅馬、波斯、印度的情況。

進入唐代，民族的進　步融合，疆域的更加廣闊開拓，政治制度與思想文化的整合，使得唐王朝凝聚了極大的社會力量。使之生產發展，商業繁榮，文化昌盛。並以博大的胸懷，大量接受外來文化，將其融會到中國傳統文化的整體之中。從唐太宗到武則天時期，唐朝的勢力不僅牢固控制了塔里木盆地的西域諸王國，而且成爲天山以北、蔥嶺以西廣大區域內各個地方政權的

宗主國。從此中西往來更加暢通無阻，當時的文化交流也呈現出令人眼花繚亂的繁華景象。諸如，西方的珍禽異獸、珠寶香料、玻璃器皿、金銀貨幣紛紛傳來；中亞、西亞的穿著、飲食等生活方式，音樂、舞蹈等文化娛樂活動都源源進入中原。佛教進一步盛行的同時，祆教、摩尼教、景教以及新興的伊斯蘭教在此時正式傳入中國內地。唐朝的兩京長安和洛陽以及絲綢之路上的一些大城市如伊州、涼州、金州，都紛紛呈現出國際商貿城市的風貌。在吸收外來文化的同時，借助唐朝強大的政治力量，中原文明也傳入西方，深淺不等地影響了西方各國各民族文社會化生活。

唐代詩人張籍作《涼州詞》非常富有代表性，形象生動地描繪了中西漢胡商人行旅在絲綢之路上的神奇畫卷：

> 邊城暮雨雁飛低，蘆筍初生漸欲齊。
>
> 無數鈴聲遙過磧，應馱白練到安西。

《舊唐書・音樂志》、《樂府雜錄》中的一首《缽頭》詩寫得更加精彩紛呈：「爭走金牛叱鞅牛，笑聲惟是說千秋。兩邊角子羊門裏，猶學容兒弄缽頭」。此詩將西域樂舞戲劇如何東漸輸入中原地區如何在民間敷演，描述地活靈活現。

唐代詩人張說的《蘇幕遮》（亦稱《憶歲樂》）更是在人們面前合盤托出古羅馬、波斯諸國與中國文化交流，融滙貫通的民間歌舞雜戲的精彩場景：

> 摩遮本出海西胡，琉璃寶睛紫髯鬚。
>
> 聞道皇恩遍宇內，來將歌舞助歡娛。
>
> 繡裝帕額寶花冠，夷歌姬舞借人看。
>
> 自能漱水成陰氣，不慮今年寒不寒。
>
> 臘月凝陰積帝臺，豪歌急鼓送寒來。
>
> 油囊取得天河水，將添上壽億萬杯。
>
> 寒氣宜人最可憐。故將漢水散庭前。
>
> 唯原聖君無限壽，長取新年還舊年。

公元十世紀中葉以後，宋王朝先後與北方的遼、西夏、金處於敵對的形勢中，影響了陸上絲綢之路的中西經濟文化交往。南宋建都於東南的杭州，加之中國經濟、文化重心的南移，海上絲綢之路更加繁盛起來。相對來講，陸上絲綢之路比階段要比從前有所衰落，但在某些特定的時間裏也被頻繁地利用，如意大利旅行家馬可・波羅來華前後的蒙元時代。

　　古代絲綢之路的開通維持與發展，對中西物質文化和精神文化的交流作出了重要的歷史貢獻。在絲綢之路上，也流傳著許多東西方文化交往的動人佳話和傳說。

　　說到絲綢之路，人們自然首先會想到「中國絲綢」的西傳。其實，早在張騫通西域之前，絲綢就已經大量轉運到了東西方世界與一些國家。在古代羅馬，絲綢製的服裝成為當時貴族們的高雅時髦裝束而被詩文稱頌。因為絲綢來自遙遠的東方，所以造價昂貴，羅馬為了進口絲綢，流失了大量黃金。我們今天在雅典衛城巴臺農神廟的女神像身上，在意大利那不勒斯博物館收藏的酒神巴克科斯的女祭司像上，都可以看到希臘羅馬時代的人們所穿著的絲綢服裝，輕柔飄逸，露體動人。絲綢服裝的追求已經到了奢侈浪費和傷風敗俗的地步，使得羅馬元老院多次下令，禁止穿用絲織服裝，但並沒有起到多大作用。

　　中國奉獻給西方世界以精美實用的絲綢，歐亞各國人民也同樣回報各種需求品給中國。我們今天所常見的一些植物，並非都是華夏的土特產，中國古代文獻中記載的許多帶有「胡」字的植物，諸如胡桃、胡瓜、胡蔥、胡荽、胡椒、胡桐淚、胡蘿蔔等等，十有八九是來自西方諸國。而且，古代詩文中往往把這些植物的移植中國內地，歸功於中西交通的美好使者——張騫。實際上，現在可以確指為張騫帶回來的物產，只有苜蓿、葡萄等，前者原產伊朗高原西北的米底亞，後者是西亞和埃及最早人工栽培的一種植物。

　　漢初以來，通過絲綢之路西來的不僅僅有植物，還有羅馬的玻璃器、西域的樂舞、雜技。到了東漢末年，史書《續漢書·五行志》記載中原崇尚胡物之風氣：

　　　　靈帝（167～189年在位）好胡服、胡帳、胡床、胡坐、胡飯、

　　胡空侯、胡笛、胡舞，京都貴戚皆竟為之。

　　從魏晉到隋唐，隨著屬於伊朗文化系統的粟特人的大批遷入中國，西亞、中亞的音樂、舞蹈、飲食、服飾等等，更是源源不絕，大量輸入中國。

　　在中國古代史籍中叫「昭武九姓」、「九姓胡」，或簡稱作「胡」者，可謂首位。粟特人他們的故鄉在中亞阿姆河和錫爾河之間的粟特地區，以撒馬爾干（在今烏茲別克斯坦費爾干納盆地）為中心，有九個綠洲王國，即康、安、曹、石、史、米等國。這些粟特人大多以經商為業，組成商團，成群結隊地東來販易，並且有許多人就逐漸在中國經商之地留居下來。就今所知，南北

朝到唐朝時期，沿絲綢之路的于闐（今新疆和田）、樓蘭、龜茲（今庫車）、高昌（今吐魯番）、敦煌、酒泉、張掖、武威和長安、洛陽等許多城鎮，都有粟特人的足跡。他們的後裔漸漸漢化，但不少人的外表還是深目高鼻。在中國歷史上，曾有許多家族或好或少地影響過歷史車輪的運轉。諸如武威安氏，曾經幫助唐朝平定涼州李軌的割據勢力，後被唐朝皇帝賜姓爲李。又如發動安史之亂的河北叛將安家安祿山，以割讓燕雲十六州而稱兒皇帝的石家石敬瑭，都是分別來自安國和石國的粟特人後裔。

粟特人在文化上很早就接受古波斯和伊朗文化影響。他們的到來，使唐朝一些都市充滿了一種開放的胡風。我們看看唐朝最盛的開元天寶年間的有關詩文記載，就可以感受到這一時代的獨特風潮。諸如李白《前有樽酒行》詩：「胡姬貌如花，當壚笑春風。」〔註21〕是說當年長安有酒家胡女在招徠賓客。岑參《酒泉太守席上醉後作》詩：「琵琶長笛齊相和，羌兒胡雛齊唱歌。渾炙犁牛烹野駝，交河美酒金巨羅。」〔註22〕說的是酒泉地方官的宴席上，胡人演唱的情形。白居易《胡旋女》詩：「天寶季年時欲變，臣妾人人學環轉。中有太眞外祿山，二人最道能胡旋。」〔註23〕太眞就是楊貴妃，她是唐玄宗最寵愛的妃子，善跳胡旋舞，說明這種舞蹈在當時的風行。史書記載胡將安祿山「腹緩及膝」，但「作胡旋舞帝前，乃疾如風」，〔註24〕可以與楊貴妃舞蹈身姿媲美。北京大學教授向達先生曾撰寫《唐代長安與西域文明》，我們可以從這部史學名著中，飽覽唐代長安古都種種胡地詩文的繁盛景象。

宋元時期，陸路絲綢之路雖然轉向海上絲綢之路，但這並不影響中外各民族文學藝術的交流與發展。如元代著名詩人薩都剌，字天錫，號直齋。俞希魯撰《至順鎮江志》稱其爲波斯「回回人」，楊維楨在《西湖竹枝集序》稱之爲「西域答失蠻氏」之色目人，並行文高度評價：「天錫詩風流俊爽，修本朝家範。」干文傳《雁門集序》稱其詩：「豪放若天風海濤，魚龍出沒。險勁如泰華雲開，蒼翠孤聳。」

與元好問同名的著名詩人薩都剌存詩七百九十八首，詞十四首，另有散曲套數一套。其代表性作品如《過居庸關》、《早發黃河即事》、《鬻女謠》、《登

〔註21〕 《全唐詩》卷一六二，中華書局 1960 年版。
〔註22〕 《岑參集校注》卷二，上海古籍出版社 2004 年版。
〔註23〕 《全唐詩》卷四二六，中華書局 1960 年版。
〔註24〕 《新唐書‧安祿山傳》，《新唐書》卷二百四十六列傳第一百五十。

歌風臺》、《芙蓉曲》、《金陵懷古》、《念奴嬌》等皆爲文史佳作名篇。諸如薩
都剌創作的《上京即事》是於元統元年（1333）春去塞外迎接南臺中丞馬祖
常，一路策馬揚鞭、觸景生情之佳句描述：「祭天馬酒灑平野，沙際風來草亦
香。白馬如雲向西北，紫駝銀甕賜諸王。」「牛羊散漫落日下，野草生香乳酪
甜。卷地朔風沙似雪，家家行帳下氊簾。」「紫塞風高弓力強，王孫走馬獵沙
場。呼鷹腰箭歸來晚，馬上倒懸雙白狼。」其詩風粗獷宏闊，極富民族與地
域特色。薩都剌的《寒夜聞角》詩句更是激昂慷慨、蒼涼悲壯、冷峻奇峭：

> 野人臥病不得眠，鳴鳴畫角聲淒然。
> 黃雲隔斷塞北月，白雁叫破江南煙。
> 山城地冷迫歲暮，野梅雪落溪風顛。
> 長門美人怨春老，新豐逆旅惜少年。
> 夜深悲壯聲撼天，萬瓦月白霜華鮮。
> 野人一夜夢入塞，走馬手提鐵節鞭。
> 骷髏飲酒雪一丈，壯士走舞氊帳前。
> 五更夢醒氣如虎，將軍何人知在邊。

　　縱觀華夏燦爛歷史文化，在物質文化交流的同時，自古而來，通過絲綢
之路的精神文化交流也在不斷地進行。作爲世界三大宗教之一的佛教，早在
西漢末年就傳入中國。魏晉南北朝時期，戰亂頻繁，民族遷徙，爲佛教的發
展提供了很好的條件。到了隋唐時期，佛教已經深入民心，並且由各華夏地
高僧創立了中國化的宗派。今天，佛教已沒有古代那麼盛行，但在國內昔日
絲綢之路舊址，仍隨處可見大量佛寺石窟、禪院；寶卷、變文、彈詞等文學
藝術形式；這都是佛教直接或間接留下的影響。特別是沿著絲綢之路留存下
來的佛教石窟，著名的如龜茲克孜爾、吐魯番柏孜克里克、敦煌莫高窟、安
西榆林窟、武威天梯山、永靖炳靈寺、天水麥積山、大同雲岡、洛陽龍門等
等。這些石窟大多融會了東西方的藝術風格，是絲綢之路上中西文化交流的
忠實見證。它們連成一串寶珠，成爲絲綢之路上的重要宗教文化遺產。

　　從魏晉到隋唐，西亞的祆教、摩尼教、景教、伊斯蘭教也先後傳入中國，
都產生過一定程度的影響。其中的摩尼教本是產生於古代波斯的一種地方宗
教，在波斯國內受到鎮壓，幾乎絕跡，但卻在中國，特別是天山南北的維吾
爾先民回鶻人中間廣爲傳播。甚至在九、十世紀吐魯番西州回鶻王國中，被
立爲國教。敦煌吐魯番發現的漢文和各種伊朗語、回鶻文的摩尼教文獻，與

埃及發現的科普特文摩尼教文獻一起，構成今天我們認識古代世界的摩尼教的基本書獻資料。

相對而言，在宋元之前，中國思想的西傳遠遠不如她所接受的那麼多，但中國物產和技術的西傳卻難以統計，諸如造紙、印刷、漆器、瓷器、火藥、指南針等等的西傳，爲世界文明做出了重大的貢獻。直到明末清初耶穌會士的到來，才將中國思想文化大規模地介紹到西方，同時也開啓了西方近代文明進入中國的新時代。

諸如於明末清初在中國西安郊外的《大秦景教流行中國碑》，此爲唐貞觀九年（635）由西方敘利亞人阿羅本等景教傳教士來長安所刻立。此碑詳載了來自波斯的景教傳至長安，受自唐太宗以後六代皇帝之優撫的長達 150 多年的友好歷史。於明熹宗五年（1625）有人意外在陝西西安郊外盩屋（今周至縣）發現，後由西方傳教士金尼閣、利瑪竇等獲悉撰文宣傳至世界宗教界。此珍貴文物被人視爲中西宗教文學完滿結合的典範，這些景教典籍爲絲綢之路宗教文學提供了難能可貴的歷史文化證據。

以我國黃河流域爲中心的中原地區，歷史上有眾多的外域樂舞藝人湧人定居，其中尤以陝西之西安、山西之太原、河南之洛陽等地人數最多，由西域諸國東遷的胡人當數波斯人最富有代表性。於唐、宋、金、元時期，他們不僅帶來了先進的經濟貿易，還輸人了豐富多彩、色彩鮮明的波斯樂舞戲劇文化。這些不但記載在史書典籍上，也顯現於陸續發掘出土的波斯墓葬文物藝術品與古碑刻、文書寫本之中。特別是近年來在西安發現的北周安伽墓發掘的隋代虞弘墓中的大量波斯實物，更能雄辯地證明古代長安地區與中亞、西亞諸國文化交流的歷史事實。

魏晉南北朝是我國與西方諸國各民族大遷徙、大交融、大整合的一個特殊的年代，此時「自蔥嶺以西，至於大秦，百國千城，莫不款附。商胡販客，日奔塞下，所謂盡天地之區已。樂中國土風，因而宅者，不可勝數。是以附化之民，萬有餘家」。〔註25〕南北朝時期，尤其是北魏、北周、北齊至隋代之西域與中亞胡人沿著陸路「絲綢之路」來中原定居者甚眾。諸如《隋書·音樂志》記載：「後主唯賞胡戎樂，耽愛無已。於是繁手淫聲，爭新哀怨。故曹妙達、安未弱、安馬駒之徒，至有封王開府者，遂服簪纓而爲伶人之事。」歷史上「昭武九姓」之曹國與安國都在波斯帝國的控制之下，此地藝伎伶人

〔註25〕　〔北魏〕楊衒之《洛陽伽藍記校釋》，中華書局，1963 版，第 132 頁。

遷入華夏自然會爲中西樂舞戲劇文化的交流做出積極的貢獻。

南北朝與隋唐時期，屬波斯境內「昭武九姓」諸國來中原定居的人數很多。據考古學家羅豐統計，此地已出土的胡人與墓誌，康國人有康大農、康磨伽、康留買兄弟、康阿達等墓誌；安國人有安延、安思節、安菩墓誌；曹國人有曹明照墓誌；石國人有石崇俊、石神福墓誌；何國人有何文哲、何摩訶、何盛墓誌；米國人有米繼芬、米薩寶墓誌。另外，還有寧夏固原南郊新出土有史射勿、史索岩、安娘、史訶耽、史鐵棒、史道德等中亞波斯人與粟特人及其後裔的墓誌。〔註26〕

中亞曹國在歷史上有大批樂舞伎遷至中原，如《北史・恩倖傳》述：「胡小兒曹僧奴子妙達，以能彈胡琵琶甚被寵遇，俱開府封王。」《舊唐書・音樂志》亦述：「後魏有曹婆羅門，受龜茲琵琶於商人，世傳其業。至孫妙達，尤爲北齊高洋所重，常自擊胡鼓以和之。」曹氏自北齊至唐，聲名益噪，滿門顯貴。其父、母、兄、妹、子孫皆稱琵琶名手，如唐代段安節《樂府雜錄》載，曹保，保之子善才，善才之子剛，都擅長彈奏琵琶。唐代詩人對曹家琵琶演奏多有褒獎，如劉禹錫《曹剛》、白居易《聽曹剛琵琶兼示重蓮》、《代琵琶弟子謝女師曹供奉寄新調弄譜》、薛逢《聽曹剛彈琵琶》、元稹《琵琶歌》等。白居易詩云：「撥撥弦弦意不同，胡啼番語兩玲瓏。誰能截得曹剛手，插向重蓮衣袖中。」即對胡地曹氏家族琴藝的高度評價。

「昭武九姓」之何國多出能歌善舞之藝伎，唐代張祜有一首名詩《何滿子》詩云：「故國三千里，深宮二十年。一聲何滿子，雙淚落君前。」即爲何國歌伎之千古絕唱。著名史學家馮承鈞認爲何滿子是西域何國胡人，因歌人而得名。唐代元稹《何滿子歌》吟唱道：「何滿能歌聲宛轉，天寶年中世稱罕。嬰刑系在囹圄間，水調哀音歌憤懣。梨園弟子奏玄宗，一唱承恩羈網緩。便將何滿爲曲名，御譜親題樂府纂。」宋代郭茂倩《樂府詩集・近代曲辭》解題云：「『何滿子』開元中滄州歌者，臨刑進此曲以贖死，竟不得免。《杜陽雜編》云：『文宗時，宮人沈阿翹爲帝舞《何滿子》，調辭風態，率皆宛暢。』然則亦舞曲也。」由此可知，西域何國藝人之遭遇因富有戲劇性而逐漸演化爲歌唱與舞曲。

2000 年夏季，陝西省考古研究所在西安市未央區大明宮鄉炕底寨村龍首原發掘到一座北周時期的安伽墓，其墓葬中有數十幅門額石雕與圍屏石榻樂

〔註26〕羅豐《固原南郊隋唐墓地》，文物出版社，1996 年版。

舞彩繪圖，所表現的內容雄辯地印證了中亞波斯人與粟特人入主中原的文化歷史。根據「陝西省考古研究所發掘報告」記載：安伽墓磚砌券拱形石門門額上「刻繪祆教祭祀圖案。中部爲承載於蓮花三駝座上的火壇，駱駝站立於覆蓮座上，背馱仰覆蓮上承圓盤，盤內置薪火，火焰升騰。火壇左右上方分別刻對稱的伎樂飛天，頭戴花冠，跣足，飄帶飛揚，右側者彈奏曲頸琵琶，左側者撫弄箜篌」。〔註27〕

眾人所知，彈撥樂器琵琶與箜篌均來自波斯，上述胡人飛天所彈爲四弦曲頸琵琶與豎箜篌，據《隋書·音樂志》記載，亦名「曲項琵琶、豎頭箜篌之徒，並出自西域，非華夏舊器」。可是自從輸入我國中原後，逐漸爲中華民族音樂、舞蹈、曲藝與戲曲界所接受，尤其是「曲項琵琶」還成爲沿海地區南戲、南曲的主奏樂器。

在安伽墓室的中部放置著一張淺浮雕貼金彩繪圍屏石榻，分爲前後石屏，由 11 塊青石構成，其中石屏 3 塊，榻板 1 塊，榻腿 7 塊。石屏內面有貼金淺浮雕圖案 12 幅。榻板前、左、右三面有圖案畫 33 幅，左側石屏刻繪有「車馬出行圖」、「狩獵圖及野宴圖」。其後屏共刻繪 6 幅圖案，自左向右依次爲「樂舞圖」、「宴飲狩獵圖」、「居家宴飲圖」、「民族友好交往圖」、「野宴商旅圖」及「居家宴飲舞蹈圖」。據當地發掘報告介紹「樂舞圖」分爲上下兩部分。上半部爲「奏樂合唱圖」，下半部爲「舞蹈圖」，其奏樂合唱圖所顯示：

> 帳篷內共有 10 人，其中前排坐 4 人，後排立 6 人。前排左側第二人似爲主人⋯⋯左側一人披髮，身著黑色翻領緊身袍，領口、前襟、袖口及下擺飾紅綵，腰束帶，腳蹬黑靴，屈右腿面右而坐，懷抱曲頸琵琶演奏。右側一人頭戴虛帽，捲髮，身著紅色圓領緊身袍，腰束黑帶，腳蹬黑靴，右腿置於左腿上，側身撫弄箜篌。右端坐一人，身著褐色圓領袍，右手握角杯，左手拿單柄酒罐，側目注視演奏。後排 6 人⋯⋯似在隨節奏而和唱。帳篷內鋪紅色邊飾聯珠紋波斯地毯。〔註28〕

如前所述，波斯原始宗教與古經中記載有「唱頌儀」，祆教祭祀儀式要「琵琶鼓笛，酣歌醉舞」，在此基礎上所發展的「庇麻聖節」吟唱讚美詩，以及敷演宗教內容的樂舞雜戲，在安伽墓圍屏石榻樂舞圖下半部即有形象的反映：只

〔註27〕《文物》2001 年第 1 期載《西安發現的北周安伽墓》。
〔註28〕《文物》2001 年第 1 期載《西安發現的北周安伽墓》。

見眾波斯胡人或端盆，或攜酒壺，或捧酒罐。他們均在旁邊靜心觀賞一位身著褐色緊身對襟翻領長袍，腳蹬黑靴的胡伎握拳高舉，扭腰擺臀，後擡右腳表演《胡旋舞》。北周此圖與日本滋賀縣彌弘博物館收藏的北齊石雕「妲厄娜」與墓主對飲及觀賞胡舞如出一轍。後圖伴奏有四支曲頸琵琶，一隻豎箜篌，兩支橫笛與一隻羯鼓，舞者雖呈側面，但是舞姿與前圖完全一致，從而證實了波斯樂舞東傳我國的歷史事實。

據張廣達先生考證：「妲厄娜」是祆教最高神阿胡拉・瑪茲達的使者，另據《阿維斯陀》19 章經文敘述：「當善士的靈魂於死後第三日清晨來到『篩選之橋』之前，妲厄娜以童女形象出面迎接，身邊有兩犬相伴。」〔註29〕故此，在波斯祆教徒的墓室內經常繪製著熊熊燃燒的火壇，於煙霧繚繞的雲霓中走出有二犬相護的佳麗少女即妲厄娜。此位美麗的女神形象也同樣出現於西安北周安伽古墓之中。

安伽墓所供奉的祆教，於公元三至七世紀一直是波斯薩珊王朝的國教。在此期間，此宗教曾大規模傳入中亞與中國西域焉耆、疏勒、于闐等地，南北朝時北魏、北齊、北周皇帝都曾帶頭虔誠奉祀。隋唐時期則流播於中原與江南地區，後來因伊斯蘭教的排擠而向印度西海岸與南亞次大陸延伸與發展。

據考證，祆教之「祆」是「天」與「神」的縮寫，故此我國北朝與西域諸地對祆教所信奉的神祇稱之爲「天神」或「胡天神」。南朝梁大同五年（539）之《玉篇》解釋：「祆，阿憐切，胡神也。」瑣羅亞斯德教傳至中國後，因此教既崇拜火，又崇拜日月星辰，故稱其爲拜火教、火祆教或祆教，稱祭拜廟宇爲祆祠，此稱謂最早見於唐武德四年（621）在西京即長安布政坊西南隅所立的祆祠。以後於中原與江南廣建祆寺，以供祆教信徒禮拜。

於安伽墓石榻後屏第二幅「居家宴飲舞蹈圖」、「宴飲狩獵圖」中也繪有樂舞飲宴圖景，只見波斯地毯上席地安坐著三位樂人面右奏樂。左首樂人頭戴平頂帽，身著褐色袍，忘情地演奏箜篌；中間樂人穿紅袍，吹豎笛；右首樂人著褐色袍，彈奏火不思；右下方一對小人圍繞熏爐表演舞蹈，兩人均爲捲髮，身著紅色圓領緊身長袖袍，腰束黑帶，腳蹬黑色長靴，躬身叉腿屈臂，全神貫注投入表演。經筆者仔細辨析圖中二位舞者表演形態，垂袖對視，踏舞而行，似乎是在演出角抵戲之類的樂舞雜戲。

古墓石榻後屏第六幅「居家宴飲舞蹈圖」是一位身穿紅色翻領緊身長袍，

〔註29〕張廣達《唐代祆教圖象再考》，《唐研究》第 3 卷，北京大學出版社，1992 年。

腰繫黑帶，著黑色長靴的舞伎在吸腿、擊掌、騰踏，爲表演《胡騰舞》。爲其伴奏者有一人在彈奏琵琶，一人在撫弄箜篌，還有一人在吹奏排簫。顯而易見，這些胡人樂舞伎的設置，其功能正在冥間地府供奉主人娛樂享用。

右側石屏共刻繪有三幅圖案，從左至右依次爲「狩獵圖」、「宴飲舞蹈圖」及「出行圖」。其中「宴飲舞蹈圖」下半部依據《發掘報告》介紹其樂舞形式與上面各圖大同小異：

> 舞者居中，身著褐色圓領緊身長袖袍，領、袖、前襟及下擺均飾紅彩，紅褲、黑長靴。正扭頭，伸右手、屈左臂、甩袖、踢腿，表演胡騰舞。左側圓角長毯上跽坐三樂人，均捲髮。中間一人身著紅袍，持橫笛吹奏。左右兩人身著黑色長袍，分別彈奏琵琶和拍打腰鼓。右側立三人著紅或褐袍靜心觀賞。〔註30〕

據該墓室甬道內出土的墓誌記載：「安伽，字大伽，姑藏昌松人。」曾任「同州薩保，大都督」。據查詢，「姑藏」即甘肅境內河西走廊之涼州（今武威），此地在南北朝時期是波斯與粟特胡人的主要聚居之地。「同州」爲陝西大荔，亦爲西域胡人聚居之處。唐代寶林《元和姓纂》卷四云：「昭武九姓」之安氏「出自安國，漢代遣子朝國居涼土。後魏安難陀至孫盤娑羅，代居涼州爲薩寶」。出自中亞安國安氏家族的貴人安伽，初輾轉涼州與同州，後卒於北周大象元年（579），享年62歲。追溯其父突建，曾任關中冠軍將軍與眉州刺史。

「安國」在歷史上亦多出樂舞藝人與管弦伎樂，如上述東移遷居我國的安未弱、安馬駒之外，還有著名舞人安叱奴、安轡新；另有善吹管樂器的安萬善。唐代詩人李頎有《聽安萬善吹觱篥歌》云：「南山截竹爲觱篥，此樂本自龜茲出。流傳漢地曲轉奇，涼州胡人爲我吹。傍鄰聞者多歎息，遠客思鄉皆淚垂。」此詩句道出西域胡人至中原後的思鄉之情。即使他們生不能回故地，死在異鄉其墓室也要刻繪胡風樂舞以示緬懷之心。上述北周安伽墓樂舞圖刻繪即爲生動形象之歷史明證。

北周朝野曾盛行胡樂，胡舞與胡戲由來已久，當朝時曾迎來西域龜茲藝人蘇祗婆。他隨突厥皇后入中原，「善胡琵琶，聽其所奏，一均之中間有七聲」。《隋書‧音樂志》云：蘇祗婆在此基礎上「合成十二，以應十二律。律有七音，音立一調，故成七調十二律，合八十四調」。於後世，其中許多宮調樂律均沿用於中原各朝代樂舞戲曲，如雜劇南戲與傳奇之中。

〔註30〕《文物》2001年第1期載《西安發現的北周安伽墓》。

　　另據《通典》卷一四六載，周武帝曾作《永安樂》，行列方正像城郭，謂之《城舞》，「舞者用八十人，刻木爲面，狗喙獸耳，以金飾之，垂線爲髮，畫狹皮帽。舞蹈姿致，猶作羌胡狀。」可知北朝魏齊至周朝，亦盛演胡風假面戲。

　　「絲綢之路」的道路漫長而久遠。在古代，不僅是傳播友誼的道路，也曾經是被戰爭鐵蹄踐踏過的道路。今天，人們把絲綢之路看作是連結東西方文明的紐帶。中央藝術學院教授常任俠在《絲綢之路與西域文化藝術》「後記」中滿懷深情地寫道：

　　　　在古代，東西方文化的傳播，沿著絲路，各民族彼此間交換自己的智慧創造、文化成果，而又互相學習、吸收，爲人類文化的發展與繁榮作出巨大的貢獻，並促進了各民族的相互瞭解、友誼和團結，影響深遠。〔註31〕

　　近年來，聯合國教科文組織發起與實施的規模宏大的「絲綢之路研究計劃」，並把絲綢之路稱作「人類對話之路」，以促進東西方兩大世界與社會陣營的對話與交流，這是東西方各國的福祉佳音，各民族人民始終翹首期盼「絲綢之路」的再度光榮輝煌與昌盛。

〔註31〕常任俠《絲綢之路與西域文化藝術》，上海文藝出版社，1981年版。

第十章　非物質文化遺產與中華民族戲劇研究

　　在中華人民共和國成立之後，黨和各級人民政府非常重視中華各民族的物質與精神文化的建設，尤人力提倡弘揚中華民族優秀傳統文學藝術。因為中國傳統戲劇是集詩歌、音樂、舞蹈、曲藝、雜技、建築、服飾、化妝、道具、表演等為一體的民族文化載體，國家政府文藝團體與各高校、科研部門將其擺在發展弘揚首當其衝的重要地位。中華民族戲劇文化因植根於廣闊的社會民間，又與中國傳統的歷史、地理、民族、宗教、文化、藝術、民俗學緊密地融合在一起，故有著「中華民族文化百科全書」之稱謂。對此學術領域豐富資源與研究成果的科學審視與研究，將對中國與世界戲劇文化體系的構建產生積極的影響。

一、中華民族戲劇與非物質文化遺產保護

　　人類如今已走進新的二十一世紀歷史新時期，全球經濟一體化，商品貿易與金融的膨脹對各國民族文化發展既有支持，又有侵害，成為難以言說的「雙刃劍」。聯合國教科文組織提出的「文化多元化」，以及全世界範圍內保護與發展「人類與口頭非物質文化遺產」，為我們加強對中國少數民族戲劇文化的認知及研究，提供了千載難逢的時代機遇。聯合國教科文組織《保護非物質文化遺產公約》第一章「總則」之第二條「主義」中所涉獵非物質文化遺產包括以下方面：「1、口頭傳統和表現形式，包括作為非物質文化遺產媒介的語言。2、表演藝術。3、社會實踐、禮儀、節慶活動。4、有關自然界和

宇宙的知識和實踐。5、傳統手工藝。」其中世界各國民族、民間傳統戲劇藝術得天獨厚地均涉獵上述各個人類文化遺產領域。

在目前全球範圍竭力推行「經濟一體化」的高度信息化與無形網絡化的現代社會，後工業化時代大規模的商業行為已對傳統的物質與非物質民族文化建設造成了巨大的威脅。根據生物與文化多樣化的通則，以及相關的生態位保護法則，世界各國各地區與各民族必須遵循自然、社會與文化發展的規律，努力保持民族文化的根基不要坍塌，文化的命脈不要中斷。一定要在非物質文化遺產的保護過程之中「以生態科學觀、生態哲學觀、生態倫理觀為基礎，重構人與自然、文化的關係。確定了非物質文化遺產的自然屬性和自然權利。「科學現實證明」：全球經濟越是一體化，就越要注意保持世界文化的多樣性、多元化。」

聯合國教科文組織於 1997 年 11 月通過了《宣佈人類口頭和非物質遺產代表作申報書寫編寫指南》，並於 2000 年 4 月開始實施「人類口頭和非物質遺產代表作」項目申報工作。我國政府目光敏銳、動作快捷，即刻彙入聲勢浩大的維護世界文化多樣性的社會行動潮流，參與全球性搶救與保護民族民間傳統文化的潮流之中。積極參與國際間的非物質文化遺產保護工作，關注和加強國際間文化交流與合作，充分借鑒世界各國的成功經驗，連續三次成功申報聯合國教科文組織「人類口頭和非物質遺產代表作」，即：1、2001 年 5 月 18 日批准「中國崑曲藝術」。2、2003 年 11 月 7 日批准「中國古琴藝術」。3、2005 年 11 月 25 日批准「中國新疆維吾爾木卡姆藝術」與中蒙聯合申報的「蒙古族長調民歌」相繼獲得成功。

值得注意和意味深長的是在聯合國教科文組織批准的第一批 19 項入選代表名錄作中，中國申報的不是造型藝術，而是表演藝術；也不是音樂、舞蹈、曲藝等，而是傳統戲曲。不是「國劇」京劇與各種現代地方戲，而是瀕臨滅絕的有 500 年歷史的古老的崑曲，並且在世界各國名錄中後來者居上，名列榜首。可見我國政府與聯合國專家對戲劇藝術的重視程度。

另外於第三批入選的「新疆維吾爾木卡姆」中亦有傳統戲劇與綜合表演藝術的文化因素，再有與蒙古國聯合申報的「蒙古族長調民歌」，此與北方少數民族戲劇有著緊密關係。上述三項民族表演藝術理當為中國的傳統民族文化走向世界描繪了廣闊而誘人的國際前景。

2004 年 8 月 28 日，在第 10 屆全國人大常委會第 11 次會議上，經正式表

決通過，中國政府正式加入聯合國教科文組織《保護非物質文化遺產公約》的批准決定，標誌著我國已名正言順步入全人類宏大的民族文化遺產保護系統工程的行列之中。2005 年 3 月 26 日國務院辦公廳頒佈的《關於加強我國非物質文化遺產保護工作的意見》向世人昭示：非物質文化遺產與物質文化遺產共同承載著人類社會的文明，是世界文化多樣性的全面體現。「加強非物質文化遺產保護，不僅是國家和民族發展的需要，也是國際社會文明對話和人類社會可持續發展的必然要求。」通過上述文字，我們可以看到這是中國政府對國際社會文化組織莊嚴的承諾，充分展示了中華民族的博大胸懷與對社會文明歷史發展的深厚關切。

在當年 12 月 22 日國務院發佈的《關於加強文化遺產保護的通知》之中，不僅強調了在當今經濟全球化的趨勢下和現代化工業的進程中，我國非物質文化遺產保護所面臨的各種問題；而且嚴肅地提出要本著「對國家和歷史負責的高度，從維護國家文化安全的高度。」須特別加強對地處遙遠邊疆的「確屬瀕危的少數民族文化遺產和文化生態區」的保護與搶救，尤其要「重點扶持少數民族地區的非物質文化遺產保護工作」。以上法律條文實際上已為我們保護與研究跨國界、跨民族、跨文化的中國與周邊地區的非物質文化學理闡釋與技術操作提出了具體要求。

在我國九百六十萬平方公里的國土的周邊地區，有著數萬公里的漫長邊防線，國境周圍環繞毗鄰著近二十個擁有主權的國家與地區。因為在我國的邊疆地區居住的大多數人口都是各少數民族，特別是以自治區、州、縣、鄉為網絡狀的民族自治區域，絕大部分散落在我國廣大的邊疆地區，故此，有著巨大的保護與研究各民族戲劇類非物質遺產的文化空間。中國少數民族戲劇因為它的重要的歷史文化與審美價值而受到人類口頭與非物質文化遺產研究專家的高度讚賞，我們必須將此納入世界文化的視域中方可得以延續與發展。

我國以省、市、自治區為單位，已設立新疆維吾爾自治區，內蒙古自治區、西藏自治區、廣西壯族自治區、寧夏回族自治區等 5 個自治區；另外還有伊犁哈薩克自治州、柯孜勒蘇柯爾克孜自治州、楚雄彝族自治州、大理白族自治州、延邊朝鮮自治州、恩施土家族苗族自治州、湘西苗族自治州、黃南藏族自治州等 30 個自治州，以及 119 個自治縣。這些民族自治區域基本分佈在中國西部地區邊遠的西北、華北、西南與東北地區，其中許多民族因歷史、地理與文化等各種因素而成為跨國性質的民族。故此，所屬的非物質文

化遺產亦帶有濃重的跨界、跨境、跨民族、跨語言、跨文化、跨藝術等比較文化性質。

在中國境內，陸上「絲綢之路」歷史最早，線路最長，而其中中國西北地區則囊括了幾乎全部區域。另外還有西南地區的森林「絲綢之路」沿途居住著人數眾多少數民族。故此，我們在研究中國少數民族戲劇文化時，理應將中國西部的各少數民族，特別是邊疆跨國民族及其傳統文學藝術的調查和研究放在重中之重的地位。中國有著漫長的邊境線，在西北、西南與東北地區有著眾多的跨國、跨境少數民族。他們不僅與國內漢族傳統文化有著「血濃於水」的親緣關係；而且與周邊國家各民族有著源遠流長的物質與非物質文化交流歷史。尤其是有著濃厚東方特色的民族戲劇藝術，更是雜糅著中外各民族錯綜複雜的世界、地域之人類文化因素。因此，在我們研究邊疆各少數民族非特質文化與民族戲劇藝術遺產保護過程之中，一定要將文化視野延伸於東亞、東北亞、中亞、西亞、南亞、東南亞乃至整個亞洲，並期待在此基礎上尋覓相對應的理論支撐與學術實踐。

自西北地區、西南地區至東北地區與華北地區，上述諸多民族自治區域所毗鄰的國家與地區分別為：俄羅斯聯邦共和國、哈薩克斯坦、烏茲別克斯坦、吉爾吉斯斯坦、塔吉克斯坦、阿富汗、巴基斯坦、克什米爾地區、印度、不丹、錫金、尼泊爾、緬甸、老撾、泰國、越南、印度尼西亞、菲律賓、朝鮮、韓國、日本、蒙古國等二十多個國家與地區。

據實地調查研究所知，中國周邊國家與地區生活著與我國諸多民族相一致的跨國民族成分，諸如俄羅斯族（俄羅斯人）、哈薩克族（哈薩克人）、回族（東干人）、柯爾克孜族（吉爾吉斯人）、烏孜別克族（烏茲別克人）、塔吉克族（塔吉克人）、維吾爾族、門巴族、藏族、傣族、苗族、壯族、京族、朝鮮族、蒙古族等約十餘個民族，這些國家與地區的各民族與中國一樣，同樣擁有許多形式多樣、豐富多彩的非物質文化遺產與民族戲劇藝術。

在歷史上，因為中外各民族之間的征戰、聯姻、商旅、宗教等各種傳統文化關係，特別是陸上絲綢之路（包括綠洲、大漠、草原、高原、森林等）與海上絲綢之路的長期民族文化藝術交流，而逐步產生了許多跨國界與跨民族的具有國際區域性質的非物質文化遺產。我們如今可從聯合國教科文組織與我國政府陸續公佈的世界級與國家級非物質文化遺產名錄來辨認其跨文化性質與學術價值。

二、中國西部邊疆地區跨國民族戲劇文化

　　在聯合國教科文組織公佈的第三批「人類口頭和非物質遺產」名錄中，中國西部地區的「中國新疆維吾爾木卡姆藝術」榜上有名，但同時在此之前的第二批代表作名錄中亦有「阿塞疆木卡姆」、「伊拉克大卡姆」，以及在烏茲別克斯坦、塔克斯坦一帶流行的「沙士木卡姆音樂」等。「木卡姆」此種中亞、西亞與北非地區游牧與農耕民族共同喜愛與擁有的大型音樂、歌舞、曲藝相融合的民族表演藝術形式，不因爲歷史地理上人爲的國界劃分而割斷其民族文化的血脈聯繫。文化和藝術在人類歷史上從來都是沒有國界的，若對「木卡姆」之類非物質文化樣式、種類、形態進行調查，對其發生、流傳、演變的歷史與現實進行學術研究，決不能固步自封、劃地爲牢。而是應該超越國家與地域的限制，進行跨國、跨民族、跨學科的綜合性研究與探索。

　　再如我國與蒙古國聯合申報成功的口頭傳統音樂類之「蒙古族長調民歌」，原本就是東北亞地區蒙古人種最富代表性與國際性的非物質文化遺產珍寶。在此之前，聯合國教科文組織公佈的「人類口頭和非物質遺產代表作」名錄，其中入選有亞太地區蒙古國傳統音樂類的「馬頭琴傳統音樂」。這二者均爲中國與蒙古國蒙古民族共同的表演藝術財富，充分顯示了該族民間藝人高超的文化智慧與藝術才能。

　　除此之外，在中國周邊國家與地區還陸續申報成功下述諸種「人類口頭和非物質遺產代表作」：

　　　　　1、亞太地區韓國「禮儀與節慶活動類別」的「宮廷宗廟祭祀禮樂」。2、亞太地區不丹「表演藝術、禮儀與節慶活動類別」的「德拉邁茲的鼓樂面具舞」。3、亞太地區印度「表演藝術類別」的「鳩提耶耽梵劇」。4、歐美地區俄羅斯聯邦︱文化空間類別」的「塞梅斯基的文化空間與口頭文化」。5、亞太地區烏茲別克斯坦「文化空間類別」的「博遜地區的文化空間」。6、亞太地區韓國「表演藝術類別」的「板索里史詩說唱」。7、亞太地區印度「口頭傳統、禮儀與節慶活動類別」的「吠陀聖歌傳統」。8、亞太地區日本「表演藝術類別」的「能樂」。9、亞太地區菲律賓「口頭傳統類別」的「伊夫高族群的哈德哈德聖歌」。10、亞太地區印度尼西亞「表演藝術類別」的「哇揚皮影偶戲」。11、亞太地區日本「表演藝術類別」的「淨琉璃文樂木偶戲」。12、亞太地區吉爾吉斯斯坦「口頭傳統類別」的

「吉爾吉斯史詩彈唱阿肯藝術」。13、亞太地區越南「傳統音樂類別」的「雅樂——越南宮廷音樂」。

審視上述遺存於亞洲太平洋地區各國的「人類口頭和非物質遺產代表作」，主要歸屬於聯合國教科文組織頒佈的《保護非物質文化遺產公約》有關類別「表演藝術」之中。諸如印度的「鳩提耶耽梵劇」、「吠陀聖歌傳統」；韓國的「板索里史詩說唱」；日本的「能樂、淨琉璃文樂木偶戲」；菲律賓的「伊夫高族群的哈德哈德聖歌」；印度尼西亞的「哇揚皮影偶戲」；吉爾吉斯斯坦的「吉爾吉斯史詩彈唱阿肯藝術」；越南的「雅樂——越南宮廷音樂」等等。而且其中所囊括的民族戲劇、音樂與說唱曲藝形式等，都是跨國界與跨民族的傳統表演藝術形式。

顯而易見，其中不丹的「德拉邁茲的鼓樂面具舞」，印度的「鳩耶耽梵劇」與我國的藏戲與佛教戲劇有關聯；印度尼西亞的「哇揚皮影偶戲」，日本的「淨琉璃文樂木偶戲」與我國沿海地區流行的「皮影戲」、「木偶戲」有聯繫；韓國的「板索里史詩說唱」流入我國朝鮮族地區後演變爲「唱劇」；吉爾吉斯坦的「吉爾吉斯史詩彈唱阿肯藝術」則與我國新疆柯爾克孜與哈薩克的史詩彈唱一脈相承。

再者較爲引人注目的是其「文化空間」類別代表作諸如：俄羅斯聯邦的「塞梅斯基的文化空間與口頭文化」，烏茲別克斯坦的「博遜地區的文化空間」，韓國的「宮廷宗廟祭祀禮樂」等，爲人類非物質文化提供一個偌大時空平台，在人們的文化視野中開闢了一個嶄新的學術研究領域。

關於「文化空間」這個重要概念，在聯合國教科文組織公佈的第一批有關19種名錄中，就有5種由此類別所統轄。它們除了上述諸種之外還有拉美地區多米尼加共和國的「聖靈兄弟會文化空間」，非洲地區幾內亞的「尼亞加索拉的索索‧巴拉文化空間」，摩洛哥的「吉馬‧埃爾‧弗納廣場的文化空間」等。以及第二批有關名錄中如歐美地區愛沙尼亞的「基努文化空間」。第三批有關名錄中如哥倫比亞的「帕蘭克——德——聖巴西里奧的文化空間」。阿拉伯地區約旦的「佩特拉和維地拉姆的貝都人文化空間」。亞太地區越南的「銅鑼文化空間」等等。

「文化空間」這個既傳統又現代的專用學術名詞，原本指的是人類的物質生存的環境，自從引伸到非物質文化遺產研究範圍，則專門「指稱的是某種集中舉行流行的與傳統的文化活動的場所，或一段通常定期舉行特定活動

的時間」。〔註1〕「文化空間」亦稱「文化場所」（the cultural space），是非物質文化遺產學科中非常重要的文化概念。根據聯合國教科文組織頒佈的《宣佈人類口頭和非物質遺產代表作條例》所劃分，「文化空間」與「各種傳統文化表現形式」為相輔相成的兩大部分。前者與後者呈現宏觀文化與微觀文化的位置與關係，統轄於「文化空間」之下；而後者則具體包括語言、文學、音樂、舞蹈、遊戲、神話、禮儀、習慣、手工藝、建築藝術及其他藝術、傳播與信息的傳統形式，均為各國與各民族的傳統民間文化表現形式。

　　無論是文化空間，還是文化場所，均指為傳統文化活動賴以生存的自然、社會與人為營造的環境。它在文化層面上不是呈平面狀一維或二維物象，而是呈立體狀三維或多維物象；不是靜止、凝固與呆板的物理實體，而是自由、活潑、流動、富有生命力的文化形態。

　　可供表演藝術展示才華的文化空間，恰似二度創造的無形的博大宏闊的藝術平臺。在巨大的物質與文化空間之中，世界各國與地區勤勞、勇敢、智慧的各族民間藝人，不僅以歷時的，即縱向之歷史性的；而且以共時的，即橫向之現實性的思維觀念與天才的技藝，創造表現人類歷史與現實文化高度智慧與綜合素質的物化形態。

　　依照聯合國科教文組織《保護非物質文化遺產公約》為「文化遺產」所下的定義：

> 非物質文化遺產指被各社區、群體，有時為個人，視為其文化遺產組成部分的各種社會實踐、觀念表述，表現形式、知識、技能及相關的工具、實物、手工藝品和文化場所。

　　在我國，國務院頒佈的《國家級非物質文化遺產代表作申報評暫行辦法》中，忠實地體現了聯合國教科文組織所設立的有關框架的文件精神，並且將原本「非物質文化遺產」內容與範圍由上述 5 方面擴大到 6 方面，並特地在其後補述相關的「文化空間」。在第 2 條「表演藝術」加上「傳統」二字，規定了其歷史性、民族性與民間性。在第 3 條，將「社會實踐」，改為「民俗活動」。於第 4 條「自然界和宇宙」之後，「知識和實踐」之前，亦增加了「民間傳統」四字。從其字裏行間向世人傳遞我國正在呈系統、規模性地在民族、民俗、民間文化空間的整體承傳與保護方面大下功夫的重要信息。

〔註 1〕 王文章主編《非物質文化遺產概論》，文化藝術出版社，2006 年版，第 296 頁。

再有在此綱領性文件中，我國政府從理論層面上闡述「文化空間」之實質，不僅標明其為舉行「傳統文化活動」，亦為展現「傳統文化表現形式」之文化場所，同時還特別強調其類別所兼備的「空間性和時間性」。由此意味著文化空間並非僅為單純的空間維度，而且具有更加深遠的時間維度。此種縱橫交錯、經緯交織的巨大時空性質，賦予了此種類別理論具有濃厚而廣博的歷史與現實文化內涵。

論及非物質文化遺產中所佔比重與分量最大，所含文化價值最強的「傳統表演藝術」，尤其是集各種文學藝術形式之大成的「傳統戲劇」文化空間，實質上具體體現在民族戲劇舞臺造型空間與語言音樂時間的交叉結構中，以及由此所形成的文化張力與藝術魅力。此如歐陽勞汗先生在其力作《舞臺美術設計概說》中形象地描繪：

> 戲劇演出形式的主體，造型和音樂各在時、空兩方面表現著演出的空間形式和時間形式，它們相互結合而構成總的演出形式。這就好像「鳥」那樣，表演形式是其主身，造型、音樂的形式為兩翼。有了矯健的身軀，又有有力的翅膀，這隻形式之「鳥」就能翱翔於長空了。〔註2〕

在我國邊疆地區跨國民族的諸多傳統戲劇之中，此種兼顧「造型和音樂」兩種「演出的空間形式和時間形式」的綜合表演藝術形式，相當普遍、典型與富有代表性。建立在工藝美術、建築、雕刻、服飾基礎之上的「空間形式，」往往天衣無縫地與音樂、舞蹈、雜技、曲藝等技藝綜合形成的「時間形式」有機地交織在一起，從而為少數民族民間戲劇插上了「有力的翅膀」。促使這隻美麗而矯健的大「鳥」自由自在地「翱翔」於歷史與現實的「長空」之中。

在我國公佈的兩批國家級非物質文化遺產代表作一千多種名錄之中，我們欣喜地看到許多傳統民族戲劇自由存留於跨國界、跨民族、跨文化的廣闊藝術天地中，甚至穿越時空的隧道，通向遙遠的歷史與未來。

諸如歷史悠久，民族風格濃鬱，極富歷史與學術價值的「藏戲」，其中包括西藏拉薩覺木隆藏戲，日喀則迴巴、南木林湘巴、仁布江嘎爾藏戲，山南雅隆扎西雪巴、瓊結卡卓扎西賓頓藏戲，以及青海黃南藏戲，四川阿壩、甘孜藏戲，甘肅甘南安多藏戲等。呈現出多層次、多角度的中國少數民族戲劇文化特殊景觀。

〔註2〕歐陽勞汗《舞臺美術設計概說》，貴州人民出版社，1984年版，第55頁。

　　藏族自古就是跨越邊境地區帶有國際性的民族，除在我國西南、西北地區之外，在南亞次大陸的印度、巴基斯坦、孟加拉、克什米爾、不丹、錫金與尼泊爾等國家地區，不同數量地亦居住著一些操漢藏語系與語種的許多藏民同胞。他們不因國界區域分隔，也同樣喜歡觀賞藏傳佛教文化與青藏高原民俗藝術交融在一起的藏戲表演形式。

　　在我國西藏與尼泊爾、印度交界處，世代居住著一支亦操藏語的門巴族，在此區域盛行著獨具特色的山南門巴戲和門巴拉姆，其中也貫穿著神秘怪誕的佩戴面具的原始歌舞戲表演。並且由形式多樣的當地民歌與傳統方言幫襯，顯示了深厚的南方高原民族文化底蘊。

　　雲南是我國少數民族數量最多，最為集中的一個邊疆省份。在此地祖祖輩輩生活的傣族，是最具有代表性的有著濃鬱宗教傳統與民俗文化色彩的跨國民族。該族擁有特殊曲藝形式「贊哈」，美麗動人的「孔雀舞」，以及用葫蘆笙與鋩鑼演奏出來的傣族音樂。在此基礎上所合成的綜合性民族表演藝術傣劇，恰似一顆光輝燦爛的文化瑰寶，照耀著國內外的傣族同胞的藝術時空。傣劇繼承了我國邊疆與周邊國家與民族善於用民間史詩敘事，以小乘佛教色彩渲染故事的表演傳統，從而形成許多令人們賞心悅目充滿濃鬱色彩的劇目。

　　在雲南的文山與廣西壯族自治區流行的壯劇，同樣包孕著深厚的跨國文化因素。因為歷史上壯族獨具特色的語言、文字、文學、音樂、繪畫與工藝美術，特別是壯族民歌、銅鼓藝術沿著紅河、湄公河流徙到東南亞諸國。故此，透過作為東南亞諸國壯文化交流載體的壯劇藝術，我們至今仍能從中識讀到古今壯族人民生動感人的歷史事實。

　　生活在西南地區高山崇嶺中的苗族，也天才地在本民族豐富多彩的英雄史詩、神話傳說、民族樂舞基礎上創造出形式多樣、風格濃鬱的民族戲劇苗劇。並且通過國際間的文學藝術交流，逐步將苗族傳統戲劇展示在周邊國家地區各族人民面前。

　　在我國華北、東北地區與周邊國家交流最為頻繁的中國少數民族，首當其衝是蒙古族，再則是朝鮮族。

　　歷史上位於漠北的外蒙古原屬中國領土，雖然自二十世紀初得以獨立，但誰也無法割斷此地人民與內蒙古自治區同族的血緣關係。蒙古族是一個能歌善舞、能言善辨的民族。該族民間藝人創造了令世人為之驚歎的各種英雄史詩與敘事詩，以及豐富多採的「烏力格爾」、「好來寶」、「安代」等民族說

唱與歌舞音樂形式。在此基礎上所形成的該蒙古戲，綜合與包容著極爲深厚的該族歷史、地理、宗教、文學、藝術、民俗等傳統文化知識，可謂蒙古族歷史文化的活世態。

我國朝鮮族在歷史上來源於毗鄰的美麗富饒的朝鮮半島，原本與高麗、新羅、百濟三國人民文化相通，血脈相連，並且藉此國土與隔海相望的日本島國產生密切的傳統文化交流。極富表演天才的朝鮮族藝人成功地將「盤索里」、「阿里郎」、「道拉基」等民族音樂與本民族的民間文學藝術融和在一起，創造出獨具審美價值的「朝鮮唱劇」，非常受當今的韓國、朝鮮與我國的朝鮮族人民的喜聞樂見。

西北地區因爲歷史、地理、宗教、語言、文學的變遷，而產生了大批跨國民族及有關演藝文化形式。其中如哈薩克族、烏孜別克族、塔吉克族、柯爾克孜族、塔塔爾族、俄羅斯族等，另外在中亞、西亞與東歐地區有著數量眾多的同源胞族。他們之間一直保持著緊密的文化藝術交往，並根據相近歷史創造出一些維系民族文化的傳統文學藝術作品，特別是以本民族語言上演的反映其文化生活的戲劇形式與劇目。諸如或古老、或新潮，或傳統的哈薩克族戲劇、烏孜別克族戲劇、塔吉克族戲劇、塔塔爾族戲劇、俄羅斯族戲劇等。在其中所保留的跨國界人物與故事，以及演出的跨地域的劇目，需置於世界區域文化大背景中去審視才能梳理清楚。

大多數居住在我國新疆地區的維吾爾族，由於歷史上邊界幾度變更、民族遷徙，而在國外也滯留著許多同族居民。他們長期在「絲綢之路」上充任文化交流的使者，曾將爲數眾多的中亞與東歐地區樂舞戲劇形式介紹到天山南北各地。故此，使我國觀眾有幸能觀賞到亞洲腹地各國共同上演的一些經典劇目。在此基礎上創造的維吾爾劇，混合著阿拉伯、波斯許多文化因素，很值得我們在特殊的跨國文化空間中進行比較研究。

我國回族在歷史上是古代西域地區與中原地區居民長期融合的人數眾多的民族。該民族有一些人於清代末年由陝甘地區遷移到新疆以西的中亞諸國，特別是吉爾吉斯、烏茲別克斯坦地區，名曰「東干族」。因他們長期與這裡的俄羅斯人、烏茲別克人、吉爾吉斯人、哈薩克人交往融合，從而形成獨特的跨國文化藝術，其中亦包括仍保持濃厚中國回族色彩的東干戲劇。如今我們可以將其與國內西北盛行的回族「花兒」民歌、《宴席曲》音樂、舞蹈、說唱曲藝、地方戲劇與其民族戲劇相比較進行學術研究。

　　總而言之，對中國周邊國家與地區的民族戲劇進行跨文化研究，在不斷開闊著我們的文化視野，豐富著人類的藝術審美情趣，也必然能不斷開闢國內外聯合保護與研究非物質文化遺產的新天地。

　　中華人民共和國西部地區主要由西北、西南還有東北地區各省市自治區、自治州、自治縣等所組成。中國邊疆地區的特殊地理位置決定了它的地域文化與民族文學的跨邊境和跨國界性質。中國少數民族地區民族眾多，自古至今語言文字繁雜，建立在此基礎之上的各民族傳統戲劇形式多樣、豐富多彩，是中華民族文化大家族中不可或缺的重要組成部分。

　　論及中國周邊地區的跨國民族由來已久，中國西北、西南、東北地區是一個多民族的地區，這裡世世代代生活著包括漢族在內的眾多民族，其中有不少歷史上遺留下來的許多跨國、跨境民族。在漫長的東方世界歷史進程中，中國西部地區的地理、民族與文化、文學藝術概念是不斷變換的，在人們視線中該地的少數民族樂舞戲劇也隨之不斷變化更新與發展。

三、中國周邊跨國民族及其民族戲劇藝術

　　中國西部地區世世代代生活著包括漢族在內的眾多民族，其中有不少歷史上遺留下來的跨國、跨境民族。諸如：俄羅斯族、哈薩克族、回族、柯爾克孜族、烏孜別克族、塔吉克族、維吾爾族、門巴族、藏族、傣族、苗族、壯族、京族、朝鮮族、蒙古族等約十餘個民族。毗鄰國家一些民族與中國境內一樣，同樣擁有許多形式多樣、豐富多彩的戲劇文化遺產。諸如：俄羅斯世俗戲、印度梵劇、波斯胡戲、泰國佛戲、越南傀儡戲、朝鮮唱戲等。華夏邊疆地區則存留有藏戲、門巴戲、傣劇、壯劇、苗族、劇、蒙古戲、維吾爾劇、哈薩克劇、烏孜別克劇、塔吉克劇、塔塔爾劇等各少數民族戲劇。同時，漢族一些地方戲曲也在周邊許多國家華人區廣泛傳播，中華民族所擁有的所有戲劇形式均需我們認真考察與研究。

　　若以所處邊防線最長，歷史文化積澱最為豐厚、民族成分較多的西北地區來說，秦漢時期西北疆土已波及阿爾泰山、天山、喀喇崑崙山山脈絕大部分地區。隋唐時期所羈縻臣服諸國已遠至條支、大夏、波斯、安息諸地，遼元時期的版土已橫跨亞歐大陸，覆蓋著幾乎整個中亞、西亞和東亞地區。明清時期的領土亦北達巴爾喀什湖，西及裏海，南至克什米爾。在這塊遼闊廣袤的疆土上繁衍生息著許多古代跨國民族諸如塞、氐、羌、烏孫、匈奴、鮮

慎、契丹、回鶻、突厥、黨項、吐蕃、韃靼等。他們與漢民族一起創造了中華多民族燦爛輝煌的古代文明，乃至豐富多樣的各民族戲劇語言文學藝術。

論及此地跨國民族語言文字，語言方面主要有（1）阿爾泰語系所屬突厥語族之維吾爾語、哈薩克語、柯爾克孜語、烏孜別克語、塔塔爾語、西部裕固語、撒拉語等民族語言；（2）阿爾泰語系所屬蒙古語族之蒙古語、東鄉語、保安語、東部裕固語等；（3）印歐語系所屬印度——伊朗語族之塔吉克語；（4）印歐語系所屬斯拉夫語族東部語支之俄羅斯語；（5）另外還有在中國擁有的最大族群的漢藏語系所屬的漢語方言，以及藏緬語族之藏語。

論及其主要民族文字，此地古代流行並遺存的有佉盧文、焉耆——龜茲文、于闐文、梵文、突厥文、回鶻文、察合臺文、古蒙文、八思巴文、西夏文、藏文、古漢文等。在此基礎上則產生：（1）阿拉伯文字母體系的維吾爾文、哈薩克文；（2）回鶻文字母體系的蒙古文；（3）斯拉夫文字母體系的俄文；（4）印度文字母體系的藏文；（5）象形文字體系的漢文。正是以古今各種民族文字為載體，才使我們有幸閱讀到卷帙浩繁的中國西北與周邊國家跨國民族的文學藝術作品。

從自然地理歷史與宗教方面審視，中國西北與周邊國家跨國民族古代、近現代文學類型，可從如下幾個方面劃分類型：

（一）從地理方面劃分。1、中亞地區文學，2、亞洲腹地文學，3、天山地區文學，4、阿爾泰山地區文學，5、崑崙山地區文學，6、蒙古高原文學，7、青藏高原文學，8、兩河流域文學，9、絲綢之路中段文學，10、西域文學，11、敦煌文學等。相比之下，我們可重點加強對敦煌文學、西域文學、中亞地區文學、絲綢之路中段傳統文學等的研究。

（二）從歷史方面劃分。1、遠古社會時期文學，2、先秦時期文學，3、漢魏晉南北朝時期文學，4、隋唐五代時期文學，5、宋遼金元時期文學，6、明清民國時期文學，7、中華人民共和國時期文學。或者，8、漠北時期文學，9、東西突厥時期文學，10、金帳汗國時期文學，11、喀喇汗王朝時期文學，12、吐蕃時期文學等，其中尤其應重視東西突厥時期民族文學、吐蕃時期民族文學、喀喇汗王朝時期民族文學等的研究。

（三）從民族方面劃分。1、雅利安人文學，2、塞、羌人文學，3、匈奴古族文學，4、粟特人文學，5、大、小月氏文學，7、突厥古族文學，8、契丹古族文學，9、回鶻古族文學，10、蒙古古族文學，11、色目人文學，12、

吐蕃古族文學，13、韃靼古族文，14、斯拉夫古族文學，15、東干民族文學，
16、卡爾梅克族文學等。其中如突厥古族文學、回鶻古族文學、吐蕃古族文
學、蒙古古族文學、東干民族文學研究等較為重要。

　　按其歷史、地理、政治、文化、宗教屬性來審視，在中國西北地區與周
邊國家有主體民族與非主體民族之分，亦有世居民族與遊移民族之分。順其
自然，亦有主體民族與非主體民族文學之分，或世居民族與遊移民族文學之
分。

　　統而言之，如下所述：

　　1、在中國西北周邊地區建立主體、獨立國家的如哈薩克斯坦、烏茲別克
斯坦、吉爾吉斯斯坦、塔吉克斯坦的主要民族成分從史地根源上是和我國哈
薩克、烏孜別克族、柯爾克孜族、塔吉克族基本一致的跨國民族；

　　2、我國塔塔爾族、俄羅斯族是近現代歷史上從東歐經中亞地區遷入的跨
國民族；

　　3、西北地區的回族、土族、撒拉族、東鄉族、保安族則是本地與中亞、
西亞地區遷徙而來與華夏人種融合而成的跨國民族；

　　4、另外如蒙古族、藏族、維吾爾族、裕固族中有一部分因各種原因遷居
於周邊國家，其中亦有一些跨國民族因素。

　　在近現代，中國西北周邊，因強權國家割去大面積我國領土，迫使大量
中國少數民族背井離鄉，流落為外邦華裔華僑。這些流失的土地分別是沙皇
俄國於 1864 年 10 月 7 日簽訂的《中俄勘分西北界約記》，割占中國西部 44
萬多平方公里的領土；1881 年 2 月 24 日簽訂的《中俄伊犁條約》，又割占西
北地區 7 萬多平方公里的中國領土；另外在二十世紀 50 年代，經英、美國挑
唆的中印邊界糾紛，所製造的所謂的「麥克馬洪線」和「東北邊境特區」，無
端地侵佔我國西北阿克賽欽、阿里、巴里加斯地區等 4 萬多平方公里的中國
領土，上述共約 55 萬多平方公里的中國領土。在這片土地上生衍繁殖的中國
各民族僑民，因歷史地理變異，僑居境外，形成了現在的跨國民族。再有西
北地區邊境還遺留一些所謂的領土爭議區，如帕米爾、克什米爾、唐努烏梁
海地區等，更加增添了此區域民族文化身份和民族文學藝術的認識與研究難
度。

　　「中央亞細亞」即中亞地區，歷來是中西文化交流的重要區域，是世界
古老文明的策源地之一，是人類多民族文學藝術的博物館。這裡的特殊的文

化地理環境與文化歷史、宗教、語言、文字、文學、藝術、民俗等構成了特有的東方文化族群，以及獨具特色的民族文化圈和文學生態系統。但是因為此地在歷史上地方民族政權林立、戰爭頻繁、民族紛爭，疆土變換不定，且為東西方各種政治、軍事、宗教、文化勢力的介入。至使原生態民族文學不斷嬗變、異化、重組，形成如今所見「你中有我，我中有你」，「扯不斷，打不散」的膠著複雜局面。另外由於中亞地區國家、地區、民族長年受波斯、阿拉伯伊斯蘭或歐洲文化中心論的影響，無視於本地區、本民族的傳統和本真文化。故此，不可避免地會出現曲解、肢截、衍化、造偽所謂的正宗的民族文學景況。

中亞地區轉為典型地存在民族傳統與現代文學雜糅交織與文化的混血現象，自古以來這裡的文化思潮促使相繼遷換雅利安、拜火教、古希臘、佛教、波斯、摩尼教、突厥、察合臺、伊斯蘭教、俄羅斯文學，而中華民族主體文化之漢文學只是階段性和間歇性滲透於此地民族文化之中。對此，應該以歷史唯物主義和辯證主義的觀點與角度予以審視其語言、文字特徵。

諸如此地跨邊境沿線，自古迄今通行的印地語、波斯語、梵語、烏爾都語、普什圖語、達里語、烏茲別克語、吉爾吉斯語、哈薩克語、喀爾喀蒙古語等均為周邊國家的官方語。另外還有許多外來語與地方語和方言，主要有阿拉伯語、波斯語、土耳其語、梵語、旁遮普語、信德語、俾路支語等數百種，方言千餘種。這些國家各民族所操文字根據所需各有不同，我們借助這些語言和文字可逐漸解析絲綢之路民族文學的奧秘。

中國西北地區位於亞洲腹地，中亞東部與中國西部，在人類歷史上是東西方諸國政治、經濟、文化交流的中樞地帶。聞名世界的「絲綢之路」從此地長安古都產生並延伸。路經關中平原，隴東山地，河西走廊，天山草原，沙漠綠洲，蔥嶺古道，然後一直向西拓展，橫亙亞、非、歐大陸。將東方四大文明古國（中國、印度、巴比倫、埃及）與西方古希臘、羅馬，以及世界三大宗教（佛教、基督教、伊斯蘭教）和沿途各國世俗文化緊密地聯繫在一起。對此，從古至今，西北地區各民族曾付出艱險的勞動，作出了巨大的歷史貢獻。

著名學者季羨林認為，現在的世界人類文化主要有四大文化體系，即中國、印度、波斯阿拉伯伊斯蘭、歐洲文化體系。然而上述傳統文化均匯流只限於中亞地區，特別是古代稱之為西域的新疆與周邊一些國家和地區。這裡自古以來珍藏著極為豐富多樣、絢麗多姿的各民族文學藝術遺產。

　　中國西北周邊地區地域遼闊，歷史悠久，民族眾多，語言文字複雜，文學形式多樣，且數量巨大。但是人種民族的稱謂混亂，作家歸屬不清，在外大量華僑、華裔、華人文學作品還未經翻譯，或譯介錯訛，需要統一文字與標準來研究解讀。

　　我們需從社會科學、語言文字、宗教文化、世俗風情與文學文體諸方面來審視，以及識別與總結中國西北與周邊國家跨國民族古代、近現代文學類型和成果。

　　從宗教方面劃分。1、原始宗教文學（薩滿教、拜火教）文學，2、波斯諸教（祆教、摩尼教）文學，3、印度佛教文學，4、藏傳佛教文學，5、道教文學，6、西方基督教（景教、也里可溫教、猶太教、天主教、東正教）文學，7、阿拉伯伊斯蘭教文學（遜尼派、什葉派、依襌派）文學等。

　　從世俗文體方面劃分。1、神話傳說，2、英雄史詩，3、寓言故事，4、石刻碑碣文學，5、講唱文學，6、民間文學等。應該特別重視神話傳說研究，英雄史詩研究，講唱文學研究，民間文學研究等。

　　中國傳統文化對西北地區民族文學的影響表現在：（一）物質文化方面：絲綢、玉石、陶瓷、火藥、紙張、麝香、藥材等。（二）精神文化方面：印刷術、紡織術、冶鐵術、煉丹術、製陶術、道教倫理、詩文創作等。

　　查詢歷史文化稱謂，在中亞沙漠腹地曾出土中國漢字綾錦、彩繪，漢唐時期，中亞諸國稱輸入的中國鐵器爲「哈爾錫尼」，即中國箭鏃金。將傳輸而去的絲綢刺繡稱之「兌拉茲」，將煉丹術稱爲「耶黎克色」，並轉爲「化學」之稱謂。歷史悠久的中醫學亦被介紹至波斯阿拉伯世界，如將各種中國藥材分稱「達秦尼」或「沙赫錫尼」等。

　　綜上所述，周邊國家傳統文化對我國西北地區跨國民族文學的影響，主要在下述各方面：（一）語言文字方面，（二）宗教文化方面，（三）文學藝術方面，（四）民俗文化方面。中國西北邊疆與周邊國家民族文學交流的途徑與方式，主要表現在：（一）經濟貿易方式，（二）羈縻臣服方式，（三）結親聯姻方式，（四）文化交流方式等。

　　較爲突出的跨國界民族文學交流文化歷史諸如：印度兩大英雄史詩，印度的梵語文學和戲劇，印度佛教文學，跨國界的喀喇汗王朝文學，流傳中亞地區的各種史詩傳說，廣爲傳播的阿凡提故事，伊斯蘭世界的木卡姆文學，融入西北民間的波斯文學，仍保持西北文化傳統的東干族文學，衛拉特蒙古

卡爾梅克族文學，兩河流域柘枝樂舞文學，西北地區諸宮調文學，河西變文、寶卷文學，西北回鶻文學，吐蕃與藏族文學，伊斯蘭教與穆斯林文學，蒙古族長調音樂文學，瑪納斯、江格爾、格薩爾文學，哈薩克阿肯彈唱文學，西北各民族花兒文學，匈奴西遷及匈人民歌，大小月氏宗教與世俗文學等。

因為歷代封建統治者長期所持中原文化中心論與漢族文化中心論，而導致漢民族文人墨客視西北邊疆少數民族為「夷胡」，視其語言文字為「蠻書」、「鳥語」。再加上民間流傳的世俗偏見，認為少數民族文化落後無知，由此而嚴重阻礙了對其豐富資源的承傳、保護和研究。

從近年全世界範圍內對各國各民族口頭非物質文化進行的搶救、保護與發展的蓬勃運動來審視，中國西北地區少數民族傳統文化中，尤其是此地民族文學藝術是其中不可或缺的重要組成部分。新疆維吾爾族木卡姆音樂和蒙古族長調入選世界文化遺產名錄，即是明證。

在全國各省、自治區、地州、縣旗級非物質文化遺產申報名錄過程中，保護民族文化資源，維繫民族身份認同，方能加深民族情感，增強民族自豪感、自心信，加強民族凝聚力、親和力。只有大力促進族群與族群、國家與國家、地區與地區、人與人之間的和諧，調節人與他人，人與社會，人與自然的和諧，才能有效維護祖國與世界民族文化的生態平衡。

在國際範疇，鈎沈中國西北地區以及周邊國家與民族極其豐富多樣的文學遺產，梳理清楚中亞、西亞、南亞地區在歷史上與東亞和中國傳統文化之間的關係，確立中國西北各民族文學在世界文學史中的地位。在國內範疇，竭力弘揚中華民族優秀傳統文化，加強我國各族人民之間，以及與毗鄰國家和地區民族文學藝術的交流，建立國內外平等、友好、和諧的文化氛圍。在區域範疇，促進中國西部與西北少數民族地區的經濟文化發展，充分肯定西北地區跨國民族對中亞，乃至亞洲民族文學體系建構所做出的重要貢獻。

在文學範疇，在盡可能廣泛的文化範圍內搶救、挖掘、整理、研究中國西北地區少數民族，特別是此地跨國民族的傳統戲劇文學遺產。較全面地甄別、梳理、統計、考證、評介和比較其珍貴文本，以及國內外專家學者的古籍整理和研究成果，以充分論證其重要的歷史與學術價值。

對此研究的主要內容及其學術價值概括如下：（一）大力進行中國西北地區跨國民族及其文學歷史遺產研究，將其歸入中國乃至世界民族文學的宏大學術體系之中。（二）摸清與評估中國西北地區跨國民族文學挖掘、整理、研

究現狀，客觀認識少數民族文學的客觀發展規律。（三）正確評價處於「邊緣」狀態的西北少數民族文學生存狀態，激活與國內外「主流文化」的對話和學術交流機制。（四）加強中國西北地區民族文學與周邊國家文化關係研究，充分肯定少數民族文學的學術價值，以及在中亞區域文化中的重要地位。（五）中國西北地區民族文學藝術研究解決的方法與達到的目的在於，中國西北地區民族文學研究如何促進地區安定團結與團結。（六）中國西北地區民族文學理論與實踐的發展與前景，如何維護和營造國內外中亞區域的和諧文學生態環境。

　　發源於中國西北的「絲綢之路」不僅是氣勢雄渾的自然文化景觀，而且還是豐富多彩的非物質文化遺產的堅實載體。雖然近些年在國內有不少有關「絲綢之路」理論著述發表，但是就其質量與數量而言，其中屬於介紹性、商業性、旅遊性的文章佔有相當大的篇幅，即便名義上標示其歷史文化研究，但是因其與相照應的非物質文化遺產聯繫不緊密，故而所產生的成果缺少應有的深度、廣度與維度。若想改變此種現象，必須將「絲綢之路」的物質性與非物質性，歷史性與文化性有機結合起來，以真實的鮮活的民族、民間傳統文化來支撐西北「絲綢之路」歷史地理文化研究的巨大時空。

　　西北「絲綢之路」主要包括國內「沙漠之路」，亦稱「綠洲之路」；「草原之路」，亦稱「茶馬古道」；「高原之路」，亦稱「唐蕃古道」；在這片神奇、廣袤的土地上，積澱與遺留著豐厚的民族、地域、宗教、世俗歷史文化，需要我們去發掘、整理、考證與研究。依據《世界遺產公約》劃分，此類世界遺產共有五大類別，即一、世界文化遺產，二、世界自然遺產，三、世界自然與文化雙重遺產，四、世界文化景觀遺產，五、人類非物質文化遺產。對上述存留於「絲綢之路」沿途的世界性物質與非物質民族文化遺產關係理當進行認真的科學的全面的學術梳理。

　　目前已列人中國西北地區世界遺產名錄的主要項目有「文化遺產」類：一、長城，二、秦始皇陵，三、莫高窟，四、絲綢之路；「非物質文化遺產」類：一、新疆維吾爾木卡姆藝術，二、蒙古族長調民歌；已列入「第一批國家級非物質文化遺產名錄」的西北五省自治區有關非物質文化遺產共十大類，即1、民間文學，2、民間音樂，3、民間舞蹈，4、傳統戲劇，5、曲藝，6、雜技與競技，7、民間美術，8、傳統手工技藝，9、傳統醫藥，10、民俗；首批非遺具體項目共有98個，約占全國518個非物質文化遺產項目的百分之

十八。對上述沿西北「絲綢之路」國家級，乃至陸續公佈的省區級、地州市級、縣旗級非物質文化數量極大，品種極多，需進行歷史、地理、文化全面、系統、深入的研究。

從事西北地區絲綢之路沿途非物質文化遺產保護、發展與研究一定要設法攻克下列有關學術難題：（一）解決十三朝古都長安文化與西北境內絲綢之路文學的關係，梳理清楚國內外各民族傳統文學對跨國民族文化發生的作用。（二）借助古今中外專家學者對西北地區及「絲綢之路」政治、軍事、經濟、宗教、文化、藝術、民俗的科研成果，以及結合近年非物質文化實地田野調查研究所獲得的豐富多樣的文物、文獻資料，來發展新興的邊緣性、交叉性、前沿性社會科學，以大力促進西北絲綢之路與非物質文化歷史的綜合性研究。（三）闡述清楚西北絲綢之路沿途世界遺產中自然遺產、文化遺產、文化景觀遺產、自然與文化雙重遺產和人類非物質文化遺產之間的互動關係，梳理清楚絲綢之路文化與物質文化，及其非物質文化產生、形成、發展、演變的歷史，以及開辟搶救、保護、開發、利用的有效途徑。（四）大量吸收與借鑒國內外「絲綢之路」與「非物質文化」研究的手段與經驗，以定性、定量的科學研究方法，全面統計與調查清楚西北地區各省區非物質文化遺產的豐富資源和分佈情況，並相對準確地預測其民族文學形式將來發展、演變的趨勢。（五）注重西北少數民族與漢族及其跨國民族歷史文學藝術的比較研究，多層次、多側面、多角度、全方位地對西北沿絲綢之路的非物質文化進行深入探討，以確認其在中國乃至世界文明歷史與文化宏大體系中的重要價值。

同樣依上述理論模式來套用西南與東北的少數民族地區，以及此地產生的民族戲劇文化資源。按其民族成分來審視，那裡有許多西北地區沒有的少數民族，他們有著不同的歷史文化背景；也創造與發展著不盡相同的民族文學藝術形式，其中就包括著色彩豐富絢麗多姿的民族音樂舞蹈曲藝戲劇文化。西南地區需借助著「森林絲綢之路」、「高原絲綢之路」、「海上絲綢之路」，東北地區仰仗著「草原絲綢之路」或「塞上絲綢之路」，依次為學術平台而實施中外跨國民族戲劇文化的大規模的交流科研活動。

對西南、東北的少數民族地區戲劇文化的認知，應該借鑒西北地區跨國民族戲劇研究的經驗，從多側面多角度出發，即語言文字方面，宗教文化方面，文學藝術方面，民俗文化方面等進行全面系統的研究與探索，方能真正確定中國少數民族戲劇在國內與國際歷史與現實文化中的學術地位。

　　日本學者長澤和俊著《絲綢之路史研究》一書對跨國性質的絲綢之路文化研究的學術價值進行以下的歸納：

　　　　「絲綢之路」之所以受到各方面的重視，主要有以下三個原因：
　　　　首先，絲綢之路作爲貫通亞非大陸的動脈，是世界史發展的中心。
　　　　歐亞大陸由蒙古、塔里木盆地、準噶爾、西藏、帕米爾、河中、阿
　　　　富汗、伊朗、伊拉克、敘利亞、土耳其等地區構成。第二，絲綢之
　　　　路是世界主要文化的母胎。尤其是在這條路的末端部分曾經產生了
　　　　美索米達文明、埃及文明、花拉子模文明、印度河文明、中國文明
　　　　等許多古代文明。第三，絲綢之路是東西文明的橋梁。出現在絲綢
　　　　之路各地的文化，依靠商隊傳播至東西各地，同時又接受著各種不
　　　　同的文化，促進了各地的文明。〔註3〕

　　隨著我國對外改革開放形勢的不斷拓展與深化，中華各民族，特別是邊疆各少數民族與周邊國家與地區的政治、經濟、文化之間的交流越來越頻繁。民族戲劇藝術作爲人類文化交際的重要文字符號形式，一直是中華民族證實自己文化身份的不可或缺的重要工具。自古迄今，由長安古城延伸出去的橫亙亞歐非洲陸上與海上的「絲綢之路」不僅「是世界主要文化的母胎」，也同時是中國，乃至亞洲「主要文化的母胎」。我們如今對絲綢之路跨國民族戲劇文化的研究，不僅可促進東西方各國「各地的文明」，也同樣促進對中華多民族傳統文化，以及亞洲諸國「各地的文明」的深入探析。

四、中華民族戲劇藝術在世界文化的地位

　　居於世界東方亞洲地區的中華人民共和國，有著數量眾多的民族，以及幅員遼闊的版圖。自古迄今與周邊各個國家、地區與民族進行綿延不絕的政治、經濟、文化與藝術交流，並且各自或共同創造了形式多樣、豐富多彩的非物質文化遺產。其中諸如中國各民族造型藝術與表演藝術形式，以及集文學藝術之大成的各民族傳統戲劇，其中蘊含著極爲豐厚的跨國界、跨語言、跨文化諸因素。

　　在目前全國、全世界範圍內倡導的大力保護與研究非物質文化遺產的學術語境下，對具有特殊意義與形態的中國少數民族戲劇文化進行逐漸深入的

〔註 3〕　（日）長澤和俊著，鍾美珠譯《絲綢之路史研究》，天津古籍出版社，1990
　　　　年版，第 3 頁。

調查、研究與解析，顯得格外必要與緊迫。在此種世界範圍內保護和研究非物質文化的行動中，我們需要以「他山之石，可以攻玉」的精神來學習他國經驗，以求在更高水平和檔次上來研究中國少數民族戲劇及其民族戲劇學。

近百年以來，在全世界範圍內，正在逐步加強對物質與非物質文化遺產的保護意識與理念，這無疑是人類歷史文化覺醒的一個重要標誌。在此種特殊的文化背景下，全球各國全民性保護物質文化和非物質文化遺產的行動，完全是社會形勢所需求。自從東西方世界與聯合國教科文組織經提出此重要舉措，就帶有濃重的全人類文化印證與性質。

早在二十世紀 1972 年，美國在積極倡導通過國際合作來保護「世界傑出的自然風景區和歷史遺址」的過程中，逐步意識到對此付諸實施必須要借助強有力的法律保障。由此而連續頒佈了《人類環境宣言》與《人類環境行動計劃》，其要旨開明宗義：

　　人類環境包括自然環境與人文環境兩個方面，人類所享受的基本人權，甚至包括生存權利本身，都是必不可少的。〔註4〕

1972 年 11 月 16 日，聯合國教科文組織對此行爲作出積極反應，在此框架協議的基礎上制定並通過了《保護世界文化和自然遺產公約》與《關於國家一級保護文化和自然遺產建議案》。由此而使「世界遺產」、「自然遺產」與「文化遺產」的嶄新概念逐步在國際上得以展示與流行。

相對於「世界遺產」文化體系，西方世界似乎更注重「自然遺產」，而東方世界則比較重視「文化遺產」。這顯然由於東方諸國文化歷史較之西方悠久與綿長，傳統文化積澱較之更厚重所至。在東方諸國與地區中如日本國、韓國、中國的臺灣地區在保護人類「文化遺產」方面走在時代前列，起到了表率與示範作用。

日本對「文化遺產」的保護，始於十九世紀初年。因爲「明治維新」運動與崇洋迷外思想導致「全盤西化」，使之國內大量宮廷、民間與宗教文化遺產被不斷損毀。在不得已的情況之下，明治四年（1871）5 月，日本太政宮接受大學（即現文部省）的建議，首次以政府令形式頒佈有關文化遺產保護案，即《古器舊物保存方》。接著政府花費 10 年之久，對全國文物進行了第一次大普查，其結果調查與登記到各類寶物共約 21.5 萬件。

於二十世紀前後，日本國加大了對國寶文物的保護力度，先後頒佈了如

〔註 4〕 王文章主編《非物質文化遺產概況》，文化藝術出版社，2006 年版，第 38 頁。

《古社寺保護法》、《古蹟名勝天然紀念物保護法》、《古墳發現時的呈報制度》、《史蹟及天然紀念物保護建議案》、《遺失物法》、《國寶保存法》、《重要美術品保存法》等一系列法令政文，其目的在於竭力倡導「和魂洋才」爲標表的文化國粹主義。

　　第二次世界大戰爆發後，日本實施軍事擴張與侵略，直至戰敗淪落，導致國內文物販子空前猖獗，他們肆無忌且地將國寶倒賣出境。再加之昭和二十四年（1949）1 月，經年已久的法隆寺金堂不愼失火，令國人痛心疾首。大火將世界上最古老的木構建築與壁畫，毀於一旦，由此而喚醒大和民族強制性的文物保護意識。翌年 5 月，由日本參議院文部委員緊急頒佈了對東西方世界產生重大影響的《文化財保護法》。

　　此項有關非物質文化遺產保護的綜合性法典之所以重要，在於第一次明確地提出了「有形」與「無形」之「文化財」這一經典文化概念。由此幾經延伸與詮釋，而對應於近年聯合國教科文組織提出的「物質」與「非物質」之「文化遺產」定義。

　　我國學者顧軍、苑利在《文化遺產報告》一書中高度評價日本關於「無形文化財」或「無形文化遺產」理念：

> 日本書化財的兩分法，即將文化財劃分爲「有形文化財」與「無形文化財」的做法，對世界文化遺產保護產生了積極影響。現在聯合國教科文組織在文化遺產劃分這個問題上即採用了日本的兩分法。……日本書化財兩分法的提出，確實極大地拓展了文化遺產保護空間，爲人類另一部分遺產——「看不見」、「摸不著」的無形文化遺產的保護與弘揚，樹立了典範。〔註5〕

　　日本所頒佈的《文化財保護法》，幾十年經數度修改增刪，已日趨齊備與完善，其學術精髓多爲東方諸國與民族文化機構所借鑒。特別是該國關於「有形文化財」和「無形文化財」的劃分，曾被韓國《文化財保護法》（1962 年頒佈）所全盤吸收。據此法律所規定與詮釋，「無形文化財」主要是指歷史、藝術、學術等方面具有較高價值的演劇、音樂、舞蹈、工藝技術，以及其他無形的文化載體。主要強調傳統表演藝術、民間技藝方面的形式。幾經對照，我們發現，與聯合國教科文組織於第 32 屆會議（2003 年 10 月 17 日）通過的

〔註 5〕 顧軍、苑利《文化遺產報告——世界文化遺產保護運動的理論與實踐》，社會科學文獻出版社，2005 年版，第 108 頁。

《保護非物質文化遺產公約》所規定的有關條目內容相距不遠。

受其日本、韓國有關條文的影響，中國臺灣地區於 1982 年 5 月 26 日頒佈《文化資產保存法》，在此文書第 3 條規定，將「無形文化財」演繹爲「文化遺產」。其具體類型包括：「1、古物；2、古蹟；3、民族藝術；4、民俗及有關文物；5、自然文化景觀；6、歷史建築。」就其文本實質與範圍介乎於日、韓國與聯合國規定諸條目之間。

例如聯合國教科文組織《保護非物質文化遺產公約》第一章「總則」之第二條「主義」所涉獵的非物質文化遺產包括以下各方面：

1 口頭傳統和表現形式，包括作爲非物質文化遺產媒介的語言。2、表演藝術。3、社會實踐、禮儀、節慶活動。4、有關自然界和宇宙的知識和實踐。5、傳統手工藝。

舉凡中國臺灣地區冠名「文化資產」之「民族藝術」，其中主要包括富有民族地域性與傳統性的表演藝術、造型藝術兩大類型。諸如：「音樂、舞蹈、戲劇、美術、工藝、民間技藝」等。爲保護文化資產與藝術的存在，促進其發展，特制定有關法律條文：「對於民族藝術應進行全面性之調查、採集及整理，並依其性質分別由教育部或地方政府指定，或專設機構保存或維護……政府對於即將消失之重要民族藝術，應詳細製作紀錄及採取適當之保存措施」。〔註6〕

我國大陸加入國際組織保護世界自然與文化遺產運動的時間雖然比較晚，但是於二十一世紀初，一經參與「人類口頭與非物質文化遺產」保護行動，即有很高的熱情與學術起點，並且以「後來者居上」的姿態取得很快的進展和很大的成績。

縱觀世界各國，每一個國家都擁有由各個民族共同建立起來並長期捍衛的統一的國界與漫長的邊疆防衛區域，也同樣有著既與國家中心與周邊國家與地區發生關係的物質或非物質文化遺產保存地域。中外各民族的文化歷史與現實造就了此地特色鮮明的民族造型與表演藝術的區域性多樣性。

中國是一個多元一體的多民族的國家，全國 56 個民族之中占絕大比例的是 55 個少數民族。他們有著數量巨大、異彩紛呈的非物質文化遺產寶貴財富，特別是少數民族神話、傳說史詩、民間音樂、舞蹈、美術、工藝與傳統戲劇等聚集著中華各民族的高度文明與文化智慧，並且以豐富多彩、形式多樣的

〔註 6〕顧軍、苑利《文化遺產報告——世界文化遺產保護運動的理論與實踐》，社會科學文獻出版社，2005 年版，第 197 頁。

物質形態而顯示中國傳統歷史文化的多樣性。

　　1972 年由聯合國教科文組織制定並頒佈的《保護世界文化和自然遺產公約》的行文中，特別強調文化遺產保護的多樣性與世界性，認爲人類有責任有義務對「這類罕見且無法替代的財產……需作爲全人類世界遺產的一部分加以保護」。2001 年發佈的《世界文化多樣性宣言》中又明確指出：

　　　　文化在不同的時代和不同的地方具有各種不同的表現形式。這
　　種多樣性的具體表現是構成人類的各群體和各社會的特性所具有的
　　獨特性和多樣化。文化多樣性是交流、革新和創作的源泉，對人類
　　來講，就象生物多樣性對維持生物平衡那樣必不可少。從這個意義
　　上講，文化多樣性是人類的共同遺產。

人類的精神世界就像賴以生存的物質世界一樣豐富多樣而和諧，天地萬物自古至今一直極富生命的活力。在浩淼天垠的宇宙太空中，在人類居住的這顆蔚藍色的星球上，陽光、空氣與水份養育著無數的動物、植物與各種生物。它們相互依賴，相互作用，相互促進而形成大自然的新陳代謝、優勝劣汰、循環往復乃至生態平衡。在此物質文化基礎上，由人類創造出的非物質文化也同樣擁有上述生命的基本物質。如上所述，「就象生物多樣性對維持生物平衡那樣必不可少」一樣，世界各民族傳統文化也是根據「多樣性」來維持全球文化的平衡。

　　文化多樣性和生物多樣性之間確實有著必然的異乎尋常的緊密聯繫。雖然在我國，少數民族的總人口相對漢族來說比較少，但是所佔據的地域則要大得多，所擁有的文化品種要豐富得多。大約百分之六七十以上的中國版圖養育著華夏無以倫比的自然生物，理直氣壯地捍衛著神州文化多的樣性，這裡是令人驕傲的中國少數民族傳統文化滋生與發育的天堂。令人欣慰的是中華人民共和國建立以來，黨和政府非常重視民族文化保護的多樣性及其民族特色的發揚。

　　1956 年全國人民代表大會民族委員會和國務院民族事務委員會曾組織千餘名各民族文化工作者和專業人員，分成 16 個調查組，對全國範圍內數十個少數民族的歷史和社會狀況進行大規模的調查研究。在此基礎上陸續形成《中國少數民族文學史與文學概況》叢書，以及《中國少數民族簡史》、《中國少數民族簡志》與《民族自治地方概況》等三套叢書。

　　應該特別指出的是建國以來，黨和政府組織專家學者對邊疆各地少數民

族英雄史詩搶救整理方面獲得巨大成就。諸如維吾爾族的《烏古斯傳》、赫哲族的《滿斗莫日根》、哈薩克族的《阿勒帕米斯》、布依族的《開天闢地》、傣族的《召樹屯》、佤族的《葫蘆的傳說》、納西族的《創世紀》、彝族的《銅鼓王》等。尤其著名的是中國少數民族三大英雄史詩《格薩爾》、《江格爾》與《瑪納斯》的整理、翻譯、出版和研究工作，在全國與世界民族文學界產生重大的影響。對此，著名學者賈芝在回顧建國後十七年搶救與保護少數民族文化遺產的成就時說：

> 十七年中，我們發掘了大量的少數民族的民間文學作品，僅民間敘事詩就搜集了上百部。《阿詩瑪》、《嘎達梅林》、《江格爾》、《召樹屯》、《娥並與桑洛》等已為國內外所傳頌。特別令人興奮的是長篇英雄史詩的發掘工作獲得了可喜的成果。流傳在青海、西藏、甘肅、四川、雲南、內蒙等省區的史詩《格薩爾》，是早已聞名世界的長篇史詩，現已搜集了近兩千萬字的資料。關於柯爾克孜族的史詩《瑪納斯》，文化大革命前曾經收集了大量的資料。〔註7〕

對中國少數民族三大英雄史詩所獲世界性讚譽以及獨特的非物質文化學術價值，著名學者揚義在《重繪中國文學地圖通釋》一書中給予高度評價的同時，亦不無遺憾地指出，因為中國主體漢民族在歷史上缺少敘事詩，翻遍文學史從《詩經》中搜集的有關詩句，「總共加起來是 338 行，跟荷馬史詩、印度史詩怎麼比？」假若依照西方國家學者的印象，就是「中國沒有史詩，或者中國是一個史詩的貧國。」但是換了個角度，讓他驚喜地發現：如果將我國少數民族三大史詩置身世界文學的視野，那麼「情形就發生了根本的轉變。要知道，中國至今還以活的形態存在著卷帙浩繁的中國少數民族三大史詩之《格薩（斯）爾王傳》、《江格爾》、《瑪納斯》。《格薩爾王傳》據說是 60萬行，有的學者說可能有 100 萬行。60 萬行以上是個什麼意思？世界上五大史詩的總和都沒有一部《格薩爾》那麼長的篇幅。……而且中國南北少數民族不同長度的史詩或英雄史詩，還有數以百計。這些史詩的加入，使史詩形態學發生了很大的擴充。……中國的史詩加進去之後，就增加了高原史詩、草原史詩、山地史詩種種形態」。〔註8〕

在世界文學史上，所謂「五大史詩」係指古巴倫的《吉爾伽美什》；古希

〔註7〕賈芝主編《新中國民間文學五十年》，大眾文藝出版社，2004 年版，第 55 頁。
〔註8〕楊義《重繪中國文學地圖通釋》，當代中國出版社，2007 年版，第 27 頁。

臘荷馬的《伊利亞特》和《奧德賽》；古印度的《羅摩衍那》和《摩訶婆羅多》。這些著名史詩曾爲培植東西方文學藝術的豐腴的文化土壤，同時亦爲西亞的巴比倫戲劇，北非埃及法老戲劇，古希臘羅馬戲劇與印度梵語戲劇提供了豐厚的創作原型與文藝素材。

　　同樣，中國少數民族三大英雄史詩《格薩爾王》、《江格爾》、《瑪納斯》以及各民族敘事長詩，亦爲藏族、蒙古族、維吾爾族、壯族、回族、傣族、彝族、苗族、哈薩克族、滿族等少數民族的傳統戲劇藝術奠定了堅實的非物質文化基礎。

　　在王文章主編的《非物質文化遺產概論》一書中，所專設的「中國保護非物質文化遺產的歷史與現狀」一章，其中有這樣一些相對應的文字記載，中國少數民族戲劇最富有代表性的劇種如「藏族的藏劇、蒙古族的蒙古劇、傣族的傣劇、壯族的壯劇、彝族的彝劇、維吾爾族的維吾爾劇、侗族的侗劇都以鮮明的民族特色爲中國戲曲文化的發展作出貢獻。藏劇，藏語叫『阿吉拉姆』，在藏族地區普遍流行，是藏族悠久燦爛的文化和少數民族戲曲劇種的傑出代表。」〔註9〕與其同時，受民族史詩與民間說唱的還有苗族的苗劇、朝鮮族的唱劇、回族的花兒劇等。他們都如同跨國民族藏族所創造的藏劇一樣，不僅流傳印度、尼泊爾、錫金、不丹等南亞次大陸，而且還飄洋過海到世界各地，跨國民族的戲劇藝術交流締造出許多國際性的中華民族文化結晶。

　　自黨的十一屆三中全會之後，在政府的積極支持下，我國眾多的有關民族、民間文化遺產研究和保護的學術機構相繼成立，有力地促進了各民族民間文化遺產的發掘、整理與研究工作。特別是被譽稱爲「中國文化長城」的「中國民族民間文藝集成志書」，亦稱「十套文藝集成」的編撰與出版發行可謂新時期中國非物質文化遺產搶救與保護工作中令人矚目的重大成就。其中諸如《中國戲曲志》、《中國戲曲音樂集成》等是直接反映中華多民族戲劇藝術的標誌性成果。上述集成、志書從各民族戲曲之劇種、劇目、曲目、音樂、表演、舞臺美術、演出場所、演出習俗、文物古蹟、報刊專著、軼聞傳說、諺語口決、人物傳記等各個方面入手，全面、眞實、準確地記錄與反映中華民族戲劇蔚爲壯觀的文化景觀。

　　自2002年，中國民間文藝家協會開始實施國家重點文化建設項目「中國

〔註9〕王文章主編《非物質文化遺產概論》，文化藝術出版社，2006 年版，第 199頁。

民間文化遺產搶救工程」，翌年1月，文化部與財政部聯合國家民委、中國文聯啓動「中國民族民間文化保護工程」所制定的「實施方案」明確指出：要在新世紀初葉，「使我國珍貴、瀕危，並且有歷史、文化和科學價值的民族民間文化得到有效保護，初步建立起比較完備的中國民族民間文化保護制度和保護體系。」特別值得歡欣鼓舞的是，此方針大略中特別提出要眞正建立起包括少數民族戲劇藝術在內的「完備的中國民族民間文化保護制度和保護體系」，並且要首先建立既符合我國國情，又符合國際慣例的全功能的非物質文化「生態保護區」。

在目前全世界都在竭力推行「經濟一體化」的高度信息化與無形網絡化的現代社會，後工業化時代大規模的商業行爲已對傳統的物質與非物質民族文化建設造成了巨大的威脅。根據「生物與文化多樣化」的通則與相關的「生態位」保護法則，世界各國各地區與各民族必須遵循自然、社會與文化發展的規律，努力保持民族文化的根基不要坍塌，文化的命脈不要中斷。一定要在非物質文化遺產的保護過程中「以生態科學觀、生態哲學觀、生態倫理觀爲基礎，重構人與自然、文化的關係。確定了非物質文化遺產的自然屬性和自然權利。……全球經濟越是一體化，就越要注意保持世界文化的多樣性、多元化。」〔註10〕

總而言之，對於中國各民族非物質戲劇文化的保護與研究，需要不斷加強與周邊國家與地區國際間的文化溝通、交流與合作。熱切期待經國內外各民族的共同努力，建立起長期的有效的人類非物質文化生態區。特別強調的是中國政府和民間應該積極吸取山水相連、隔海相望毗鄰的先進、發達的國家，諸如日本、韓國、泰國、越南等國對保護人類非物質文化遺產和維護民族文化多樣性所總結的可資借鑒的成功經驗。中華民族豐富多樣，絢麗多姿的民族戲劇文化遺產，既是中國人民引以爲自豪，倍加珍視的巨大文化資源，也同樣是亞洲乃至世界全人類的共同文化財富。只有通過我們認眞地進行有關理論方面的研究和探索，又不斷的積極付諸於社會實踐，相信中華民族非物質文化遺產與戲劇藝術保護工作將會步入更加嶄新的歷史階段。

〔註10〕 王文章主編《非物質文化遺產概論》，文化藝術出版社，2006年版，第 141 頁。

第十一章　中華民族戲劇文化與民族戲劇學的建構

　　中華民族戲劇是中華文明與文化體系不可或缺的重要組成部分，中國多民族傳統文藝理論也同樣對應於中華民族戲劇研究與探索。我們竭力倡導的新興學科民族戲劇學，實際上首先是漢族與少數民族共同創造的中華民族戲劇學理論體系。若將目光投向中國周邊國家、地區，乃至更遠的西方諸國，即逐步擴展為外國，或亞洲、歐洲、美洲、非洲、大洋洲的全人類民族戲劇學。也只有在此全世界或全球大文化背景下，我們才能更清楚地認識與確立中國民族戲劇的理論研究體系。事實證明，如果想建立一個嶄新的廣為人們所能接受的學科體系，至少需要具備三個條件：首先此門學科有著深厚的歷史文化積澱，有著巨大的可供學術研究的理論空間；再有則要建構較為合理完善的學術理論框架，對其定義、概念、內涵與外延需進行科學的界定與規範；另外則需要以批判的眼光來對此學科進行高水平的審視，不斷注入新的理論與事實，對此學科研究不斷更新置換使之充滿前驅態勢。

　　在我們深入研究中國多民族戲劇文化，以及在此基礎之上建立的相應學科時，必不可少地須對狹義或廣義的民族戲劇學進行全面準確的理論剖析。按其約定俗成的觀念來看，前者係指對中國各民族有關戲劇演出場所，口頭或書面劇本，演員表演形式，觀眾觀賞心理等方面理論陳述；後者則擴大展到包括漢族在內的中華民族統一體戲劇藝術，乃至世界各民族及全人類戲劇文化。由此就促使我們放足眼量，在更高、更廣的文化視域中，對此新興人文學科進行充分論證與完善。

一、中國各民族戲劇與國學文化研究

中華民族自古有著極爲豐富多樣的戲劇文化遺產，湧現出眾多的優秀劇作家和傑出的戲劇演員。但是中國學界因爲長期承襲輕理論、重實踐的傳統觀念，從而自覺或不自覺地忽略了對中國少數民族戲劇理論與民族戲劇學理的闡釋。自國學家王國維推出的《宋元戲曲考》之前，國內不曾有一部權威性較強、分量較重的有關中華各民族戲劇或戲曲方面的相關理論著述，這不能不說是中國文藝理論界不容忽略的遺憾。

值得慶幸的是，於二十世紀初，足以能代表中華民族現當代最高水平的「國劇」——京劇走出國門，贏得世界各國觀眾的熱烈歡迎，以及國內外文化藝術學術界的高度重視。在此之後，國人方大夢初醒，一些專家學者才想著從中國古代歷史和現實中尋找相應資料與理論依據，來證實中華民族戲劇藝術的豐厚與學術價值。解放以後，於國內百廢待興、萬物復蘇時期，特別是 80 年代中國向世界敞開大門，走上改革開放之路時。隨著大力弘揚中華民族優秀傳統文化的時代潮流，民族戲劇文化理論的討論日漸升溫。我們應該審時度勢，抓緊良機，將久違的中國民族戲劇研究不斷推向深入。

回顧歷史，中國學人對民族戲劇的認識與研討始自二十世紀 20 年代。當時因國家長期受西方列強的侵略，國難當頭，生靈塗炭，人民大眾急需以包括戲劇在內的文學藝術來振奮民族的偉大精神。20 年代中後期，在國學大師胡適的倡議之下，商務印書館陸續出版了《國學基本叢書》280 多種（550 冊），《國學基本叢書簡編》50 種（120 冊），此外又有《學生國學叢書》93 種，《國學小叢書》203 種，可謂洋洋大觀。後又有北京大學的《國學季刊》創刊，由此形成「整理國故」，振興「國學」的「國粹」文化運動。與其同時，由余上沅、趙太侔等劇作家從國學受到啓迪，創立了「國劇」這一延伸出去的新名詞。

二十世紀 30 年代，京劇大師梅蘭芳率領「承華社」踏上訪美演出弘揚「國學」、「國劇」的道路。著名戲劇評論家齊如山一路陪同撰寫了《梅蘭芳遊美記》（遼寧教育出版社，2005 年版）。其中附有一張重要插圖，其文字標注：「梅蘭芳、羅癭公在北京東城無量大人胡同梅寓所『綴玉軒』研究國劇革新。」即爲中國民族戲劇銳意進取的真實歷史寫照。

另有赴美新聞報導寫道：「梅劇聲名震動了西洋人的腦海。」「關於中國劇的組織，中劇處處是美術的法子來表演，」「紐約劇員俱樂部會長哈普頓

（Hampden）致辭「說到中國劇的組織和梅君的藝術，──中國劇處處都用美術化的方法來表演，實在是藝術界極高的組織。」此書中所述無論是「梅劇」，還是「中國劇」，或「中劇」，均指中國的民族傳統戲劇，即所謂「國劇」京劇。這與代表不了中華民族最高戲劇文化水平的一些低俗的地方戲有著天壤之別。諸如齊如山抄錄美國舊金山一家報紙寫道：「我從前看過幾次『唐人戲』（唐人戲就是廣東戲，在舊金山有兩個班子），當我沒有看梅蘭芳的戲以前。總認為既都是中國戲，一定差不了許多。誰知道看過以後，才知道梅蘭芳的戲，距唐人戲遠的程度，比美國戲距唐人戲的程度還遠的多。」他在這裡所引的「美國戲」顯然是指富有代表性的該國較高水平的國別或族別戲劇。

　　文獻學者解玉峰在《二十世紀中國戲劇學史研究》（中華書局 2006 年版）言及「二十世紀前期的中國戲劇研究」中時，他也提到梅劇的美國之行所激起的國內對「民族戲劇」研究的熱潮，認為「梅蘭芳訪美之後，國內民族戲劇研究的風氣日盛，這首先主要表現在各種官方以及民間研究學會和團體的大量湧現。」從而導致張笑俠 1935 年編撰出一部洋洋大觀的《國劇韻典》。因著名學者「王國維、吳梅、許之衡等先行者」的率先垂範，以及「中國戲劇研究中卓有建樹的研究大家們的紛紛陸續登場，」「從而使得二十世紀前期中國戲劇學科的建構初具規模。」

　　談到「二十世紀前後半葉的中國戲劇研究」，解玉峰教授先列舉了一批熱衷於「民族戲劇」研究的專家學者及學術成果：「50 年代中國民族戲劇的研究隊伍，其中堅力量是由民國進入新中國的一大批中年學者，如黃芝岡、任半塘、孫楷第、鄭振鐸、錢南揚、周貽白、馮沅君、王芷章、阿英、譚正璧、趙景深、嚴敦易、王季思、隋樹森、傅惜華、莊一拂、董每戡、杜穎陶、張庚等。」還有「年輕一輩的學者如徐扶明、戴不凡、徐朔方、陸萼庭、胡忌等也加入到戲曲研究的隊伍中。」直至「1931 年北平國劇學會成立，1932 年大型戲劇專刊《劇學月刊》創刊，所有這些都標誌著中國民族戲劇的研究在國內已漸成風氣。」

　　他還在此書記載：「與歷史性研究的輝煌成就相比。二十世紀的戲劇理論研究則相對薄弱，存在的問題也比較多。從客觀的學術環境來看，由於受主流意識形態的影響和干預，針對具體文本進行的思想文化方面的解讀與批評，50 年代以來成為文學藝術（包括民族戲劇）研究的重頭戲。」「中國戲劇作為一門學科的科學建立，首先須對『中國戲劇』這一概念做嚴格界定。如

『國畫』、『中醫』等稱謂一樣,『中國戲劇』亦不妨徑直稱『國劇』,但其指義應嚴格限定爲與世界其他民族顯著不同的、最具我華夏民族特色的一類戲劇」。

解玉峰另外還寫到:「中國戲曲研究院〔1980 年後改稱中國藝術研究院〕在民族戲劇理論研究中也一直發揮著核心作用,其機構設置和決策部署也直接影響著後來中國戲劇學的構建。」「從中國戲曲研究院『戲曲表演』、『戲曲導演』、『戲曲舞臺美術』三個研究科室的設置,我們不難體會到話劇或西方戲劇觀念對民族戲劇中的滲透和影響。50 年代中後期,各地也相繼地成立了中國戲曲研究院相應的下屬機構。這樣相對完善系統的研究系統,使得 50 年代民族戲劇研究方面的一些基本觀念和思路在某種意義上獲得體制性的保障。」其目的就是爲了「中國戲劇學人在嘗試民族戲劇學的建構」。

但是遺憾的是因解放初期文藝界遭受國內外各種政治和文藝思潮的影響和干擾,上述美好理想一直未能如願以嘗。只有到了解放思想、實事求是的新舊世紀交替的社會主義新時期,中國特色的民族戲劇學研究的夢想才逐步變爲現實。

令人感奮的是,在當今世界「經濟一體化,文化多樣化」的新格局下,人們對民族戲劇學的概念、定義與範圍的進一步擴大,不僅兼容到代表國家與中華民族水平的京劇,以及歷史上的原始戲劇、儺戲、宋元雜劇、崑曲等,還涵蓋國外富有民族標誌的古今許多戲劇樣式。於 2008 年 10 月,「第 31 屆世界戲劇節」與「全球化格局中的戲劇發展國際研討會」在江蘇南京市召開。在此會上,「民族戲劇研究」成爲專家學者關心的熱門話題。諸如戲曲理論家黎繼德的《全球化和民族戲劇之路》,著名學者周育德的《努力維護民族戲劇的個性》,唐雪瑩的《全球化、歷史化、民族化——『全球化』語境中的中國戲曲研究》,董健的《『五四』新文化傳統與作爲』現代民族戲劇』的中國話劇》〔註1〕等論文發言均將理論焦距凝聚到「民族戲劇學」及其中國民族戲劇體系的確認和建立等重大領域。

諸如《劇本》雜誌主編黎繼德在《全球化和民族戲劇之路》中指出:「戲劇作爲濃縮了一個民族的精神、性格、情感、心理、倫理、道德、歷史、哲學、美學、文化的藝術形式。作爲最有魅力、最有價值、最有代表性、最不可替代的民族文化的重要組成部分,在全球化的浪潮中又最有吸引力、最有

〔註 1〕 上述文章均見《藝術百家》,2008 年第 6 期。

競爭力、最有影響力。」「文化是一個民族的精神、觀念、性格、情感、心理乃至歷史的體現,失去了文化的特性,就失去了民族存在的價值。因此,保護自己的民族文化,就成爲一個民族生死存亡的大問題。」他明確地認爲「民族戲劇」主要是指能代表各國家民族文化的「傳統戲劇」,如中國的「崑曲、京劇」,日本的「能樂、歌舞伎等傳統戲劇」,在此基礎之上「希望形成一種融合了各民族各地區戲劇特點的『世界戲劇』。」談到如何走中華民族戲劇之路,他認爲:「中國戲劇只有明確自己的困境,找準自己的位置,堅守自己的信念,彰顯自己的特點,才能在全球化時代屹立於世界戲劇之林。這也許就是我們在全球化時代的文化信念和文化態度,也是我們的民族戲劇之路。」

中國戲曲學院周育德教授《努力維護民族戲劇的個性》一文中爲「民族戲劇」所下的定義:「在特殊的文化環境和特殊的民族文化心理作用下形成的獨特的舞臺觀念、舞臺原創和舞臺方法等。」他將對「民族文化」和「民族戲劇」的態度提到一個非常重要的位置:「一個民族的成員(尤其是將成爲民族未來的年輕人),如果沒有對自己的民族文化、民族精神的追求和喜愛,這個民族就會消亡。」

唐雪瑩女士的《全球化、歷史化、民族化——『全球化』語境中的中國戲曲研究》以重要篇幅論證怎樣使「民族戲劇」實現「民族化」,如何「凸顯和張揚民族特色」,特引用魯迅先生的「拿來主義」與「越是民族的,才是世界的」觀念。認爲「『拿來』的目的是爲了給與,用來不斷完善具有民族風格的戲曲藝術,爲世界戲劇文化作出獨特的貢獻」。「外來的東西爲我所用,而非一味地、無原則地迎合,在保持本民族特色的基礎上加以借鑒。」還特別指出:「借鑒是爲了征服,中國戲曲要以民族特色爲基點,撞開『全球化『藝術殿堂的大門。」

南京大學董健教授在《『五四』新文化傳統與作爲』現代民族戲劇』的中國話劇》中將中國「本土化」和「國際化」的文化標本「話劇」尊稱爲「中國民族藝術」和「響當當、地地道道的中國現代民族戲劇」。他認爲外來戲劇藝術只要經過一系列「民族化」才有生命力,只要此類「外來的文藝品種被我們化成中國民族藝術」即可稱之爲「新的民族戲劇」,方能促進「偉大的民族復興」。

另外還有著名學者劉厚生在《爲東方戲劇呼喊》中將「東方戲劇」等同於「民族戲劇」,他在「東方各國的民族戲劇種類」中羅列出東方民族戲劇中

的大量富有代表性劇種：

> 日本有能樂、歌舞伎、狂言。朝鮮和韓國故有山臺劇、現代有
> 唱劇。越南有嗽劇、嘲劇、改良戲。柬埔寨有古老的宮廷舞劇、巴
> 薩劇、依該劇。老撾有古老的宮廷舞劇、民間小歌劇。泰國有孔劇、
> 幾種不同的洛坤劇，如内洛坤、外洛坤等。緬甸有阿迎劇。印度方
> 言繁多，各方言區大都有自己的戲劇，爲喀拉拉邦的卡塔卡利舞劇、
> 庫地雅塔姆等。孟加拉有賈拉達劇。印度尼西亞有由人演出的哇揚
> （哇揚原是木偶劇）、格多柏拉劇、魯特鹿劇等。此外，東方許多國
> 家都有自己的木偶劇、皮影戲。如中國的提線木偶、日本的木偶淨
> 琉璃、印尼的哇揚等。……流行全國的京劇、崑劇、少數民族戲劇。
> 存活的約 200 種左右的漢族地方戲曲如秦腔、評劇、川劇、越劇、
> 粵劇等等。〔註2〕

新加坡華族戲劇專家蔡曙鵬在《全球化格局中的戲劇與本土文化》中特別強調亞洲國家都有一些「傳統民族戲劇」，均有「數百年的悠久歷史，如中華戲曲、日本歌舞伎、泰國孔劇、菲律賓宗教歌舞劇、馬來傳統劇慢蓉、韓國詠唱劇，印尼皮影戲或爪哇傳統戲旺揚戲等。」他還提到，孟加拉國還有一種「有400多年歷史戲劇形式」即一種「叫做查特拉的傳統戲劇」。這些擔負著「民族的文化傳承」歷史重任的亞洲民族戲劇仍「保留民族民間戲劇形式的載歌載舞的形式。」

從以上述專家學者論文報告中可知，民族戲劇學應歸屬於民族文化學、民族文學、民族藝術學科。是對屬於一個人種、部族、種族、族群社會共同體，或代表一個國家文化現象與本質的表演藝術形態研究的宏大學術體系。

在當今世界的各個國家與地區，民族戲劇程度不同，首先隸屬於該國家人數較多的主體民族，富有標誌性的戲劇樣式是主流社會的傳統的具有本國特色的表演藝術，還有屬於社會底層的民間眾多少數民族群落的戲劇形式。

二、關於戲劇與戲曲及民族戲劇學的爭論

眾所瞻目，屹立在東方的中國是一個歷史悠久、民族眾多文明之國禮儀之邦，更是一個令世人關注的擁有大量傳統戲劇的文化大國。但是遺憾的是幾千年來，中國封建王朝歷代文人從來不重視源遠流長的戲劇文化，不想將

〔註 2〕劉厚生《爲東方戲劇呼喊》，《藝術百家》，2008 年第 6 期。

此集中華民族文學藝術之大成的表演藝術形式搬上大雅之堂。儘管自辛亥革命之後，受西方美學文化影響的王國維先生在《宋元戲曲考》中行文，將元蒙時期的《竇娥冤》、《趙氏孤兒》等元雜劇的學術價值推向世界級水平，認為「與世界大悲劇媲美毫無愧色」。但是遺憾的是中國以漢族為主的傳統戲劇藝術因為種種原因，至今在世界戲劇論壇上聲譽還是不高。

經諸多學者專家多年來對中華民族歷史文化反思與檢討，才發現許多問題處在我們脆弱而保守落後的理論根子上。首先是我們所面對的民族戲劇理論的概念始終不清晰，此根源有相當責任上出在始作俑者王國維身上。他當初有意無意地將「戲劇」與「戲曲」並列在一起，從而給後世文藝理論界帶來一些「剪不斷理還亂」的麻煩；再是國家政府教育與文化部門不加分析辨別因襲此說，將其綴合為「戲劇戲曲學」，在組詞邏輯方面不甚合理。其結果致使兩門不在一個層面上的學科經常發生牴牾，以及產生一些不必要的矛盾衝突。並且此先天不足，後天失調稱謂難以與約定俗成的世界「戲劇學」和諧接軌。

在如此較為混亂的局面下，本來並不強勢的國內戲劇理論隊伍，因學術觀念的隔閡，使得有些專家各豎旗幟、或另立門戶，嘗試著以別的名稱來規範此學科。更有一些學者借鑒民族學、文化人類學、民族音樂學的成功經驗，富有挑戰性地尋找一條既傳統又新銳的道路，這就是眾多學者集思廣益積極研討的「民族戲劇學」。其目的很簡單，就是為了尋覓新的理論之路，促使中華多民族的戲劇文化研究真正登上世界民族戲劇的輝煌平臺。

近百年來，在王國維提出戲劇與戲曲兩者相悖的稱謂之後，國內不絕於耳對此的批評與提出修正意見。早在二十世紀 50 至 80 年代，關於對中國民族戲劇學科的確認，曾有過一場斷斷續續、經年持久的學術論戰。爭論焦點集中在什麼是戲曲或戲劇，以及如何建立中國戲曲或中華民族戲劇理論體系諸問題上。當時以《戲劇論叢》為主要陣地的學術園地，各位專家學者見仁見智，展開激烈的爭論，其結果關係到幾經論證的民族戲劇學的創立與理論歸屬，以及對其進行相關學術諸問題的具體闡釋。

首先是於 1954 年《戲劇論叢》第一輯，發表了著名學者任二北的《戲曲、戲弄與戲象》一文，他對王國維先生在《宋元戲曲考》中將中國戲劇混同為「戲曲」，感到非常不滿。他認為此稱謂「掩蓋了漢唐的戲劇，使我國的古劇史上是非不明」，「把戲劇局限在戲曲上，把劇本局限在詞章裏」，其結果「否定無數古劇與無限的地方戲。」他希望海內外戲劇研究專家學者正視與糾正

此事。但是當時因為時代與人們認識的局限，對任二北的倡導開始迎來的是一片爭議和反對聲。諸如在當年《戲劇論叢》第二輯，發表黃芝崗撰寫的《什麼是戲曲，什麼是中國戲曲史》，文眾撰寫的《也談戲曲、戲弄與戲象》，均認為「戲曲」一詞始自元代，早已是中原漢民族戲劇的代名詞。

緊接著於《戲劇論叢》第四輯發表了著名文藝評論家歐陽予倩的《怎樣才是戲劇》一文，他與任二北觀點近似，指責王國維先生所述「真戲劇必與戲曲相表裏」混淆了兩者的界限。最早從事「戲曲改良」的歐陽予倩理論聯系實際，他認為「真戲劇」應該囊括戲曲，並代替戲曲名稱。中央戲劇學院陳珂教授在《歐陽玉倩和他的真戲劇》一書中披露，從歐陽玉倩「真戲劇」的理論學說和舞臺實踐中，可以看到西方戲劇與民族戲劇規則的影響的作用。他在「民族主義」情緒高漲的歷史境況中，也沒有否定這些西方戲劇規則對我們的影響和作用，甚至說這種規則「給我們的影響比較大」，「我們的確多多少少有些拘泥於西洋近代劇的形式。」〔註3〕

時隔三十年之後，於 1983 年，任二北先生在《揚州師院學報》第 1 期又發表了《對王國維戲曲理論的簡評》，在此文中他深深感歎，當下「戲曲、戲劇」兩個稱謂分離使用所造成的混亂，「這裡雖僅僅一個字的異同，卻有其思想根源存在，天下滔滔皆是。這一個時間內也難改正過來了，實在遺憾！」

1984 年 1 月 31 日的《光明日報》發表張辰的《也談「戲劇」與「戲曲」兩個概念之區分》一文，他也尖銳地指出：在中華多民族戲劇理論初創時期，王國維先生因受其局限，「對『戲劇』與『戲曲』兩個概念的規範是不嚴格的，缺乏應有的確定性；對兩者的關係，認識也比較朦朧。」由此帶來一系列負面影響，嚴重阻碍民族戲劇理論研究的發展。

根據目前國內戲劇文化研究現狀來看，自王國維先生提出「戲曲」的名稱與概念，確實給以後的中國傳統、民族、外來的戲劇研究，以及東方民族戲曲以及中國戲劇的世界戲劇歸屬與規範帶來了許多麻煩。但是我們也應看到在他在《宋元戲曲考》中，矛盾重重也反覆提及「戲劇」，有時也想將其凌駕在多限於案頭文本的「戲曲」之上。

2001 年李簡撰《也說『戲劇』與『戲曲』——讀王國維戲曲論著札記》對此段關於戲劇的定義進行中肯的剖析：其理論所涉獵的「『戲劇』是一個比較寬泛的概念，包括成熟的戲劇和多種與舞臺有關的演出形式」，而「戲曲」

〔註 3〕陳珂《歐陽玉倩和他的真戲劇》，學苑音像出版社，2007 年版。

則指「可以演出的成熟戲劇。」〔註4〕

　　近年來，在國內高等院校與科研單位有很多學者對現在所設的「藝術學」下屬的「戲劇戲曲學」學科稱謂與分類亦不甚滿意，故此，又引起學術界一浪高一浪新的爭論。

　　諸如上海戲劇學院教授，「戲劇戲曲學」學科帶頭人，最早對此門學科的設立作出積極貢獻的葉長海先生，他在全國一些會議上多次提出「戲劇學與戲曲學不能並列」的觀點。南京大學董健教授在《戲劇本質論》中大發感慨：「本來，『戲劇』是個大概念，它特指中國傳統的、民族的與民間的戲劇，這二者怎麼能並列呢？這種分類上的混亂，顯然也暗含著一種中外對立、古今脫節的狹隘性。」〔註5〕有些學者認為，摒棄原稱謂，認為要是能創建「民族戲劇學」，或許可解決此懸而不解的矛盾，此種新稱謂既可專指中國傳統或古典戲劇——戲曲，亦可為中西或中外戲劇理論研究所接收。

　　在《戲曲本質論》一書中還引證了洛地先生在《中國傳統戲劇研究中的缺憾一二三》的一段駁論：「我們這個學科『中國戲劇研究』是不是已經真正地站起來了？」究其實際情況：「至今我們對中國戲劇的研究是：『史』、『文學』、『表演』三分，實際是『曲腔史』、『文學本』、『表演技能』三分，且只見樹葉不見樹木，只見樹木不見森林。」〔註6〕

　　據葉長海教授在《宋元戲曲史》「前言」中分析王國維先生將戲曲與戲劇概念並列且混淆，其原因是因為從不進劇場的此位國學大師，他對供案頭賞讀的曲藝說唱及曲學文本過分溺愛與信賴所致。對此我們應該清醒地認識其歷史局限性而努力開拓新的學科疆界：

　　　　　王氏的偏見乃由於他「愛讀曲，不愛觀劇」的偏好所致。由於歷史的局限以及個人興趣的所在，王氏的研究戲曲，重歷史資料而未及田野調查；重案頭文學而未及戲劇演出藝術。現在我們的研究手段方法更加豐富多樣，我們已有條件對活的演出藝術、各地方戲曲劇種及少數民族戲劇展開實地調查研究，把歷史研究與實踐研究、資料建設與理論建設結合起來。我們有可能在王氏開拓的領域

〔註4〕李簡《也說『戲劇』與『戲曲』——讀王國維戲曲論著札記》，《殷都學刊》，2001年第2期。

〔註5〕董健《戲劇本質論・序》，南京大學出版社，2003年版。

〔註6〕洛地《中國傳統戲劇研究中的缺憾一二三》，南京大學出版社，2006年版，第397頁。

中繼續開疆闢土，開創更為廣闊的前景。

王國維先生儘管對「戲曲」情有獨鍾，乃至將書名定為《宋元戲曲史》，但是當我們翻閱此書作相應的名詞數字統計時，會發現書中的「戲劇」要比「戲曲」字眼出現較之要多，並呈現在各種理論層次上。諸如在開篇第一章即冠名「上古至五代之戲劇」，後言及「古劇」、「滑稽戲」、「雜戲」、「雜劇」、「元劇」南戲等，以主要是指有別於戲曲文本之外的「戲劇」表演藝術。

再有王國維先生文中所述：「後世戲劇，當自巫、優二者出；而此二者，固未可以後戲劇視之也」。「至於戲劇更近者，則為傀儡。」「其所以異於戲劇者，則演劇有定所，此則巡迴演之。」「兩宋戲劇，均謂之雜劇，至金而始有院本之名。」「宋金以前雜劇院本，今無一存。又自其目觀之，其結構與後世戲劇迥異，故謂之古劇。」特別是他概括論述：「後世戲劇之淵源，略可於此窺之。然後代之戲劇，必合言語、動作、歌唱，以演一故事，而後戲劇之意義始全。故真戲劇必與戲曲相表裏。」他特別提出為其戲劇之本體的「真戲劇」，自然將僅訴諸於文字「戲曲」包容其中。對此書屢受爭議的且為學者經常引用的此段經典定義，這說明王國維先生曾有意想將微觀的戲曲文學與宏觀的民族戲劇文化相融合。

在該書的「餘論」中王國維先生還特地提到中國古代傳統戲劇與「外國之關係」。認為「至於戲劇」如「《撥頭》一戲自西域入中國。」說明此稱謂可通融西方諸國戲劇。又指出：「由此書所研究者觀之，知我國戲劇，漢魏以來，與百戲合，至唐而分為歌舞戲及滑稽戲。」而「純粹之戲曲」則與此相左。由此可知他的心目中「戲劇」的史地概念上要比「戲曲」大得多。而後人非要將兩者等量齊觀，合成同一學科，放大他的失誤，看來並非王國維先生的初衷或本意。若將「戲劇戲曲學」先天不足所存在的弱點和缺陷列舉出來，即會產生有將此學科進行必有的修正，使之與時俱進、不斷開拓，儘快與世界戲劇研究接軌的強烈願望。

根據上述學術界對戲劇與戲曲概念，及其該學科的相關評述與爭論，促使我們不能不對戲劇戲曲學的學科性質、內涵、外延等作一必要的論述。根據周傳斌教授在《概念與範式》一書中指出：「一個學科的成熟與否，很重要的一點就體現為其學科史研究是否發達。」他又論證：「任何一個學科真正發展、創新都必須建立在學科史的研究之上。」〔註7〕由此可見，戲劇戲曲學的

<hr />

〔註7〕周傳斌《概念與範式》，民族出版社，2008年版，第38頁。

成熟標準，一定要建立在對該學科的學科形成與發展歷史的研究之上。

　　毋容置疑，戲劇戲曲學是戲劇學與戲曲學兩門學科的合成，戲劇學來自西方戲劇傳統發達國家與地區，是一門有著長久歷史和經驗的獨立學科。早至公元前四世紀，古希臘的亞里士多德在理論名著《詩學》中就提出「戲劇是文學的最高樣式」，就試圖通過對「悲劇」和「喜劇」的研究來尋找人類或民族戲劇起源的依據和原理。古羅馬的賀拉斯的《詩藝》也是在竭力爲各國、各民族傳統戲劇學尋找科學合理的理論根據。

　　公元前二世紀印度的婆羅多牟尼著《舞論》，亦可譯爲《戲劇學》，通過對南亞次大陸各民族傳統戲劇創作和表演的研究，來解析人類戲劇的發生與演變規律：「我創造了那托吠陀（戲劇學），可決定你們（天神的敵人）和天神的幸與不幸，考慮到（你們和天神的）行爲和思想感情，我們創造的這戲劇就是模仿。」

　　據葉長海教授查閱有關資料：在現當代的歐洲「首先闡述戲劇學的學科概念規定的，是羅伯特普羅爾斯的《關於戲劇學的問答》（1899）一文。眞正奠基戲劇學基礎的則是邁克斯赫爾曼，他發表了用文獻學的方法進行戲劇史研究的《劇場藝術論》（1902），並指導刊行了戲劇史研究叢書 40 卷。他開始使用『劇場學』意義上的『戲劇學』。」〔註 8〕

　　「戲劇學」（Dramaturgie）在德國最初稱之爲「自下而上戲劇學」，1923年柏林大學首先成立了戲劇學研究所，專設了「戲劇學家」，以專門指導戲劇實踐。另有尤利烏斯・巴佈在《戲劇社會學》（1931）一書中援引民族學、民俗學、文化人類學的成果來研究戲劇，認爲「戲劇的本質機能，可以在作爲未開化民族共鳴巫術的原始戲劇中看到。」

　　「戲劇學」的概念於二十世紀 20 年代，在西方廣泛使用。美國、蘇聯等國家不少大學都開設戲劇學專業，紛紛成立戲劇學教研組織，以推動戲劇學理論的系統研究和進一步學科化。

　　在日本戲劇理論界亦出現「戲劇學」方面的學術著作。諸如外山卯三郎主編《戲劇學研究》，1948 年飯冢友一郎著《戲劇學序說》，其中的《戲劇學的構想》一文提出對世界各國各民族的戲劇研究的一系列新課題，並「試圖建立宏觀的戲劇學體系」。

　　日本學者河竹登志夫於 1967 年撰寫了《比較戲劇學》，1978 年出版的《戲

〔註 8〕葉長海《曲學與戲劇學》，學林出版社，1999 年版，第 11 頁。

劇概論》中寫道：「現代戲劇學一直孕育著複雜多樣的課題及方法，一面正在披荊斬棘地開闢著自身的前進道路。——作爲日本學術界的獨特課題，尚有一個如何繼承日本傳統戲劇的特殊性，以及包含著這種特殊性的一般戲劇學體系的體例問題。」

在我國，南京大學呂效平博士編著《戲劇學研究導論》「前言」將「戲劇學」分爲四個層面：「首先，是文學藝術的任何樣式都共同面臨的問題。它們主要研究文學藝術作品與人類的實踐世界和心靈的關係問題。」「其次，是戲劇作爲文學藝術一種樣式的特殊文體本問題。」「第三，是戲劇創作的技術問題。」「第四，就是戲劇史的問題，它包括戲劇的文學史和演劇史。」

查閱中國歷史古書典籍，不曾有嚴格的「戲劇」稱謂。根據我們所見文獻資料，最早運用此詞組的是唐代詩人杜牧《西江懷古》詩中的「魏帝縫囊眞戲劇」。宋代文學家洪邁在《容齋隨筆》卷十五中云：「大率唐人多工詩，雖小說戲劇，鬼物假託，莫不宛轉有思致，不必專門名家而後可稱也。」這裡的「戲劇」系指「遊戲」之意。

後來所見的與戲劇有關的如「劇戲」、「優戲」、「伎戲」、「樂舞戲」、「雜戲等均屬於泛化戲劇名詞。而眞正的「戲劇」稱謂，可說是從後來從西方引進的，經由王國維、吳梅、錢南揚、任二北等先生所闡釋。

至於「戲曲」一詞，最早見於元人劉塤的《水雲村稿》卷四：「至咸淳，永嘉戲曲出，潑少年化之，而後淫哇盛，正音歇。然州里遺老猶歌用章詞不置也。」另有元代陶宗儀在《南村綴耕錄》卷二十五中云：「唐有傳奇，宋有戲曲、唱諢、詞說，金有院本、雜劇、諸宮調。」後又見明代臧懋循編《元曲選》中收《涵虛子論曲》云：「戲曲至隋，謂之康衢戲，唐謂之梨園樂，宋謂之華林戲，元謂昇平樂。」都不是王國維後來在《宋元戲曲考》中的「眞戲劇」概念，而是音樂、曲藝、文學等多種文藝形式的混合體。

戲曲在歷史上有大戲曲與小戲曲概念之分。大戲曲主要是指中國文人所推崇的講唱文學，小戲曲則是以可敷演的散曲爲主，多包容於音樂文學之中。難怪西方人一直用「歌劇」或「音樂劇」的概念套用中國戲曲，不認爲它是嚴格意義上的戲劇。

據筆者《中外劇詩比較通論》中論述戲曲與歌劇的關係：

　　　　至今中外學術界還是擺脫不了對中國古典戲曲與西方歌劇屬性認識的怪圈，明明戲曲冠之於「戲」，歌劇後綴於「劇」，可是人們

還是望文生義將其習慣歸於純音樂範疇，將其稱爲（Opera）（歌劇）或（Musicdrama）音樂劇。〔註9〕

當代由朱本相教授主編《中國戲曲學概論》中勉爲其難提出「戲曲學」的學術概念。他於「緒論」開明宗義指出：「每門科學都應該形成一門學問，如哲學、美學和文學等。在藝術上有音樂學、美術學、舞蹈學和電影學等。我們戲曲這門藝術就形成了戲曲學。」他籠統地在此門學科下又分出「導演創作及理論、表演創作及理論、音樂創作及理論等分支。這些學問總的名稱就是戲曲學。」並將「戲曲學」「分爲廣義和狹義兩個概念範疇」。所謂「廣義戲曲學是指凡是與戲曲有關係的學問，包括戲曲史、戲曲理論等所有學問。還有戲曲美學以及交叉學科如戲曲經濟學、戲曲民俗學、戲曲心理學及戲曲影視學等和邊緣學科。」「狹義戲曲學是指對戲曲文化及戲曲藝術本體進行整體綜合研究的學科。戲曲藝術本體就是指戲曲的核心主體部分，即編劇、導演、表演、音樂和舞美等。」〔註10〕

中國戲曲學院謝柏梁教授在《中華戲曲文化學》中將「中華戲曲文化學」分爲「戲曲悲劇學」、「戲曲演劇學」、「戲曲創作學」、「戲曲序跋學」、「戲曲流派學」、「戲曲影視學」等六大類。在「戲曲創作學」一編之中，他將其學科稱爲「戲曲理論」，遂分爲三大類，即「作家論、音律論和表演論。」於「戲曲流派學」中又繼續分爲「戲劇本體論，戲劇創作論，戲劇傳播論，戲劇批評論」〔註11〕四大類。顯然將中國戲曲理論與西方戲劇理論交錯嫁接，所形成的「非驢非馬」的混亂現象，正說明此門學科的不甚科學與不成熟。

讓人感到有所不解的是「戲劇戲曲學」雖作爲一個重要學科名詞加以推廣，可至今未見令人信服的學術整體概念問世。如此不能不讓諸學者充滿深深的憂患和思慮。

當此門學科較爲混亂的研究現狀呈現在我國文學藝術理論界面前，對此學科稱謂產生懷疑，自然湧現五花八門的別稱，如「戲劇學」、「戲曲學」、「戲曲文化學」、「戲劇藝術學」、「西方戲劇學」、「東方戲劇學」、「戲劇人類學」、「社會戲劇學」、「比較戲劇學」、「中國少數民族戲劇學」、「戲曲文物學」等等就不足爲奇了。在此基礎上應運而行提出更加科學、完整、系統，富有內

〔註9〕李強《中外劇詩比較通論》，中國社會科學出版社，2006年版，第339頁。
〔註10〕朱本相主編《中國戲曲學概論》，文化藝術出版社，2004年版，第2頁。
〔註11〕謝柏梁《中華戲曲文化學》，南京師範大學出版社，2004年版，第7頁。

涵和發展潛力的學科名稱如「民族戲劇學」就是天經地義的事了。

其實在國內外將民族學與戲劇學相融合，在戲劇學中尋覓其濃重的民族性早有人在反覆論述與實踐。諸如 1902 年，以愛爾蘭民族文學劇院爲主體，成立與組建愛爾蘭「民族戲劇學會」，第一次旗幟鮮明地打起「民族戲劇」的大旗。此學術組織由著名詩人、戲劇家諾貝爾文學獎獲得者葉芝（1865～1939）出任會長。1904 年，愛爾蘭民族戲劇學會又擴建爲愛爾蘭阿貝民族戲院，該戲劇理論與實踐組織堅持演出葉芝、辛格、格雷戈里夫人的具有本民族特色的愛爾蘭民族戲劇，從而在全歐洲乃至西方世界贏得的巨大聲譽。

德國著名哲學家黑格爾在《美學》一書中曾反覆強調戲劇、音樂、美術等藝術形式的民族性：

> 藝術和它的一定的創造方式是與某一民族的民族性密切相關的。……事實上一切民族都要求藝術中使他們喜悅的東西能夠表現出他們自己。因爲他們願在藝術裏感覺到一切都是親近的，生動的，屬於目前生活的。——莎士比亞能在各種各樣的題材上都印上英國民族性格……就連希臘悲劇家們也是時常把他們自己所屬的時代和民族懸在眼前。〔註12〕

南京大學中文系前主任陳瘦竹教授生前在鴻富的理論著述中反覆地提及中國戲劇的民族性、民族化、民族精神、民族性格、民族品格、民族骨氣、民族文化等，對中華多民族的戲劇藝術及其學科充滿了眞摯的情感與深切的期望。

他通過對郭沫若、田漢、曹禺、老舍、丁西林、夏衍等具有中國氣派的劇作的分析，特別是對曹禺先生的一系列優秀話劇的評析，而體現自己獨特的民族戲劇觀。如陳瘦竹先生在《世界聲譽和民族特色——談曹禺劇作》精彩論述：

> 曹禺通過這個代表封建勢力的反面典型的塑造，深刻地揭示了本世紀初時我們這個災難深重的民族的悲劇的一個根源。藝術家的作品是時代的呼聲，人民的喉舌。抗日戰爭爆發以後，曹禺像一切愛國作家那樣，以筆爲武器，投入到我們民族生死存亡的大搏鬥中去。〔註13〕

〔註12〕黑格爾《美學》第 1 卷，商務印書館，1979 年版，第 348 頁。
〔註13〕陳瘦竹《戲劇理論文集》，中國戲劇出版社，1988 年，第 455 頁。

　　世界上各民族都以不同的歷史、環境、語言和心理狀態爲基石，形成各自不同的民族傳統特點。中外各民族的文學藝術隨著彼此交流和相互影響，民族傳統不斷髮展變化，但是它所反映本民族的生活，決不容許失去民族特色。陳瘦竹先生明確地指出：「凡是眞正具有民族特色的文學藝術作品，不僅爲本國人所喜愛，而且正是因爲這個原因，才會受到外國人的讚賞。曹禺劇作所以具有世界聲譽，關鍵在於這些劇作描寫了民族生活，表現了民族性格，從而具有了民族特色。」他認爲曹禺之所以獲得成功，供人借鑒的經驗是因爲他虛心「向外國戲劇學習，總是以我爲主，並不盲從而隨波逐流，即使在技法上也有創新，逐漸形成民族風格。」

　　中央戲劇學院張先教授著《戲劇藝術》「代前言」中論證「戲劇學」時指出：「從廣義上講：任何有關人類戲劇現象的學術研究都屬於戲劇學範疇。」「從民族學出發，反觀戲劇藝術的發展，可以在民族戲劇學、人類文化學方面取得研究成果。因爲一個民族的戲劇活動、戲劇藝術的基本樣式等，常能表現這一民族的文化特點及思維特點。如將其與戲劇體驗能力進行階段性比較，可以爲這一民族進步程度提供有力的參考。」而「狹義戲劇學的概念裏，『戲劇』應該是一種藝術樣式的稱呼。」〔註14〕

　　劉彥君、廖奔研究員在《中外戲劇史》一書「導言」中將「民族戲劇」索性稱之爲「人類戲劇」，並明確認爲：「人類戲劇的原始萌發，伴隨著人類文明的曙光出現，似乎世界上的任何民族，當她最初舉行慶賀神明誕生或歡度節日慶典的宗教儀式時，都會和原始戲劇相遇。」「可以說，有人群即有戲劇，戲劇已經成爲人類文化不可或缺的部分，成爲人類的一種生存方式。」〔註15〕

　　關於中華民族「戲劇學」理論界在改革開放後三十年所做的學術貢獻，根據葉長海教授在他主編的《中國戲劇研究》「前言」中的文字總結：「主要表現爲戲劇學多領域研究的展開、戲劇審美意識的建構、戲劇史撰述體式的多樣化、戲劇理論研究的本體論理論指向、地方戲曲劇種及聲腔流派的研究、戲曲導演藝術理論的構成、舞臺藝術理論的系統化研究。」〔註16〕

　　他在此書中認爲富有民族特色戲劇學研究的空間還須拓展，學科的建立

〔註14〕張先《戲劇藝術》「代前言」，廣西師範大學出版社，2005年版。
〔註15〕劉彥君、廖奔《中外戲劇史》「導言」，廣西師範大學出版社，2005年版。
〔註16〕葉長海主編《中國戲劇研究》，福建人民出版社2006年版。

與發展還有很長的路要走，尤其強調的是「戲劇學的學科觀念的成熟，中國戲劇的學理之研究因而歸於『戲劇學』的範疇，亦即將自己置於一個學科明晰而又系統的學科意義上的戲劇學的總體體系之中予以研究。」

我們認爲要使「戲劇學的學科」儘快走向「成熟」，使之「明晰而又系統」，一定要兼收並蓄相關的新學科、新觀念、新方法的學術營養，尤其要借鑒於民族學、社會學和文化人類學研究的成功經驗。在業已成熟的戲劇學和民族學的學科基礎上，兼容戲曲學、文化學，創建各學科都能接受的「民族戲劇學」，不失爲一條科學和可行的學術探索路徑。

三、民族戲劇學在國內外的運行軌跡

我們所倡導的「民族戲劇學」實際上是「民族學」與「戲劇學」相結合的新興的前瞻性人文學科。爲了大力弘揚中華民族或全人類的優秀戲劇文化，時代呼喚在過去戲劇戲曲學基礎上，有必有創建或歸納、整合、統一稱爲眾望所歸的「民族戲劇學」，如此可將古往今來中外傳統戲劇與戲曲，漢族與少數民族戲劇，中國與外國戲劇，戲劇文化與戲劇藝術，戲劇理論與戲劇實踐，戲劇社會與戲劇美學等學科理論有機地整合在一起。

相比起戲劇戲曲學，民族戲劇學在學科建設上顯得更加富有文化傳統繼承和國際學術發展。「民族」爲人們在歷史上經過長期發展而形成的穩定的共同體。民族是一個社會歷史範疇，有其產生、發展和消亡的過程。中華人民共和國成立後，積極借鑒前蘇聯斯大林在《馬克思主義和民族問題》中關於「民族是人們在歷史上形成的有共同語言、共同地域、共同經濟生活以及表現在共同文化上的共同心理素質的穩定的共同體」的民族理論。其「民族」稱謂實以官方法定身份出現，係指中華民族 56 個民族共同體。後來遂以中國傳統的民族觀念和文化人類學的族群理論，積極探索民族理論範式，逐漸形成有中國社會主義特色的民族文化理論體系。

自從 1979 年我國成立了「中國民族理論學會」，包括民族文化、藝術、戲劇在內的民族理論獲得長足進展。30 多年來此領域在學科建設上做出如下四方面的成績：1、對中外歷代專家學者有關民族問題思想進行梳理和闡述。2、深入研究，努力建構民族學科史和學科理論。3、對民族理論學科主要概念、理論問題進行持續探索。4、由理論演繹向應用性研究轉型，加強其超前預測性，不斷開啓民族學研究的新視角和思路。

現在的社會科學提倡各學科領域之間的交融、滲透、整合。我們若將業已成熟的民族學、社會學、文化人類學理論引進相對滯後的戲劇學研究領域，將無疑會極大地促進中國以及與國外傳統戲劇理論研究的健康發展。

追溯歷史，在二十世紀上半葉，留學在英美的中國知識分子聞一多、余上沅、趙太侔、張嘉鑄等就強烈意識到以民族戲劇形式反映中國族人生活，以期表現出中國的民族精神和民族靈魂。他們以倡導與實踐民族戲劇學科建設的愛爾蘭的戲劇藝術家葉芝、沁孤、格雷戈里夫人等為楷模。傾慕「葉芝注重愛爾蘭古代英雄史蹟及神話傳說的描寫，劇中充溢著愛爾蘭民族所特有的神秘色彩和浪漫氣質；沁孤用愛爾蘭方言和音韻去寫愛爾蘭農民的生活，極富愛爾蘭的民俗風情；格雷戈里夫人把民族稗史搬上舞臺，以詩意和幽默的筆致表現出愛爾蘭的民族意識。」為此，「看到濃鬱的民族精神和民族色彩，對中國話劇發展的重要性。」使他們覺醒與懂得：「中國要創建自己的民族話劇，就必須深入地描寫自己的民族生活、民族性格與民族的思想感情。」〔註17〕

中華人民共和國成立之後，黨和人民政府非常重視民族戲劇文化的理論建設，據解玉峰教授在《二十世紀中國戲劇學史研究》寫到：解放初期「中國戲曲研究院（1980 年後改稱中國藝術研究院）在民族戲劇理論研究中一直發揮著核心作用，其機構設置和決策部署也直接影響著後來中國戲劇學的構建。」「從中國戲曲研究院『戲曲表演』、『戲曲導演』、『戲曲舞臺美術』三個研究科室的設置，我們不難體會到話劇或西方戲劇觀念對民族戲劇中的滲透和影響。50 年代中後期，各地也相繼地成立了中國戲曲研究院相應的下屬機構，這樣相對完善系統的研究系統，使得 50 年代民族戲劇研究方面的一些基本觀念和思路在某種意義上獲得體制性的保障。」其目的很明確，就是為了「中國戲劇學人在嘗試民族戲劇學的建構」。〔註18〕

但是遺憾的是，因解放初期文藝界遭受國內外各種政治和文藝思潮的影響和各種干擾，文藝學界創建「民族戲劇學」的美好理想一直未能如願以償。只有到了提倡實事求是、解放思想的新舊世紀交替的社會主義新時期，具有中國特色的民族戲劇學研究的夢想才逐步變為現實。

朱本相教授主編《中國戲曲學概論》在「戲曲學的學習目的」中談到必

〔註17〕胡星亮《現代戲劇與現代性》，人民文學出版社，2007 年版，第 207 頁。
〔註18〕解玉峰《20 世紀中國戲劇學史研究》，中華書局，2006 年版。

須要強調民族戲劇文化與民族性風格，「正確認識與把握戲曲的民族性與時代性的關係」。「正確認識和把握弘揚民族文化與社會主義精神文明的關係」。「弘揚民族文化，旨在振奮民族精神。戲曲是民族文化的集大成者。對戲曲這一民族文化的弘揚是我們的國策」。「戲曲——作爲中華民族的優秀傳統文化，從它的起源、發展到成熟，其間也有興有衰」。「統一的和穩定的民族心理和思維方式對整個文化的發育有著很深邃、久遠而巨大的影響。」〔註19〕

謝柏梁教授在《中華戲曲文化學》中專設「中華戲曲文化學芻議」一章，潛心論證「民族戲劇學」此學科是「中華戲曲的幸運，亦是世界戲劇的福音。」中國多民族古典「戲曲學」與「希臘悲劇學、印度梵劇學」爲世界「戲劇學的三大流派」。而「中華民族作爲世界各民族中惟一保持著基本穩定的國土區域，從總體上擁有始終不二的民族自治權利的偉大民族。有責任、有義務、也有信心將古老傳統的高度體現、民族文化的共同精華、世界古典戲劇的僅存碩果——戲曲藝術代代相傳，發揚廣大。」他高度評價「在世界戲劇學資源中，中華戲曲文化學堪稱爲一座取之不盡用之不竭的寶庫。」

在二十世紀 50 年代末與 60 年代初，民族化與具有民族特色的戲劇作品主要體現在歷史劇的創作於演出上。當時湧現出大批民族風格劇作，如田漢的《關漢卿》、《文成公主》，郭沫若的《蔡文姬》、《武則天》，朱祖貽、李恍的《甲午海戰》，曹禺、梅阡、於是之的《膽劍篇》等。其中如《文成公主》《蔡文姬》《膽劍篇》等都涉及到中原漢族王朝與古代周邊地區少數民族政權首領之間的關係與情感糾葛。而朱祖貽、李恍的《甲午海戰》反映了清朝末年中日兩國之間交戰時期的民族感情昇華。劇作熱情地謳歌了以鄧世昌爲代表的愛國志士的家國情懷及英雄節操，具有激昂悲壯的民族表演藝術之美。

在話劇的民族性與民族化方面，北京人民藝術劇院與老舍合作的劇作體現得最爲完美與充分。語言大師老舍先生的「劇作卓爾不群，而且開闢了『京味兒』話劇的先河，成爲其後話劇文學享用不盡的資源。美學意義上的『京味兒』是以北京城市文化傳統及市民文化精神爲根基，以『底層』與『日常』爲著眼點。以『京味兒』語言爲顯著標誌的富有地域文化特色的韻味。」後來北京人藝湧現出蘇叔陽、李雲龍、何冀平、過士行等一批傑出的劇作家，他們繼承與發展了老舍的「京味兒」民族風格，創作出許多優秀話劇作品。

在《中國百年話劇史稿》中話劇學者谷海慧記載：

〔註19〕朱本相主編《中國戲曲學概論》，文化藝術出版社，2004 年版，第 629 頁。

　　　　自從話劇被引進我國的那天起，戲劇界關於話劇民族化問題的
　　思考就沒有停止過。歐陽玉倩、田漢、曹禺等人一直在進行著這方
　　面的實踐。1956 年前後，因爲外國同行的批評，這個問題被突出出
　　來。民族特色的缺乏自然與話劇界獨尊斯坦尼體系、拒絕吸收其他
　　體系的營養直接相關。〔註 20〕

1956 年在北京舉辦的全國話劇會演期間，文化部與中國戲劇家協會召開崑曲
《十五貫》研討座談會，周恩來總理尖銳地指出：「《十五貫》具有強烈的民
族風格，使人們更加重視民族藝術的優良傳統……値得話劇界學習。我們的
話劇，總不如民族戲曲具有強烈的民族風格。」〔註 21〕

　　北京人藝著名導演焦菊隱在學習民族戲曲表演形式過程中，並在執導的《虎
符》、《茶館》、《蔡文姬》等民族話劇舞臺藝術取得傑出成就之後，深有感觸地
說：「故然，民族風格是通過某種程度的民族形式才能被表現出來的。然而。沒
有民族生活內容，就不能有表現民族文化和民族精神面貌的形式。」〔註 22〕

　　執導過聞名一時的歷史話劇《秦王李世民》的上海青年話劇團著名導演
胡偉民，在經過一系列民族戲劇實踐後指出：「中國話劇藝術的革新浪潮是大
膽走向復歸戲劇的本質假定性，其總趨向是在追尋我們民族戲劇藝術傳統之
根。」〔註 23〕

　　上海人藝著名導演黃佐臨於 1962 年在廣州召開的「全國話劇、歌劇、兒
童劇創作座談會」期間，專門作了《漫談「戲劇觀」》著名發言。明確提出「寫
意民族戲劇」的新觀念，發出「衝破古典戲劇的『三一律』和資產階級客廳
劇的『四堵牆』，要求『哲理性高深』、『戲劇觀開闊』的呼籲。」〔註 24〕他後
來將此民族戲劇的觀念又運用至《激流勇進》、《中國夢》等劇作導演實踐中，
爲構建中華多民族戲劇學科提供了成功的藝術典範。

　　對人們有著深刻啓迪意義的是歷史上有關「戲曲」與「戲劇」的取捨替代
之爭。因爲中國傳統戲劇主要是指漢族戲曲，許多專家學者在宏觀論述時多數
迴避「戲曲」，而挑選使用「戲劇」二字，如此感覺可眞正代表中國戲劇、華夏

〔註 20〕　谷海慧《中國百年話劇史稿》（當代卷），北京師範大學出版社，2009 年版，
　　　　　第 6 頁。
〔註 21〕　周恩來《關於崑曲〈十五貫〉的兩次談話》，《文藝研究》，1980 年第 1 期。
〔註 22〕　焦菊隱《略論話劇的民族形式和民族風格》，《戲劇研究》，1959 年第 3 輯。
〔註 23〕　胡偉民《話劇藝術革新浪潮的實質》，《戲劇報》，1982 年第 7 期。
〔註 24〕　黃佐臨《漫談「戲劇觀」》「編者的話」，《戲劇藝術》，1983 年第 4 期。

戲劇、民族戲劇等。諸如對完成於 1938 年的徐慕雲著《中國戲劇史》，躲齋先生在其「前言」中高度評價：「從完整的意義上說，徐慕雲這部《中國戲劇史》，堪稱爲我國第一部戲劇通史。它的價值，首先在於它是中國第一部詳備的戲劇史，敘述了起自周秦時代的優伶，迄於民國以來的『花部』和話劇。」此書前幾卷如此安排：卷一爲戲劇之歷史；卷二爲戲劇之種類；卷三爲戲劇之組合；卷五爲戲劇之評價。徐慕雲在《中國戲劇史》「自序」中開誠佈公論述：

> 中國自有戲劇以來，已三千年矣，其歷史雖是悠久，但迄今仍無一有系統有條理之記載，未免爲發揚戲劇及溝通文化之障礙。各國文人學者與夫劇藝家，無不讚美中國寫意派戲劇之趣味雋永，堪稱東方文化之結晶。〔註25〕

中央戲劇學院周貽白教授繼承其衣鉢，所撰大部分著作均以「中國戲劇」打頭，如他的《中國戲劇史略》、《中國戲劇史》《中國戲劇史長編》等，惟恐局限於「戲曲」而影響了中華多民族戲劇文化歷史書寫的完整性與權威性。由此引發了後來「海派」與「京派」長年關於中國或中華民族戲劇史重寫的大論戰。

實際上，中國就是中華民族的代名詞，中國戲劇就是中華民族戲劇。我們所倡導的「民族戲劇學」不僅包括中國各民族的戲劇，也同樣囊括世界各國、各民族的戲劇，即所謂人類現存相關的國別、族別戲劇。建立此門專門學科方能有計劃、有步驟地開展漢胡、漢民之間，以及中外、中西戲劇文化的比較或關係研究。

與中華民族戲劇有關的此方面的學術著作諸如：朱光潛著《悲劇心理學——各種悲劇快感理論的批判研究》、夏寫時、陸榮棠編《比較戲劇論文集》、李曉著《比較研究：古劇結構原理》、饒芃子著《中西戲劇比較教程》、張法著《中國文化與悲劇意識》、喬德文著《東西方戲劇文化歷史通道》、劉強著《中西喜劇意識和形象思維辨識》、於成鯤著《中西喜劇研究——喜劇性與笑》、藍凡著《中西戲劇比較論稿》、田本相主編《中國現代比較戲劇史》、周寧著《比較戲劇學——中西戲劇話語模式研究》、彭修銀著《中西戲劇美學思想比較研究》、孟昭毅著《東方戲劇美學》、凌翼雲著《目連戲與佛教》、周安華著《二十世紀中國問題劇研究》、盧昂著《東西方戲劇的比較與融合——從舞臺規定性的創造看民族戲劇的構建》、黃愛華著《中國早期話劇與日本——中國戲劇現代化初期借鑒西方戲劇的曲折歷程》、時曉麗著《中西悲劇理論比

〔註25〕徐慕雲《中國戲劇史》「自序」，上海古籍出版社，2001 年版。

較》、孟昭毅、俞久洪著《古希臘戲劇與中國》、張哲俊著《中日古典悲劇的形式——三個母題與嬗變的研究》、李強著《中西戲劇文化交流史》、《中外劇詩比較通論》、札拉嘎著《比較文學：文學平行本質的比較研究——清代蒙漢文學關係論稿》、宋偉傑著《中國·文學·美國——美國小說戲劇中的中國形象》、范方俊著《洪深與二十世紀中外現代戲劇》、何輝斌著《戲劇性戲劇與抒情性戲劇：中西戲劇比較研究》、張哲俊著《中國題材的日本謠曲》、田根勝著《近代戲劇的傳承與開拓》等等。

從上述的著述成果審視，顯然不局限在人為劃定的「戲劇戲曲學」狹小範圍之中，而是比較戲劇文學、民族戲劇藝術、中外民族戲劇關係研究所產生的學術碩果。在我們閱讀盧昂先生著《東西方戲劇的比較與融合——從舞臺規定性的創造看民族戲劇的構建》時可獲得如下信息：「以藝術的本質屬性——假定性為切入點，對東西方戲劇進行了深入地研究和比較，探索話劇藝術如何吸收戲曲藝術的神韻和精髓而獲得民族性。……中國話劇民族化和中國戲曲現代化的問題指出了東西方戲劇融合的態勢，而東西方的融合對於構建和發展民族戲劇起著關鍵作用。」對東西方民族戲劇的融合與發展的研究並不排斥「戲劇戲曲學」，而是擴大其民族文化的世界語境，使之置身於全球化與文化多樣化的民族戲劇學規定的廣闊時空之中。

四、文化人類學與中華民族戲劇學的創立

我們之所以關注中國漢族、少數民族以及世界民族戲劇理論，或民族戲劇學理論，其文化本質實際上是將其升華為全人類、人生的表演藝術。人們看戲就是看人，就是看人生。所謂「舞臺小世界，世界大舞臺」。在人生這個大舞臺上，每個人都是演員，每個人又是觀眾，每個人都要扮演一定的角色。據著名學者易中天主編《藝術的特徵》一書所論證：

> 戲劇關注的中心必須是人類感興趣的事物，必須把有關人類的生命狀態和人的生存處境的重大問題安置在戲劇舞臺上。成為人關注的對象，並通過觀看進行反思和總結。莎士比亞說得好，戲劇就是「給自己照一面鏡子，給德行看一看自己的面貌，給荒唐看一看自己的姿態，給時代和社會看一看自己餓形象和印記。」〔註26〕

前蘇聯文豪高爾基曾提出「文學是人學」，世界各國各民族戲劇也同樣是

〔註26〕易中天主編《藝術的特徵》，湖南人民出版社，2002 年版，第 186 頁。

「人學」。依照著名劇作家曹禺的名言：「寫戲主要是寫『人』。」〔註27〕民族戲劇作為民族文學之主要樣式，其任務無疑是真實生動反映人的社會生活、舉止行為與思想感情。對世界各國人類群體心靈歷史摹寫的民族戲劇學的發生、形成與發展的瞭解，需從文化人類學視域與角度來進行細緻的研究和探索，並須對其發生、形成、演變、發展規律進行深入的學術考察。

在近現代的世界人文學科研究論壇上，以國別與族別文化研究為特徵的社會學、民族學、文化人類學研究與探索日趨活躍。自從西方著名學者麥克盧漢提出「地球村」的概念之後，全球化經濟、文化、藝術化的討論越來越成為時髦的學術話題。據英國學者安東尼·吉登斯為「全球化」所下的定義：

> 世界範圍內社會關係的強化，這些關係以一種方式將不同的地方性聯繫起來，以致地方性事變的形態受到遠距離以外發生的事變的影響，反之亦然。〔註28〕

正是此種世界性「社會關係」對「地方性事變」形態的影響，迫使我們在研究地域性文化形態時應擯棄傳統的治學方法，而將學術的視野擴展至域外時空中去。而受文化人類學學理啟示迅速崛起的戲劇人類學與人類祭祀儀式戲劇文化研究，源源不絕地為我們創建民族戲劇學提供豐富的營養。

著名學者朱狄對世界各民族普遍存在的祭祀戲劇角色轉換論述：

> 祭祀儀式對戲劇起源所提供的最重要的東西……是它教給創造角色，一個和自己不同的人，並進人到角色的内心世界中去。用角色的言詞代替自己的言詞，用角色的行動代替自己的行動，而這一些都是在祭祀儀式中所要解決的心理要素。〔註29〕

對於現存活態的中外各國、各民族戲劇文學藝術進行全面、系統的研究，使人想起古訓。諸如原始戲劇、傳統戲劇與地方劇種，漢族與諸國主體民族戲劇，以及各少數民族戲劇，尤其需要借助傳統的文字、文物、文獻、考據學，及其民族學、社會學、文化人類學相結合的種種方法，進行行之有效的綜合性的考據、田野調查與比較學術研究。

「文化人類學」是人類學的一個重要組成部分，是專門從文化角度研究

〔註27〕曹禺《看話劇〈丹心譜〉》，1978 年 4 月 24 日《人民日報》。
〔註28〕（英）安東尼·吉登斯《現代性的後果》，轉引自楊乃喬主編《比較文學概論》，北京大學出版社，2005 年版，第 1 頁。
〔註29〕朱狄《原始文化研究》，三聯出版社，1988 年版，第 517 頁。

人類文化現象的一門社會學科。民族戲劇學，亦可稱之「戲劇文化人類學」，即可理解爲從戲劇文化角度「研究人類文化的起源、成長、變遷的過程，探索人類文化的一般規律和特殊規律，分析比較各民族、各地區、各群體、各社區文化的異同，探索各種文化現象的結構、功能和象徵，研究個人與文化或社會的關係。」〔註30〕

　　被西方學術界公認爲「戲劇人類學的領軍人物」的挪威戲劇導演尤尼奧‧巴爾巴，他在運用文化人類學對民族戲劇的研究方面爲我國學界提供了有益的啓示與方法。他在《演員的解剖學——戲劇人類學辭典》中詮釋：

　　　　ISTA〔註31〕反覆強調戲劇人類學與一般意義上的人類學與一

　　　　般意義上的人類學的差異，所謂「人類學」不是在一般的意義上使

　　　　用的，而是指一個新的研究領域，是對於人類在有組織的表演情景

　　　　下的表演行爲的研究。〔註32〕

美國學者馬丁‧艾思林在《戲劇解剖》一書中，曾對此理論作出進一步拓展。他認爲，各國各民族的戲劇並非局限於劇本「文字」和舞臺「語言」，論及其本質：「戲劇之所以成爲戲劇，恰好是由於除言語以外那一部分，而這部分必須看作是使作者的觀念得到充分表現的動作或行爲。」〔註33〕

　　美國紐約大學理查得‧謝克納所倡導的「表演人類學」或「戲劇人類學」將其劃分爲五大領域：「1、以戲劇、舞蹈爲代表的審美表演；2、包括影視、音樂、體育在內的大眾表演；3、社會職業（角色）表演；4、儀式表演；5、遊戲表演。」〔註34〕

　　東京三一出版社於 1994 年推出日本學者宮尾慈良著《亞洲的戲劇人類學》，他睿智地將學術視野投入文化人類學廣闊的天地之中。並富有創造性地將太平洋巴釐島的祭祀儀式、中國臺灣的皮影戲、中國的獅子舞、泰國的假面舞、京劇演員等都置入戲劇人類學或民族戲劇學研究範疇之中。

　　在第二次世界大戰期間，文化人類學在亞洲有所發展。美國學者克利福

〔註30〕李強、柯琳《民族戲劇學》，民族出版社，2003 年版，第 67 頁。

〔註31〕指巴爾巴領導的國際戲劇人類學學校。

〔註32〕（挪威）尤尼奧‧巴爾巴《演員的解剖學——戲劇人類學辭典》「序言」，東京 PARCO 出版，1995 年，第 3 頁。康保成選譯。

〔註33〕（美）馬丁‧艾思林著，羅婉華譯《戲劇解剖》，中國戲劇出版社，1981 年版，第 6 頁。

〔註34〕載於周慧玲《表演中國》，臺灣麥田出版社，2004 年版，第 32 頁。

德‧格爾茨曾在爪哇地區的土著民族的祭祀儀式中發現一種原始戲劇形式，並撰寫出轟動一時的《深層遊戲：關於巴釐島鬥雞的描述》，據此文披露：

> 一個文化形象有賴於一種社會背景，一次鬥雞既是獸性仇恨的一次波動，一次象徵自我之間的模擬戰鬥，又是地位張力的形式化模仿。一種透過象徵符號在歷史上代代相傳的意義模式，一種將傳承的觀念表達於象徵性形式的系統；通過他們人與人相互溝通，綿延傳續，並發展出他們對生命的知識和生命的態度。〔註35〕

對於南太平洋巴釐島上世代相傳的傳統文化行為，即此種充滿血腥氣息的以家禽為賭具的原始戲劇形式，據中國學者夏建中評析：「在鬥雞過程中，人與獸，善與惡，自我與本我，激昂的男性創造力合放縱的獸性毀滅力融合成一幕殘酷、暴力和死亡的血的戲劇，實質上是展現地位關係的舞臺劇。」〔註36〕在二十世紀中葉，中外一些民族學、文化人類學學者繼承此傳統，在雲南邊疆地區進行田野調查時所發現的「斗牛」、「擬虎」、「剽牛」等原始戲劇與上述「鬥雞」戲劇儀式如同出一轍。

深入討論，我們發現民族戲劇文化集中表現在戲劇的民族屬性上。「民族性」是指一個社會中一般的人格類型，一個民族的群體人格，或指一個民族所特有的共同的根本的特性，即一個民族特有的不同於其他民族的思想、情操、習慣及行為方式。早在十九世紀，西方學者孟德斯鳩、伏爾泰等已經開始在自己的著作中闡述民族性問題。同時亦有學者對英、法、美、西班牙民族的民族性進行人類文化學分析。

二十世紀初，以民族性為研究對象的人類學把民族性的研究包容在本學科研究課題之中。藝術的民族性就是表現民族的本質特點所形成的藝術上的特殊性。戲劇的民族性最重要、最基本的內涵在於是否表達了民族精神，是否用民族精神去觀察客觀事物。民族精神是戲劇民族性的核心和靈魂。藝術的民族性，對於一個民族來說，是藝術成熟的標誌。對此，俄國文藝理論家別林斯基曾說：「每一個民族的民族性的秘密不在於那個民族的服裝和烹調，而在於它瞭解事物的方式。」著名俄國作家果戈理也說：「真正的民族性不在

〔註35〕（美）克利福德‧格爾茨《深層遊戲：關於巴釐島鬥雞的描述》，《國外社會學》，1996 年第 1～2 期。

〔註36〕夏建中《文化人類學理論學派——文化研究的歷史》，中國人民大學出版社 1997 年版，第 341 頁。

於描寫農婦穿的無袖長衣，而在於具有民族精神。」

　　論及中華民族的民族性，即爲中華人民共和國領袖毛澤東在《反對黨八股》中所描述的「中國老百姓所喜聞樂見的中國作風和中國氣派。」他在《同音樂工作者的談話》中進一步指出：「藝術有形式問題，有民族形式問題。藝術離不了人民的習慣、感情以及語言，離不了民族的歷史發展。」他認爲包括民族文學、藝術、民族戲劇在內的文藝形式「總要有民族特色，要有自己的特殊風格，獨樹一幟。」事實證明：民族藝術作品越具有民族性，就越具有群眾性，就能發揮藝術的社會功能，就越具有長久的生命力。

　　中外各民族的文化在表現本民族社會生活的長期過程中逐漸發展壯大，形成具有本民族特點的，表現政治、經濟、文化、語言、風俗習慣、歷史傳統等方面的不同文體形式。民族形式是該民族傳統文化長期積澱的結果，在一定的歷史時期內有相對的穩定性。隨著歷史條件的變化，全球性現代化的進程，傳統觀念的更新，文化藝術的發展，民族形式也將不斷發生變化。

　　中國新文化先驅魯迅先生在《吶喊・自序》中曾指出：「凡是愚弱的國民，即使使體格如何健全，如何茁壯，也只有做毫無意義的示眾的材料和看客，病死多少是不必以爲不幸的。所以我們的第一要著，是在改變他們的精神，而善於改變精神的是，我那時以爲當然要推文藝。」他在《墳・摩羅詩力說》中特別提到意大利著名詩人但丁及《神曲》爲國民文學作出的歷史性貢獻：

　　　　得昭明之聲，洋洋乎歌心意而生者，爲國民之首義。意大利分崩矣，然實一統也，彼生但丁，彼有意語。……迨兵刃炮火，無不腐蝕，而但丁之聲依然。有但丁者統一，而無聲兆之俄人，終支離而已。〔註37〕

葛桂錄博士在《跨文化語境中的中外文學關係研究》一書中，曾借魯迅先生上述理論而發揮己見：

　　　　我們不難發現魯迅對於但丁是有深刻認識的，即指出了但丁對意大利民族統一的巨大貢獻。正是「但丁之聲」使得政治上分崩離析的意大利，達到了民族精神上的統一。但丁是歐洲第一個用民族語言寫作的作家，同時也是意大利民族語言的奠基人。〔註38〕

〔註37〕《魯迅全集》第一卷，人民文學出版社，1981年版，第64頁。
〔註38〕葛桂錄《跨文化語境中的中外文學關係研究》，上海三聯書店，2008年版，第192頁。

　　同樣，挪威學者丹尼爾・哈康遜、伊麗莎白・埃德在《易卜生在挪威和中國》一文中寫道：「亨利克・易卜生在挪威誕生時，挪威民族的生命剛剛蘇醒。這個國家被丹麥人統治四百年之久，此後與瑞典合併，成爲一個聯合王國。但是，這個國家的智力活動仍然剛剛開始。在這個開拓時期，挪威學院生活與文化生活有一股鄉土味，而努力創立一種具有民族基礎的共同文化。」〔註39〕十九世紀上半葉的挪威民族解放運動，促使此世紀下半葉挪威文學繁榮，擺脫丹麥語束縛的本土挪威語出現，使之民族戲劇文化得以勃興，作爲「自由農民之子」的易卜生是這一運動的積極參加者，也是天才的創造者。

　　另位一位民族戲劇家是眾所周知的英國莎士比亞，在《莎士比亞在中國》一書中馬焯榮研究員著文《談莎味與中國化》專設「中西民族性格的差異」一章寫道：

　　　　莎劇中的性愛描寫很多，但由於中西民族性格之不同，所以莎
　　劇中的性愛描寫與中國傳統文學戲劇中的性愛描寫判若涇渭。全世
　　界的性愛文學大體上分爲兩大原型：一個是西方的英雄美人式；一
　　個是中國漢族的才子佳人式。並非在中國的漢民族文學戲劇中沒有
　　英雄美人式的作品（如《霸王別姬》），也不是西方文學戲劇中找不
　　出才子佳人式的作品（如《茶花女》）。但是從主流看，才子佳人是
　　中國漢族的性愛文學戲劇傳統，英雄美人則是歐洲性愛文學的戲劇
　　傳統。〔註40〕

北京大學教授劉安武著《印度印地語文學史》，季羨林先生在其「序言」指出：「眞正想瞭解一個民族，一國的人民，不研究他的文學史很難瞭解透徹的。大家都承認，文學是一個民族，一個國家人民心靈的最具體、最生動的表現。」〔註41〕內蒙古大學宋生貴教授著《當代民族藝術之路》中亦認爲：

　　　　全球化與民族性實則是悖論性共生關係。富有創造力的民族藝
　　術的民族性，完全可以在全球化情境中鮮活存在，乃至蓬勃發展，
　　全球化並不會窒息民族性。相反，它能夠把民族性從狹隘的民族主
　　義的意識形態禁錮中解放出來。〔註42〕

〔註39〕《易卜生全集》第一卷，人民音樂出版社，1986年版，第40頁。
〔註40〕馬焯榮《談莎味與中國化》，上海文藝出版社，1987年版，第48頁。
〔註41〕劉安武《印度印地語文學史》「序言」，人民文學出版社，1987年版。
〔註42〕宋生貴《當代民族藝術之路》，人民出版社，2007年版，第13頁。

他在此書還論述：「民族的藝術要真正面向世界——以能夠平等交流的姿態面向世界，就應該在一個全方位開放的系統中，一方面積極探尋並建樹新的民族個性，另一方面又要隨時增強其可交流的資質。」

　　顯示民族性及其產生民族審美情趣的根據是民族文化心理結構，此結構的核心是民族意識，其文化背景則是民族經濟生活歷史。德國文藝理論家黑格爾根據自己所建哲學體系與辯證法，把民族精神這種具體理念在不同階段所體現的自我意識劃分分為四個原則，並依此原則把世界歷史分為四種王國。在此基礎上他在《法哲學原理》「東方王國」一章中，詳盡分析民族意識：

　　　　這第一個王國是從家長制的自然整體中產生的、內部還沒有分
　　裂的、實體性的世界觀，依照這種世界觀，……那麼，應怎樣看中
　　國這種民族意識的價值呢？似乎不能絕對說完全消極或完全積極。
　　如果放在一定的條件下來看，那麼，在國家矛盾尖銳衝突激烈之時，
　　它是消極的，乃至是一種阻力，在國家清平世態和緩之時，它是積
　　極的。對於國家民族的歷史進步，它基本是消極的，對於鑄造個體
　　的人格，它基本是積極的。當英雄意識因素在總體民族意識內衝撞
　　激烈極力尋求表現之時，它是積極的。反之，當這種衝突消沉平靜
　　下來時，它是消極的。

　　我們應該嘗試性地借鑒民族學、文化人類學、民族音樂學的先進研究方法，將「參與式觀察」田野作業方法，區域性文化發生考察方法，中外民族戲劇比較方法，戲劇方言聲腔語言形態研究方法等吸收、引入與利用，使之民族戲劇學研究趨於科學、客觀、全面、系統和高水平。

　　對於中華民族大家族中諸如中國之「中華民族」之「漢族」、「蒙古族」、「藏族」、「壯族」、「回族」等，國外如「日耳曼民族」、「猶太民族」、「大和民族」、「斯拉夫民族」等的民族身份論證與研究，是對上述民族戲劇文化與民族戲劇學的民族與戲劇屬性極富特色的科研任務。

　　「民族戲劇學」非常注重理論與實踐相結合的科學研究方法，非常強調在高度思辨的理論指導下提倡出野考察和個案實證，堅持採信經調查研究而獲取的第一手資料。民族戲劇學叫根據地理學分支出「嶺南戲劇」、「黃河戲劇」、「長江戲劇」、「北方草原民族戲劇」、「絲綢之路戲劇」等，或根據民族分為「藏族戲劇」、「漢族戲劇」、「吉普賽戲劇」、「猶太戲劇」、「印第安戲劇」等，或根據國別分為「印度戲劇」、「西班牙戲劇」、「泰國戲劇」、「波蘭戲劇」

等，或根據傳統文化分爲「面具戲」、「儺戲」、「儀式戲」等，或根據文字語系分爲「雅利安語系戲劇」、「漢藏語系戲劇」、「阿爾泰語系戲劇」等等。

葉長海先生著《中國戲劇學史稿》一書原由上海文藝出版社出版，因對創建中國戲劇學理論有著重要貢獻，中國戲劇出版社對此書特此再版。書中有些學術觀點對我們修正「戲劇戲曲學」，指導「民族戲劇學」理論建構有著重要的指導意義：

> 如何解釋與分析戲劇面臨的種種危機，如何自覺地促進戲劇藝術從客服危機中得到新的振興與繁榮，這也應該是今天的戲劇學要回答的課題。戲劇在不斷地自我否定中前進，戲劇理論也不斷在自我否定中前進。……縱觀了古代中國戲劇學的歷程，再仔細檢點一下，覺得要建立中國戲劇學的科學體系，還必須在廣度和深度兩方面都作努力的開拓。建立中國戲劇學理論體系的目的，就是爲了從宏觀和微觀兩方面深入研究中國戲劇藝術體系，起到總結昨天，啓發今天，指示明天的作用。〔註43〕

他在此書中還寫道：「由於在我國對戲劇文化作科學的研究還是一門新興的學科，其中對曲論的全面研究，對中國戲劇學的建立則還處於最初的草創階段。我的雙腳從未離開我們的大地，我正是從偉大民族的歷史中獲得了眞正的創新精神和前進的勇氣。」尤其在此書再版「後記」他不勝感慨地指出：

> 時至今日，戲劇學則已成爲了一門大學科，不僅戲劇專門院校以此爲重點學科，綜合性大學亦爭先恐後地創造條件成立戲劇學學科，研究隊伍與教學隊伍迅速壯大，新的研究成果紛紛面世。……少數民族戲劇以及儺戲、目連戲等等，這些研究逐漸走向系統化、學科化。還有交叉學科式的研究。

通過上述感言，我們可察覺到葉長海先生並不滿足「戲劇學」的研究現狀，他殷切地期待著更多的志同道合者一起奮發努力，「從偉大民族的歷史中獲得眞正的創新精神和前進的勇氣。」「爲建立中國戲劇學的科學體系，還必須在廣度和深度兩方面都作努力的開拓。」並指出此條出路不能僅滿足於學術口徑相對狹窄的「戲劇戲曲學」，而需要借助於新興創立的「民族戲劇學」進一步拓展和延伸。一個民族的文化只能從深厚的民族生活的土壤中生長出來。民族戲劇文化的發展趨勢是逐漸融合，各國各民族優秀文化傳統，在全球意

〔註43〕葉長海《中國戲劇學史稿》，「結束語」，上海文藝出版社 1985 年版。

識下建設具有本民族特色的現代新的戲劇文化。

　　於新世紀之交，隨著全球化和文化多元化的理論研究的深化，民族意識、民族性討論日益被提到了一個非常重要的地位上。尤在「東方漢語比較文學景觀下，民族文學這個概念的理論有效性大於國別文學。」包括民族戲劇在內的民族性文學其突出的特徵表現在「首先是對本土民族文學知識結構及其語言能力的積累，其次是對一門外域民族文學知識結構及其語言能力的掌握，王國維、胡適、魯迅、辜鴻銘、陳寅恪、吳宓、朱光潛、錢鍾書、季羨林等能夠稱之為學貫中西的比較文學大師，都是在東西民族文學及兩種、三種以上語言的彙通中完成自己的跨文化學術研究的。」〔註44〕同樣，也只有在上述民族文化基礎之上，才能尋覓清楚全國與全世界民族戲劇發生的根源與發展規律。

　　在當今世界「經濟一體化」、「文化多樣化」的新格局下，在全國人們積極投入中華民族非物質文化遺產保護與研究熱潮之中，人們對中華民族戲劇學的建立給予厚望，並將其學術概念與定義又一次擴大。在中外少數民族傳統戲劇的基礎上，不僅兼容代表國家與中華民族水平的京劇，以及歷史上的原始戲劇、儺戲、宋元雜劇、崑曲等，還涵蓋富有國家和民族標誌的古今中外各種主要戲劇樣式。我們在做學問的時候，應將其學科規範與世界接軌並統一，創建真正能促進中華民族戲劇文化走向世界的的民族戲劇學學術理論體系。

五、建立中國特色的民族戲劇學理論體系

　　從狹義而言，民族文化主要指一個民族的文學藝術創作與傳統文化保護。從廣義而言，它是一個複雜的整體，包括知識、信仰、藝術、道德、法規、習俗以及所有該民族成員所獲各方面的能力和習慣。是以往民族感情和民族意識揚棄後的積澱。民族文化有較強的地域特徵，一個民族的文化只能從深厚的民族生活的土壤中生長出來。民族文化的發展趨勢是逐漸融合，各民族都會吸收其他民族中優秀文化傳統，在全球意識下建設具有本民族特色的現當代新文化。

　　與民族文化密切相關的戲劇學是一種多種文學藝術交叉，多種文化學科融會的人文學科，在廣義上有戲劇文化學、戲劇人類學、戲劇宗教學、戲劇民俗學、戲劇歷史學、戲劇美學、戲劇心理學、戲劇觀眾學等；在狹義上則

〔註44〕楊乃喬主編《比較文學概論》，北京大學出版社，2005年版，第90頁。

劃分爲戲劇文學、戲劇表演學、戲劇音樂學、戲劇舞美學、戲劇舞蹈學等，與民族學結合之後，較強調戲劇的民族文化形式感，民族文學、藝術、技術屬性，以及民族審美心理的研究與探索。

國內有許多學者認爲民族戲劇學是由民族學和戲劇學，至少爲兩門獨立學科交叉、融合的新興人文學科。民族學主要對象是研究各國、各地區經常被忽視的各弱勢民族群體的歷史與現實文化，在此基礎之上再提升到民族交融逐漸形成的強勢國別與族別的戲劇文化形態。

解玉峰教授在 2006 年第 3 期《文藝理論研究》一篇文章中強調：「中國戲劇學科（民族戲劇學）的建立。理論研究最爲關鍵，也最爲困難。站在中國民族戲劇自身的立場上，建立一套合於其自身實際的理論體系，這可能是我們的『古人』、學界前輩，留給當代中國戲劇學人最爲迫切、也最爲重要的研究課題。」

北京大學劉安武教授著《印度印地語文學史》，爲其作「序言」的季羨林先生指出：「眞正想瞭解一個民族，一國的人民，不研究他的文學史很難瞭解透徹的。大家都承認，文學是一個民族，一個國家人民心靈的最具體、最生動的表現。」〔註 45〕他們希望對東方民族文化的瞭解可從民族文學與歷史方面來入手。

至於對西方民族戲劇文學的認識及中西戲劇的民族性的比較，我們可以通過《莎士比亞在中國》一書中馬焯榮著文《談莎味與中國化》設「中西民族性格的差異」一章獲知：

> 莎劇中的性愛描寫很多，但由於中西民族性格之不同，所以莎劇中的性愛描寫與中國傳統文學戲劇中的性愛描寫判若涇渭。全世界的性愛文學大體上分爲兩大原型：一個是西方的英雄美人式；一個是中國漢族的才子佳人式。並非在中國的漢民族文學戲劇中沒有英雄美人式的作品（如《霸王別姬》），也不是西方文學戲劇中找不出才子佳人式的作品（如《茶花女》）。但是從主流看，才子佳人是中國漢族的性愛文學戲劇傳統，英雄美人則是歐洲性愛文學的戲劇傳統。〔註 46〕

〔註 45〕劉安武《印度印地語文學史》「序言」，人民文學出版社，1987 年版。

〔註 46〕馬焯榮《談莎味與中國化》，見《莎士比亞在中國》，上海文藝出版社，1987年版，第 48 頁。

此文涉及到中西民族文化或民族文學形式的問題，各民族的文化在表現本民族社會生活的長期過程中逐漸形成起來的，具有本民族特點的，表現政治、經濟、文化、語言、風俗習慣、歷史傳統等方面的不同形式。民族形式是該民族傳統文化長期積澱的結果。在一定歷史時期內有相對的穩定性，隨著歷史條件的變化，全球性現代化的進程，傳統觀念的更新，文化藝術的發展，民族文學形式也在不斷發生變化。在《陳瘦竹戲劇論》中南京大學陳瘦竹先生反覆提到要增強「民族自信心和自強的民族骨氣」，認爲「時代性與民族性是民族戲劇理論建構的重要立足點。」這些出自二十世紀 80 年代初的眞知灼見至今仍然閃爍著奪目的光焰。

中華民族文化博大精深、源遠流長，中國的民族戲劇事業一直與民族的生死存亡休戚相關。正如陳瘦竹先生所經歷的年代，所耳聞目睹的事象，中國戲劇與西方戲劇發生直接交流行爲，以及形成逐漸相融合的歷史機遇，是在十九世紀末與二十世紀初。在此時期，正是國難當頭，人民心靈塗炭，需要以各種文藝形式，特別是戲劇藝術喚起強烈民族意識的重要歷史關頭。

鑒於用戲劇創作於演出來喚起偉大的民族骨氣，以及振奮中華民族一往無前的果敢精神，陳瘦竹先生多年一直高聲疾呼：一定要「運用馬克思主義的觀點和方法綜合外國戲劇和中國戲曲和話劇建立一個新理論體系。」〔註47〕他所倡導的「新理論體系」明顯是要建構融中西文化交融爲一體的中華民族戲劇巨大工程，這也同樣是中國一代代從事戲劇研究事業的文化人夢寐以求的理想。

民族戲劇在歷史上係指代表一個國家與地區的社會共同體的戲劇文化，中華民族自古有著極爲豐富多樣的民族傳統戲劇文化。南京大學中文系著名學者陳瘦竹先生生前在鴻富的理論著述中，反覆地提及中國戲劇的民族性、民族化、民族精神、民族性格、民族品格、民族骨氣、民族文化等，對中華多民族的戲劇藝術充滿了眞摯的情感與深切的期望。

他通過對民族戲劇大家郭沫若、田漢、曹禺、老舍、丁西林、夏衍等所創作的具有中國氣派的劇作的分析，特別是在《世界聲譽和民族特色——談曹禺劇作》對曹禺先生的一系列優秀話劇的評析，而體現自己獨特的民族戲劇觀。

　　曹禺通過這個代表封建勢力的反面典型的塑造，深刻地揭示了

<hr>

〔註47〕陳瘦竹《戲劇理論文集》，中國戲劇出版社，1988 年，第 455 頁。

本世紀初時我們這個災難深重的民族的悲劇的一個根源。……藝術
家的作品是時代的呼聲，人民的喉舌。抗日戰爭爆發以後，曹禺像
一切愛國作家那樣，以筆為武器，投入到我們民族生死存亡的大搏
鬥中去。〔註48〕

世界上各民族都以不同的歷史、環境、語言和心理狀態形成各自不同的
民族傳統特點。各民族的文學藝術隨著彼此交流和相互影響，民族傳統不斷
髮展變化，但是它所反映的本民族的生活，不會失去民族特色。陳瘦竹先生
明確地指出：「凡是真正具有民族特色的文學藝術作品，不僅為本國人所喜
愛，而且正是因為這個原因，才會受到外國人的讚賞。曹禺劇作所以具有世
界聲譽，關鍵在於這些劇作描寫了民族生活，表現了民族性格，從而具有了
民族特色。」他認為曹禺先生之所以獲得成功，供人借鑒的經驗為他虛心「向
外國戲劇學習，總是以我為主，並不盲從而隨波逐流，即使在技法上也有創
新，逐漸形成民族風格。」陳瘦竹先生認為中華民族戲劇中之話劇「無論戲
劇創作或劇場藝術，最初都是從歐洲近代劇移植過來，必須先向外國學習，
才能逐步建立民族戲劇。」〔註49〕

中國傳統文學藝術，其中包括豐富多樣的戲曲與話劇表演藝術，無容置
疑都是旗幟鮮明的民族文化形式。對此進行的研究，一定要究其它濃鬱的民
族性。我們知道，民族為人們在歷史上經過長期發展而形成的穩定的共同體。
民族是一個社會歷史範疇。民族由原始氏族、部族、部落聯盟發展而來，逐
漸形成偌大的民族集團。作為一個較大社會的亞群，具有一定的歷史聯繫、
共同的文化傳統和生活地域，以及相對同一性意識的多民族集合體。就整體
而言，每一個民族集團總有某種共同的心理素質和文化特徵。當此巨大文化
群體與另外的民族集團接觸時，這種心理和特徵使集團的群體和個體產生強
烈的自我意識和向心歸屬情緒，對外防範保護，對內親熱認同。世界各國民
族戲劇之類的文藝形式往往是聯繫民族與民族集團思想感情的紐帶。

在許多國家與地區，往往將民族與國族聯繫在一起。如在西方西界，人
們往往賦予國族為具有共同地域、歷史及文化傳統的一種大群體。他們在語
言和心理方面，在社會結構、宗教信仰、風俗以及生活方式方面都具有相互
依賴的共同性。國族是用來指具有國家性質，即具有政治、法律上的自治權

〔註48〕陳瘦竹《陳瘦竹戲劇論》（下），江蘇教育出版社，1999年版，第1553頁。
〔註49〕陳瘦竹《陳瘦竹戲劇論》（下），江蘇教育出版社，1999年版，第1497頁。

的民族聯合體。諸如中華民族、大和民族、斯拉夫民族等國族的實質體現在國家性質，而民族主要是歷史結合文化的聯合群體。

　　中華民族文化博大精深、源遠流長，中國的戲劇事業一直與民族的生死存亡休戚相關。正如陳瘦竹先生所經歷的年代，所耳聞目睹的歷史文化事象，中國戲劇與西方戲劇發生直接交流行為，以及逐漸形成相融合的歷史機遇是在十九世紀末與二十世紀初。追溯歷史，中國近現代民族戲劇研究是從國人向世界介紹中國古典戲曲理論開始的。晚清文學翻譯家陳季同在 1886 年在法國巴黎出版了法文版書籍《中國戲劇》，〔註 50〕這是迄今為止最早一部由中國人自己撰寫的譯介中華民族傳統戲劇文化的學術專著。

　　解玉峰教授在《二十世紀中國戲劇學史研究》中提到：「中國民族戲劇的研究，若從二十世紀初王國維的元曲研究算起，至今已有近百年的歷史。」另外他又說：「1931 年北平國劇學會成立，1932 年大型戲劇專刊《劇學月刊》創刊，所有這些都標誌著中國民族戲劇的研究在國內已漸成風氣。」「與歷史性研究的輝煌成就相比。二十世紀的戲劇理論研究則相對薄弱，存在的問題也比較多。從客觀的學術環境來看，由於受主流意識形態的影響和干預，針對具體文本進行的思想文化方面的解讀與批評，50 年代以來成為文學藝術（包括民族戲劇）研究的重頭戲。」「50 年代的中國戲劇學人在嘗試民族戲劇學的建構時確實是一窮二白」。他認為：「中國戲劇作為一門學科的科學建立，首先須對『中國戲劇』這一概念做嚴格界定。如『國畫』、『中醫』等稱謂一樣，『中國戲劇』亦不妨逕直稱『國劇』」，〔註 51〕但其定義應嚴格限定為與世界其他民族顯著不同的、最具華夏民族特色的一類戲劇文化形式。

　　解玉峰教授在此書還寫到：「中國戲曲研究院（1980 年後改稱中國藝術研究院）在民族戲劇理論研究中也一直發揮著核心作用，其機構設置和決策部署也直接影響著後來中國戲劇學的構建。」「從中國戲曲研究院『戲曲表演』、『戲曲導演』、『戲曲舞臺美術』三個研究科室的設置，我們不難體會到話劇或西方戲劇觀念對民族戲劇中的滲透和影響。50 年代中後期，各地也相繼地成立了中國戲曲研究院相應的下屬機構，這樣相對完善系統的研究系統，使得 50 年代民族戲劇研究方面的　些基本觀念和思路在某種意義上獲得體制性

〔註 50〕陳季同在 1886 年在法國巴黎出版的法文版書籍《中國戲劇》，見《福建史志》，1997 年。

〔註 51〕解玉峰《20 世紀中國戲劇學史研究》，中華書局，2006 年版。

的保障。」在《文藝理論研究》中的一篇文章中他強調：

> 中國戲劇學科的建立。理論研究最為關鍵，也最為困難。站在
> 中國民族戲劇自身的立場上，建立一套合於其自身實際的理論體
> 系，這可能是我們的「古人」、學界前輩，留給當代中國戲劇學人最
> 為迫切、也最為重要的研究課題。

民族身份的認證，民族意識的覺醒，民族文化的復興，往往體現在民族文學藝術，特別是集大成者的民族戲劇表演藝術形式之中。無論在中國，還是在世界各國，只有國家、民族受到威脅、侵略、詆毀時，民族文化的振興，民族精神的弘揚就提到了重要的議事日程上。自然而然，此歷史時期，民族戲劇也大有了英雄用武之地。

事實證明，對民族戲劇文化的理解與識別，主要取決於對其民族文化屬性如民族性、民族化的認識，特別是對其民族戲劇審美範疇，如民族情趣、風格、悲劇、喜劇美學韻味的接受與藝術賞析。在此領域，陳瘦竹先生的戲劇美學理論為我們指明了方向。

根據現在有限的手頭資料可知，陳瘦竹先生在生前撰寫過《論悲劇的功能》、《論悲劇精神》、《亞里士多德論悲劇》、《悲劇向何處去》、《歐美當代悲劇理論評述》、《歐美當代喜劇理論評述》、《喜劇簡論》、《論喜劇中的幽默與機智》、《心理分析學派喜劇理論評述》、《王爾德的唯美主義理論和他的喜劇》、《論悲劇與喜劇》等。在此龐大的悲、喜劇理論中，已多多少少地涉獵到他對中國，亞洲乃至世界民族戲劇理論體系建構的學術觀點。

據陳瘦竹先生的高足，南京大學文學院博士、周安華教授在《現代性的悲劇美學營構——論陳瘦竹的悲劇學思想》一文論證，他認為「中國新形態的接近科學的悲劇理論研究是從陳瘦竹開始的。事實確是如此，人們從這位年逾古稀的學者一本本的著作中，總能發現許多閃耀智慧光芒的精湛見解，發現與國家、民族、人的狀況的深層思考緊緊扭結在一起的社會憂患意識，發現一顆被哲學照亮的無比真誠、明淨、年輕的心。」陳瘦竹先生就是這樣一位「影響整整一代人的悲劇觀大師」，「陳瘦竹及其悲劇社會學就是其中的傑出的代表。」他還從民族戲劇學學科體系高度譽稱：

> 縱覽陳瘦竹——這位中國現代悲劇學的拓荒者多年不倦的成
> 果，我們深感他留給人們的精神財富是巨大的。在數十年的歲月裏，
> 他筆耕不輟，成功創立了包括悲劇發生學、創作心理學、表現美學、

　　鑒賞學在內的完備的民族悲劇理論體系，為我國戲劇理論的建設發展作出了堪稱卓越的貢獻。〔註52〕

　　陳瘦竹先生的夫人沈蔚德在《中國話劇研究》中論證：「悲劇和喜劇的分類是戲劇美學的一個重要範疇，二者是戲劇的基本形式，各有其美學特徵和社會功能，給人以不同的美的感受。瘦竹在這些文章中系統的論述了自古以來，以至當代的歐美的有關悲劇和喜劇的理論。而且不是只重客觀的介紹，而是力圖以馬克思主義的觀點、方法來加以評論。尤其是有關現代和當代的，如有關唯美主義、象徵主義、心理分析學派、荒誕派等等。」這些當代歐洲反戲劇思潮，實際上是對西方古典戲劇美學以及新興民族戲劇理論的一種有益的補充。

　　通過中外戲劇理論比較所知，上述諸位中國戲劇學人反覆強調的民族風格、民族特色等理論實際上是指民族戲劇的「民族性」，即一個社會、一個民族的群體人格，一個民族特有的不同於它民族的思想、情操、習慣及行為方式。早在十九世紀，西方學者孟德斯鳩、伏爾泰等已經開始在自己的著作中闡述民族性問題。同時亦有文化學者對英、法、美、西班牙的民族性進行分析。二十世紀初，以民族性為研究對象的人類學家更加重視民族性的研究。

　　1919年，美國著名人類學家、語言學家薩皮爾發表《文化、真實、虛假》一文，這是一篇關於民族文化與人格的經典性文章，深刻影響了以後此領域的學術研究。他認為，法國人講究清晰、不含糊，主張和諧、穩重，辦事謹慎。而俄國人則急躁、魯莽。這些特點均反映在兩國不同民族的美術、音樂、戲劇、宗教及行政管理上。

　　1928年，美國著名人類學家本尼迪克特發表了《西南文化心理類型》一文，把心理學引入人類學中，從而正式開闢了「文化與人格」的研究領域。1934年她以完形心理學的觀點與方法，對美洲誇扣特爾人、祖尼人、南太平洋多布人的傳統文化資料進行分析研究，出版了《文化模式》一書。將其民族性格分別概括為酒神型、日神型、妄想型。認為文化決定了民族性，每種文化都有其共同的民族心理、文化行為。

　　第二次世界大戰期間，民族性的研究得到了迅速的發展。一些人類學家把研究原始民族的方法用之於現代民族，諸如法蘭西民族、德意志民族、日

〔註52〕周安華《現代性的悲劇美學營構——論陳瘦竹的悲劇學思想》，見《紀念陳瘦竹先生誕辰一百週年暨戲劇理論與現代戲劇發展學術研討會論文集》。

本民族等，取得了豐碩的學術成果。如本尼迪克特的《菊花與刀》、柏累的《日本人個性結構的若干觀察》等。他們都在研究某一民族的文化行為、價值觀念、社會規範及其心理反應時。往往通過與該民族相關的詩歌、戲劇、小說、戲劇、電影等，以及有關文獻來進行輔助性研究。認為人們自幼保持的生活習俗常常決定了東西方諸國的民族性，在一定程度上揭示了一些民族的文化特徵。

二十世紀50、60年代，又湧現了如懷亭、華萊士、藍伯特、菲利蒲斯等著名西方學者，他們標新立異、矯枉過正，不像過去那樣以某些特徵去概括整個民族，而注意到性別、年齡不同，地位、階級的不同，著重對地方群體人格進行小範圍的研究。特別關注不同民族文化的認識方式和技巧，非西方社會的心理變態，一個族群內的遺傳多樣性和心理差異如何受文化限制、激烈的文化變遷對人格產生怎樣的影響等社會文化問題的解讀。

70年代起，西方學者開始從諸如家庭、學校、社會、生態、經濟等各種因素來考慮民族性的問題。從而避免了過去那種單純以地理、文化、兒童教養方式來著眼民族性的片面觀念。一個民族由於共同的經歷、對未來的共同憧憬和共同的前途所形成的休戚與共的民族感。

中華民族是中國56個民族的總稱。各民族在歷史和文化上雖然發展程度不同，但是互相聯繫、互相影響，對於共同發展、共同締造偉大的祖國，都有著重要的貢獻。各民族之間建立平等、友愛、團結、互助的新關係。是建構中華民族文化體系的理論前提。

世界諸國各民族，泛指歷史上形成的、處於不同的社會發展階段的各種人們共同體。世界上有各種不同的國家與民族。當全球實現共產主義以後，經過一個很長的時期，經濟文化高度發展，民族差別逐漸消失，民族趨於消亡，全世界將形成為一個共同的未來人類整體。

在如今中華民族和世界各民族共同生存發展的歷史新時期，以各種民族文化形式，包括中外各民族傳統戲劇藝術，來強調自己民族的語言、文化或民族特徵，尋求民族特性和民族尊嚴。要求在民族經濟、民族文化、民族意識以及民族關係方面維護、捍衛和實現本民族利益，是人類歷史的需要，也是國家與民族的需求。

在當今世界的各個國家與地區，程度不同的都有隸屬於該國家人數較多的主體民族的富有標誌性的戲劇樣式，這是主流社會的傳統的具有本國特色

的戲劇藝術，另外還有屬於底層的民間的眾多少數民族群落的戲劇形式。世界各國與各族文藝理論與表演藝術工作者都渴望有一個既能包括東方戲曲樣式，又能涵蓋西方戲劇形式的人類戲劇理論體系，這就是近年眾多專家學者呼之欲出的「民族戲劇學」。

民族戲劇學所歸屬的「民族學」是法學門類的四個一級學科之一。在我國分類學中顯示的「民族學」原本是一個主要以中國少數民族爲主要研究對象的學科群。後來被逐漸擴展到對包括漢族在內的中華多民族文化研究的廣闊領域之中。據有關專家論證，在西方學術傳統中，「民族學」、「人類學」、「社會學」在基本理論上同義，只是各國研究有所側重而已。此類學科均是以研究「異文化」和「他者」爲己任的人文科學。其「戲劇學」是一種各種文學藝術交叉，多種文化學科融會的人文學科，在廣義上有戲劇文化學、戲劇人類學、戲劇宗教學、戲劇民俗學、戲劇歷史學、戲劇美學、戲劇心理學、戲劇觀眾學等。在狹義上則劃分爲戲劇文學、戲劇表演學、戲劇音樂學、戲劇舞美學、戲劇舞蹈學等，自從此學科與民族學結合之後，較強調戲劇的民族文化形式感，民族文學、藝術、技術屬性，以及民族審美心理的研究與探索。

新興的民族戲劇學應歸屬於民族文化學、民族文學、民族藝術學。是對屬於一個人種、部族、種族、族群，或代表一個國家文化現象與本質的社會共同體的表演藝術形態研究的學術體系。民族戲劇學是由民族學和戲劇學，爲至少兩門獨立學科交叉、融合的新興學科。民族學主要對象是研究各國、各地區經常被忽視的各弱勢民族群體的歷史與現實文化，在此基礎之上再提升到民族交融逐漸形成的強勢主體民族的文化形態。

在中國戲劇家協會主辦的《劇本》雜誌「戲劇前沿」欄目中，筆者發表一篇《中國民族戲劇研究及民族戲劇學的創立》的論文。此文回顧和總結「民族音樂學」成功創立，已成爲一門興盛發達的獨立學科的經驗，而對眾望所歸的「民族戲劇學」的未來充滿期望：

> 雖然民族戲劇學的正式建立在我國爲時有些晚，但終歸有人意識到此學科不能長時間缺失。陝西師範大學文學院順應歷史潮流聯合中國劇協《劇本》雜誌社、上海戲劇學院《戲劇藝術》編輯部、《陝西師大學報》雜誌社等部門創立「中外民族戲劇學研究中心」，並將於 2009 年 11 月在西安召開全國性「中外民族戲劇學學術研討會」，本著崇高的歷史責任感奮起直追，力圖改變此種落後局面。我們希

望看到在全國戲劇理論工作者的共同努力之下,「站在中國民族戲劇自身的立場上,建立一套適合於自身實際的理論體系」。在不久的將來,如同「民族音樂學」成功創立一樣,「民族戲劇學」也會以獨立的品格和豐碩的成果卓然挺立在東方華夏的國土上。〔註53〕

〔註53〕黎羌《中國民族戲劇研究及民族戲劇學的創立》,《劇本》,2009年第10期。